4,-

Timothée Wahlen
Erntezeit!
Umwelt-Krimi

Alle im Roman benutzen Personen- und Firmennamen sind rein fiktiv und Übereinstimmungen mit existierenden Firmen, bzw. lebenden oder verstorbenen Personen, rein zufällig.

Originalausgabe 2017
Copyright 2017: IL-Verlag
Copyright 2017: Timothée Wahlen
Umschlaggestaltung: lerch buchdesign
Satz: IL-Verlag
ISBN: 978-3-906240-60-2

Timothée Wahlen

Erntezeit!

Umwelt-Krimi

Prolog

2010. Noch bevor die Sonne am Horizont aufging, hatten sie bereits ihre Rucksäcke gepackt und warteten am vereinbarten Treffpunkt auf die anderen. Um diese frühen Morgenstunden war das kleine Dorf in Dunkelheit gehüllt und es herrschte eine beklemmende Stille. In wenigen Stunden wäre es hier heiß und schwül und auf den sandigen Straßen würde geschrien, geweint, gelacht und lautstark die saftigsten Früchte den Kunden angepriesen werden.

Besonders sie beide würden die ganze Aufmerksamkeit auf sich ziehen. Ja, sie wären es, deren Schritte genau beobachtet würden. Die Einheimischen würden sie aufdringlich ansprechen, beinahe sogar verfolgen.

Noch aber war es ruhig und nichts erweckte diesen Eindruck. Es war frisch. Doch es schien, als sei die Kälte nicht nur auf die kühlen Temperaturen des frühen Morgens zurückzuführen. Nein, vielmehr machte es den Anschein, als krieche ihnen aus den dunklen Straßen des Dorfes etwas Kühles, Unangenehmes entgegen.

So standen sie da, pünktlich wie vereinbart an jenem Treffpunkt. Sie lauschten in die Stille, doch noch blieb alles ruhig. Das Paar sprach nicht miteinander. Am besten war es, nicht mehr Aufmerksamkeit als nötig zu erregen, hatte es sich doch ohnehin schon wie ein Lauffeuer verbreitet, dass die *Wazungu* da waren.

Während die Minuten des Wartens vergingen, drehten sich ihre Gedanken einmal mehr um all die Sorgen und Ängste, die seit ihrem damaligen Entscheid immer wiederkehrten. Doch jetzt war es zu spät, sie hatten ihren Entscheid gefällt, die nötigen Vorkehrungen in die Wege geleitet und waren nun bereit, sich in das Abenteuer zu stürzen. Ein Abenteuer von dem ihnen so viele abgeraten hatten. Ein Abenteuer, auf das sich keiner aus ihren Kreisen eingelassen hätte. Ein Abenteuer, das sie dem Tod ein großes Stück näherbringen konnte.

„Wie groß sind die Chancen, dass du beim Bungeejumping verunfallst? Wesentlich geringer, als ein tödlicher Sturz beim Basejump. Wie hoch ist das Risiko in deinem Leben an Krebs zu erkranken? Selbst diese Wahrscheinlichkeit, so viele Menschen diese verfluchte Krankheit auch dahinraffen mag, ist um ein Vielfaches geringer als die Annahme, dass du von diesem Ort je zurückkommen wirst!"

Die Worte seines Freundes hallten seit Wochen in seinen Ohren, auch jetzt, als er neben dieser Frau im geisterhaften Dorf stand und immer noch auf die Verspäteten wartete.

Das Paar hatte immer Argumente gefunden, um den von Angst getriebenen Bitten, dem Flehen und den Drohungen nahestehender Bekannter zu entfliehen. Auch wenn ihre Argumente niemand verstehen konnte, für sie machten sie Sinn und letztlich waren sie es, die über ihr Leben entschieden. Also standen der Mann und die Frau nun hier und ... was taten sie eigentlich? Sie warteten noch immer.

Als sie plötzlich ein Knacken hörten, drehten sie sich in die Richtung, aus der sie das Geräusch vermuteten. Das Paar war hellwach und spähte mit ganzer Aufmerksamkeit in die Dunkelheit. Doch noch sahen sie nichts. Erst eine Weile später, als sie das Knacken erneut hörten, waren sie sich sicher, dass es aus der vermuteten Richtung kommen musste. Dann ein weiteres Geräusch. Schritte! Die Schritte schwerer Stiefel, die über die staubigen Straßen stampften. Die Schritte kamen näher, wurden lauter.

Erst als die bewaffneten Männer wenige Meter vor ihnen aus der Dunkelheit auftauchten, konnte das Paar sie erkennen.

Ihre Gesichter waren dunkel wie die Nacht. Einzig die Augen, das Weiß ihrer Augen blitzte in der Dunkelheit. Es waren sechs Mann, alle im Tarnanzug. Zu wem sie wohl gehörten? Zum Leben oder zum Tod? Noch war die Frage offen, doch zur Flucht war es zu spät.

Jetzt trat einer der Männer, er trug keine Waffe, auf sie zu und streckte ihnen seine Hand entgegen. Seine Zähne schimmerten weiß in der Nacht, als er sie lächelnd begrüßte. Leben!

Ihr Führer war gekommen und mit ihm der bewaffnete Trupp. Das Abenteuer im Abenteuer hatte begonnen. Das seit Monaten verfolgte Ziel war auf einmal nahe wie nie zuvor.

Das Paar folgte den Männern durch die Straßen bis an den Rand des Dorfes, wo zwei Geländewagen mit laufenden Motoren warteten. Das wenige Gepäck war schnell verstaut, und die Soldaten hatten sich zügig auf die beiden Wagen verteilt. Für sie war das Alltag. Sie wussten was zu tun war, wussten bestens um die Gefahren, die in der Nähe lauerten oder wahrten zumindest den Anschein, als wüssten sie Bescheid.

Als alle zusammengepfercht im Auto saßen, wanderten die Blicke des Paares unruhig hin und her.

Während er die Begleiter musterte, kreisten seine Gedanken. Was mochte wohl in diesen Köpfen vorgehen? Wie alt mochten diese Männer sein?

Wahrscheinlich kaum älter als er und doch hatte ihnen das Leben übel mitgespielt. Was wusste denn er selber schon vom Leben und Sterben? Diese Männer waren in der Hölle groß geworden. Sie waren Zeugen von Abgründen der Menschheit. Sie hatten Väter, Mütter, Freunde und vielleicht sogar Kinder verloren. Ja *die* Männer selbst waren Teil dieser Hölle, einer der schönsten und doch zugleich gottverlassensten Gegenden der Erde.

Die Jeeps holperten auf den schlechten Straßen durch die Wälder. Die Soldaten in den Tarnanzügen spähten wachsam, ihre Waffen stets griffbereit, in alle Richtungen. Falls der Fall eintreffen sollte, wollten sie, nein vielmehr mussten sie bereit sein.

Die Fahrt verlief schweigsam, die atemberaubende Kulisse der Natur sprach für sich selbst. Der dunkelgrüne Regenwald erstreckte sich über Täler und Hügel. Ein leichter weißer Nebelschleier umhüllte Dörfer und Wälder, aus denen mit der anbrechenden Dämmerung mehr und mehr Vogelstimmen drangen.

Hin und wieder zeigte der Führer auf etwas in den Gebüschen und erklärte auf Englisch, was es zu sehen oder zu wissen gab. Einmal stoppte der Jeep ruckartig und sie sahen etwas Größeres hastig im Wald verschwinden.

„War das …?", wollte die Frau wissen, wurde jedoch noch im Satz vom Führer unterbrochen.

„Nein, irgendein Affe." Damit war für ihn der Vorfall erledigt.

Nach weiteren Minuten stoppten die Geländewagen erneut. Von nun an würde es zu Fuß weitergehen. Ein steiler Trampelpfad mündete sich schlängelnd in den tropischen Wald. Es war soweit. In wenigen Augenblicken würden sie in jene geheimnisvollen Wälder eintauchen, die einen der größten Schätze der Erde hüteten. Es war einer jener Schätze, die nur wenige Sterbliche je zu Gesicht bekamen. Ein Schatz, dessen Zukunft noch ungewisser war, als die ihre.

Die acht Menschen kämpften sich den steilen Pfad hinauf. Die beiden Fahrer waren zurückgeblieben, ausgestattet mit Funkgeräten, die sie heute hoffentlich nicht brauchen würden. Der schmale Pfad ermöglichte es nicht, nebeneinander herzugehen, weshalb sich die bewaffneten Männer auf die Kolonne verteilten. Ein jeder von ihnen durchkämmte beim schnellen Vorwärtsgehen mit geübten Blicken das Dickicht.

Es vergingen Minuten, ohne dass etwas geschah. Die Anstrengung ließ den Schweiß tropfen. Die Sonne war eben erst aufgegangen und schon war die Luft schwül. Doch die Gruppe ließ sich nicht aufhalten. Weiter, weiter, das Ziel vor Augen, kämpften sie sich den Berg hinauf.

Ab und an deutete einer der Männer mittels Handzeichen, wir sollten anhalten. Die Aufforderung leise zu sein war überflüssig, denn der Trupp war darauf bedacht, möglichst lautlos zu sein. Sie kauerten sich auf den Weg und folgten Blick und Zeigefinger des Mannes.

Mal ein besonders bunter Vogel, dann ein Waldschwein, ein kleiner Affe. Es war großartig, diese Tiere in freier Wildbahn zu sehen. Doch so schnell sie erschienen, so schnell waren sie verschwunden. Der Aufstieg ging weiter.

Jedes Mal, wenn wieder ein Knacken im Unterholz zu hören war, steigerte sich die Aufmerksamkeit des Trupps. Was war es dieses Mal? Ein Tier? Oder waren es etwa jene grausamen „Bestien", die unweigerlich den Gebrauch der Schusswaffen erfordern würden? Sobald sich die Eskorte einig war, dass keine Gefahr bestand, ging es weiter. Das Paar atmete jeweils erleichtert auf. „Weiter geht's."

Die „Bestien" hatten lange genug hier gewütet. Vielleicht waren es heute andere als damals, vielleicht hatten sie andere Beweggründe, doch in ihrer Grausamkeit waren sie alle gleich: Menschen. Raubtiere, Affen, ja sogar aus Jurassic Parc entflohene Dinosaurier durften dem Trupp hier begegnen. Alles, nur keine anderen Menschen. Denn deren Erscheinen hätte den sicheren Tod bedeutet.

Nach weiteren Stunden des Anstieges wandte der Führer sich ihnen mit leisen Worten zu.

„Hier ist das Gebiet. Wir können nun jederzeit auf sie stoßen. Was auch immer geschieht, ihr müsst euch ruhig verhalten. Keine schnellen Bewegungen, bleibt einfach dicht hinter mir."

Noch leiser als zuvor pirschten sie nun durch dichtes Gras, bis sich der vorderste der Männer niederkniete und lautlos mit seinen Fingern nach vorne zeigte.

Dem Paar stockte der Atem. Etwa zwanzig Meter vor ihnen konnten sie ihn erkennen. Da war er, der Schatz für den sie das ganze Risiko auf sich genommen hatten. Hier in den von Rebellen beherrschten Wäldern im Osten der Demokratischen Republik Kongo hatten sie ihn gefunden. Ein vom Aussterben bedrohter Schatz der Natur. Keine zwanzig Schritte vor ihnen saß ein ausgewachsener Berggorilla.

Kapitel 1

Januar 2015. Da war dieses unangenehm monotone Geräusch, das in sein Unterbewusstsein trat. Immer wiederholten sich dieselben Tonfolgen und drangen, sich unablässig steigernd, auf ihn ein. Kurt Schär versuchte sich abzudrehen, seine Ohren zu schützen, doch es war zwecklos. Er konnte das Geräusch nicht ignorieren. Widerwillig öffnete er seine Augen, ein grelles Licht blendete ihn.

Instinktiv kniff er seine Augen zusammen, um der unangenehmen Lichtquelle zu entfliehen. Er brauchte einige Momente bis er begriff, wo er sich befand und was die Ursache des Geräusches war. Sein Telefon klingelte erbarmungslos, immer und immer wieder dieselbe Leier. Er selbst lag mit dröhnendem Schädel auf seinem Sofa und versuchte sich aufzurichten. Was war gestern Abend geschehen?

Ein Blick in sein spärlich eingerichtetes Wohnzimmer verriet mehr. Mehrere ausgetrunkene Dosenbiere und eine fast ganz geleerte Flasche Jamesson Whiskey lagen auf dem Boden unmittelbar vor seiner Couch umher. Langsam dämmerte es ihm. Es war nicht irgendein Abend gewesen. Nein, für einmal hatte er einen guten Grund gehabt, sich volllaufen zu lassen, denn schließlich war heute der erste Januar.

Eigentlich hatte der Silvesterabend vielen anderen Abenden des alten Jahres geglichen, bestand sein Abfall doch seit einigen Monaten vorwiegend aus Bierdosen, Whiskeyflaschen und Bergen von Junkfoodpackungen, deren Plastik und Pappe Unmengen an Müll produzierten. Aber wenigstens gestern, am Silvesterabend, war es legitim gewesen nach der Flasche zu greifen. Oder spielte es etwa eine Rolle, dass er alleine feierte?

Genervt von dem viel zu lauten Telefon stand er auf und begab sich auf die Suche nach dem Gerät. Schließlich fand er es zwischen den leeren Verpackungen vom Italiener. Ach ja richtig, zur Feier des verdammten Jahres 2014, das sich nun doch noch dem Ende zugeneigt hatte, ließ er sich zur Abwechslung etwas vom Italiener bestellen. Pizza Ruccola, eine Flasche Rotwein und ein Tiramisù. Wie er nun bemerkte, hatte er von letzterem nur wenige Bisse gekostet.

Das Telefon endlich in seiner Hand, nahm er ab und meldete sich mit einem Brummen. Wer auch immer ihn so früh aus dem Schlaf riss, würde ...

„Kurt, na endlich! Dachte schon, bekomm dich gar nicht mehr an die Strippe! Es hat einen Mord gegeben, verstehst du einen Mord! Wir brauchen dich vor Ort, wann kannst du hier sein?"

Überrumpelt von dem ununterbrochenen Geplapper dauerte es einige Sekunden bis Kurt sich gefasst hatte und sich eine Antwort zurechtlegen konnte. Dann aber erfuhr er von seinem Kollegen nähere Details und versprach, sich bald auf den Weg zu machen.

„Ah und übrigens. Frohes Neues Jahr!", wünschte ihm sein Kollege bevor er das Telefonat beendete.

„Frohes Neues Jahr, das kann ja heiter werden", brummte Kurt vor sich hin und legte das Telefon beiseite. Naja, schlimmer als das vergangene konnte es wohl kaum werden.

Sein Kopf schmerzte und so füllte er als erstes ein Glas mit Wasser und griff nach zwei Aspirin-Tabletten, bevor er sich auf den Weg ins Badezimmer machte. In der Hoffnung, das kalte Wasser würde ihn wiederbeleben, stieg er in die Wanne und stellte sich unter die kühl eingestellte Brause. Wenigstens war er jetzt wach. Nun nur noch schnell einen Kaffee, und dann wäre er wieder soweit bei Sinnen, dass er in die Öffentlichkeit treten konnte. Seine Kollegen hatte er bisher immer getäuscht, glaubte er zumindest.

Während er die Zähne putzte, fiel sein Blick in den Spiegel. Er sah trotz seiner erst 38 Jahren mitgenommen aus. Sein Bart hätte schon vor Tagen gestutzt und sein Hals rasiert werden müssen. Sein Gesicht war in den vergangenen Monaten schmal geworden, allgemein hatte der einst durchtrainierte Körper stark an Masse verloren. Alkohol und Muskeln vertragen sich nun einmal nicht. Zudem hatte er sein Training, auf das er jahrelang äußerst Wert gelegt hatte, zu sehr vernachlässigt.

Was nützte es einen gestählten Körper zu haben, wenn das Innere von Tag zu Tag stärker zerfressen wurde? Seit seiner Geburt lastete eine dunkle Wolke über ihm, die sich in all den Jahren mehr und mehr einschwärzte, bis sie ihn wie pechschwarze Dunkelheit umhüllte und ihm das letzte Licht raubte. Dann, seit jenem verdammten Tag im vergangenen Jahr, als es geschah, war in der Dunkelheit seiner Seele der Höllenhund aufgekreuzt, und seither war diese Kreatur allgegenwärtiger Bestandteil seines Lebens.

Wie nahmen ihn wohl die Menschen wahr, die ihm auf der Straße begegneten? Dass er trank, das konnte er bis anhin noch gut verbergen, da war er sich sicher, aber gesund sah er schon lange nicht mehr aus. Ein 1,85 Meter großer Mann, mit Falten im Gesicht und bereits ergrauendem Haar. Pflegte er seine dunklen Haare früher kurz zu schneiden, so fielen sie ihm seit einigen Wochen über die Augen. Von einer Frisur konnte keine Rede sein, denn seit damals hatte er sie nicht mehr geschnitten.

Damals. Da war die Welt noch mehr oder weniger in Ordnung gewesen. Natürlich, die Wolke hatte ihn nie zu einem sehr glücklichen Menschen werden lassen, doch hatte er einen Weg gefunden, hin und wieder im Licht zu stehen. Manchmal sogar für mehrere Wochen. Er hatte gelernt, sich mit der Wolke zu arrangieren, bis dieser verfluchte Tag ihm den Boden unter den Füßen wegzog.

Schon wieder gefangen im Teufelskreis seiner Gedanken. Angewidert spuckte er die Zahnpasta aus, spülte seinen Mund und trat zum Kleiderschrank, der seltsam leer war. Einen Blick auf den Wäscheberg in der Ecke des Zimmers, dessen Ursprung einmal ein überquellender Wäschekorb gewesen war, erklärte alles. Erleichtert darüber, dass er noch eine fand, griff er nach der letzten Boxershorts und einem gebrauchten Paar Socken. Als Hose musste jene dienen, die er bereits letzte Woche getragen hatte. Nun nur noch zwei Spritzer Deo unter die Arme und ein Shirt, dann endlich war es Zeit für seinen Kaffee. Er muss heute unbedingt einen Waschtag halten.

Als die Kaffeemaschine zu mahlen begann, ertönte das hohe Geräusch eines leeren Mahlwerks. Sogleich forderte ihn die blinkende Schrift auf, Bohnen nachzufüllen.
Mist! Eilig öffnete er den Schrank, worauf ihm ein genervter Fluch entwich. Auch das noch, sein Vorrat war aufgebraucht.

Im Gang griff er nach der schwarzen Lederjacke, schlüpfte in ein Paar Schuhe und verließ dann die Wohnung, die ihn immer an sein Schicksal erinnerte.
Um 12.58 Uhr stieg er ins Auto und fuhr aus der Garage. Wahrscheinlich verstieß er gegen das Gesetz, denn mitnichten hatte er ausreichend Alkohol abgebaut, um fahren zu dürfen. Doch dies war ein Notfall.
Er setze sein Blaulicht aufs Dach, verzichtete aber darauf, es einzuschalten. Zuerst wollte er noch kurz im Dorfkern anhalten.

Hoffentlich hatte die Bäckerei direkt neben dem Blumenladen heute offen.

Seine Zuversicht wurde nicht getrübt und er bestellte einen großen Kaffee to go. Trotz der Eile dachte er daran, seine Sammelkarte abstempeln zu lassen. Sein nächster Kaffee würde kostenlos sein. Na bitte, das Jahr 2015 startete ja doch nicht ganz beschissen.

Als er aus dem alten Dorfkern fuhr und die Hauptstraße erreichte, betätigte er den Schalter, der das Blaulicht nun blinken ließ. Mit hohem Tempo fuhr er durchs Nachbardorf, das zwischen seinem Wohnsitz und der Stadt lag. Auf der Höhe des Gymnasiums entschloss er sich, die Autobahn zu nehmen, da ihm diese trotz der kurzen Distanz ein paar Minuten einsparen würde.

Bei der Ausfahrt Basel-Breite verließ er die Autobahn und fuhr Richtung Aeschenplatz. Eine der Querstraßen brachte ihn von der Hauptstraße weg ans Rheinufer.

Als er den St. Alban Rheinweg erreichte, erblickte er mehrere Polizeifahrzeuge, wodurch sich die Suche nach der richtigen Stelle erübrigte.

Der Tatort, ein Mehrfamilienhaus am St. Alban Rheinweg war bereits abgesperrt. Kurt Schär wurde von mehreren Uniformierten respektvoll gegrüßt. In den Reihen des Basler Polizeicorps hatte er sich in den vergangenen Jahren Respekt und Ansehen verschafft.

Nichts desto trotz war er sich seit jenem verdammten Tag nicht sicher, ob seine Berühmtheit mittlerweile nicht sogar mehr durch den üblen Vorfall von damals zu erklären war. Immer wieder glaubte er, Blicke von Mitleid und manchmal auch vorwurfsvolle Gesichtsausdrücke zu spüren.

Ohne die jungen Polizisten groß zu beachten, schritt er kurz nickend an ihnen vorüber geradewegs auf seinen Kollegen von der Kriminalpolizei zu.

„Ah Kurt, na endlich! Dachte schon du ...“

„Spar dir deine Worte, Michi“, unterbrach ihn Kurt und fuhr fort, „es ist immerhin der erste Januar und nicht jedermann wohnt gleich um die Ecke so wie du. Sag mir lieber, wo ich unsere Leiche finde. Oder steht die auch so unter Stress wie du?“

„Ist ja schon gut“, entgegnete Michi und führte Kurt ins dritte Obergeschoss. Als sie im Treppenhaus den dritten Stock erreichten, betraten sie die linke Wohnung.

Sofort stieg Kurt der Geruch von Blut in die Nase. Die Zeiten, in denen es ihm beim Anblick einer Leiche übel wurde, waren längst vorbei. Dennoch musste er sich beim Betreten des Zimmers zusammenreißen. Aufgrund seines Katers war es ihm ohnehin bereits übel und der Anblick des Toten barg alles in sich, den einst bodenständigen Kommissar in die Knie zu zwingen. Doch Kurt hielt tapfer durch und ließ seinen Blick durch den Raum gleiten.

Der Raum war groß und durch die lange Fensterfront fiel genügend Tageslicht in das teuer eingerichtete Wohnzimmer, um es ausreichend zu erhellen. Kurts Blick glitt kurz über die exklusiven Möbel und das restliche kostbare Inventar. Auch dem edlen Ledersofa schenkte er keine besondere Aufmerksamkeit.
Vielmehr zog die Wand dahinter seine ganze Aufmerksamkeit auf sich. Die einst weiße Wand war nun mit blutroten, kindlich geschriebenen Buchstaben versehen. Wer immer die Worte, die da auf der Wand standen geschrieben haben mochte, hatte nicht an Farbe gespart, denn unter jedem Buchstaben hatten sich während des Schreibens Tropfen gebildet, die noch einige Zentimeter die Wand heruntergeflossen waren, bevor sie endgültig trockneten.

„Was der Mensch sät, das wird er ernten!" Offenbarung 3/1866

Als Kurt den Satz, der dort in krakeligen Buchstaben stand las, hielt er einen Moment inne. Er war sich sicher. Die Person, die für den Tod der Leiche verantwortlich war, hatte diese Nachricht hinterlassen. Eine Nachricht, die ihm irgendwie vertraut vorkam, hatte er doch das Gefühl, den Satz schon häufiger gehört zu haben.

Stammte dieser Vers etwa aus der Bibel? Das Wort Offenbarung und die Zahlen klangen jedenfalls verdächtig nach einer Bibelstelle. Kurt zog das kleine Notizbuch aus seiner Jackentasche, notierte sich den Satz und kritzelte dahinter das Wort „Bibel?", dann steckte er es wieder ein. Als nächstes betrachtete er die Leiche.

Der Mann saß kniend mit geöffnetem Mund und geschlossenen Augen, sich aufs Sofa abstützend da. Seine ineinander gefalteten Hände lagen auf dem Sofa und dienten als Stütze für den nach vorne geneigten Kopf. Wäre da nicht das viele Blut gewesen, hätte man denken können, er sei intensiv am Beten.

Kurt näherte sich vorsichtig von der Seite, um das Opfer besser betrachten zu können. Dabei fiel ihm auf, dass die rechte Hauptschlagader des Mannes aufgeschnitten war. Hier musste das Blut aus dem Körper ausgetreten sein, vermutete er, denn eine andere Wunde konnte er bis anhin nicht entdecken.

Der Kommissar richtete sich auf und nahm einige Schritte Abstand. Erst jetzt hatte er Augen für das kleine Schwimmbad gefüllt mit Wasser, das unmittelbar neben dem Sofa stand. Es war eines jener aufblasbaren Babyplanschbecken, die im Sommer in vielen Gärten auf dem Land zu sehen waren. Welches kleine Kind freut sich nicht bei 30 Grad im seichten Wasser mit dem Plastikboot zu planschen? Doch hier in dieses luxuriöse Wohnzimmer wollte dieses Bad beim besten Willen nicht passen. Erst recht nicht mitten im Winter. Was also hatte diese Gummibadewanne hier zu suchen?

Das Gummibassin war grün und darauf abgebildet waren Kinder, die sich alle die Hand gaben. Kinder aus der ganzen Welt. Sie alle zeigten scheinbar überglücklich ihre weißen Zähne und widerspiegelten einen Weltfrieden, den es wohl so nie geben würde. Auf dem Wasser schwammen viele leere PET-Flaschen verschiedener Marken. Auch neben dem Becken lagen einige dieser Flaschen verstreut auf dem Boden.

Nun erst fiel Kurt auf, dass das Parkett nass war und sich mehrere Pfützen gebildet hatten. Allem Anschein nach war ein Teil des Wassers aus dem Schwimmbad geflossen.
Vorsichtig trat Kurt vom Becken weg und trat zur beschmierten Wand. Dort auf dem Boden stand eine Glasschüssel mit roter Farbe und einem Pinsel. Kurt beugte sich über die Schüssel und nahm sofort den eisernen Geruch wahr. Blut! Die Farbe war Blut. Was für eine kranke Sau musste der Mörder, ein Selbstmord dürfte unter diesen Umständen unmöglich gewesen sein, wohl sein, wenn er die Wand mit dem Blut seines Opfers beschmierte?
   Dem Kommissar lief ein kalter Schauer über den Rücken. Zu wissen, dass die Person, die dies getan hatte nun irgendwo in Basel frei herumlief, war alles andere als beruhigend.
   Die ganze Szene hier am Tatort war bizarr. Eine am Sofa kniende Leiche, die betend ihre Hände zusammengefaltet hatte. Eine aufgeschlitzte Hauptschlagader, die genügend Blut lieferte, um es in einer Schüssel als Farbe zu sammeln. Eine mit reichlich Blut geschriebene Moralpredigt an der Wand. Ein mit Wasser und leeren PET-Flaschen gefülltes Babyschwimmbecken worauf

sich Kinder die Hand gaben und fröhlich lachten. Was war hier geschehen? Und was hatte dies alles zu bedeuten?

Kurt trat an eines der großen Fenster und blickte hinaus. Draußen schien die Sonne und es bot sich ihm ein wunderbarer Blick auf den Rhein und das gegenüberliegende Kleinbasel. Nicht zu vergessen, das riesige Gerüst, das seit einigen Monaten jedes Gebäude der ganzen Region überragte.

Die Arbeiten am Rocheturm würden wohl nicht mehr lange dauern. Basel war glücklich, ein Großkonzern hatte sich entschlossen, seinen Sitz in der Stadt auszubauen, während andere Firmen, wie z. B. Kurts Zahnpastahersteller, ihre Produktion ins billigere Ausland verlagerten.

Doch all dies war Kurt eigentlich egal. Der Turm missfiel ihm und er hätte sich geärgert, hätte man ein solches Gebäude in die Nähe seines Hauses hingepflastert. Ja, Basel gefiel ihm und er musste sich eingestehen, dass dieser Blick hier auf den Rhein durchaus seinen Reiz hatte, aber er war dennoch froh, etwas außerhalb zu leben.

Vogelgezwitscher zum Aufwachen, der Blick auf die wenigen Weinberge, den Wald und die zwei Burgen und einen ruhigen alten Dorfkern, auf dem jeweils am Freitagmorgen einige Marktstände ihre Waren anboten. Das ist Lebensqualität, Rhein hin oder her.

Der Fluss war an diesem Winternachmittag trüb, aber durch den leicht bewölkten Himmel bahnten sich einige Sonnenstrahlen ihren Weg zur Stadt. Auf seiner Uferseite legte gerade die *St. Alban-Fähre* ab und schickte sich an, eine weitere Rheinüberquerung in Angriff zu nehmen.

Wann hatte der *Fährimaa* wohl angefangen zu arbeiten? Hatte er vielleicht etwas gesehen? Kurt nahm sich vor, später bei ihm vorbeizuschauen.

Als er sich wieder dem Wohnzimmer zuwandte, trat einer der in Weiß gekleideten Männer der Gerichtsmedizin auf ihn zu. „Hallo Kurt", grüßte ihn der leitende Arzt.

Kurt grüßte zurück. Er kannte Dr. Tobias Schindelholz seit vielen Jahren. Er gehörte genauso zu einem Tatort wie Kurt selbst.

Gemeinsam hatten sie Leichen an den verschiedensten Orten begutachtet, ob frisch aus dem Wasser gefischt, auf Schienen, in Wohnungen, Parks oder im Wald. Auch wenn es vielleicht etwas grotesk klang, aber es waren die Toten, die sie beide verbanden.

Anders als einige seiner Polizeikollegen störte es Kurt nicht, dass Tobias Schindelholz Deutscher war. Wieso denn auch? Er machte einen guten Job, sagte was er dachte und war daher der Richtige für diese Arbeit.

„Na Kurt, wohl eines über den Durst getrunken gestern Nacht, ne?", meinte Tobias und grinste Kurt an.

„Wer rechnet denn schon damit, am ersten Januar zu so etwas gerufen zu werden", entgegnete Kurt während er mit seinem Kopf in Richtung der Leiche deutete.

„Was wisst ihr denn bereits?", fuhr der Kommissar fort und gab zu verstehen, dass er hier war um zu arbeiten und nicht um Smalltalk zu führen.

„Sehr wahrscheinlich handelt es sich beim Toten um Patrick Müller. Alles Weitere werden die Untersuchungen zeigen. Der Tod ist vermutlich in der vergangenen Nacht eingetreten. Wir werden uns nun näher an die Untersuchungen machen und dann später mit der Obduktion beginnen."

„Wann kannst du mir mehr sagen?", wollte Kurt wissen und wurde sogleich auf den nächsten Tag vertröstet.

Während sich die Spurensicherung an die Arbeit machte, verließ Kurt die Wohnung. Auf dem Flur wartete Michi auf ihn. Michael

Rüedi, von allen stets Michi genannt, war seit drei Jahren Kurts Partner.

Während Kurt bereits zehn Jahre bei der Basler Kriminalpolizei diente, war Michi erst seit vier Jahren dabei. In diesen vier Jahren aber hatte Michi sich bewährt. Seit er und Kurt gemeinsam ermittelten, gehörte das Duo zum erfolgreichsten der Stadt.

Michi war Anfang Dreißig, trug Kurzhaarschnitt und Ziegenbart. Obwohl er sportlich und kräftig war, er besuchte dreimal wöchentlich das Crossfit, rauchte er mehrere Zigaretten täglich.

„Ein Laster hat jeder, bei mir weiß man wenigstens gleich was es ist", pflegte er zu sagen, wenn er darauf angesprochen wurde.

Mit seinen 1,68m schaffte er es gerade noch, das Anforderungsprofil der Basler Polizei zu erfüllen. Nicht selten wurde er während der Polizeischule deswegen hochgenommen. Er war Single und lebte in einer einfachen Zweizimmerwohnung in Kleinbasel. Die beiden Polizisten verstanden sich gut.

So gut, dass sie hin und wieder auch in ihrer Freizeit etwas gemeinsam unternahmen, aber nicht gut genug, als dass sie sich über ernste private Themen unterhalten würden. So versuchte Michi es bis anhin vergeblich, mit Kurt über den verhängnisvollen Tag im September 2014 zu sprechen.

„Skurril das Ganze, nicht wahr?", meinte Michi kopfschüttelnd. „Hm. In der Tat ein äußerst merkwürdiges Bild dort in der Wohnung. Wir werden wohl in den nächsten Tagen einiges zu tun bekommen. Hast du bereits etwas herausgefunden?"

„Nicht viel mehr als du, Kurt. Bin nur eine halbe Stunde vor dir hier eingetroffen. Wie ich von einer Nachbarin erfahren habe, wird die Wohnung von einem gewissen Patrick Müller gemietet. Herr Müller sei aber oft Tage und Wochen nicht hier.

Es schien, als beabsichtigte sie noch einiges mehr zu erzählen, aber zuerst wollte ich mir ein Bild vom Tatort machen. Werde die Frau gleich nochmals befragen.

Ansonsten weiß ich, dass sich heute Morgen auf der Zentrale ein anonymer Anrufer meldete und auf diesen Tatort hinwies. Genaue Details kenne ich bis jetzt aber nicht."

Kopfnickend dankte Kurt seinem Kollegen und schlug dann vor, draußen das weitere Vorgehen zu besprechen.

Während Michi die bereits achte Zigarette des neuen Jahres anzündete, gingen sie die paar wenigen Treppen ans Rheinufer hinunter. Obwohl es Januar war, zeigte das Thermometer beinahe zehn Grad. Die beiden einigten sich, vorerst die Nachbarn als allfällige Zeugen zu befragen. Vielleicht wusste der eine oder andere etwas über allfällige Freunde und Verwandte des Opfers. Vorausgesetzt bei diesem handelte es sich tatsächlich um den Mieter der Wohnung.

Auch dem Fährimaa, sowie der Person der Polizeizentrale, die den Anruf entgegengenommen hatte, galt es eine Visite abzustatten. Kurt wollte zudem in der Wohnung nach persönlichen Gegenständen, wie Smartphone, Agenda oder anderen brauchbaren Objekten suchen. Sie teilten sich die anstehende Arbeit auf und machten sich sogleich ans Werk.

Kurt schlenderte zuerst zum Steg, dem sich die Fähre gerade näherte. Ein Paar mittleren Alters verließ das Boot und folgte dem Uferweg in Richtung Innenstadt.

Der Kommissar bestieg die Fähre, grüßte den Fährimaa und nahm auf einem der bereitgelegten Kissen Platz. Kurz darauf legte die Fähre ab und der Herr des Schiffes kam vorbei, um das Fahrgeld einzukassieren.

„Einmal hin und zurück", murmelte Kurt und drückte dem

Mann einen *Fünfliber* in die Hand. Wenige Augenblicke später kam dieser mit dem Wechselgeld zurück.

„Was ist denn da drüben los?", wollte der scheinbar ahnungslose Kurt wissen und deutete mit seinem Kopf auf das zurückgelassene Ufer.

„Das frage ich mich, seit ich den ersten Streifenwagen entdeckte. Nun ja, scheint etwas Schlimmeres zu sein, bei diesem Aufgebot.

Wären wir auf der Münsterfähre, würde ich ja auf einen weiteren Selbstmörder tippen, der sich mit einem Sprung von der Pfalz ..." Der Mann hielt nachdenklich inne und fuhr dann fort: „Aber hier in dieser Gegend ..."

„Diese Gegend?", griff Kurt die Aussage sogleich fragend auf.

„Eine der besseren von Basel. In den vergangen Jahren hat sich die Gegend hier verändert. Viele der alten Häuser werden renoviert, um danach zu hohen Preisen vermietet zu werden. Einige Wohnungen hier dürften nicht leicht erschwinglich sein. Hier ist ein ruhiger Fleck, eigentlich nicht der Platz für ein Verbrechen", meinte der Fährimaa, bevor er aufstand und mit einigen geübten Griffen die Fähre an den Kleinbasler Steg manövrierte.

Wie Kurt erleichtert feststellte, warteten keine Passagiere und so legten sie bald darauf wieder ab. Während der Rückfahrt erfuhr Kurt, dass die Fähre diesen Morgen, wie für die Jahreszeit üblich, gegen elf Uhr die Fahrt aufgenommen hatte. Die vier Basler Fähren fuhren den Winter hindurch nur an Wochenenden und an schönen Tagen wie heute.

Etwas Ungewöhnliches habe der Mann aber nicht gesehen.

Bevor der Kommissar ausstieg, griff er nach einer Visitenkarte und drückte sie dem Fährimaa in die Hand.

„Falls Ihnen doch noch was einfällt." Der Mann nahm die Karte entgegen, warf einen kurzen Blick darauf und schmunzelte.

„Hab ich's mir doch gedacht. Viel Erfolg!"

Als Kurt, der mit einer neugierigen Frage gerechnet hatte, nachhakte, ob der Mann denn nicht wissen wolle, was da los sei, schmunzelte der Fährimaa erneut und witzelte: „Früher oder später erzählt es sowieso einer dem Fährimaa."

Lächelnd ging Kurt von Bord und stieg schnellen Schrittes die Treppe zur Straße hoch. Wieder passierte er die Absperrung und begab sich in den dritten Stock. Dort hatte die Spurensicherung unterdessen ganze Arbeit geleistet und war gerade dabei, die Leiche in einen dafür vorgesehenen Sack zu packen.

Nach wie vor aber untersuchten einige Angehörige der Spurensicherung die Wohnung nach Indizien. Kurt ging durch die übrigen Räume der Wohnung. In der Küche fand er nichts Aufregendes, dafür aber stieß er im Bad, direkt neben der Toilette auf eine vier Tage alte Zeitung.

Sofort fiel ihm auf, dass es keine Schweizer Zeitung war. Eine englischsprachige.

Als Nächstes suchte er das Büro des Toten auf. Hierhin war die Spurensicherung noch nicht vorgedrungen. Kurt streifte sich ein Paar Handschuhe über und betrat den Raum. Auf dem Schreibtisch fand er einen Laptop, den er jedoch auf seinem Platz ließ. Dafür hatte die Polizei eigens Experten, die es besser als er verstanden, dem Gerät Informationen zu entlocken.

Auf dem Schreibtisch befand sich zudem eine Stromleiste und daran steckte ein aufgeladenes Smartphone. Bingo! Der Mörder oder die Mörderin hatte es wohl nicht als notwendig erachtet, dieses potenzielle Beweismittel zu beseitigen. Das Gerät war zwar eingeschaltet, aber durch eine Tastensperre gesichert. Also auch ein Fall für die Experten.

Kurts Blick wanderte umher. Auch vom Bürotisch aus bot sich ihm ein Blick über den Rhein und zum Turm. Was wohl eine solche Wohnung kosten mochte? Er öffnete eine der Schubladen des Schreibtisches.

In perfektionistischer Ordnung waren Stifte, Gummi, Schere, Lineal und weitere Büroutensilien bereitgelegt. Hinter der sich unterhalb der Schublade befindenden Schreibtischtüre befanden sich mehrere sauber beschriftete Ordner.

Buchhaltung 2013. Buchhaltung 2014. Buchhaltung 2015. Kurt griff nach den Ordnern der vergangenen zwei Jahre, verstaute sie in seiner Tasche und öffnete dann kurz den Ordner des angebrochenen Jahres. Dieser war wie erwartet leer und so legte er ihn gleich wieder zurück an seinen Platz.

An der Wand neben dem Tisch hingen ein paar unpersönliche Bilder, die dem Raum ein beinahe künstlerisches Ambiente verliehen. Es war das Bild mit dem Wassertropfen, das Kurt innehalten ließ. Eine gut getroffene Fotografie eines Blattes, an dessen Ende sich ein Tautropfen gebildet hatte, der jeden Moment drohte, auf den Boden zu fallen.

Wieder Wasser. Ein Zufall?

In einer Vitrine auf der gegenüberliegenden Seite fand Kurt ein paar gerahmte Fotos. Eines zeigte zwei ältere Menschen, in deren Mitte der tote Mann aus dem Wohnzimmer noch lebendig breit lächelte.

Ein anderes bildete den Mann mit einer Gruppe gleichaltriger Menschen ab, die irgendwo in einer Bar saßen und gemeinsam anstießen. Weitere Bilder präsentierten den Mann vor den unterschiedlichsten Kulissen.

Auf einem Bild glaubte Kurt die Niagara Falls zu erkennen, auf einem die Golden Gate Bridge und auf wieder einem anderen Kapstadt mit dem Table Mountain im Hintergrund.

Der Kommissar griff sich das Bild mit den älteren Menschen und jenes der Gleichaltrigen und steckte sie in seine Tasche. Dann betrat er erneut das Wohnzimmer und blickte sich noch einmal sorgfältig um. Doch da gab es nichts, das seine Aufmerksamkeit auf sich gezogen hätte und so ging er hinüber ins Schlafzimmer. Er warf einen kurzen Blick in den Kleiderschrank.

Nur teure Klamotten. Hatte der Mann auch etwas anderes als Anzug, Hemd und Krawatte getragen? Da es hier keine erwähnenswerten Entdeckungen gab, verließ Kurt kurz darauf die Wohnung.

Im Treppenhaus traf er Michi, der soeben aus einer der Wohnungen trat. Von ihm erfuhr Kurt, dass viele der Nachbarn gar nicht zu Hause waren. Ferien. Die muss man sich zuerst leisten können. Aber solche Überlegungen gehören nicht zu denen, die sich Menschen in diesem Haus machten.

Bei Patrick Müller habe es sich, so hatte es Michi von einer gesprächigen Nachbarin erfahren, um einen netten jungen Mann gehandelt. Er habe immer freundlich gegrüßt, aus seiner Wohnung seien nie störende Geräusche gedrungen und auch im Allgemeinen gab es nichts Negatives über ihn zu berichten.

Gab es das überhaupt jemals über einen Toten, fragte sich Kurt, der in der Regel bei seinen Befragungen die Erfahrung machte, dass Verstorbene immer sehr liebenswürdige Menschen gewesen sein mussten. Nur blöd: In der Welt der Lebenden aber wimmelte es von egoistischen und nervtötenden Menschen. Nun ja.

Patrick Müller habe, riss ihn Michi aus seinen Gedanken, wohl einen hohen Posten in einer dieser riesigen globalen Firmen gehabt, die auf der ganzen Welt tätig waren. Er sei viel unterwegs gewesen, doch als was genau er arbeitete, wusste die Nachbarin nicht zu berichten.

Am gestrigen Abend sei ihr nichts Ungewöhnliches aufgefallen, aber sie gehöre halt auch nicht zu den Menschen, die ihre Nachbarn bespitzeln. „Natürlich", brummte Kurt und bemerkte sarkastisch, dass es derlei Leute sowieso nie gibt.

Mit einem schiefen Grinsen ging Michi auf die Bemerkung seines Partners ein und fuhr dann fort. Herr Müller sei vor etwa vier Jahren hier eingezogen, habe gerne Frauen nach Hause gebracht, doch nie sei eine über längere Zeit ein- und ausgegangen. Hingegen aber seien seine Freunde wohl immer die gleichen geblieben. Immer die gleichen gut aussehenden, chic gekleideten Männer.

Michi hatte anscheinend wahrlich Mühe gehabt, den Redefluss der Frau zu stoppen und so erklärte er nun seinem Kollegen grinsend: „Ich könnte dir noch ein wenig Klatsch und Tratsch über dieses Haus und die halbe Stadt berichten, aber ich denke wir lassen es bei diesen Informationen genügen."

Gemeinsam suchten die zwei Ermittler nun noch die letzte Wohnung auf, an deren Türe Michi bisher noch nicht geklingelt hatte. Nach dem zweiten Klingeln näherten sich Schritte und ein Schlüssel drehte sich im Schloss. Die Tür öffnete sich einen Spalt breit, bevor sie von einer Sicherheitskette blockiert wurde. Das Gesicht eines älteren Mannes spähte durch den Spalt und ein skeptisches „Ja?" ertönte.

Es dauert einen Moment bis die beiden Polizisten den Mann davon überzeugt hatten, die Türe zu öffnen, um mit ihnen zu sprechen. Dann aber stellte er sich als Herr Wanner vor und gewährte ihnen Zutritt zu seiner Wohnung.

Die drei Herren nahmen im Wohnzimmer am Esstisch Platz und Herr Wanner stellte den Polizisten zwei Gläser und eine Flasche Rivella bereit. Dankend griff Kurt zu und füllte die Gläser mit dem gelbbräunlichen Getränk.

„Herr Wanner, sicher haben Sie mitbekommen, was hier im Haus geschehen ist. In der Wohnung von Herrn Müller wurde heute Morgen eine Leiche gefunden. Wir gehen davon aus, dass es sich dabei um Herrn Patrick Müller handelt."

Kurt hielt inne, um auf die Reaktion des Mannes zu warten. Dieser war einen Moment sprachlos, bis er fragte: „Wie, ich meine, weshalb ist er gestorben? Hat er sich umgebracht?"

„Wie kommen Sie denn darauf?", übernahm nun Michi und blickte Herrn Wanner fragend an.

„Nun ja, Herr Müller ist, ähm … war noch jung. Zudem das Großaufgebot der Polizei. Da liegt es doch nahe, dass es kein gewöhnlicher Tod … Oder ist es Mord?!"

„Zum jetzigen Zeitpunkt können wir noch nichts dazu sagen, aber es deutet in der Tat einiges auf einen ungewöhnlichen Tod hin. Würde denn aus ihrer Sicht etwas für eine Ihrer Vermutungen sprechen?"

Erstaunt blickte Herr Wanner Kurt an. In seinem Kopf schien es zu rattern, bevor er langsam und überlegt antwortete:

„Ich kannte Herrn Müller kaum. Bin ich ihm begegnet, wirkte er nie unglücklich, aber was heißt das schon. Menschen wissen sich zu verstellen und kaum einer spricht über seine inneren Wunden. Woher also sollte ich wissen, ob sich Herr Müller … Und Mord! Ich sage es Ihnen mal ehrlich. Mein Typ war er nicht.

Ja, er grüßte zwar freundlich, lächelte immer breit, aber irgendwie war er mir von Anfang an unsympathisch. Sie wissen doch, manchmal hat man so ein Gefühl …"

„Erklären Sie das doch bitte etwas genauer", hakte Kurt nach.

„Sein Lachen wirkte nicht echt. Seine Freundlichkeit gezwungen. Geld war das Einzige, was für ihn zählte. Jedenfalls lief es in den wenigen Gesprächen, die wir führten am Ende immer auf das Eine hinaus.

Und einmal, da habe ich gesehen, wie einer alten Frau, die unten an der Straße spazierte, ein Hunderter aus der Tasche fiel.

Keine Ahnung weshalb sie das Geld nicht sicher verwahrt hatte. Jedenfalls ging Herr Müller nur dicht hinter ihr. Er muss den Verlust genau beobachtet haben. Er hob das Geld auf und ich dachte natürlich, dass er ihr den Schein bringt, stattdessen aber bog er in die Seitenstraße ein und verschwand."

„Und? Haben Sie ihn darauf angesprochen?"

„Was glauben Sie denn? Natürlich! Aber er versicherte mir, nicht gesehen zu haben, woher das Geld kam. Natürlich hätte er es sonst zurückgegeben.

Ich sage Ihnen, reden, das konnte er. Ich bin davon überzeugt, dass er es genau wusste, aber er log mich an, ohne mit der Wimper zu zucken!"

„Und seit diesem Tag war er Ihnen unsympathisch?"

„Nun ja, das war der letzte Tropfen. Aber wie gesagt, er war es mir bereits zuvor.

Um auf Ihre Frage zurückzukommen. Ihn aus diesen Gründen umbringen? Nun, ich weiß nicht. Da müsste wohl die halbe Menschheit dran glauben."

Es entstand eine Pause, in der jeder seinen Gedanken nachging. Dann erkundigte sich Michi nach allfälligen Bekannten und Verwandten von Herrn Müller. Die darauffolgenden Aussagen deckten sich mit denen der Nachbarin.

Kurt zeigte ihm die beiden Fotos. Während Herr Wanner meinte, die beiden älteren Menschen nicht zu erkennen, versicherte er ziemlich gewiss, einige der jüngeren Menschen bereits im Treppenhaus oder vor dem Haus gesehen zu haben. Über die Verbindungen der Personen zum Opfer konnte er keine Angaben machen.

„Haben Sie in den vergangenen Tagen etwas Hilfreiches beobachtet?", wollte nun Kurt wissen und setzte sogleich nach: „Egal was, erzählen Sie. Alles kann wichtig sein."

„Hm. Herr Müller ist vor etwa zwei Tagen ... ähm, nein, warten Sie ... drei Tagen wieder von einer Reise zurückgekommen. Seither war es ruhig.

Ja, bis ... Ja, gestern Abend hatte er Besuch. Es war ja Silvester. Am Abend war ich mit ein paar Freunden essen, danach stießen wir beim Münster aufs 2015 an. Aber wenn Sie mich fragen, ich glaube kaum, dass man auf dieses Jahr anstoßen sollte.

Kriege, jugendliche Europäer, die nach Syrien kämpfen gehen. ISIS. Erdöl. Dann der Euro. Wissen Sie, was ich über Griechenland und ...“

„Sie waren also auf dem Münsterplatz. Wann genau sind Sie dann seinem Besuch begegnet?“, unterbrach Kurt den älteren Mann, bevor dieser noch weiter auf die Missstände der Welt und die Apokalypse des Jahres 2015 eingehen konnte.

„Gegen ein Uhr. Da war das Feuerwerk zu Ende. Kaum hatte ich die Wohnungstür hinter mir geschlossen, hörte ich Stimmen und die Haustüre schlagen. Es war eindeutig Herr Müller in Begleitung einer jungen Frau. Die beiden waren wohl ein wenig angeheitert, waren jedenfalls nicht gerade leise.“

„Können Sie die Frau beschreiben?“

„Bitte? Woher soll ich denn wissen, wie die aussah? War ja bereits in meiner Wohnung! Ich gehöre doch nicht zu denen, die spionieren!“ Die Antwort kam schnell und wirkte etwas zu empört.

„Sie sagten junge Frau. Weshalb wissen Sie, dass sie jung war?“, wurde Herr Wanner nun von Kurt konfrontiert.

„Jung? Sagte ich jung?“ Eine kurze Pause, dann: „Die aufgetakelten Dinger sind doch immer jung. Zehn, zwanzig oder dreißig Jahre jünger, spielt doch alles keine Rolle mehr.

Damals gab es noch Werte. Stellen Sie sich vor wie meine selige Mutter reagiert hätte, wenn ich meine Frauen gewechselt ...“

„Herr Wanner“, betonte Kurt nachdrücklich, „haben Sie die Frau gesehen oder nicht? Mir und meinem Kollegen ist es gleichgültig, ob Sie Ihren Nachbarn nachspionieren oder nicht. Mir ist es aber nicht egal, wenn wichtige Informationen verheimlicht werden. Also überlegen Sie sich nochmals gut, ob Sie die junge Begleitung gesehen haben oder nicht!"

Wieder eine Pause. Herr Wanner blickte verlegen nach unten, bis er endlich antwortete.

„Hab kurz durch den Spion geguckt, als sie an meiner Tür vorbeigingen. War eine junge Frau. Vielleicht 20, 30. Wer kann das schon so genau sagen. Lange dunkle Haare."

„Schon mal gesehen?"

„Nein."

„Können Sie sie weiter beschreiben? Größe, Aussehen?"

„Etwa so groß wie Herr Müller. Trug ein schwarzen Rock oder Kleid und dunkle Stiefel mit hohen Absätzen. Dazu eine dieser aufgeplusterten Jacken mit so einer Pelzkapuze."

„Farbe?"

„Dunkel. Schwarz, oder dunkelblau vielleicht."

„Gesicht?"

„Habe ich nicht gesehen, war mir nicht zugewandt."

„Gut. Herr Wanner, falls Ihnen noch etwas einfällt, melden Sie sich bei mir. Außerdem ist es gut möglich, dass wir noch einmal vorbeikommen."

Kurt legte seine Visitenkarte auf den Tisch und stand auf. Michi folgte seinem Beispiel und die beiden gingen Richtung Tür.

„Bleiben Sie nur sitzen, wir finden den Weg", sagte Kurt bevor sie sich verabschiedeten und die Türe hinter sich schlossen.

Zurück ließen sie einen älteren Mann, der alleine an seinem viel zu großen Tisch saß und nachdenklich hinaus auf den trüben Fluss blickte.

„Glaubst du, er könnte was mit Herrn Müllers Tod zu tun haben?", wollte Michi wissen, als sie später im Büro saßen und die bisherigen Fakten auswerteten.

„Er mag diesen Mann wohl wirklich nicht gemocht haben, aber dafür einen Mord riskieren ...? Nein, das glaube ich nicht. Aber lass uns keine voreiligen Schlüsse ziehen."

Es war bereits nach 19 Uhr. Die beiden Polizisten hatten auf dem Weg ins Büro bei einem Schnellimbiss Halt gemacht, wo sie sich mit zwei Pizzen und Getränken eindeckten. Kurts Kopfschmerzen waren verschwunden und unterdessen schätze er es, an diesem ersten Januar einen Auftrag zu haben, der ihn ablenkte.

An einer großen Pinnwand hatten sie die bisherigen Fakten gesammelt und nun waren sie dabei, sich einen Überblick zu verschaffen. Für den morgigen Tag versprach ihnen ihr Vorgesetzter, der gerade noch in den Skiferien in Adelboden weilte, Verstärkung.

Als sie ihre Wand mit allen bisher ausgewerteten Fakten und Informationen bestückt hatten, fasste Kurt die wesentlichen Erkenntnisse zusammen.

„Beim Opfer handelt es sich um Herrn Patrick Müller, 36 Jahre alt, 1,85 Meter groß, Schweizer. Wie uns Dr. Schindelholz mitteilte, stimmen die meisten Fingerabdrücke in der Wohnung mit denjenigen der Leiche überein. Zudem befand sich in seiner Hose ein Portemonnaie, dessen Ausweise ebenfalls mit dem Namen des Mieters übereinstimmten.

Auch die Passfotos sind mit der Leiche identisch. Zum genauen Zeitpunkt des Todes werden wir morgen genaue Angaben erhalten.

Herr Müller wurde aber gestern Nacht gegen ein Uhr in Begleitung einer dunkelhaarigen etwa 180 Zentimeter großen Frau im Alter zwischen 20-30 Jahren gesehen. Er muss also zu diesem Zeitpunkt noch gelebt haben."

Der Kommissar legte eine kurze Pause ein, nahm einen Schluck Wasser und fuhr fort:

„Von Frau Meister aus der Zentrale wissen wir unterdessen, dass sich bei ihr heute Morgen gegen 09.30 Uhr ein anonymer Anrufer mit folgendem Wortlaut gemeldet hatte:

'Hallo. Schicken Sie doch mal eine Streife bei Herrn Patrick Müller im Rheinuferweg vorbei. Seine Taten haben nun wohl ein Ende, doch leider werden sie bald von einem anderen fortgesetzt. Es gibt tausende Patrick Müller, die nicht an die Hölle glauben, doch deren Pforten stehen bereits weit offen.'

Die Auswertungen der Tonaufnahmen werden wir morgen in Angriff nehmen."

„Nicht gerade viel bis jetzt", bemerkte Michi als Kurt geendet hatte. „Wissen wir denn etwas über Verwandte?"

„Leider noch nicht. Das Mobiltelefon und der Computer müssen zuerst ausgewertet werden. Aber heute sind ja noch alle in den Ferien. Auch den Ordnern konnte ich bisher keine diesbezüglichen Daten entnehmen", brummte Kurt.

„Was ist mit der Schrift? Hast du dich schon damit auseinandergesetzt?"

„Noch nicht, aber lass uns doch mal schauen."

Kurt kramte sein Notizbuch hervor und begann laut vorzulesen: „Was der Mensch sät, das wird er ernten! Offenbarung 3/1866. Klingt wie eine Bibelstelle finde ich."

„Hm, könnte sein."

Mit den knappen Worten „Warte kurz" verschwand Michi aus dem Raum um bald darauf mit einem Buch zurückzukehren.

„Unsere Bibel, wie es aussieht schon länger nicht mehr gebraucht", grinste er als er sich wieder neben Kurt setzte. Er schlug das Buch auf und suchte im Inhaltsverzeichnis nach Anhaltspunkten.

„Offenbarung. Es gibt ein Kapitel Offenbarung", ließ er nur wenige Sekunden später euphorisch verlauten und machte sich gleich daran die entsprechende Seitenzahl zu suchen.

„Merkwürdig, der Name des Kapitels stimmt nicht mit der angegeben Seitenzahl überein."

„Gib her!", entfuhr es Kurt ungeduldig. „Kunststück, du bist im Alten Testament, die Seitenzahlen beginnen im neuen Testament wieder bei eins."

Kurz darauf entfuhr Kurt ein siegessicheres „Haa!". Offenbar hatte er die Offenbarung gefunden. Eilig blätterte er das Buch bis zum dritten Kapitel der Offenbarung durch, machte am Ende aber nun doch auch ein ratloses Gesicht.

„Das dritte Kapitel verfügt nur über 18 Verse. Da gibt es keine 1866!"

„Ein Schreibfehler in der Botschaft?", fragte Michi.

„Wohl kaum! Wäre die 66 zu viel, also nur Offenbarung 3 Vers 18 gemeint, stimme der Spruch nicht überein. Hier steht: ‚Die Frucht der Gerechtigkeit aber wird gesät in Frieden für die, die Frieden stiften'."

„Aber da ist doch auch von Säen die Rede. Vielleicht wurde der Vers ein wenig uminterpretiert. Ich meine ‚Was der Mensch sät, das wird er ernten' hat doch nahezu die gleiche Bedeutung wie, wer Friede stiftet wird Friede bekommen, oder etwa nicht?"

„Könnte sein ... Wieso dann aber noch die 66? Lass mich noch etwas versuchen. Vielleicht ist es gerade umgekehrt und wir müssen den dritten Vers aus dem 1866 Kapitel nehmen."

Wieder blätterte Kurt weiter. Doch bereits nach wenigen Sekunden hörte er auf.

„Hier ist die ganze Bibel zu Ende. 22 Kapitel, nicht mehr! Also so kann es auch nicht gemeint sein!"

Ratlos blickten die beiden Ermittler sich an.

Nach einer Weile des Schweigens schlug Michi vor, den Text im Internet einzugeben.

„Wenn es sich dabei um eine bekannte Bibelstelle handelt, werden wir sie auf diese Art sicher finden."

Gesagt, getan.

„Hier steht's!", rief Michi und klickte gleich den angezeigten Link an.

,Irrt euch nicht! Gott lässt sich nicht spotten. Denn was der Mensch sät, das wird er ernten. Galater 6 Vers 7'

„Genau das ist der Spruch", bestätigte Kurt und machte sich nun in seiner Bibel auf die Suche nach der genannten Stelle.

„Ja, du hast recht, hier steht es! Aber wieso an einer ganz anderen Bibelstelle? Was will uns der Täter damit mitteilen?"

„Zu viele Fragen für einen ersten Januar", entfuhr es Michi.

„Hm", war alles, was Kurt erwiderte, bevor sie einige Minuten ihren Überlegungen nachhingen.

Schließlich sagte Kurt, dass es wohl sinnvoller wäre, morgen mit der Arbeit fortzufahren. Mit einem Blick auf seine Uhr stimmte Michi zu und so verließen sie nur wenig später ihr Büro und machten sich auf den Heimweg.

Während Kurt auf der Autobahn stadtauswärts fuhr, wanderten seine Gedanken bereits zum morgigen Tag. Sie würden wohl den nahestehenden Verwandten einen unangenehmen Besuch abstatten müssen. So sehr er seine Arbeit auch liebte, auf diesen Teil würde er gerne verzichten.

Auch nun, nach vielen Jahren der Übung, kam er sich jedes Mal wieder wie ein nach Worte suchender Anfänger vor, den die Situation total überforderte.

Er fuhr schneller als erlaubt und mit einem Mal waren seine Gedanken wieder an jenem Tag, als es geschehen war. Die dunklen Wolken zogen sich dichter über ihm zusammen. Innert Sekunden war er in jener Dunkelheit gefangen, der zu entweichen, er nie gelernt hatte.

Da hörte er das Jaulen des Höllenhundes, das bald in ein höhnisches Stöhnen umschlug. Die Bestie blickte ihn mit lodernden Augen an, während sie wieder einmal zu jenem Satz ansetzte, den Kurt nicht mehr hören konnte.

„Dich trifft die Schuld, Mörder!"

„Neeein!", schrie Kurt und drückte aufs Gas. Er war nicht mehr Herr seiner Sinne.

„Neeein!"

Die Bestie verzog sich, doch in der Ferne erkannte Kurt noch immer ihre lodernden Augen. Dann erschien Sie. Mit vorwurfsvollem Blick stand die Frau da. Kein Wort. Keine Regung. Wie eine Salzsäule stand sie da und blickte ihn vorwurfsvoll an.

So plötzlich wie sie gekommen war, verschwand sie wieder und Kurt realisierte, wie er mit schnellem Tempo auf die scharfe Kurve zuraste, die hinunter in den *Schänzlitunnel* führte. Der Kommissar trat auf die Bremse und drosselte gerade noch rechtzeitig das Tempo. Er nahm die Kurve und wurde nur wenige Sekunden später vom Tunnel verschluckt. So zu fahren war einfach nur krank.

Als Kurt am nächsten Morgen um acht Uhr im Büro ，， fühlte er sich kaum besser als tags zuvor. Einmal mehr hatte er eine durchzechte Nacht hinter sich, in der er mehrmals wegen Albträumen hochgeschreckt war.

Doch wenigstens hatte er sich an seinen Vorsatz, im neuen Jahr etwas weniger zur Flasche zu greifen, gehalten. Kurt vermutete jedoch, dass er bald die erste Ausnahme machen würde, denn Mr. Jameson half ihm wenigstens durchzuschlafen.

Heute Morgen aber war er nun trotz Müdigkeit fest entschlossen, gut in den Tag zu starten. Es gab einen neuen Fall, der durchaus versprach, spannend zu werden. Hoffentlich würde er ihn einige Zeit ablenken.

Um 8.30 Uhr versammelten sich die am Fall ermittelnden Polizisten im Besprechungsraum, wo Kurt und Michi bereits auf mehreren Tafeln die bisherigen Fakten notiert hatten. Mit dabei war Staatsanwältin Stefanie Lang und der eigens von seinem Skiurlaub zurückgereiste Leiter der Abteilung, Ruben Frank.

Nur wenige Minuten zuvor hatte Kurt von Ruben erfahren, dass Staatsanwältin Lang die Verantwortung übertragen worden war. Bisweilen hatte Kurt schon einige Male mit der hübschen aber taffen Frau zu tun gehabt, und kannte daher sowohl Vorzüge, wie auch Nachteile der Zusammenarbeit.

Es gab keinen Zweifel, Stefanie Lang würde in kürzester Zeit Ergebnisse sehen wollen, und Kurt wusste genau, dass Köpfe rollten, wenn es ihnen nicht gelang, diese vor Ablauf der Frist zu liefern. Anderseits aber würde die Staatsanwältin ihr Möglichstes tun, um die Ermittlungen voranzutreiben und daher wohl die von ihnen verlangten Ressourcen bereitstellen.

„Guten Morgen Frau Staatsanwältin, guten Morgen Kolleginnen und Kollegen. Danke, dass Sie sich alle eingefunden haben, um das Vorgehen im Mordfall Patrick Müller zu besprechen", eröffnete Ruben Frank die Sitzung.

„Als erstes möchte ich den leitenden Ermittler Kurt Schär darum bitten, uns einen Überblick zu verschaffen."

Kurt trat nach vorne und sah in den Raum, in dem knapp zehn Personen Platz genommen hatten. Dann begann er in kurzen Worten, die Geschehnisse des Vortages Revue passieren zu lassen, um gleich danach über die bisherigen Fakten und das weitere geplante Vorgehen zu informieren. Nachdem Kurt geendet hatte, ergriff die Staatsanwältin das Wort.

„Ich danke Ihnen meine Herren für die bisher geleistete Arbeit. Nun da die Feiertage zumindest in unserem Kanton vorbei sind, sollten wir keine Probleme mehr haben, bald zu mehr Informationen rund um die Person Patrick Müller zu gelangen.

Noch heute Abend möchte ich in einer Pressekonferenz die Medien befriedigend informieren können. Bis dahin ist es wichtig, dass Bekannte und Freunde des Opfers informiert, weitere Zeugen befragt und die Erkenntnisse der Autopsie vorgelegt werden.

Ein Mord wie dieser wird Angst und Unsicherheit bei der Bevölkerung auslösen. Umso wichtiger ist es zu zeigen, dass wir den Fall bald lösen.

Herr Frank, wie viele Polizisten dachten Sie an den Fall anzusetzen?"

Ruben Frank räusperte sich und erklärte dann, dass er für die Sonderkommission nebst den beiden Ermittlern weitere vier Beamte auf den Fall ansetzen möchte.

„Machen Sie sechs daraus. Der baldigen Aufklärung des Verbrechens soll nichts im Wege stehen", antwortete die Staatsanwältin, bevor sie sich an Kurt wandte.

„Ich denke es versteht sich von selbst, dass ich über die Erkenntnisse auf dem Laufenden gehalten werde. Heute Nachmittag gegen vier Uhr treffen wir uns für einen weiteren Austausch, ehe sich Herr Frank und ich uns um 18 Uhr den Medien stellen werden. Noch Fragen?"

Bevor allfällige Einwände erhoben werden konnten, verließ Frau Lang strammen Schrittes den Raum und gab Ruben Frank zu verstehen, dass sie gerne noch mit ihm unter vier Augen sprechen möchte. Während Kurt und sein Team erst einmal Kaffee aufsetzten, betrat die Staatsanwältin Ruben Franks Büro.

„Dieser Fall hat oberste Priorität, ich hoffe das ist Ihnen klar! Sind Sie sich sicher, ob Sie Kurt Sch... "

„Ja, ich bin mir sicher", fiel Ruben Frank der Staatsanwältin ins Wort und stellte gleich klar: „Kurt ist mein bester Mann, seine Aufklärungsquote ist beachtlich."

„Aber es ist ein offenes Geheimnis. Er hat sich seit dem tragischen Ereignis verändert. Man hört er sei nicht mehr derselbe, sei depressiv, greife regelmäßig zur Flasche."

„Man hört vieles. Fakt ist, er zeigt immer noch seine Leistung, ist im Dienst stets präsent und macht nicht den Eindruck, als ginge es ihm allzu schlecht. Wenn ich mir das so überlege, glaube ich sogar eher, dass er seit jenem Tag noch härter und länger arbeitet als je zuvor!"

„Auch das kann eine Flucht vom Leben sein. Behalten Sie ihn im Auge, ich habe da irgendwie ein ungutes Gefühl. Aber wenn Sie meinen, er eigne sich am besten für diesen Fall, dann akzeptiere ich das. Sollten aber keine baldigen Ergebnisse folgen, sind die Tage von Kurt gezählt.

Was die Polizei zurzeit sicherlich nicht brauchen kann, ist ein weiterer Fall von einem suchtkranken Beamten. Da spielt es auch keine Rolle, dass er einen triftigeren Grund haben mag als andere Polizisten."

„Ich werde auf ihn achten", beschwichtigte Ruben Frank die Staatsanwältin, die sich darauf entfernte.

Als sich das Team mit gefüllten Tassen wieder im Besprechungsraum versammelt hatte, wurde das weitere Vorgehen geplant. Kurt setzte einige der Helfer dafür ein, sich erstmals durch die Ordner zu arbeiten, um Informationen über die Person, Patrick Müller, zu gewinnen.

Des Weiteren beauftragte er zusätzliche Polizisten damit, Personenbefragungen im Wohnquartier des Verstorbenen durchzuführen.

„Fragt die Verkäufer, den Bäcker, Spaziergänger, wen auch immer. Irgendwer kennt diesen Patrick Müller vielleicht oder hat etwas gesehen."

Während sich Michi und Kurt rund zwei Stunden später dem kleinen Haus näherten, sprachen sie kaum. Sie beide wussten allzu gut, dass das, was nun folgte nicht leicht werden würde. Gewiss hatte jeder Beruf seine Schattenseiten. Doch gab es Negativseiten eines anderen Berufes, die sich mit den bevorstehenden Minuten hätten vergleichen lassen können?

Beim Gartentor angelangt, bestätigte ihnen ein Blick auf das Briefkastenschild, dass sie am richtigen Ort waren. Vergeblich suchten sie nach einer Türglocke und so entschieden sie sich das Grundstück zu betreten. Anders als in der Stadt warnte hier kein Schild vor einer bissigen Bestie, die mögliche Eindringlinge gleich zerfleischen würde.

Ein gepflasterter Weg führte an brach liegenden Blumenbeeten vorbei direkt zum Haus. Sie tauschten ernste Blicke aus, bevor Michi die Türklingel betätigte. Es dauerte nicht lange, bis sich auf der anderen Seite der Tür Schritte näherten und eine Frau mittleren Alters mit fragendem Blick heraustrat.

„Guten Tag Frau Müller. Ich bin Kurt Schär von der Kriminalpolizei, das hier ist mein Kollege Michael Rüedi", grüßte Kurt, während er mit seiner rechten Hand seinen Ausweis hinhielt.

Frau Müller, vom Anblick der zwei Beamten überrumpelt, grüßte zaghaft zurück.

„Wieso Polizei? Was ist geschehen?", fuhr sie dann mit etwas gefassterer Stimme fort.

„Wir müssen mit Ihnen sprechen, dürfen wir dazu reinkommen?", sprang Michi ein, ohne die Frage zu beantworten.

Die beiden Polizisten folgten Frau Müller durch einen Flur ins Wohnzimmer des Hauses, wo sich ein überraschter Herr Müller aus seinem Sessel erhob. Wieder stellten sich die beiden Polizisten vor, bevor sie der Aufforderung folgten und auf der Couch Platz nahmen.

Nun, da Kurt dem Ehepaar Müller gegenübersaß, erkannte er in den Beiden die zwei älteren Personen vom Foto aus Patrick Müllers Wohnung.

„Was ist passiert?", wollte Herr Müller wissen und blickte fragend seine Frau, dann die beiden Herren an.

„Wir müssen Ihnen leider mitteilen, dass Ihr Sohn Patrick in der Nacht auf gestern, einem Verbrechen zum Opfer gefallen ist. Wir fanden ihn gestern in seiner Wohnung in Basel, leider kam jede Hilfe zu spät."

„Patrick, oh nein!", schrie seine Mutter, während der Vater still vor sich hinblickte.

„Ist er …?"

„Ihr Sohn ist gestern verstorben, es tut mir aufrichtig leid", sagte nun Michi mit ruhiger Stimme.

„Wie es aussieht, ist er nicht freiwillig aus dem Leben geschieden, sondern Opfer einer gezielten Attacke gegen seine Person geworden. Sie sollen wissen, dass wir alles Mögliche tun werden, um die verantwortliche Person zur Rechenschaft zu ziehen."

Es brauchte einige Sekunden, bis die Mutter verstand, doch dann brach sie in heftiges Schluchzen aus. Ihr Mann nahm sie in die Arme und so saßen die beiden Eltern minutenlang da.

Während Frau Müller am ganzen Körper bebte, schien ihr Mann die Ruhe in Person zu sein. Ein Fels in der Brandung, der in diesem Augenblick nur für seine Frau da war.

Kurt und Michi saßen unbeholfen auf der Couch. Jahrelange Polizeiarbeit und noch immer waren sie solchen Situationen nicht gewachsen.

Michi erinnerte sich noch allzu gut, wie er vor Jahren als junger Aspirant frisch von der Polizeischule, seinen ausgebildeten Kollegen zu einer Frau begleitete, deren lebloser Ehepartner aus dem Hochwasser des Rheins gefischt worden war.

Weder er, noch sein Vorgesetzter hatten jemals gelernt, wie man eine solche Botschaft überbringen konnte. Die Frau wollte die Nachricht nicht glauben und begann hysterisch mit ihren Fäusten auf den Überbringer der Botschaft einzuschlagen, so als würde dieser dadurch die Nachricht widerrufen.

Michi hatte fassungslos danebengestanden und einige Sekunden verstreichen lassen, bis er endlich mit beruhigenden Worten eingriff und es ihm gelang, die Frau von seinem Kollegen abzubringen.

Kurt ließ einige Minuten verstreichen, bis sich Frau Müller ein wenig gefasst hatte. Dann erklärte er mit ruhiger Stimme, dass er trotz Trauer ein paar wichtige Fragen stellen müsse. Herr Müller nickte fast unmerklich und begann sich langsam von der

Umklammerung seiner Frau zu lösen. Diese tat es, während sie merklich auf ihre Zähne biss, ihrem Mann gleich.

„Was wollen Sie wissen?", brach Herr Müller den kurzen Moment des Schweigens und gab sich alle Mühe seine Gefühle unter Kontrolle zu halten.

„Wie war Ihre Beziehung zu Ihrem Sohn? Sahen Sie ihn oft?", leitete Kurt die Befragung ein.

„Patrick ... ", ein leichtes Zögern, dann, „wir sahen ihn kaum. Er lebte sein eigenes Leben. Seit Jahren hat er sich mehr und mehr zurückgezogen.

Zuerst sahen wir ihn noch regelmäßig, dann nur noch an den Festtagen. Schließlich bevorzugte er es, lediglich noch zu telefonieren. Nein, wirklich viel hatten wir nicht mehr von ihm."

Während der Vater den Satz beendete, ertönte ein weiterer Schluchzer der Mutter. Kurz darauf begann sie zu sprechen.

„Alles begann mit seinem neuen Job, seinen neuen Freunden, seinem neuen Leben. Er war jetzt etwas Besseres. Nicht mehr vom Land, er gehörte nun in die Stadt. Teure Kleidung, schnelle Autos, Frauen und ein luxuriöser Lebensstil. Wissen Sie was uns immer zu schaffen machte?" Sie pausierte nur kurz, um danach ihre Frage selbst zu beantworten.

„Da geben Sie ihrem Kind jahrelang ihre Werte und Ansichten weiter, nur um dann eines Tages festzustellen, dass es sich genau ins Gegenteil entwickelt hat!"

„Sie sagten, es begann mit dem neuen Job ..."

„Nein, genauer schon mit seinem Studium. Er entschied sich für die Wirtschaft. Geld war das einzige was ihn interessierte. Wir hätten ihn ja lieber in einem Job gesehen, wo er Menschen hilft. Arzt, Lehrer, Sozialarbeiter oder was auch immer.

Von klein auf haben wir großen Wert darauf gelegt, ihm zu zeigen, dass es wichtiger ist, mit Natur und Menschen im Einklang zu leben, statt dem Mammon nachzujagen."

„Wo arbeitete denn Patrick nach Abschluss seines Studiums?", lenkte Kurt das Gespräch auf Patricks Job.

„Er arbeitete für einen dieser großen Weltkonzerne, die ihren Sitz in der Schweiz haben. War ständig unterwegs. Amerika, Asien, Afrika. Was er genau tat, wissen wir selbst nicht, aber es hatte mit Vermarktung von Trinkwasser zu tun."

„Es war keine saubere Arbeit", fiel nun Herr Müller seiner Frau ins Wort.

„Wie meinen Sie das? Hat er sich illegal ..."

„Ach was, illegal. Heute kann doch jeder seine Arbeit legal verrichten, geschützt von Politikern und Großkonzernen. Aber urteilen Sie selbst darüber wie es ist, wenn arme Länder ausgebeutet und der Lebensgrundlagen beraubt werden. Privatisierung von Quellen in Ländern, wo es dem Großteil der Bevölkerung ohnehin schon miserabel ergeht. Ja klar, nehmt ihnen noch das Letzte ..."

„Bitte hör auf!", schrie Frau Müller unerwartet laut ihren Mann an, woraufhin sie mit fragenden Blicken der Beamten gemustert wurde.

„Genau diese Diskussionen haben unseren Patrick vollends dazu veranlasst, den Kontakt zu uns abzubrechen. Er hatte es doch nicht nötig, sich von seinem Vater belehren zu lassen. Und nun ist er tot! Tot!"

Als Kurt und Michi zwanzig Minuten später wieder zu ihrem Auto gingen, ließen sie ihren Gedanken freien Lauf.

„Wasser! Seine Arbeit hatte mit Wasser zu tun. Meinst du, es gibt da einen Zusammenhang zwischen seinem Job und dem Pool, neben dem wir ihn gefunden haben?", fragte Michi, kaum hatten sie den Garten hinter sich gelassen.

„Darauf wette ich mein letztes Hemd. Wir sollten uns auf alle Fälle genauer mit seiner Arbeitsstelle befassen. Mich interessieren auch die Vorwürfe, die der Vater seinem Sohn wohl des Öfteren machte ...“

„Denkst du, der Vater könnte etwas mit dem Tod ...?“

„Wohl kaum, aber solange wir keine wirklichen Anhaltspunkte haben, sollten wir auch die unwahrscheinlichsten Möglichkeiten nicht außer Betracht lassen. Viele Spuren haben wir bis anhin ja nicht gerade. Seine Eltern haben jedenfalls nichts von allfälligen Feinden oder Personen gewusst, die Motive für eine solche Tat hätten.“

„Was ist mit den Frauen?“, fragte Michi.

„Welchen Frauen?“

„Na die Mutter hat doch von den Frauen gesprochen. Ihren Vermutungen zufolge hat ihr Sohn wohl auch für Sex bezahlt. Da könnte es vielleicht doch sein, dass er in dieser Szene an die falschen Leute gelangt ist ...“

„Oder eine Sexarbeiterin sich an ihm rächen wollte“, ergänzte Kurt Michis Theorie, fuhr nach einer kurzen Gedankenpause dann aber fort:

„Nun ja, ich weiß nicht so recht. Wieso dann das Szenario? Für eine Ablenkung scheint das Ganze mir dann doch etwas zu bizarr. Aber ja, lass uns auch diese Theorie im Hinterkopf behalten.“

Unterdessen waren die beiden Polizisten beim Auto angelangt. Langsam fuhren sie durch das ländlich gelegene Dorf, bevor sie dessen Hauptstraße in die nächste größere Ortschaft folgten.

„Vom einfachen Dorfleben zum Businessman in einer teuren Mietwohnung in Basel, sein Job muss es wirklich in sich gehabt haben“, murmelte Kurt vor sich hin, während er auf 50 Stundenkilometer beschleunigte. Sie durchquerten Sissach und nahmen die Autobahneinfahrt in Richtung Basel.

Ihr Auto hatte bereits den *Fressbalken* bei Pratteln passiert, als Kurts Handy klingelte. Er schaltete die Freisprechanlage ein und meldete sich mit einem kurzen ‚Ja‘.

„Ich bin's, Tobias. Hast du einen Moment Zeit? Ich habe die Obduktion beendet."

„Klar! Lass hören. Michi sitzt gleich neben mir und hört mit."

„Das Wichtigste in Kürze, die genauen Details kannst du dann meinem Bericht entnehmen. Das Opfer starb in der Silvesternacht gegen vier Uhr morgens. Zum Zeitpunkt des Todes stand es unter erheblichem Alkoholeinfluss. Dem Mageninhalt zu Folge hatte es das letzte Mal so gegen 22 Uhr am Abend zuvor gegessen. Der Speiseplan steht im Bericht.

Nun aber zur Todesursache. Das Opfer ist erstickt, genauer ertrunken. Am Hinterkopf habe ich ein Hämatom entdeckt, das darauf hindeutet, dass das Opfer mit dem Kopf in das Wasser gedrückt wurde."

„Ertränkt also!", entfuhr es Michi, „und was ist mit dem Blut?"

„Die Verletzungen an der Hauptschlagader wurden dem Opfer post mortem zugefügt. Vermutlich dienten sie einzig dem Zweck, genügend Blut für seine Botschaft zu spenden."

„Wieso ertränkt er sein Opfer?", fragte Kurt nachdem er das Telefonat mit Gerichtsmediziner beendet hatte.

„Er nimmt einen Pool mit, den er zuerst noch aufblasen muss, um ihn dann noch mit Wasser zu füllen. Das alles ist doch sehr umständlich. Was will der Mörder aussagen?"

„Der Mörder? Vergiss nicht, er wurde am Abend zuvor mit einer Frau gesehen!", gab Michi zu bedenken.

„Die Suche nach der Frau läuft bereits, einige unserer Beamten sind darauf angesetzt. Wenn sie nichts zu verbergen hat, werden wir sie hoffentlich bald finden. Ich glaube das Wasser ist das entscheidende Element in diesem Fall."

Einige Minuten später betraten Michi und Kurt den Ermittlungsraum, den sie nun eigens für die Mordermittlung eingerichtet hatten. Viele Beamte der Sonderkommission waren unterwegs.

Kurt suchte die Kollegin auf, deren Auftrag es war, über die verschiedenen PET-Flaschen zu recherchieren.

„Es ist interessant. Jede Flasche verfügt über eine andere Marke. Insgesamt waren es 23 verschiedene Flaschen. Sie alle enthielten Trinkwasser. Auf den ersten Blick könnte man meinen, dass es dem Mörder nur um eine willkürliche Zusammenstellung verschiedener Trinkwassermarken geht, doch es gibt einen Zusammenhang zwischen all diesen Marken."

„Ja?! Welchen?", hakte Kurt ungeduldig nach.

Seine Kollegin spannte ihn nicht weiter auf die Folter, sondern fuhr sogleich fort: „Alle Marken gehören zu einem bekannten großen Weltkonzern, eine Schweizer Firma mit Hauptsitz im Kanton Waadt."

„Doch nicht etwa ...?"

„Oh doch, genau die!"

Als sich die zwei Ermittler gegen vier Uhr mit Staatsanwältin Lang und ihrem Chef Frank trafen, fasste Kurt die bisherigen Ergebnisse zusammen.

„Zudem haben die Eltern eine Person auf dem Foto aus der Wohnung erkannt. Bei einem der Männer handelt es sich um Stan Geißbühler, einen langjährigen Freund des Opfers. Wir haben ihn über die Nummer, die wir von Frau Müller erhalten haben, versucht zu erreichen. Bisher aber ohne Erfolg. Wahrscheinlich ist er in den Ferien."

Kurt hielt nach den ersten Erläuterungen inne und Michi übernahm.

„Die Auswertungen der Tonaufnahmen haben ergeben, dass es sich beim Anrufer um einen Mann handelt. Der Anruf kam aus einer Telefonzelle in Baar. Die dortige Polizeibehörde wurde informiert und geht allfälligen Spuren nach."

„Baar?", Ruben Frank schien irritiert.

„Eine Gemeinde im Kanton Zug", erklärte Kurt.

„Weiß der Teufel, weshalb der Anrufer von dort telefoniert hat."

„Danke!", seufzte Ruben Frank und ließ einige Sekunden der Stille verstreichen, bevor er seine Gedanken kundtat.

„Viel wissen wir nicht gerade. In etwa einer Stunde müssen wir vor die Presse treten, was sollen wir denen denn erzählen?"

„Auf jeden Fall kein Wort über den Großkonzern, wir wollen keine Unruhe stiften. Das Letzte was wir brauchen, ist eine mächtige Firma die noch mitmischt", meldete sich Staatsanwältin Lang zu Wort.

„Wir beschränken uns vorerst nur aufs Wesentliche und geben keine Ermittlungsergebnisse Preis. Wir erwähnen die Tatsache, dass auf jeden Fall ein Mann beim Verbrechen mitgewirkt haben muss und bitten um einen Zeugenaufruf mit der Beschreibung der Frau. Auch wenn es nicht viel ist, es muss reichen. Für den größten Teil der Story wird ohnehin die Kreativität der Journalisten sorgen. Ist bereits eine Hotline für Zeugenaussagen eingerichtet?"

„Wir sind dran, bis zur Konferenz sollte sie stehen."

Eigentlich war es bereits wieder Zeit für Feierabend, als Kurt und Michi zusammensaßen und die Ereignisse des Tages besprachen. Die Pressekonferenz war vorüber. Zwar hatten sich viele der Anwesenden mehr Ergebnisse erhofft, doch der Polizei war es gelungen, selbstsicher und überzeugend aufzutreten.

An frischem Kaffee nippend, tauschten sie nun ihre Gedanken aus. Sie waren sich einig, dass der Mord etwas mit dem Wasser zu tun hatte, daran gab es nun für sie keinen Zweifel mehr. Ein Vater, der sich über die Wasserpolitik der Weltkonzerne erboste und ein Toter, der im Wasser des größten Trinkwasserkonzerns der Welt ertränkt wurde, waren wegweisende Indizien. Hinzu kamen noch die Auswertungen der Ordner, die einige der Mitarbeiter übernommen hatten, und die nun vor ihnen auf dem Tisch lagen.

Die exakt geführte private Buchhaltung von Patrick Müller hatte es den Beamten einfach gemacht, über Lohnabrechnungen und den Arbeitsvertrag mehr über den Arbeitgeber des Opfers herauszufinden. Dass es sich dabei um genau diesen Trinkwasserkonzern handelte, war die endgültige Bestätigung.

Auch das Mobiltelefon, dessen Sicherheitscode unterdessen von einem Experten geknackt wurde, lag nun vor den Ermittlern auf dem Tisch. Beim schnellen Durchschauen der Kontakte hatten sie sich einen kurzen Überblick über mögliche Freunde, Geschäftspartner und weitere Personen verschafft. Das letzte Telefonat hatte das Opfer kurz nach Mitternacht im frisch angebrochenen neuen Jahr geführt. Zu dieser Zeit waren auch etliche SMS und WhatsApp Nachrichten eingegangen.

Es schien sich dabei um die üblichen Glückwünsche fürs neue Jahr zu handeln, die um diese Zeit rege versendet werden. Vielleicht hatte Kurt ja Glück und einer dieser Bekannten konnte ihm weiterhelfen.

Der Kommissar nahm sich vor, sich am kommenden Tag genauer mit den Nachrichten und den damit verknüpften Kontakten zu befassen. Er wollte das Gerät schon wieder zurücklegen, als ihm ein Anruf auffiel, der etwas aus der Reihe tanzte.

Unbekannt. 31.12.2014. 17.36 Uhr. Dauer des Gesprächs 2.06 Minuten. Hastig scrollte er weiter auf dem Display des Handys. Unbekannt. 30.12.2014. 10.02 Uhr. Dauer des Gesprächs 6.41 Minuten. Mit den Fingern wischte er abermals übers Display und stieß im Telefonprotokoll auf weitere Einträge von Unbekannt. Gesamthaft hatte sich Unbekannt, vorausgesetzt es handelte sich dabei immer um denselben unterdrückten Anrufer, sechsmal telefonisch bei Patrick gemeldet. Das erste Mal am 21. Dezember, das letzte Mal am 31.12. Die Anrufe dauerten nie länger als ein paar Minuten.

„Dieser Nummer sollten wir auf alle Fälle nachgehen", meinte Michi und fuhr fort, „merkwürdig, wenn jemand, mit dem man so oft telefoniert, unterdrückt anruft. Ich denke aber, uns sollte es möglich sein, die Nummer ausfindig zu machen."

„Ich werde es morgen früh gleich veranlassen", antwortete Kurt und schlug dann vor, für heute Schluss zu machen.

Die Wohnung war ruhig und dennoch zentral gelegen. Vor einigen Jahren entschlossen sie sich, das Eigentum zu kaufen, nachdem sie schon mehrere Jahre in einer gemeinsamen Wohnung im Dorf gewohnt hatten. Zusammen brachten sie einen Großteil ihrer Vermögen auf und ließen sich ihre *dritte Säule* auszahlen.

Nein, ein billiges Pflaster war Arlesheim nicht, doch dafür bot es eine Lebensqualität, auf die sie nicht mehr hatten verzichten wollen. Fünf Gehminuten von der idyllischen Ermitage entfernt, für viele Menschen ein Kraftort zum Auftanken und Genesen.

Unzählige Male waren sie die steilen Treppen durch die Höhlen hochgestiegen, hatten bei ihrem Lieblingsplatz vor dem Schloss in die Weite geblickt und die untergehende Sonne genossen. Wie oft hatten sie, als dies noch erlaubt war, altes Brot mitgenommen und damit die Enten im Teich gefüttert, die sich gierig auf das Futter stürzten.

Die Natur gab ihnen vieles, ja sie machte sie glücklich.

Obwohl Kurt es sich immer wieder vornahm, fand er seit jenem Tag aber kaum noch den Weg dorthin. Zu oft fehlte ihm die Kraft, zu oft fühlte er sich ausgelaugt. Stand er am Morgen auf, legte sich eine Traurigkeit über ihn, die ihm das Glück der vergangen Jahre mehr und mehr raubte.

Der Kommissar ging durch den Garten, den sie gemeinsam bepflanzt und geliebt hatten, auf die Haustüre zu. Der kleine Sitzplatz davor war nicht winterfest gemacht worden. Mehrere

Stühle lagen seit dem ersten Herbststurm am Boden, der Sonnenschirm war zweigeteilt, der Grill rostete vor sich hin.

In der Wohnung wartete das Chaos. Kurt warf Jacke und Schuhe im Flur auf den Boden und betrat das Wohnzimmer. Er ignorierte die umgekehrten Bilder auf der Kommode und den blinkenden Anrufbeantworter. Er wollte die Gesichter nicht sehen, wollte die beschwerlichen Gespräche nicht mehr führen, wollte einfach seine Ruhe, was war daran so schwer zu verstehen? Kurt wollte den Schmerz allein durchstehen, schließlich traf ihn allein die Schuld.

Der Kommissar setzte sich auf die Couch und starrte den schwarzen Fernsehbildschirm an. Minuten vergingen, ohne dass er sich rührte.

Dann das Läuten des Telefons. Nach mehrmaligem Klingeln die Nachricht des Anrufbeantworters:

„Hallo. Hier sind die Schärs. Leider sind wir gerade nicht zu Hause oder haben besseres zu tun ... Aber sei nicht enttäuscht, wir rufen dich zurück, wenn du eine Nachricht hinterlässt. Tschüss!"

Es folgte der Piepton, dann die vertraute Stimme.

„Hallo Kurt, ich bin's. Ich habe dich schon mehrmals versucht zu erreichen. Wünsche dir ein gutes neues Jahr! Wie geht es dir? Hast du mal Lust mich zu treffen?"

Eine kurze verunsicherte Pause, dann: „Ich fände es schön, dich mal wieder zu sehen. Es muss doch nicht alles noch schlimmer ..."

„Neeein! Hab verdammt noch mal keine Lust! Es ist vorbei, alles ist vorbei, begreift das doch mal endlich!"

Kurt schrie so laut in der Wohnung herum, dass seine Nachbarn im oberen Stockwerk es hören mussten. Unterdessen beendete die Anruferin ihren Satz und forderte Kurt abschließend nochmals auf, sich doch bitte zu melden.

„Scheiße", fluchte Kurt, riss das Gerät aus der Steckdose und schleuderte es gegen die Wand.

Ein großzügig gefülltes Glas Jameson stand auf dem chaotisch zugestellten Tisch. Nebst einer Vielzahl verschmutzter Gläser und Geschirr lagen Briefe, Rechnungen und die Zeitungen der vergangenen Wochen herum. Links vom frisch eingeschenkten Glas verschaffte sich Kurt ein wenig Platz, indem er das Chaos gerade so weit zur Seite schob, dass die entstandene Lücke genügend Platz für seinen Laptop bot.

Seit jenem verhängnisvollen Tag war alles anders. Als dann noch der Höllenhund und die Frau seinen Weg gekreuzt hatten, ließ er seine Wohnung erst recht verkommen und die bereits herrschende Unordnung mündete ins Chaos.

In der Zwischenzeit, seit dem Anruf waren gute 30 Minuten vergangen, hatte er sich wieder unter Kontrolle. Ein wenig Ablenkung würde ihm aber sicherlich guttun.

Während der Laptop hochfuhr, setzte Kurt zu einem Schluck aus dem Glas an, besann sich dann aber an seinen Vorsatz und stellte es wieder auf den Tisch. Als die Internetverbindung stand, gab er in die Suchmaschine den Namen des Weltkonzerns Birdsnest ein. Weit oben unter Millionen von Einträgen, fand er einen Eintrag auf Wikipedia, den er als ersten öffnete. Schon nach wenigen Zeilen des Eintrags hielt er inne.

Es war das Gründungsdatum des Konzerns, das ihn stocken ließ. 1866. War das nicht? Schnell stand er auf und holte sein Notizbuch aus seiner Jackentasche.

„Was der Mensch sät, das wird er ernten!" Offenbarung 3/1866. Es war genau dieselbe Zahl! Das konnte kein Zufall sein. Die mysteriöse Bibelstelle mit der falschen Kapitelangabe enthielt das Gründungsdatum von Birdsnest, der Arbeitgeberfirma vom Opfer. Die Mitteilung an der Wand spielte offenbar wie die Wasserflaschen auf Patrick Müllers berufliche Tätigkeit an.

Kurt öffnete einen neuen Tab und suchte nochmals die Bibelstelle in den Galatern. Dann begann er den ganzen Abschnitt zu lesen:

„Liebe Brüder, so ein Mensch etwa von einem Fehler übereilt würde, so helfet ihm wieder zurecht mit sanftmütigem Geist ihr, die ihr geistlich seid; und sieh auf dich selbst, dass du nicht auch versucht werdest. Einer trage des andern Last, so werdet ihr das Gesetz Christi erfüllen.

So aber jemand sich lässt dünken, er sei etwas, so er doch nichts ist, der betrügt sich selbst. Ein jeglicher aber prüfe sein eigen Werk; und alsdann wird er an sich selber Ruhm haben und nicht an einem andern. Denn ein jeglicher wird seine Last tragen.

Der aber unterrichtet wird mit dem Wort, der teile mit allerlei Gutes dem, der ihn unterrichtet. Irrt euch nicht! Gott lässt sich nicht spotten. Denn was der Mensch sät, das wird er ernten. Wer auf sein Fleisch sät, der wird von dem Fleisch das Verderben ernten; wer aber auf den Geist sät, der wird von dem Geist das ewige Leben ernten. Lasset uns aber Gutes tun und nicht müde werden; denn zu seiner Zeit werden wir auch ernten ohne Aufhören. Als wir denn nun Zeit haben, so lasset uns Gutes tun an jedermann, allermeist aber an des Glaubens Genossen."

Fast andächtig ließ Kurt die Worte einige Augenblicke lang auf sich wirken. Dieser Text forderte dazu auf, sich gegenseitig zu guten Taten zu motivieren, füreinander einzustehen, und sich einander dabei zu helfen. Gleichzeitig stand die Drohung im Raum, dass Gott nicht mit sich spotten ließe. Die schlechten Dinge, die jemand tat, würden auch wieder auf die Person zurückfallen.

Der Kommissar ließ seinen Gedanken freien Lauf. Sah sich der Täter am Ende etwa als Gottes rechte Hand, die einen Menschen bestrafte, der es verdient hatte?

Doch was hatte Patrick Müller getan, das einen solchen Tod rechtfertigte? Und weshalb gab der Täter statt den Galater das Buch Offenbarung an?

War es vielleicht das Wort Offenbarung, dem eine besondere Bedeutung beigemessen wurde? Nun tippte Kurt den Begriff Offenbarung in seine Websuche ein.

„Eine Offenbarung ist die Eröffnung von etwas Verborgenem. Der Begriff wird im sinnlichen, im religiösen und im juristischen Sinne gebraucht."

Kurt las weiter. „Die hauptsächliche Verwendung des Wortes Offenbarung liegt im religiösen Bereich. Hier bezeichnet es die Enthüllung göttlicher Wahrheiten oder eines göttlichen Willens."

Die Enthüllung göttlicher Wahrheiten also. Auf einmal schien alles einen Sinn zu ergeben. Der Täter verwendete das Wort, weil er durch seine Tat etwas enthüllen wollte. Patrick Müller musste eine Schuld auf sich geladen haben, für die er büßen musste, und die durch das Verbrechen enthüllt werden sollte.

Das Wort Offenbarung war somit als eine Art Auftrag an die Ermittler gerichtet. Wollte Kurt den Fall lösen, musste die Schuld des Opfers offenbart werden.

Kurt stand auf und ging unruhig im Zimmer umher. Was war das für ein Mensch, der sich auf ein solches Spiel einließ? Was waren seine Ziele? Hielt er sich tatsächlich für Gottes Todesengel? Wenn dem so war, hatte er dann noch weitere Ziele? Weitere Opfer?

„Seine Taten haben nun wohl ein Ende, doch leider werden sie bald von einem anderen fortgesetzt. Es gibt tausende Patrick Müller, die nicht an die Hölle glauben, doch deren Pforten stehen bereits weit offen."

Der Satz des anonymen Anrufers hallte in seinen Ohren. Es gibt tausende … Die Pforten der Hölle stehen offen. Gehörten etwa weitere „Patrick Müllers" zur Offenbarung des Mörders?

Plötzlich überkam Kurt ein eigenartiges Gefühl und ein kalter Schauer lief ihm den Rücken hinunter. Er ging zum Fenster und sah hinaus zur Straße. Draußen regnete es in Strömen und es wehte ein starker Wind. Irgendetwas stimmte nicht, doch er konnte nicht sagen, was es war. Einbildung?

Er blickte in Richtung des alten Friedhofs, der vor Jahren zu einem Parkgarten umgestaltet worden war. Er sah die dunklen Schatten der Bäume und Sträucher und hörte wie der Wind über die kahlen Wipfel hinwegzog, während der Regen auf den Asphalt prasselte. Ansonsten war alles ruhig.

Da sah er ihn. Der ganz in schwarz gekleidete Mann stand mitten im Park, etwa 100 Meter von seinem Haus entfernt und blickte in seine Richtung. In seiner Hand hielt er eine flackernde Laterne, die sich im Wind leicht bewegte. Der Mann hatte weder Schirm noch sonst etwas, das ihn vom Regen geschützt hätte. Seine langen Haare waren durchnässt und zerzaust und so stand er einfach nur da und starrte in seine Richtung. Die Entfernung war zu groß, als dass Kurt das Gesicht hätte erkennen können.

Ein Geräusch in seiner Wohnung ließ ihn zusammenzucken. Blitzschnell schreckte Kurt hoch und drehte sich um, doch da war nichts. Er brauchte einige Sekunden bis er sah, dass sein Notizheft am Boden lag. Andere Blätter flatterten auf dem Tisch, kurz davor ebenfalls herumzufliegen.

„Nur der Wind", sagte er zu sich selbst und drehte sich erneut dem Park zu. Doch dort war es nun dunkel. Kein Licht war mehr zu sehen. Immer noch vom unguten Gefühl beschlichen eilte Kurt zur Wohnungstür und versicherte sich, ob sie abgeschlossen wäre. Dann griff er nach seiner Dienstwaffe und wartete.

Es verstrichen Sekunden, Minuten, ohne dass etwas geschah. Hatte er sich den Mann eingebildet? War es eine neue Erscheinung, die nun sein Leben bereichern würde? Waren der Höllenhund und die Frau denn nicht schon genug? Oder existierte dieser Mann wirklich?

„Wow, beindruckende Arbeit geleistet", lobte Michi seinen Kollegen, nachdem dieser dem Ermittlungsteam seine Erkenntnisse der gestrigen Nacht erläutert hatte.

Die Sonderkommission hatte sich auch heute, am Samstagmorgen des 3. Januar, eingefunden. Ein freies Wochenende mussten sie sich alle vorerst abschminken.

Den Mann mit der Laterne hatte Kurt nicht erwähnt, war er sich über dessen Existenz ja nicht einmal sicher. Das Letzte was er gebrauchen konnte, war den Respekt seiner Kollegen zu verlieren. Das Erscheinen des Mannes hatte wenigstens insofern etwas Gutes gehabt, als dass der Höllenhund und die Frau am Vorabend nicht mehr aufgetaucht waren.

„Fragt sich also nur noch, was es mit der Zahl Drei auf sich hat?", meldete sich nun ein Kollege zu Wort, „hat da irgendwer eine Ahnung?"

Schweigen. Dann, nach einiger Zeit, meldete sich eine junge Frau zu Wort. Isabelle war seit wenigen Wochen in der Abteilung und hatte erst vor zwei Jahren ihre Ausbildung als Polizistin abgeschlossen.

„Es könnte doch sein, dass dies die bereits dritte Offenbarung ist. Vielleicht hat der Täter bereits zuvor zugeschlagen."

Nachdenkliches Schweigen. Verunsichert fuhr sie fort:

„Vielleicht sollten wir mal bei der Firma Birdsnest nachfragen, ob es in jüngster Vergangenheit ungewöhnliche Todesfälle in ihren Reihen gab."

„Du könntest recht haben, gute Überlegung! Kümmerst du dich bitte darum, ok?"

Zufrieden über Kurts Lob und den neuen Auftrag, zeigte sich Isabelle einverstanden.

Im Folgenden plante die Sonderkommission das weitere Vorgehen. Noch einmal würden sich einige Polizisten ins Wohnquartier begeben, um die dortigen, bis anhin nicht erfolgreichen Befragungen, abzuschließen. Kurt und Michi planten unterdessen den Nummern aus dem Mobiltelefon nachzugehen.

Während Michi abermals versuchte, Stan Geißbühler zu erreichen, nahm Kurt Kontakt mit der technischen Abteilung der Polizei auf. Er schilderte sein Anliegen und wollte wissen, ob es denn möglich wäre, eine unterdrückte Telefonnummer ausfindig zu machen. Nachdem alle Details geklärt waren, hängte Kurt mit dem erhaltenen Versprechen, bald Bescheid zu bekommen, den Hörer zufrieden ein. Mit etwas Glück würde er bald wissen, wer der unbekannte Anrufer war.

Gleichzeitig war auch Michi erfolgreich. Endlich meldete sich am anderen Ende der Leitung die Stimme von Stan Geißbühler.

Er sei vor wenigen Augenblicken in Kloten gelandet und habe noch keine Zeit gehabt, seine Mailbox abzuhören. Während der Ferien mache er Ferien, wenn er denn verstehe was er meine, erklärte Stan Geißbühler dem Polizisten. Also erläuterte Michi Patricks Freund den Grund seines Anrufes, woraufhin dieser schockiert antwortete:

„Was Patrick! Wie konnte ... aber wieso? Das ist ja furchtbar. Natürlich komme ich nach Basel. Passt heute Nachmittag?"

Der die Mobiltelefon-Recherche betreffende Anruf kam kurz vor Mittag. Michi, der gegenüber Kurt an seinem Schreibtisch saß, hörte das Telefonat seines Partners neugierig mit.

„Botswana? Wieso Botswana?"

Pause.

„Eine Mobiltelefonnummer. Welcher Anbieter?"

Pause.

„Mascom? Nie gehört. Ja, ich werde da mal nachhaken. Kannst du mir bitte noch die Nummer ..."

„Danke. Bis bald!"

Nachdenklich legte Kurt den Hörer wieder auf die Gabel. Sein Blick fiel auf die Nummer, die er sich gerade eben auf seinem Notizzettel notiert hatte.

„Ja ... und?"

Erst Michis neugieriges Nachfragen, ließ Kurt aus seinen Gedanken auftauchen.

„Die Nummer des unbekannten Anrufers kommt aus Botswana. Doch getätigt wurden sämtliche Anrufe aus der Schweiz. Es muss sich wohl um eine Mobiltelefonnummer des Anbieters Mascom handeln", klärte Kurt seinen Kollegen über die neuesten Informationen auf.

„Botswana, Afrika? Ist das nicht das trockene Land, mit dem Okavango Delta?"

„Richtig. Ich frage mich, wieso jemand mit einer afrikanischen Nummer aus der Schweiz in die Schweiz telefoniert. Das muss doch ein Vermögen kosten."

„Welche Uhrzeit ist denn jetzt in Botswana? Vielleicht bringt ein Anruf beim Anbieter etwas Klarheit in die Sache."

Nur wenige Klicks später beantwortete Michi gleich selbst seine Frage und stellte fest, dass der Zeitunterschied lediglich eine Stunde betrug. Kurt suchte nach der Nummer der Telefongesellschaft und startete das Ferngespräch.

In seinem besten Englisch schilderte er der Frau am anderen Ende der Leitung sein Anliegen, ohne auf Details einzugehen.

Nach mehrmaligem Weiterleiten und einer gefühlten Ewigkeit des Wartens, erhielt er schließlich von einem Mann die Auskunft, dass sie die Nummer leider nicht mit einem Namen in Verbindung bringen könnten.

In Botswana sei es möglich, SIM-Karten an jeder Straßenecke zu erhalten, ohne sich registrieren zu müssen.

„Heißt das also, es gibt keine Möglichkeit herauszufinden, wer sich hinter dieser Nummer verbirgt?", fragte Kurt noch einmal ungläubig.

„Ich fürchte, dass dem so ist ...", war die endgültige Antwort und so verabschiedete sich Kurt und beendete das Ferngespräch.

„Andere Länder, andere Sitten", meinte Michi und vergewisserte sich sogleich, ob er alles richtig mitbekommen hatte.

Patrick Müller hatte in den Tagen vor seinem Tod also mehrmals mit einer Person telefoniert, die dazu auf eine SIM-Karte aus Botswana zurückgriff. Ob Patrick Müller sich dessen bewusst war, bleibt fraglich, hatte er doch jeweils einen Anrufer mit unterdrückter Nummer gesprochen.

Dank der afrikanischen Telefongesellschaft wussten sie, dass das Prepaidkonto der entsprechenden Nummer vor vier Monaten mit einem außergewöhnlich hohen Betrag aufgeladen worden war und unmittelbar danach wochenlang nicht benutzt wurde.

Elf Tage vor Patrick Müllers Tod, also genau an diesem Tag, als der unterdrückte Anrufer das erste Mal auf Patricks Mobiltelefon ersichtlich war, wurde ein Anruf von dieser Nummer getätigt.

„Da hat jemand diese Prepaidkarte eigens für diesen Zweck gekauft. Ich wette hundert Franken, dass das Telefon schon längst nicht mehr in Betrieb ist", gab sich Michi überzeugt.

„Wette abgelehnt. Seit dem letzten Anruf ist die Nummer ,abgetaucht'. Die Anrufe wurden übrigens alle aus dem Raum Basel getätigt."

„Hatte Patrick geschäftlich oft in Botswana zu tun?", fragte Michi Stan Geißbühler, der ihm und Kurt im Gesprächsraum gegenübersaß.

Stan war kurz nach 13 Uhr in Basel angekommen und hatte sich dann sogleich auf den Weg zur Dienststelle gemacht, wo er bereitwillig Auskunft erteilte. Die Nachricht vom Tod seines

Freundes hatte ihm schwer zugesetzt, doch er gab sich alle Mühe, die Fragen nach bestem Wissen zu beantworten.

„Weshalb Botswana? Meines Wissens war er vor allem in Südafrika unterwegs. Ich weiß nichts davon, dass er auch in Botswana geschäftlich zu tun hatte, aber es könnte natürlich schon sein."

„Was waren denn seine Aufgaben im Süden Afrikas?", wollte Kurt wissen.

„Tja, so ganz genau weiß ich das ehrlich gesagt auch nicht. Er war halt mitverantwortlich für die Vermarktung von Trinkwasser dort unten. Er suchte immer wieder nach neuen Möglichkeiten, Quellen und Rechten, die es ihm und der Firma erlaubten, den Gewinn zu maximieren."

„Er handelte also mit Wasser?"

„Kann man so sagen. Er kaufte Quellen und Rechte auf, ließ Firmen bauen, die das Wasser dann als abgepacktes Trinkwasser auf den afrikanischen Markt brachten."

„War Patrick also eine Art Wohltäter?"

„Hm. Er verdiente ja schon etwas dabei. Aber für die Menschen dort unten ist es sicherlich gut, wenn sie endlich sauberes Wasser erhalten."

„Das sie sich auch sicherlich leisten können", fügte Michi mit einem leicht verbitterten Unterton an.

„Was war denn Patrick für ein Mensch?", fuhr Kurt sogleich fort, um Stan nicht die Gelegenheit zu bieten, auf Michis Kommentar weiter einzugehen.

„Er war erfolgreich. Kenne kaum einen, der so ehrgeizig arbeitet, ähm arbeitete ... wie er. Patrick hatte den richtigen Riecher. Er verstand es, Gewinne zu erzielen, wo es andere nicht für möglich gehalten hätten."

„Und mal weg von der Arbeit. Wie war er als Mensch?"

„Ich mochte ihn. Er war unkompliziert, gönnerisch. Machte gerne Partys."

„Und Frauen?"

„Wie meinen Sie das? Ich muss ihnen doch nicht erzählen mit wie vielen Frauen..."

„Traf er sich regelmäßig mit Frauen? Zahlte er für Sex? Oder hatte er eine feste Freundin?"

„Ah so. Nein, eine Freundin hatte er nicht. Für Frauen war er immer offen." Stan entwich ein leichtes Grinsen während er von Patricks Umgang mit Frauen erzählte.

„Und nahm er sexuelle Dienstleistungen gegen Geld entgegen?", hakte Kurt nochmals nach.

„Muss ich Ihnen das wirklich erzählen? Was wollen Sie mit all diesen Informationen? Aber gut, natürlich zahlte er auch hin und wieder mal dafür. Er ging aber nie zu diesen billigen Straßennutten, Patrick hatte Stil."

„Wenn man das Stil nennen kann", dachte Kurt, ohne es auszusprechen und erkundigte sich stattdessen nach einer Adresse und nach Sexarbeiterinnen, deren Dienste er bevorzugte. Stan konnte oder wollte den Polizisten diesbezüglich aber nicht weiterhelfen.

„Erzählte er Ihnen manchmal von seinen Bekanntschaften?"

„Ab und an. Er erwähnte mir gegenüber natürlich nicht jede Eintagsfliege, die er vögelte, wenn es aber wiedermal eine schaffte, ihm richtig den Kopf zu verdrehen, erfuhr ich meistens davon."

„Hat es in letzter Zeit wieder so eine gegeben?"

„Na, Sie wollen es ja genau wissen. Ich war im Urlaub. Ja, aber ich denke, da gab es eine. Als wir vor etwa einer Woche das letzte Mal miteinander telefonierten, hat er von einer Granate gesprochen, die er wohl am Start hatte. Anders als mit den meisten anderen, konnte er wohl mit dieser reden. Die Frau musste wohl echt was im Kopf haben. Sie verstand etwas von Wirtschaft und Politik, war intellektuell voll auf seiner Höhe. Jedenfalls meinte er noch zu mir, dass er es sich bei ihr endlich mal vorstellen könnte, etwas Ernsteres anzugehen."

„Hat diese Frau auch einen Namen?", erkundigte sich Michi.

Stan dachte einige Augenblicke nach, sagte dann:

„Es war etwas mit D... Kein geläufiger Name. Delia ... nein... Di...ah ja, Dina ... es war Dina. Einen Nachnamen weiß ich nicht."

„Wie hat er Ihnen ihr Aussehen beschrieben?" „Er meinte, sie sei in seinem Alter. Habe schwarzes langes Haar und blaue Augen. Kleide sich modebewusst und sexy aber nicht billig. Mit mehr Details kann ich leider nicht dienen ... Moment mal. Denken Sie vielleicht, sie habe etwas mit seinem Tod zu tun?"

„Zurzeit wissen wir noch gar nichts, wir wollen uns erst einmal ein Bild verschaffen. Daher nun meine nächste Frage: „Kann jemand bezeugen, dass Sie die vergangenen zwei Wochen im Urlaub waren?"

„Das ist aber nicht Ihr Ernst oder? Soll ich etwa meinen Freund umgebracht haben?! Sonst geht's Ihnen noch gut!"

„Herr Geißbühler, bitte", meldete sich nun Michi zu Wort.

„Wir müssen diese Frage stellen, so ist dies nun mal."

„Ja sorry. Meine Partnerin Silvia Ruprecht kann es bestätigen. Sie war die ganze Zeit über dabei."

„Und das Hotel, in dem Sie abgestiegen waren? Würden Sie mir bitte noch dessen Kontaktdaten notieren?"

Stan Geißbühler notierte stumm Name und Adresse des Hotels auf den von Kurt zugeschobenen Block und fragte dann, ob er denn nun gehen könnte.

„Wenn Ihnen noch irgendetwas einfällt, lassen Sie es uns bitte wissen." Mit diesen Worten stand Kurt auf und gab damit Herrn Geißbühler zu verstehen, dass das Gespräch für ihn beendet war.

Kapitel 3

Es war früher Samstagabend. Eben hatte Kurt per Anruf davon erfahren, dass sich ein Angestellter eines Limousinenunternehmens bei der eingerichteten Nummer gemeldet und behauptet habe, wichtige Informationen zum Mordfall Müller zu besitzen. Der Mann sei Fahrer und habe Herrn Müller am besagten Abend nach Hause chauffiert.

Kurt hatte sich vom Beamten die Nummer durchgeben lassen und machte sich gerade daran, den Mann anzurufen, als es an der Tür klopfte und kurz darauf Isabelle das Büro betrat.

„Habt ihr einen Moment Zeit oder soll ich später nochmals vorbeikommen?", kam sie gleich zur Sache und selbst einem wenig aufmerksamen Beobachter wäre der aufgeregte Unterton ihrer Stimme aufgefallen. Kurt legte den Hörer nochmals auf und bot der jungen Frau einen Stuhl an.

„Ihr werdet nicht glauben, was ich heute herausgefunden habe. Gleich nach der Sitzung erkundigte ich mich bei Birdsnest nach anderen Todesfällen. Da es sich um eine Weltfirma handelt, versprach man mir, das weltweit zu überprüfen. Dies sollte, so die Worte der Dame am Telefon, kein größeres Problem sein, da weitere Morde sicherlich Aufsehen erregt hätten.

Der Rückruf kam am frühen Nachmittag. Ein gewisser Dr. Krämer meldete sich bei mir. Wie er mir versicherte, seien ihm keine weiteren Fälle bekannt. Er bat mich mit Nachdruck, ja keinen Wirbel um diesen Fall zu machen. Das Letzte was seine Firma brauchen könne, seien negative Schlagzeilen.

Ich habe diesen Dr. Krämer danach gegoogelt, er ist ein hohes Tier in Vevey."

„Schon erstaunlich, dass gerade ein solches Kaliber sich um unseren Auftrag bemüht hat", dachte Michi laut.

„Ich glaube diese Leute wollen vor allem ihren Ruf wahren. Und wer verleiht einer dezenten Drohung mehr Gewicht? Ein Big Boss oder die Telefonsekretärin?", meinte Isabelle.

„Wissen wir also immer noch nicht mehr über die Zahl drei ...", brummte Kurt vor sich hin.

„Nun ja, ich habe mich mal über die Bedeutung der Zahl drei in Verbindung mit dem Christentum schlaugemacht. Im christlichen Glauben steht die Drei einerseits für die Dreifaltigkeit, also Gott Vater, Gott Sohn und den Heiligen Geist, andererseits ist Jesus am dritten Tag auferstanden.

Könnte es vielleicht sein, dass sich der Mörder als die Manifestierung von dieser Dreieinigkeit in menschlicher Gestalt versteht und somit als im Mensch wiedergeborene göttliche Dreieinigkeit handelt?"

„Also Gott in seinem ganzen Wesen als Mensch? Da müssten bei diesem Menschen aber schon einige Sicherungen durchgebrannt sein", gab Kurt zu bedenken.

„Der Gedanke scheint mir gar nicht so absurd", wandte Michi ein. „Wer zu solch einer Tat fähig ist, wird auch zu Gedankengängen fähig sein, die unseren Verstand übersteigen. Aber was, wenn an der Auferstehungstheorie was dran ist? Isabelle hast du dir zu dieser Theorie auch Gedanken gemacht?"

„Jesus ist drei Tage nach dem er auf Golgatha gekreuzigt wurde wieder auferstanden. Als die Jünger an jenem Morgen sein Grab aufsuchten, war der Stein davor weggerollt und sie fanden die Tücher, in denen der Leichnam eingehüllt war fein säuberlich zusammengelegt im leeren Grab. Diese Nachricht brachte eine große Lawine ins Rollen, die noch heute, mehr als 2000 Jahre danach, diskutiert wird.

Wunder oder Diebstahl? Wenn unser Mörder mit der Zahl drei auf die Auferstehung anspielt, wird drei Tage nach dem Mord etwas geschehen, das die Aufmerksamkeit der Öffentlichkeit erregen wird.

Vielleicht Aufklärung durch die Medien, ein weiterer Mord oder ein Geständnis. Etwas das Aufmerksamkeit erregt und Leute zum Diskutieren anregt."

„Gut Isabelle, sehr gut!", kam nun Kurt doch noch ein Lob über die Lippen. „Da könnte etwas dran sein. Etwas das Aufmerksamkeit erregt ... Im Zusammenhang mit Birdsnest. Der plant doch nicht etwa einen Anschlag auf ... Nein, das wäre doch krank!"

„Wir müssen es auf alle Fälle in Betracht ziehen. Einen Anschlag auf Birdsnest, da bieten sich hunderte Möglichkeiten. Sprengstoff, Lebensmittelvergiftung, Gütervernichtung ..."

„Gift im Trinkwasser", setzte Isabelle Michis Liste fort.

„Ok. Nun mal ruhig, bevor wir etwas überstürzen. Erstens handelt es sich bei all diesen Gedanken bisher um reine Spekulationen. Wir haben keinerlei stichhaltige Beweise dafür, ob der Mörder etwas in dieser Richtung plant. Drei Tage. Der Mord geschah am ersten Januar. Heute haben wir den dritten. Wenn an der Theorie was dran ist, wird der Mörder heute wieder zuschlagen. Und nun ist es bereits Abend. Schlägt er wieder in der Nacht zu, bleiben uns nur noch wenige Stunden. Verdammt!"

In der folgenden Stunde spielten die drei nochmals mögliche Szenarien durch und überlegten fieberhaft, ob es noch weitere versteckte Hinweise geben könnte, die ihre unbegründete Theorie stützten.

Doch so sehr sie auch nachdachten und recherchierten, sie fanden keine handfesten Hinweise, die auf einen weiteren Mord gedeutet hätten.

Es war Michi, der nach einiger Zeit auf die Idee kam, dass vielleicht der anonyme Anruf aus Baar ein Hinweis sein könnte. Die Zuger Polizei hatte zwar an besagter Telefonkabine keine hilfreichen Hinweise entdeckt und die wenigen Fingerabdrücke am Telefon gehörten vier verschiedenen Personen, die allesamt in keiner Datenbank registriert waren, aber es konnte ja sein, dass der anonyme Anrufer bewusst eine Spur in den Kanton Zug gelegt hatte.

Fand vielleicht in Baar der nächste Anschlag auf Birdsnest statt?

Die drei machten sich im Internet an die Recherchen. War der Großkonzern auch in Baar tätig? Nach Angaben der Internetseite von Birdsnest war die Firma schweizweit in 13 Kantonen zu Hause. Doch keiner der Standorte war in Baar.

Allerdings erkannte er auf dem Standortverzeichnis einen Standort ganz in der Nähe. Das ebenso wie Baar an der Spitze des Zugersees gelegene Cham war nur wenige Fahrminuten von Baar entfernt. Das konnte doch kein Zufall sein, oder?

Sicherlich war es möglich, dass Birdsnestangestellte auch im nur einen Katzensprung entfernten Baar wohnten. Kurt selbst wohnte ja schließlich auch etwas außerhalb von Basel.

Sie diskutierten die neuesten Erkenntnisse und fanden einen gemeinsamen Nenner. Alles passte auf einmal zusammen. Der Anruf aus Baar, die Gründungszahl des Weltkonzerns am Tatort und der Verweis der Zahl drei auf weitere Taten, die folgen könnten. Es war Kurt, der die Euphorie des Teams wieder bremste, indem er zu bedenken gab, dass sie trotz nachvollziehbarer Schlussfolgerungen behutsam vorgehen mussten.

„Wir dürfen keine Panik auslösen. Wenn wir mit unseren Vermutungen falsch liegen, wird uns das zum Verhängnis."

„Aber wir müssen doch etwas tun, wir können nicht tatenlos einen weiteren Mord riskieren!", erwiderte Michi. Also entwarfen die drei angemessene Interventionsszenarien.

Nachdem weitere Minuten verstrichen waren, sagte Isabelle:

„Wir müssen uns nun wohl festlegen, da während jeder Minute die wir hier sitzen und miteinander sprechen der Mörder wieder zuschlagen kann."

Kurt, der die Hauptverantwortung hatte, entschied sich daher das Risiko einzugehen und die von ihnen aus gesehen sinnvollste Intervention einzuleiten.

Im Laufe der nächsten Minuten hingen Kurt und Michi am Telefon. Während Kurt der Zuger Kantonspolizei in Kürze ihren Verdacht schilderte, versuchte Michi beim Birdsnest Standort in Cham, jemanden zu erreichen. Da es aber Samstag und erst noch spät war, gelang es ihm nicht durchzukommen. Einer Eingebung folgend, versuchte er es im Hauptstandort und hatte Glück.

Die Frau am Telefon stellte ihn intern an den Sitz in Cham durch, wo er mit dem Sicherheitsleiter verbunden wurde. Er bat ihn, ohne Details zu verraten, während der nächsten Stunden besonders aufmerksam zu sein und nicht zu zögern beim geringsten Verdacht die Polizei zu kontaktieren.

Des Weiteren beauftragte er den Mann, der Zuger Kantonspolizei eine Adressliste aller Mitarbeitenden mit Wohnsitz in Baar auszuhändigen.

„Das wird eine Weile dauern", war die knappe Antwort.

„Dann schauen Sie bitte, dass diese Weile kurz ist!", konterte Michi.

Eine Viertelstunde später war alles in die Wege geleitet. Die Zuger Kantonspolizei versprach, während dieser Nacht gelegentlich eine Streife in Baar vorbeizuschicken und auch die Gemeindepolizei in Baar war alarmiert. Die Streifen, so informierte Kurt die anderen, würden sich in der bevorstehenden Nacht folglich mehr auf Baar konzentrieren als gewohnt.

„Wie wir befürchteten liefern wir der Zuger Kantonspolizei zu wenige konkrete Indizien, um ein Großaufgebot zu starten. Selbst wenn ihnen also der Wachmann die Mitarbeiterliste aushändigt, werden sie wohl kaum bei all den betreffenden Adressen vorbeifahren."

„Der Sicherheitschef versprach mir, seine Angestellten um besondere Wachsamkeit zu bitten", ergänzte Michi Kurts Zusammenfassung.

„Nun, ich denke, wir haben unser Möglichstes getan, um ohne Panik auszulösen die Gefahr eines weiteren Verbrechens einzuschränken. Ich danke euch für euren Einsatz! Nicht selbstverständlich für einen Samstagabend. Hoffen wir, dass es gut kommt!"

Er lag schweißgebadet in seinem Bett und wälzte sich hin und her. Alles um ihn herum war dunkel, erstaunlich dunkel. Er knipste seine Nachttischlampe an, doch sie schien nicht zu funktionieren.

Während er aufstand, fiel sein Blick durch das Fenster nach draußen. Da brannte kein Licht. Sonst leuchteten Straßenlaternen die ganze Nacht hindurch. Jetzt waren sie ausgeschaltet. Was mochte der Grund dafür sein? Stromausfall?

Er konnte sich nicht daran erinnern, jemals einen solchen Stromausfall erlebt zu haben. Allerdings schlief er um diese Zeit ja normalerweise auch.

Er tastete sich zum Lichtschalter vor, doch auch die Deckenbeleuchtung blieb aus. Konnte es wirklich sein, dass im ganzen Viertel der Strom ausgefallen war?

Er schaute nochmals aus dem Fenster. Die absolute Dunkelheit in dem sonst immer beleuchten Wohnort bot etwas Schönes und Unheimliches zugleich. So stand er da und ließ die Nacht auf sich wirken. An Schlaf war ohnehin nicht mehr zu denken, hatten seine Gedanken sich doch ständig nur im Kreis gedreht.

Waren sie mit ihrer Vermutung richtig gelegen? War der Mörder gerade dabei in Baar zuzuschlagen? Oder hatte ihn das verstärkte Polizeiaufgebot von seinem Vorhaben abgebracht, ja wurde er vielleicht sogar geschnappt?

Was aber, wenn sie falsch lagen? Was, wenn Baar nur ein Zufall war, oder wenn es sich dabei um eine bewusst gelegte Irreführung handelte?

Sein Blick schweifte über die Dorfstraße. Da sah er ihn. Der Mann mit der Laterne steckte in einem schwarzen Umhang und kam langsam auf sein Haus zu. Vor Schreck konnte sich Kurt nicht bewegen und schaute regungslos zu, wie der Mann das Gartentor öffnete und den kurzen Weg auf sein Haus zuging. Als er sich endlich wieder fasste, hastete er schnell durch den Raum.

Seine Dienstwaffe! Er musste seine Dienstwaffe finden. Doch wo hatte er sie gestern Abend hingelegt? Im Flur, sicher im Flur.

Kurt eilte auf den Flur und tastete in der Dunkelheit nach der Waffe. Er hörte ein Schaben an der Haustüre, bevor sie mit einem leisen Klicken aufging. Er stand dem Mann direkt gegenüber, konnte seine Umrisse im flackernden Licht der Laterne erkennen. Es musste ein Hüne sein. Mit großen Schritten ging er auf Kurt zu.

„Was wollen Sie?!", schrie der Kommissar und suchte verzweifelt nach etwas, das ihm als Waffe hätte dienen können. Leider ohne Erfolg. Wortlos ging der Hüne auf Kurt zu und bevor sich dieser versah, spürte er den harten Schlag eines Holzprügels auf seinem Kopf. Der Schmerz war unerträglich. Kurt versuchte sich dennoch zur Wehr zu setzen, als der Mann sich über ihn beugte.

Kräftige Arme hielten ihn im Griff und obwohl Kurt durch sein jahrelanges Klettern immer noch über viel Kraft verfügte, hatte er gegen seinen Angreifer keine Chance.

Ein bärtiges Gesicht beugte sich über ihn und flüsterte ihm zu:

„Drei Tage sind vergangen, es ist also Zeit für dich Herrn Müller zu besuchen. Auferstehen lassen kann und will ich ihn nicht, aber ich weiß, wie du ihn dennoch sprechen kannst. Er wird dir erzählen weshalb er sterben musste."

Der Mann zückte ein Messer und legte es Kurt an die Kehle. „Du musst dich für diese Chance nicht bedanken. Du sollst erfahren, was Patrick getan hat."

Während Kurt spürte, wie das Messer langsam in seinen Hals eindrang, dachte er noch daran, wie falsch sie gelegen hatten. Zwar hatte sich die Zahl drei tatsächlich auf Christi Auferstehung bezogen, doch während in Baar die Sicherheitskräfte auf Alarmstufe standen, schlug der Mörder im friedlichen Arlesheim zu.

Er hatte Kurt ausgewählt, Patrick Müller im Jenseits zu befragen. Er spürte wie sein warmes Blut über seinen Körper floss und während er verzweifelt nach Luft schnappte, sah er im flackernden Licht der Laterne das Gesicht seines Angreifers nun ganz deutlich.

Der Höllenhund öffnete sein Maul und begann höhnisch zu lachen, während er sein Messer mehrmals in Kurts Brust rammte.

Entsetzt schrie Kurt auf. Von Schweiß überströmt lag er in seinem Bett und brauchte einige Momente bis er begriff, dass er wiederum Opfer eines Albtraums war. Was war denn nur los? War denn das Erscheinen von ihr und dem Höllenhund noch nicht genug? Musste ihm jetzt der Mörder in Form des Laternenmannes auch noch auflauern?

Er hielt es einfach nicht mehr aus! In seinem Leben musste sich bald was ändern, sonst würde er ganz durchdrehen. Er blickte auf den Wecker. 4.35 Uhr. Er griff zur Schachtel mit den Schlaftabletten. Noch zwei Stunden Schlaf mussten ihm doch vergönnt sein.

Pünktlich um 8.00 Uhr trafen sich Kurt und Michi am Sonntagmorgen im Büro. Als erstes kontaktierte Kurt die Zuger Kollegen.

Nach einem zehnminütigen Telefonat mit einem Kommissar Zürcher, wusste Kurt zu berichten, dass es weder in Baar noch in Cham bisher zu außergewöhnlichen Vorkommnissen gekommen war. Die Nacht am Zugersee war ruhig geblieben.

„Es gibt folgende Erklärungen. Entweder sind unsere Theorien vom gestrigen Abend zu weit hergeholt gewesen und haben sich als falsch erwiesen, oder aber der Mörder wurde in seinem Vorhaben gestört und konnte es nicht vollbringen", beendete Kurt eine halbe Stunde später seinen Input über die vergangenen Ereignisse.

Im Besprechungszimmer hatten sich auch an diesem Sonntag einige Beamte für die gemeinsame Standortbestimmung eingefunden. Die wenigsten von ihnen hatten von der neuen Wendung des Falles gewusst, waren Isabelle, Michi und Kurt doch erst am Vorabend zu den Erkenntnissen gelangt.

Im weiteren Verlauf der Sitzung gaben andere Beamte Rückmeldungen über ihre Ergebnisse vom Vortag. Die Befragungen der Nachbarschaft waren seit dem Vorabend abgeschlossen. Die zuständigen Polizisten hatten sich mit Kopien der Fotos aus Patrick Müllers Wohnung durchs ganze Viertel gefragt.

Sie suchten jedes noch so kleine Geschäft und jede Beiz auf und befragten die Angestellten. In der Migros Partner und im Coop bei der Breite zeigten sie sämtlichen Verkäufern die Fotos, doch keiner erkannte eine der Personen.

Wie es aussah, hatte sich Patrick Müller seine Lebensmittel anderswo besorgt.

Es war die Verkäuferin der in der Ecke Zürcher- und Schauenburgerstraße gelegenen Bäckerei, die Patrick Müllers Gesicht sofort erkannte. Er habe des Öfteren frühmorgens Kaffee und Gipfeli gekauft, sei immer alleine erschienen und nie besonders aufgefallen.

„Mit der Zeit kennt man die Gesichter der Kunden, die immer wieder vorbeischauen. Mit einigen kommt man ins Gespräch, kennt ihre Namen und tauscht sich aus. Bei diesem Herrn blieb es jedoch beim Gruß."

Mehr konnte die hilfsbereite Verkäuferin nicht über Patrick Müller sagen. Als sie jedoch das Bild mit seinen Eltern genauer betrachtete, schien sie längere Zeit nachzudenken. Ob sie denn die Personen kenne, hatte der Polizist nachgefragt, woraufhin die Verkäuferin meinte, dass sie sich ziemlich sicher sei, den älteren Mann auf dem Bild vor wenigen Tagen gesehen zu haben.

Er sei in den Laden gekommen, habe einen Kaffee und ein belegtes Brötchen gekauft und dieses dann noch in der Bäckerei konsumiert.

„Und sie war sich hundertprozentig sicher? Es war genau dieser Mann?", hakte Michi bei seinem Kollegen nach.

„Ziemlich. Der Verkäuferin ist er aufgefallen, weil der Mann sehr traurig zu sein schien. Immer wieder habe er auf die Uhr geblickt, bis er den Laden dann nach etwa fünfzehn Minuten verließ."

„Konnte sie sich denn erinnern, an welchem Tag er da war?", wollte nun Kurt vom Polizisten wissen.

„Am 31. Dezember. Sie wusste es noch genau, weil sie ihm beim Hinausgehen noch einen guten Rutsch gewünscht hatte."

Diese Informationen waren unglaublich. Patricks Vater war am 31. Dezember, am Tag vor der Mordnacht im Stadt-Viertel seines Sohnes gewesen. Weshalb hatte er davon kein Wort erwähnt, als die Beamten ihn zu Hause befragt hatten? Hatte das Ehepaar nicht behauptet, Patrick länger nicht mehr gesehen zu haben?

Konnte man einen Besuch vor der Mordnacht wirklich einfach vergessen? Es hätte doch immerhin sein können, dass er etwas Wichtiges gesehen hatte? Oder sollte die Polizei nichts von seinem Aufenthalt in Basel erfahren?

Kurt und Michi hatten gerade alle weiteren Aufgaben mit ihren Mitarbeitenden besprochen, als Ruben Frank das Büro betrat:

„Ihr zwei, ich muss euch sprechen, jetzt! Ihr andern wartet solange hier."

Ruben Frank drehte sich um und verließ das Zimmer genauso schnell wieder, wie er erschienen war. Kurt und Michi wechselten fragende Blicke und folgten ihrem Chef in dessen Büro. Ihren Chef an einem Sonntag bei der Arbeit anzutreffen, nein, damit hatte keiner von ihnen gerechnet.

„Was um alles in der Welt ist in euch gefahren!", schrie er die beiden an, kaum hatte er die Tür hinter sich geschlossen.

„Habt ihr nur den leisesten Schimmer, mit wem ihr euch da angelegt habt? Jede Menge Ärger wird nun auf uns zukommen, weil ihr ohne meine Zustimmung Entscheidungen trefft. Das war das letzte Mal, das sage ich euch!"

„Was ist denn los?", wollte ein überraschter Kurt wissen, während Michi sprachlos dastand und die Welt nicht kapierte.

„Was los ist? Das kann ich dir sagen. War Dr. Krämer gestern nicht deutlich genug, als er sagte, er wünsche es nicht, dass in seiner Firma unnötig Aufsehen erregt werde? Und was macht ihr. Ruft Samstagnacht beim Hauptstandort an und sorgt völlig unbegründet für Panik.

Wieso um alles in der Welt kommt ihr auf eine solche absurde Idee? Ein Anschlag auf Birdsnest, zzz..."

Kurt musste sich beherrschen nun nicht ebenfalls loszuschreien. Mit lauter Stimme widersprach er seinem Chef und erklärte ihm dann kurz die Überlegungen, die sie zu diesem Vorgehen bewogen hatten.

„Wir standen vor der Wahl. Menschenleben gegen überflüssige Sicherheitsvorkehrungen. Uns war das Leben wichtiger! Und von Panik kann keine Rede sein, wir haben uns mit Informationen sehr zurückgehalten."

„Schwachsinn, so ein Schwachsinn! Eure Überlegungen haben weder Hand noch Fuß, unglaublich, dass ihr deswegen einen derartigen Aufstand verursacht habt. Nur damit das klar ist. Von nun an wird jede Aktion von mir persönlich abgesegnet. Ich persönlich werde nun den Schaden, den ihr angerichtet habt, wieder in Ordnung bringen. Das Letzte das wir gebrauchen können, ist ein Großkonzern, der gegen uns klagt."

„Aber bedeutet das, wir stoppen einfach aufgrund irgendeines großen Namens sämtliche Ermittlungen bei Birdsnest? Das geht doch nicht mit rechten ..."

„Nichts aber! Ja, ich will, dass die Firma in Ruhe gelassen wird. Sucht den Mörder dort, wo er zu finden ist. Das wird aber nicht bei Birdsnest sein. Ihr habt ja keine Ahnung wie mächtig eine Firma wie diese ist."

Ein paar Sekunden lang herrschte Stille, bevor Ruben nochmals das Wort ergriff. Dieses Mal traf er einen angemessenen Ton:

„Schaut, ich weiß, ihr zwei seid unsere besten Ermittler, doch gestern ging es einen Schritt zu weit. Konzentriert euch nun einfach auf die Fakten. Mit dem Zuger Polizeichef habe ich übrigens bereits gesprochen. Sie werden wieder in den Normalbetrieb übergehen. Und nun schaut zu, dass ihr bald Erfolge verbucht."

Zwanzig Minuten später hatten Kurt und Michi die Aufgaben der Sonderkommission nochmals neu verteilt. Wie es der Chef befahl, zogen sie zu ihrem Frust die beiden Mitarbeitenden, die sie auf Birdsnest angesetzt hatten, von diesen Aufgaben ab und teilten ihnen neue zu.

Als sie wieder in ihrem Büro saßen, klopfte es an der Türe und Isabelle betrat das Zimmer.

„Entschuldigt die Störung. Ich wollte nur wissen, ob nun tatsächlich alle Recherchen in Richtung Birdsnest eingestellt werden?"

„Du hast doch gehört, Befehl vom Chef", brummte Kurt.

„Was aber, wenn dort der Dreck zu suchen ist? Wir können doch nicht einfach diesen Teil aus unserer Ermittlungsarbeit streichen!"

„Wir können alles, willkommen bei der Polizei. Marionetten der Mächtigen."

„Kurt, sie hat Recht!", mischte sich Michi ins Gespräch ein.

„Isabelle. Traust du dir es zu beim Großkonzern dran zu bleiben? Allerdings so, dass niemand etwas davon erfährt. Unter dem Radar, verstehst du?"

Die Polizistin stimmte zu, selbst dann noch, als sie Kurt über das Risiko, welches eine solche Aktion für ihre Karriere mit sich bringen konnte, aufklärte.

Einige Stunden später, es war bereits Nachmittag, saßen Kurt und Michi wieder im einfach aber gemütlich eingerichteten Wohnzimmer der Müllers. Dieses Mal hatten sie ihren Besuch telefonisch bei den Eltern angekündigt, bevor sie den Weg nach Zunzgen auf sich nahmen.

Es seien da noch einige Fragen aufgekommen, hatte Michi am Telefon ihren zweiten Besuch begründet.

„Sie haben uns gesagt, dass Sie ihren Sohn kaum sahen. Können Sie sich erinnern, wann es das letzte Mal war?", begann Michi das Gespräch.

„Das war vergangenen Oktober, an meinem Geburtstag", sagte der Vater, während die Mutter kopfnickend zustimmte.

„Danach nicht mehr? Weihnachten? Kurz vor Neujahr?"

„Nein, sicher nicht." Es war wieder der Vater der antwortete.

„Haben Sie ihn oft in seiner Wohnung in Basel besucht?", näherte sich Kurt nun behutsam dem Thema.

„Praktisch nie, ein, zwei Mal in den vergangenen Jahren", meinte die Mutter.

„Trifft das auch auf Sie zu?", richtete sich Kurt nun direkt an den Vater, der dies ebenfalls bestätigte.

„Haben Sie vielleicht ab und zu den Versuch unternommen, ihm spontan einen Besuch abzustatten?"

„Nein nie, er war ja nie zu Hause und wir fahren ohnehin nicht oft nach Basel", seufzte Frau Müller während ihr Mann sich schweigend im Nacken kratzte.

„Das trifft sehr wahrscheinlich auch auf Sie zu, richtig?", gab sich Kurt nun unwissend. Nach einer kurzen Pause stimmte Herr Müller Kurts Aussage zu.

„Können Sie uns dann bitte erklären, wieso Sie sich am 31. Dezember um 10 Uhr im Basler Stadtviertel Breite aufhielten?", stellte nun Kurt die alles entscheidende Frage.

Einen Moment lang herrschte Schweigen. Herr Müller blickte überrascht die beiden Polizisten an und es war ihm anzusehen, dass es in seinem Kopf ratterte.

„Was soll diese Frage? Mein Mann war nicht in Basel, davon wüsste ich. Wie kommen Sie überhaupt auf diese Idee?"

„Er war also den ganzen Tag zu Hause?", knüpfte Michi an Frau Müllers Aussage an.

„Ja, klar. Das heißt, nein, am Morgen war er noch für einige Stunden Einkäufe machen und bei seinem Freund Frederic in Gelterkinden, aber wieso rede eigentlich ich? Karl, sag du doch den Polizisten, dass ihre Frage falsch ..."

„Es ist wahr. Ich bin an jenem Morgen nach Basel gefahren, nachdem ich nur kurz bei Frederic vorbeigeschaut hatte."

„Keine Ahnung, wie Sie davon erfahren haben", richtete Herr Müller sich nun an die Polizisten, „aber Sie haben Recht. Ich habe meinen Sohn aufgesucht, das heißt, ich wollte ihn aufsuchen. Doch wie so oft war er nicht zu Hause. Ich habe es mehrmals versucht, doch ich habe ihn nicht gesehen."

„Und dazwischen haben Sie sich beim Bäcker mit Kaffee und Brötchen versorgt", schlussfolgerte Kurt.

„Daher also ... Ja richtig. Um 10.30 bin ich dann wieder nach

Hause gefahren. Aber wieso folgen Sie meiner Spur? Sie glauben doch nicht etwa, dass ich etwas mit Patricks ... Ich meine, er war mein eigener Sohn!"

„Noch glauben wir gar nichts. Aber wir folgen allen Hinweisen. So funktioniert Polizeiarbeit nun mal."

Während die Männer miteinander sprachen, starrte Frau Müller mit offenem Mund ihren Gatten an und rang nach Fassung. Nun, da eine kurze Pause im Gespräch entstand, stellte sie ihren Mann zur Rede.

„Wieso Karl? Was wolltest du bei Patrick? Wieso hast du mir das verschwiegen? Du hast mich belogen!"

„Ich habe dich nicht belogen. Ich war bei Frederic und ich war einkaufen. Du hast nie gefragt, wie lange ich dort war. Ich habe lediglich etwas verschwiegen.

Schau, ich habe in den vergangenen Monaten einige Male versucht mit Patrick zu sprechen. Ich wollte ihm klarmachen, dass er aufgrund der Diskrepanzen zwischen ihm und mir, nicht dich bestrafen sollte. Selbst wenn ich seine Arbeit verabscheue, wollte ich der Familie zuliebe auf weitere Vorwürfe verzichten.

Deshalb bin ich hingefahren. Doch leider war er nie zu Hause oder ließ mich nicht rein, wenn er mich sah. Und nun ist es zu spät. Es tut mir so leid. Ich wollte doch nicht, dass es so endet ..."

Der alte Mann, der sich bisher immer so stark und unerschütterlich gegeben hatte, schien nun ins Wanken zu geraten. Seine Stimme begann zu zittern und offensichtlich kämpfte er gegen die Tränen. Doch er gewann den Kampf. Ein Mann seines Schlages weinte nicht.

„Karl", entfuhr es Frau Müller während sie ihren Mann in die Arme schloss. Anders als die beiden Polizisten war sie von der Geschichte ihres Mannes überzeugt. Kurt gewährte den beiden

Eltern eine Weile der Trauer, bevor er die unangenehmen Fragen fortsetzte.

„Weshalb haben Sie uns diese Besuche verschwiegen?"

„Als Sie das erste Mal da waren, war ich vor allem damit beschäftigt, meine Frau zu trösten und meine eigene Trauer um den unerwarteten Verlust unseres Sohnes zu bewältigen. Das ließ mich diese nebensächlich erscheinenden Besuche vergessen. Und nun heute ... Ich wollte nicht, dass meine Frau davon erfährt. Ich meine, sie wusste ja nichts davon."

„Herr Müller", Kurts Stimme wurde ernst und tief, „bitte verstehen Sie, aber wir müssen Ihnen diese Frage stellen. Haben Sie ein Alibi für die Nacht auf den ersten Januar?"

Frau Müller strafte die beiden Polizisten mit vorwurfsvollen Blicken, während ihr Mann resigniert aussagte, in jener Nacht zu Hause gewesen zu sein. Er und seine Frau seien um 22.00 Uhr ins Bett gegangen und am nächsten Morgen um 07.30 Uhr aufgestanden. Frau Müller bestätigte die Aussage ihres Gatten kopfnickend.

„Bitte verdächtigen Sie nicht unnötig meinen Mann. Konzentrieren Sie sich lieber auf den richtigen Mörder. Mein Mann kann keiner Fliege etwas zu leide tun, und wo denken Sie hin, sein eigener Sohn? Niemals!

Ja, sie hatten nicht das beste Verhältnis, aber nein. Nie im Leben!"

Frau Müller hatte die beiden Beamten zu Tür begleitet, während ihr Mann zusammengesunken auf der Couch sitzenblieb.

„Wir werden den Mörder finden. Nur noch eine letzte Frage. Wie gut ist Ihr Schlaf? Würden Sie bemerken, wenn Ihr Mann in der Nacht das Haus für ein paar Stunden verlassen würde?"

„Sie verdächtigen ihn also wirklich! Nein, würde ich nicht. Ich habe einen tiefen Schlaf. Aber ich verbürge mich für Karl.

Suchen Sie den wahren Mörder, anstatt uns noch mehr Kummer zu bereiten. Ich bitte Sie nun zu gehen. Adieu."

Mit diesen Worten schloss die Frau aufgebracht die Tür und gab somit den Polizisten keine Gelegenheit mehr, etwas zu erwidern.

„Denkst du sie glauben mir?", fragte Karl Müller seine Frau als diese wieder das Wohnzimmer betrat.

„Sie werden es. Früher oder später. Mach dir keine Sorgen."

Gibt es einen Moment, wo man als Vater vergisst, was es bedeutet Vater zu sein? Einen Moment, wo man die eigene Ethik und Moral dem eigenen Kind vorzieht?

Ein Kind, das man von klein auf liebt, umsorgt und aufzieht. Die ersten Gehversuche, die erste Fahrradfahrt, der erste Schultag, die erste Freundin, der Lehrabschluss und letztendlich die Einsicht, dass der Kleine nun erwachsen ist und seine eigene Wohnung bezieht. Kann man all diese Momente für ethische Überzeugungen über Bord werfen?

Ja man kann es, da waren sich Kurt und Michi einig, als sie diese Fragen auf ihrer Rückfahrt nach Basel diskutierten. Kinder, die ihre Eltern umbrachten, Mütter, die ihre Neugeborenen erstickten, Väter, die ihre Söhne missbrauchten. In dieser kranken Welt gab es nichts, was es nicht gab. Doch gehörte ein Karl Müller auch zu der Sorte von Menschen?

Sicherlich, er hatte verschwiegen, dass er sich am Tag vor dem Mord in der Nähe des Tatorts aufgehalten hatte, aber waren die Erklärungen nicht nachvollziehbar? Wie würde Kurt an seiner Stelle reagieren, wenn zwei Polizisten ihm am ersten Januar eine solche Botschaft überbrächten?

Seine Frau schien jedenfalls fest von der Unschuld ihres Mannes überzeugt. Oder hatte sie am Ende doch auch noch etwas damit zu tun? War das lückenhafte Alibi etwa mit Absicht ausgearbeitet worden? Wollte Frau Müller, die an der Türe noch ihren tiefen Schlaf erwähnt hatte, durch ihre „Ehrlichkeit" den Verdacht von ihr und ihrem Mann ablenken?

Die ganze Geschichte der unwissenden Ehefrau, alles ein perfekt eingeübtes Schauspiel?

Noch während sie im Auto saßen, erteilte Kurt telefonisch zwei Kollegen den Auftrag, sehr diskret in Zunzgen bei den Nachbarn das Alibi des Ehepaars Müller zu überprüfen. Vielleicht hatte jemand etwas beobachtet, das für den Fall wichtig sein konnte.

Sie sollten auch nach allfälligen längeren Abwesenheiten der Müllers fragen. Hatten sie vielleicht Urlaub in Botswana oder sonst wo im Süden Afrikas gemacht? Einen weiteren Beamten beauftragte er damit, Frederic Reichenstein, den Freund den Karl Müller am 31. besucht hatte, anzurufen, um sich Karl Müllers Aussage bestätigen zu lassen.

Mit einem Mal hatte der Fall neue Spuren ergeben. Ein Groß-konzern, der mit allen Mitteln verhindern wollte, dass er unter die Lupe genommen würde, ein Vater, welcher der Polizei Dinge verschweigt, und eine Theorie über einen kranken Mörder, der sich als Gottes Vollstrecker sah, und dessen zweiter Mord im Kanton Zug nur durch schlaues Kombinieren dreier Polizisten verhindert wurde.

Er ging in der Wohnung auf und ab. Die Leiche war weg, doch das Blut befleckte immer noch Wand und Boden. Kurt war ganz allein, hatte das Licht eingeschaltet und ließ einen Moment die Stille auf sich wirken. Beinahe vier Tage waren seit dem Mord vergangen, doch noch wies nichts darauf hin, dass der Mörder bald gefasst werden würde.

Seit dem heutigen Morgen verfolgte die Polizei vier Spu-ren, doch keine ergab bis anhin konkrete Hinweise. Isabelles

Recherchen über den Großkonzern erwiesen sich als äußerst schwierig. Sie hatte einiges über oftmals zweifelhafte Aktionen des Konzerns erfahren und sich Kurt gegenüber schimpfend über die Wasserpolitik des Unternehmens ausgelassen.

Kurt versprach ihr, ihren Hinweisen in Sachen Trinkwasservermarktung nachzugehen, da diese offensichtlich im Zusammenhang mit dem Mord standen. Mehr allerdings hatte sie nicht in Erfahrung bringen können und so führte die Birdsnest-Spur weiterhin ins Ungewisse.

Die Spur im Kanton Zug war im Verlaufe des Tages stets unglaubwürdiger geworden, und unterdessen glaubte nicht mehr nur Ruben Frank daran, dass mit Kurt, Michi und Isabelle am Vorabend die Fantasie durchgebrannt war.

Die Frau, die in der Mordnacht mit Patrick Müller gesehen worden war, meldete sich noch immer nicht. Kurt hatte, nachdem er am Vortag unterbrochen worden war, erst am späten Nachmittag den Chauffeur der Limousine gesprochen. Von ihm erfuhr der Kommissar, dass er Patrick Müller am Silvester gegen ein Uhr morgens in Begleitung einer Frau nach Hause chauffiert hatte.

Patrick Müller, so der Fahrer, sei ein treuer Kunde gewesen, der sich des Öfteren in Begleitung weiblicher Gesellschaft nach Hause chauffieren ließ. Er selbst habe irgendwann aufgehört den Frauen größere Beachtung zu schenken, da diese häufiger wechselten als er seine Unterhosen.

Sie seien allesamt attraktiv gewesen, in der Regel dunkelhaarig, relativ groß, schlank und teuer gekleidet. Die Frau vom Silvester habe auf einen kurzen Blick hin ebenfalls dieser „Marke" entsprochen. Ihr Gesicht habe er nicht wirklich gesehen, da sie sich im Moment als er ihr die Türe aufhielt, abwandte und auf ihr Mobiltelefon blickte.

Blieb also nur noch Vater Müller, dessen Freund Frederic die kurze Anwesenheit am Morgen des 31. Dezember bestätigt hatte. Die Befragung der Nachbarinnen und Nachbarn der Müllers waren nicht sehr aufschlussreich gewesen. Keiner hatte am Vorabend den Vater das Haus verlassen sehen, allerdings waren alle der direkten Nachbarn an besagtem Abend nicht zu Hause gewesen.

Die Müllers waren im vergangenen Jahr öfters im Urlaub, hatte eine besorgte Nachbarin berichtet, die sich jeweils während dieser Zeit um den Garten kümmerte. Afrika allerdings mit Sicherheit nicht, da die Müllers die Schweiz nur selten verließen und aus ökologischen Überlegungen nie ein Flugzeug bestiegen.

Kurt war schon auf dem Nachhauseweg, als er auf einmal den Drang verspürte noch einmal zu Patrick Müllers Wohnung zu fahren. Irgendetwas musste er übersehen haben. Während er in den Zimmern auf und ab ging, kreisten seine Gedanken um die bisherigen Ermittlungen. Nun aber, nach einigen Minuten, besann er sich darauf, weshalb er wieder hierhergekommen war.

Aufmerksam schritt er nochmals durch die Zimmer. Im Wohnzimmer blieb sein Blick an dem Bild mit dem Wassertropfen hängen. Wasser als zentrales Element von Herrn Müllers Leben. Konnte es vielleicht sein, dass ...?

Kurt ging auf das Bild zu, griff nach dem Rahmen und nahm das Bild behutsam von der Wand. Dahinter kam ein kleiner Wandtresor zum Vorschein, der mit einem Zahlenkombinationsschloss gesichert war.

Der Kommissar wollte gerade enttäuscht aufzuseufzen, als er bemerkte, dass die kleine Türe nur angelehnt war. Herr Müller musste wohl beim Verschließen gepfuscht haben. Langsam öffnete er die Türe und blickte in das dahinterliegende Fach.

Außer zwei sehr teuer aussehenden Uhren und einem Ordner war das Fach leer. Während Kurt den Ordner herauszog, flatterte ein kleiner Notizzettel auf den Boden. Er hob ihn auf und las den kurzen Text. Als er begriff, was er da vor sich hatte, hielt er inne und sein Blick fiel auf seine nicht behandschuhten Hände.

„Schöner Mist", entfuhr es ihm als er seinen Fehler bemerkte. Er hatte sowohl Bild, Tresortüre, wie auch den Inhalt des Faches mit seinen Fingerabdrücken versehen. Woher sollte er denn wissen, dass der Mörder von dem Tresor wusste.

Er machte ein paar Anrufe, öffnete die Balkontüre und setzte sich auf einen der Stühle. Die kühle Abendluft strich ihm übers Gesicht, als er seinen Blick auf dem Rhein schweifen ließ.

„Der Mensch sieht was vor Augen ist, ich aber sehe das Herz an." Es war nur dieser eine Satz, der sich mit roter Schrift vom weißen Papierzettel abhob. Doch Kurt wusste sofort, hierbei musste es sich um eine Nachricht des Täters handeln. Der Mörder musste von seinem Opfer vor dessen Ableben den Code für den Tresor erfahren haben.

Kurt glaubte nicht, dass etwas entwendet worden war, zumal die teuren Uhren ja noch da waren. Dem Mörder ging es um etwas anderes, soviel war klar.

Kurz vor Mitternacht hatten die Spurensicherer den Tatort verlassen. Sie erlaubten Kurt den Ordner mitzunehmen. Auf dem Bilderrahmen, der Tresortüre und auch dem Tresorinhalt fanden sich nur Kurts und Herrn Müllers Fingerabdrücke.

Wer auch immer diesen Zettel geschrieben und in den Tresor gelegt hatte, musste Handschuhe benutzt haben. Es schien so, als wollte der Mörder, dass sowohl der Ordner als auch die Notiz gefunden wurden. Weshalb aber legte er alles wieder in den versteckten Wandtresor zurück? Spielte er etwa mit den Ermittlern? Musste sein Gegenspieler sich zuerst durch kluge Ermittlungsarbeit auszeichnen, bevor er die Legitimation erhielt, einen tieferen Blick in die Gedankengänge des Täters zu erhalten?

Fragen über Fragen. Als Kurt eine halbe Stunde nach Mitternacht zu Hause ankam, ratterten seine Gedanken immer noch. An Schlaf war nicht zu denken. Er startete die Kaffeemaschine und füllte den leeren Behälter mit Bohnen, die er aus dem Büro hatte mitgehen lassen. Selbstverständlich würde er sie bei Gelegenheit ersetzen. Der Kommissar schwenkte kurz eine der schmutzigen Tassen aus und stellte sie unter die Maschine. Er hörte das Mahlen der Bohnen und nahm sich vor, gleich seine Recherchen aufzunehmen.

Nach einem langen Arbeitstag brauchte Ruedi Gerber immer etwas Abwechslung. Er konnte die Menschen nicht verstehen, die täglich Stunden im Büro verbrachten und deren einzige sportliche Betätigung nach Feierabend es war, die Tasten der Fernbedienung zu drücken. Nein, er brauchte Abstand von beheizten Räumen, er brauchte frische Luft. Erst recht, wenn er wie heute an einem Sonntag, den Tag, den er gewöhnlich für seine Familie reservierte, arbeiten musste.

Wie jeden Abend tauschte er seine Arbeitskleider mit Sportkleidung, schnürte seine Joggingschuhe und verließ das Haus.

Eine knappe Stunde würde er durch den nahegelegenen Wald joggen, bevor er seinen Feierabend zu Hause mit seiner Familie ausklingen ließ. Seit Jahren lief er dieselbe Route. Wieso auch sollte er ändern was sich bewährte?

Nachdem er das Dorf mit seinen Straßenlampen hinter sich gelassen hatte, knipste er seine Stirnlampe an. Im Winter war es um sechs Uhr abends bereits dunkel und der starke Lichtstrahl würde ihm seinen Weg leuchten.

Ob er denn keine Angst habe, ein Mann in seiner Position alleine im Wald, wurde er ab und an von Freunden gefragt.

Nein, Angst hatte er keine. Weshalb denn auch? Er wohnte ja schließlich nicht in irgendeinem Brennpunkt, wo Drogen und

Gewalt tägliches Brot waren. Außerdem war da ja noch Bäru. Sein treuer Berner Sennenhund leistete ihm immer Gesellschaft auf seinen Ausflügen. Und weil sie beide Gewohnheitstiere waren, auch an diesem Abend.

Die beiden folgten dem Schotterweg, der in den Wald hineinführte. Nach zehn Minuten bogen sie auf einen schmalen Trampelpfad, sein persönliches Highlight der Route, ein. Hier, fern von anderen Menschen, hatte er des Öfteren Wild gesehen.

Bäru hatte gelernt bei seinem Herrchen zu bleiben, egal was da für andere Tiere im Wald waren. Seine Füße federten angenehm auf dem weichen Waldboden und er hörte seinen gleichmäßigen lauten Atem. Noch wenige hundert Meter und der Weg würde an den kleinen Weihern vorbeiführen, die jetzt im Januar durch eine dicke Eisschicht versiegelt waren.

Das Geräusch nahm er erst wahr, als Bäru laut bellend im Dickicht verschwand. Irgendwo in der Nähe der Teiche hörte er ein Rascheln. Er beschleunigte und rief seinen Hund, von dem er nur noch das sich in der Dunkelheit auf und ab bewegende, leuchtende Halsband erkennen konnte.

Was war denn auf einmal in Bäru gefahren, er lief doch sonst nie einfach weg? Noch während er im schnellen Laufschritt rätselte, sah er, dass das Licht des Halsband etwa zweihundert Meter vor ihm stehen geblieben war.

Als er beinahe zu seinen Hund aufgeschlossen hatte, hörte er das laute schmatzende Geräusch eines Tieres. Er legte die letzten Meter zurück bis er seinen Hund erreichte. Dieser beugte sich über ein großes Stück Fleisch, das mitten auf dem Waldboden lag.

„Bäru! Aus! Komm!", lauteten seine knappen Befehle, die den Hund dazu veranlassten, mit dem Schmatzen aufzuhören.

Nun sah er sich das Fleisch genauer an. Ein riesiges Stück mit einem Knochen, es sah fast so aus wie eine ... Aber warum sollte eine Schweinshaxe hier mitten im Wald liegen?

Er beleuchtete das Stück genauer, doch Bäru hatte in der kurzen Zeit schon sein Bestes gegeben, um das Stück Fleisch zu verunstalten.

Plötzlich war ihm das Ganze nicht mehr geheuer. Langsam ließ er den Strahl seiner Stirn-Lampe durch die Umgebung streifen. Doch da war nichts. Jetzt erst erinnerte er sich an das Geräusch, das er zuvor gehört hatte. Das Stück Fleisch war es mit Sicherheit nicht gewesen. Was aber dann?

„Ist da jemand? Hallo!", rief er in die Dunkelheit hinein. Eine Antwort blieb aus. Ein kalter Schauer überlief ihn und er flüsterte seinem Hund zu:

„Komm Bäru, lass uns gehen."

Er war bereits einige Meter weggegangen, als er bemerkte, dass sein Hund keine Anstalten machte, sich zu bewegen. Den Namen seines Tieres rufend ging er zurück, bis er Bäru erreicht hatte. Der Hund lag am Boden und hob unter Anstrengung seinen Kopf.

„Bäru, was ist los mit dir?", fragte er besorgt, doch dann legte der Hund seinen Kopf nieder und schloss seine Augen. „Bäru, nein!"

Er schüttelte das Tier, doch dieses reagierte nicht.

„Ich brauche Hilfe", durchfuhr es ihn, und er kramte in seiner Tasche nach dem Mobiltelefon. Jahrelang war er ohne es unterwegs gewesen, bis seine Frau darauf bestand. Er solle es für Notfälle mitnehmen. Jetzt war er froh, auf ihren Wunsch eingegangen zu sein.

Er entriegelte die Tastensperre und gab die Nummer seines Zuhauses ein. In diesem Moment hörte er wieder das Geräusch. Dieses Mal war es ganz nah. Er drehte sich um, und als er sah wohin der Strahl seiner Lampe fiel, ließ er sein Mobiltelefon vor Entsetzen fallen.

Einen Moment lang stand er nur schockiert da, dann aber besann er sich, vergaß seinen Hund und rannte los. Kreuz und quer durch den Wald. Der Mann hörte die Schritte im Laub, die ihm dicht auf den Fersen waren, doch er drehte sich nicht um. Er musste weg, einfach weg!

Er hörte ein leises *Pflop* und einen Bruchteil später durchzuckte ein heftiger Schmerz sein linkes Bein. Er verlor das Gleichgewicht, stolperte und sank zu Boden. Trotz Schmerzen richtete er sich auf und lief weiter.

Da spürte er, wie er von hinten gepackt und auf den Boden gepresst wurde. Er fühlte den Lauf einer Pistole an seinem Kopf und hörte, wie eine flüsternde Stimme ihn aufforderte sich umzudrehen.

Als der Lichtschein seiner Lampe erneut in das Gesicht des Angreifers leuchtete, wusste er, dass er sich vorhin nicht getäuscht hatte.

Vor ihm stand ein Mensch. Doch dort wo sein Gesicht hätte sein sollen, war ein einziges großes dunkles Geschwür. Anstelle des rechten Auges war eine vernarbte Augenhöhle sichtbar, rund um das linke Auge zogen sich Narben. Noch nie zuvor hatte er ein derart entstelltes Gesicht gesehen. Die Fratze beugte sich nun ganz nah zu ihm und flüsterte ihm zu: „Ich danke dir für mein Gesicht. *Asante sana.*"

Kapitel 4

Es war kurz vor ein Uhr, als Kurt sich mit einem frisch aufge-
brühten Kaffee, mit Laptop und dem dicken Ordner an seinen
Tisch setzte. An Schlaf konnte er jetzt ohnehin nicht denken, so
machte es doch Sinn, die Schlaflosigkeit wenigstens zu nutzten.

„Der Mensch sieht, was vor Augen ist, ich aber sehe das Herz
an." Der Satz klang irgendwie vertraut. War es etwa auch ein
Zitat aus der Bibel? Möglich war es, hatte sich der Mörder doch
zuvor auch einer Bibelstelle bedient.

Kaum war das Betriebssystem bereit, gab er auf Google den
Satz ein.

Sogleich erschienen mehrere Links, die auf einen Bibelvers im
ersten Buch Samuel hinwiesen. Kurt öffnete die erste Seite und
sah nahezu dasselbe Zitat.

„Der Mensch sieht was vor Augen ist, der Herr aber sieht das
Herz an."

„Er hat den Herrn, also Gott, durch das Wort *ich* ersetzt",
konstatierte Kurt leise.

„Er setzt sich auf eine Stufe mit Gott. Er selbst sieht in die
Herzen anderer und fällt Urteile."

Kurt kratzte sich am Kinn. Wer immer dieser Mörder war,
möglicherweise sah er sich selbst nicht nur als rechte Hand Gottes, sondern als Gott den Vollstrecker selbst. Weshalb aber legte
er diesen Vers in den Tresor neben den Ordner? Wollte er den
Finder etwa auch zu einem Urteil bewegen? Würde der Ordner
am Ende vielleicht etwas über Müllers Herz preisgeben? Etwas,
das ein Normalsterblicher nicht sah?

Kurt trank einen großen Schluck Kaffee, schob den Laptop
beiseite und griff nach dem Ordner. Es sah so aus, als wollte der
Mörder, dass er sich mit diesem Ordner auseinandersetzte. Also
würde er nun genau dies tun.

Der Ordner verfügte über ein Register, das auf verschiedene Projekte hinwies. Kurt schlug die erste Sparte, die mit Riverside County, USA betitelt war, auf. Sogleich erschienen zahlreiche mit Zahlen und Daten gespickte Dokumente.

Der Kommissar brauchte eine Weile, bis er begriff, dass diese Zahlen Aufschluss darüber gaben, wie viele Liter Wasser in einem bestimmten Zeitraum von einer Quelle im südöstlichen Teil Kaliforniens in Flaschen abgefüllt worden waren. Er war überrascht von der großen Menge Wasser, die laut den Papieren täglich abgepumpt wurde, stufte diese jedoch nicht als besonders ein. Schließlich hatte er ja keinerlei Vergleichswerte, wieso denn auch?

Seine Aufgabe war es, Verbrecher zu fassen und dazu musste er ja keine Ahnung von Wasserwirtschaft haben. Es mochte nach viel Wasser aussehen, und der Profit, den er mit seinem Verständnis aus den Zahlen herleitete, schien groß zu sein, aber letztlich handelte es sich hierbei um einen Wirtschaftszweig. Wieso also sollte ihn dieser Bericht schockieren?

Wie er aus den Dokumenten schlussfolgerte, suchte Patrick Müller mehrmals im Jahr den Betrieb an der genannten Quelle auf und tauschte sich regelmäßig mit dem Leiter vor Ort aus. Schön und gut, aber was sagten diese Informationen über das Herz des Opfers aus? Was denn bitte war verwerflich daran, Trinkwasser zu produzieren?

Kurt stöberte weiter in den Dokumenten herum, bis ihn etwas stutzen ließ. Hier im Bundesstaat Kalifornien wurde das Wasser mit der Marke Poor Life abgefüllt. War das nicht eine der Flaschen, die ...?

Er blätterte in seinem Notizbuch und sah sich bestätigt. Eine PET-Flasche der Marke Poor Life hatte sich unter den im Babypool schwimmenden Flaschen befunden. Mit Nichten ein Zufall.

Nach einem weiteren Schluck Kaffee wandte sich Kurt dem zweiten Registerfach zu. Doornkloof, South Africa. Wieder jede

Menge Dokumente über eine Fabrik, die Trinkwasser abfüllte. Dieses Mal handelte es sich um eine Quelle nahe Pretoria, der Hauptstadt Südafrikas. Auch hier war Patrick Müller im steten Austausch mit der Leitung vor Ort und die Dokumente gaben Aufschluss über einige seiner Besuche auf dem afrikanischen Kontinent.

Kurt stutzte abermals über die Menge an Wasser, die täglich abgefüllt wurde. Beinahe 300'000 Liter Wasser wurde den Dokumenten nach im Schnitt pro Tag abgefüllt und wegtransportiert. Marke: Poor Life.

Während der nächsten halben Stunde blätterte sich Kurt durch weitere Register im Ordner. Quellen in Äthiopien, Algerien, Botswana und und und ...

Er staunte nicht schlecht, als er im Kopf kurz hochrechnete, was der Großkonzern auf dem afrikanischen Kontinent täglich an Wasser abfüllte. Die Schweizer Firma musste allein in Afrika unvorstellbare hohe Summen erwirtschaften und das bloß durch den Besitz von Wasserquellen.

Unterdessen begann Kurt langsam zu ahnen, worauf der Mörder mit diesem Ordner hinweisen wollte. War nicht immer wieder von neuen Hungersnöten und Dürrekatastrophen auf dem afrikanischen Kontinent zu hören? Konnte ein Großkonzern tatsächlich Millionen Liter Wasser in Flaschen abfüllen, wenn nebenan die Menschen verdursteten?

Jeder kannte die schrecklichen Bilder. Abgemagerte Kinder, weinende Mütter mit ihren toten Säuglingen in den Armen. Flyer von Hilfsorganisationen, die regelmäßig in den Briefkasten flatterten, in der Hoffnung Spender zu finden, um afrikanischen Familien den Zugang zu Wasser zu ermöglichen.

Kurt selbst musste eingestehen, dass er eine gewisse Immunität gegen derartige Nachrichten entwickelt hatte. Natürlich taten ihm die Menschen leid, niemand hatte ein solches Schicksal verdient, aber sie waren weit weg und er konnte ja schließlich nicht die ganze Menschheit retten.

Hier in der Schweiz kennt man glücklicherweise eine solche Problematik nicht, hier beklagen sich die Menschen, wenn es am Jahreswechsel keine Lohnerhöhung gibt, wenn der Zug fünf Minuten Verspätung hat, man nicht das Geld für ein Eigenheim aufbringen kann, oder wenn bei einem Essen unter Freunden kein Stück Fleisch auf dem Teller liegt.

Die Sorgen waren hier andere, das wusste jeder. Und bestimmt war Kurt nicht der einzige Schweizer, der sich schon mal gefragt hatte, womit er eigentlich diesen Wohlstand verdient hatte. Wem oder was hatte er es zu verdanken, dass er hier und nicht 6000 km weiter südlich in Westafrika zur Welt kam?

Menschen, die sich benahmen, als seien sie etwas Besseres, weil sie Schweizer, Deutsche, Dänen oder sonst Europäer waren, machten ihn rasend. Wie oft schon hatte er mit Menschen zu tun gehabt, die glaubten sie hätten Reichtum und Glück ihrer eigenen Anstrengung zu verdanken und dabei Faktoren wie ein reiches Elternhaus, den Sozialstaat, wirtschaftliche Ressourcen oder die Möglichkeit zur Bildung ausgeblendet.

Nein, keiner, der hier in der Schweiz geboren war, konnte behaupten, er hätte alles seinen eigenen Anstrengungen zu verdanken.

Kurt riss sich von seinen abschweifenden Gedanken los, bewegte die Maus des Computers um den Bildschirmschoner, eine Fotoshow all seiner abgespeicherten Fotos, zu beenden.

Einen kurzen Moment noch sah er, wie wieder die Frau dastand und in die Kamera lächelte. Glücklich, kein vorwurfsvolles Flüstern, keine dunkle Wolken am Himmel, kein Höllenhund, den sie auf ihn losgeschickt hatte. Dann war sie weg, und das Hintergrundbild des Desktop erschien.

Kurt riss sich zusammen und öffnete den Browser. In der Suchmaschine gab er die Stichwörter Birdsnest und Wasser ein. Er würde nun dies tun, was er Isabelle versprochen hatte: Sich über die Wasserpolitik der Firma informieren.

Auf der Suchmaschine scrollte Kurt soweit mit der Maus hinunter, bis ein Link seine Aufmerksamkeit auf sich zog. Birdsnest saugt Wüstenregion in Kalifornien aus.

Sofort fielen ihm beim Überfliegen der ersten paar Worte, die die Suchmaschine zum Titel erwähnte, der Name Riverside County auf.

Er öffnete den Link und sah sogleich einen Zeitungsartikel vor sich. Interessiert las er, wie der Konzern beschuldigt wurde, im Riverside County, einem von seit Jahren mit Dürre kämpfenden Indianerreservat, Wasser abzugraben und damit die ohnehin arme Bevölkerung vor Ort der wenigen kostbaren Ressourcen beraubt. Eine Gefahr für Mensch und Umwelt.

Kurt war schockiert und begann nun spezifisch nach Riverside County und Birdsnest zu suchen.

Je mehr Artikel er über das Thema las, desto weniger traute er seinen Augen. Der Schweizer Konzern nutzte eine Gesetzeslücke, um ungehindert Wasser aus dem Boden des Landes zu pumpen, das seit Jahren mit Dürreperioden zu kämpfen hat. Abgefüllt in Flaschen der Marke Poor Life wurde das Wasser exportiert.

Ein weiterer Artikel warf dem Großkonzern vor, Wasser abzupumpen, wo immer das nur möglich war. Folgen für Mensch und Umwelt spielten dabei keine Rolle. Keiner der Artikel nannte Zahlen über die Wassermenge, die Birdsnest täglich abfüllte, da diese nicht offengelegt werden. Kurt blätterte nochmals im Ordner zur Rubrik von County und schon bald hielt er das gesuchte Dokument in der Hand. Er täuschte sich nicht, vor ihm standen die geheimen Zahlen der Pumpstation. Nun, da er um die Wasserknappheit im Reservat wusste, erschrak er über die hohen Zahlen.

Wie konnte ein Mensch so verantwortungslos handeln? Was ritt einen Menschen, damit er Entscheidungen traf, die Menschen in Not stürzten und den Planeten zerstörten?

„Von klein auf haben wir großen Wert darauf gelegt, ihm zu zeigen, dass es wichtiger ist, mit der Natur und Menschen im Einklang zu leben, statt dem Mammon nachzueifern."

Die Worte von Patrick Müllers Mutter klangen in Kurts Ohren. Menschen, die sich dem Geld verschrieben hatten, ja Menschen, die alles dafür taten, um ihr Budget immer weiter aufzubessern. Es waren solche Menschen, die die Welt ins Verderben stürzten. Und immer mehr sah es danach aus, als hätten Patricks Eltern recht gehabt. Ihr Sohn war einer dieser Menschen gewesen.

Dieser Ordner hatte seinen Zweck erfüllt und Kurt in Patricks Herz blicken lassen. „Der Mensch sieht was vor Augen ist, ich aber sehe das Herz an." Und Patrick Müllers Herz war dunkel wie die Nacht.

Kurt verbrachte trotz des frühen Morgens noch mehrere Stunden vor dem Internet. Beim Eingeben jeder einzelnen Quelle stieß er auf weitere Schandtaten, die vom Großkonzern begangen wurden. Skandale, die die Welt zwischenzeitlich aufschreien ließen, nur um dann gleich wieder vergessen zu werden. Skandale, die offiziell bekannt, und doch vollkommen legal waren.

Über die im Ordner aufgeführte, nahe Pretoria gelegene Quelle erfuhr er, dass nebenan die Anwohner an Wassermangel litten und keinen Zugang zu sauberem Trinkwasser hatten. Nur wenige Meter neben den einfachen Slumhütten, riegelte ein meterhoher Zaun die kostbare Quelle vom Volk ab.

Das abgefüllte Wasser wird exportiert, die Bewohner können es sich schlicht und einfach nicht leisten.

Nach all seinen Recherchen wunderte es Kurt nicht mehr als er in einem Interview den Konzernchef von Birdsnest hören sagte: „Für Wasser muss bezahlt werden. Es handelt sich nicht um ein Grundrecht der Menschen, sondern um ein Gut, das einen Preis haben sollte."

Das Ziel von Birdsnest war Kurt unterdessen klar geworden, der Großkonzern strebte eine totale Privatisierung aller Wasserquellen an.

Nun verstand er Herrn Müller Seniors Worte über die unsaubere Arbeit seines Sohnes. Der Vater musste sich mit den Taten des Weltkonzernes auseinandergesetzt haben, wahrscheinlich schon Jahre vor der Anstellung seines Sohnes bei Birdsnest.

Was muss es für diese Eltern für ein Schock gewesen sein, als ihr Sohn in dieser Firma zu arbeiten begann! Reichte das Unverständnis über diesen Entscheid etwa aus, um radikal dagegen vorzugehen?

Es war bereits nach drei Uhr, als Kurt seinen Laptop herunterfuhr und sich bettfertig machte. Vor lauter Recherchen hatte er sein Bedürfnis nach Alkohol vergessen. Der Höllenhund und die Wolken waren ihm heute Abend nicht begegnet.

Während er das Schlafzimmerfenster kippte, fielen seine Blicke wieder auf den alten Friedhof. Doch dieser lag ruhig da und war menschenleer.

Der Anruf riss ihn aus dem Schlaf. „Schon die Nachrichten gesehen?", wurde Kurt gleich mit dem Abnehmen des Hörers gefragt.

„Nein, was? Guten Morgen Michi, bist du es? Was soll das frühe ..."

„Schalt deinen Fernseher ein, das kann kein Zufall sein." Noch im Aufwachmodus suchte Kurt nach seiner Fernbedienung. Wieviel Uhr war es denn überhaupt? Er war hundemüde und es fühlte sich an, als hätte er nur wenige Minuten geschlafen. Er schaltete den Fernseher ein und nur wenig später hörte er die Stimme einer Reporterin.

"... bisher noch keine Stellungnahme. Das Gebiet wurde unterdessen großflächig abgesperrt und es befinden sich zahlreiche Polizisten vor Ort. So kann bisher nur vermutet werden, um wen es sich beim Opfer handelt. Wir melden uns in Kürze wieder aus Baar, nun zurück ins Studio."

Jetzt ertönte die Stimme des Nachrichtensprechers und das Bild wechselte von der in einem Wald stehenden Reporterin ins Studio. Kurt schaltete die Lautstärke hinunter und sprach wieder in den Hörer.

„Was ist geschehen? Habe nur noch den Schluss mitbekommen."

„Heute Morgen hat ein Spaziergänger in einem Wald im Kanton Zug eine Leiche gefunden. Der Beschrieb des Tatorts weist große Ähnlichkeit mit unserem Tatort auf. Natürlich waren im Fernseher keine Bilder zu sehen, aber die Journalistin gab ihr Bestes um den Zuschauern das Bild des Grauens verbal zu visualisieren.

Kurz gesagt. Eine männliche Leiche in einem Plastikpool mitten im Wald. Die Leiche muss wohl schlimm hergerichtet sein.

Zudem berichtete das Fernsehen von Spielzeugen, die im Plastikbecken bei der Leiche schwammen. Wenn das nicht unser Mörder ist, fresse ich einen Besen. Wie es aussieht waren wir doch nicht so falsch mit unseren Vermutungen."

Kurt lauschte gespannt Michis Worten. Als dieser geendet hatte, zögerte er nicht lange und beauftragte seinen Kollegen damit, ihn abzuholen. Gemeinsam würden sie einen Ausflug in die Innerschweiz machen.

Während der Autofahrt machte Kurt einige Telefonate, bis er das mit den Zuständigkeiten geklärt hatte. Aufgrund der naheliegenden Gemeinsamkeiten der beiden Mordfälle bekam er von beiden Kantonen Grünes Licht für einen außerkantonalen Einsatz.

Ruben Frank hatte kein Wort darüber verloren, dass Kurt und Michi nun doch richtig lagen und er hielt es nicht für nötig, sich bei ihnen zu entschuldigen. Mit knappen Worten hatte er ihnen die Erlaubnis erteilt, bevor er das Telefonat beendete. So betraten, knappe zwei Stunden nach den News aus dem Fernseher, zwei Basler Beamte den Tatort im Baarer Wald.

Während der etwas mehr als einstündigen Autofahrt hatte Kurt Michi ausführlich über seine Recherchen über Birdsnest aufgeklärt. Michi hatte zwar immer wieder Negatives über den Weltkonzern gehört, zeigte sich nun aber ehrlich schockiert.

„Wieso wird all dies geduldet in einer Welt, in der die Menschenrechte so groß geschrieben werden?", seufzte er als Kurt mit seinen Erzählungen geendet hatte.

„Die Antwort liegt doch auf der Hand. Am Ende zählt halt eben nur das eine: Geld."

Im Wald wimmelte es nur so von Menschen. Jede Menge von Schaulustigen, die von der Polizei vom großflächig abgesperrten Tatort zurückgehalten wurden. Mit Kameras und Mikrofonen bewaffnete Reporter versuchten Neuigkeiten herauszubekommen.

Kurt und Michi näherten sich geradewegs der Absperrung und zeigten dem Beamten, der sie beim Betreten des Tatort hindern wollte ihre Ausweise.

„Kurt Schär, Kriminalpolizei Basel und mein Kollege Michael ..."

„Schon ok, es wurde uns mitgeteilt, dass Sie kommen." Der Beamte hob das Absperrband hoch und ließ die beiden Ermittler durch die Absperrung hindurch.

„Was macht die Basler Polizei hier vor Ort? Steht dieser Mord im Zusammenhang mit jenem in Basel?", wandte sich sogleich einer der Journalisten über die Absperrung schreiend an sie.

Kurt und Michi gingen wortlos weiter, ohne der Frage Beachtung zu schenken, nur um dann nochmals dieselbe Frage zu hören, die der Reporter nun dem Beamten an der Absperrung stellte.

„Immer diese verfluchten Medien", knurrte Michi vor sich hin, während Kurt erleichtert registrierte, dass auch der Beamte an der Absperrung dem Reporter gegenüber eisern schwieg.

Sie gingen einen Trampelpfad entlang, bis ihnen ein Mann entgegenkam.

„Guten Tag. Ich bin Robert Zürcher, Zuger Kriminalpolizei. Und Sie müssen wohl die Kollegen aus Basel sein", begrüßte er die zwei Beamten, als sie sich gegenüberstanden.

„Genau. Mein Name ist Kurt Schär und dies hier ist mein Kollege Michael Rüedi. Was ist denn geschehen?"

„Tja, wenn wir das genau wüssten. Gestern Abend rief eine besorgte Frau an und meldete ihren Mann als vermisst. Er und sein Hund sind kurz nach 18 Uhr wie jeden Abend joggen gegangen und nicht zurückgekehrt. Aber sie wissen ja wie das ist, vor dem Ablauf von 24 Stunden läuft in der Regel nichts. Die Frau wurde von der Polizei vertröstet. Als ihr Mann in den frühen Morgenstunden immer noch nicht zu Hause war, schickte sie einen guten Freund des Mannes in den Wald, um ihn zu suchen. Der Mann kam gerade mal bis an den Waldrand, als ihm ein verängstigter Jogger entgegenlief und ihn aufforderte, sofort die Polizei zu alarmieren.

Dem Jogger war auf seiner morgendlichen Route ein Hund aufgefallen, der laut bellend in der Nähe der Teiche herumsprang. Weit und breit konnte er keinen Menschen sehen, das kam ihm merkwürdig vor.

Er verließ den Weg, um dann wenige Meter neben den Teichen eine grausam entstellte Leiche zu finden. Laut bellend davor ein aufgebrachter Hund."

„Herr Gerber?"

„Noch können wir es nicht bestätigen, aber die Wahrscheinlichkeit ist groß. Wir sind nun knapp vier Stunden hier, die Spurensicherung ist bereits voll im Gange. Die Gerichtsmedizin wird die Leiche baldmöglichst abtransportieren, aber wir wollten Ihnen auch noch die Möglichkeit geben, sich die Szene anzuschauen."

„Sehr nett von Ihnen, danke", ergriff Kurt das Wort.

„Ich muss Sie aber warnen. Ich habe schon viel gesehen, aber das übertrifft alles. Einige meiner Kollegen mussten sich übergeben."

Die drei folgten miteinander sprechend dem Pfad bis eine Abzweigung zu den Teichen führte. Etwa zwanzig Meter neben dem kleinsten der drei Teiche konnte Kurt bereits einen Plastikpool erkennen.

Die drei Männer nährten sich nun zügig dem Tatort. Wenige Meter vor dem Pool angelangt, stieg ihnen der Duft nach verbranntem Fleisch in die Nase. Der Waldboden neben dem Pool war großflächig mit einer dicken Schicht Plastikplanen abgedeckt. Beim Pool selbst handelte es sich um einen ca. einen Meter breiten Zuber aus hartem Kunststoff, so wie sie für kleine Biotope benutzt wurden.

Nachdem sie Handschuhe und Schuhüberzieher angezogen hatten, betraten die beiden Basler Beamten die Plastikplanen.

„Habt ihr die ausgelegt?", wandte sich Kurt zurück an Herrn Zürcher, der das Plastik nicht betreten hatte.

„Nein, war alles bereits hier. So wie es aussieht wollte der Täter auf Nummer sicher gehen, damit sein giftiges Gemisch nicht in die Umwelt gelangt."

„Giftiges Gemisch?"

„Sehen Sie selbst".

Nun legten sie die wenigen Schritte bis zum Zuber zurück. Was sie jetzt sahen, löste bei beiden Übelkeit aus. Michi musste sich sofort abwenden, doch Kurt überwand sich und schaute hin. Er hielt dem grausamen Anblick, der sich ihm bot, stand.

Im Zuber lag eine Leiche, keine Frage. Doch der Zustand der Leiche machte es schwer auf den ersten Blick zu erkennen, dass es sich hierbei mal um einen Menschen gehandelt hatte. Die Haut des Opfers war von Kopf bis Fuß verätzt und verbrannt. Ja wahrscheinlich konnte man nicht mal mehr von Haut reden. Der ganze Körper war eine einzige riesige Narbe, bis aufs Äußerste entstellt. Der Mensch lag zusammengekrümmt in dem zu dreiviertel mit Flüssigkeit gefüllten Zuber.

Erst nachdem er das Bild des Grauens länger beäugt hatte, fielen ihm die Gegenstände auf, die in der Flüssigkeit schwammen. Waren das etwa Fische? In der Tat sah es so aus, als wäre der Zuber nebst der Leiche gefüllt mit Kunststofffischen.

„Was zum Teufel will er uns nun schon wieder sagen?", hörte Kurt neben sich Michis Stimme, der sich unterdessen wieder soweit unter Kontrolle hatte, um ebenfalls einen Blick auf den Tatort zu werfen.

„Bestimmt stehen die Fische und die Flüssigkeit, um welch teuflische Mixtur es sich dabei auch immer handeln mag, in einem Zusammenhang mit der Arbeit des Opfers. Merkwürdig ist nur, dass ich nirgendwo eine Bibelstelle sehen kann."

„Was der Mensch sät, das wird er ernten. Ich nehme an Sie beide suchen danach", mischte sich einer der Gerichtsmediziner in ihr Gespräch ein und forderte die zwei dann auf, um das Becken herumzugehen.

Und da stand es. Mit roter Schrift auf den schwarzen Zuber gesprayt.

„Was der Mensch sät, das wird er ernten. Offenbarung 4/1973."

„Da haben wir sie also. Den gleichen Vers, aber eine andere Bibelstelle! Was hat dies zu bedeuten? Geht's hier nicht mehr um Birdsnest? Eine andere Firma? Wir müssen herausfinden, für wen und als was dieser Herr Gerber gearbeitet hat. Bei unseren bisherigen Recherchen haben wir uns nur auf diese eine Firma konzentriert, was aber, wenn es gar nicht um Birdsnest allein geht?

Lass uns mit den Kollegen aus Zug sprechen. Alle diese Informationen dürfen auf keinen Fall an die Öffentlichkeit gelangen. Los, machen wir uns an die Arbeit."

Als die zwei Basler mit ihrem Auto den Tatort in Richtung Zug verließen, sah Kurt, dass in der Zwischenzeit mehrere Anrufe derselben Nummer auf seinem Mobiltelefon eingegangen waren. Er schaltete die Freisprechanlage des Autos ein und wählte den Rückruf.

Es war Isabelle, die sich bereits nach wenigen Sekunden am anderen Ende der Leitung meldete. Kaum hatten Kurt und Michi gegrüßt, legte sie auch schon aufgeregt los.

„Natürlich habe ich heute Morgen auch in den Nachrichten vom Mord in Baar gehört. Zuerst dachte ich, dass der Mörder aufgrund unserer Intervention nun einen Tag verstreichen ließ, um nun halt am vierten statt am dritten Tag zuzuschlagen. Verstehen könnte man dies ja, da er sicherlich keinen Wert darauf legt, geschnappt zu werden.

Dann aber kam mir auf einmal ein anderer Gedanke. Was wenn es der Mörder gar nicht nur auf Birdsnest abgesehen hat? Dann könnte sich die Zahl drei dann doch auf einmal wieder auf drei Morde beziehen. Ich überlegte mir, dass es ja nicht schaden könnte, mal international zu recherchieren. Vielleicht hat es ja bereits ähnliche Fälle ..."

„Und du hattest Erfolg!", schnitt ihr Michi ungläubig das Wort ab.

„Ja! Denkt. Vor etwas mehr als zwei Monaten kam in den USA ein Mann ums Leben. Man fand ihn tot in einem Maisfeld, vergiftet mit Herbiziden. Er saß auf seinen Knien betend, dem Maisfeld zugewandt. Daneben ein Schild mit denselben Worten wie bei unserem Opfer. Nur die Bibelstelle war eine andere. Offenbarung 1, 1900."

„Das gibts doch nicht", entfuhr es Kurt, „hier haben wir auch eine andere Bibelstelle aber denselben Vers! Weißt du wo das Opfer gearbeitet hat?"

„Habe ich alles recherchiert. Er arbeitete für eine dieser Firmen, die Saatgut und Herbizide für die ganze Welt produzieren. Holyseed heißt die Firma, ihr Gründungsdatum stimmt mit der Bibelstelle überein. Ich denke wir haben richtig kombiniert."

Einen Moment lang herrschte Stille, dann begann Kurt Isabelle für ihre Arbeit zu loben, als diese ihn höflich unterbrach. Dies sei noch nicht alles.

„Vor fünf Wochen gab es in Indien ein weiteres Opfer. Der Tatort stimmt weitgehend mit den zwei anderen überein. Einzige Ausnahme: Beim Opfer handelt es sich dieses Mal um eine Frau und die Bibelstelle beginnt mit zwei, gefolgt vom Gründungsdatum der Firma. Sie saß ebenfalls betend auf ihren Knien. Todesursache Hungertod.

Ihr wurde der Mund mit Faden zugenäht. Am Tatort hingen einige Fotos, die die Frau an einen reich gedeckten Tisch gefesselt zeigten. In Griffweite vor ihr die köstlichsten Speisen, doch weder ihr zugenähter Mund noch die gefesselten Hände ermöglichten es ihr, davon zu kosten. Tod durch Verhungern."

„Schrecklich!", entfuhr es Michi, „wer macht denn so etwas?"

„Jemand der keinerlei Mitleid mit der Frau empfand", murmelte Kurt leise vor sich hin und fragte dann etwas lauter, „war die Frau in der Lebensmittelbranche tätig?"

„Nein. In der Textilindustrie. Sie hatte eine führende Position in einer Firma, die Kleider für den Westen herstellt."

Eine Stunde später saßen Kurt und Michi in Kommissar Zürchers Büro und besprachen das weitere Vorgehen. In Kürze hatten sie Robert Zürcher, den sie unterdessen duzten, über die neusten Fakten informiert.

Aufgrund des Hintergrundwissens der Basler Polizei, erklärte Robert sich einverstanden, Kurt bei der Befragung von Frau Gerber mitzunehmen.

Michi war bereit, unterdessen bei den Kollegen auf den anderen Kontinenten detailliert nachzuhaken. Robert Zürcher, der sich als äußerst hilfsbereit entpuppte, stellte ihm dafür vorübergehend sein Büro zur Verfügung. Es dauerte nur wenige Minuten bis ihm Isabelle telefonisch die Nummern und Namen durchgegeben hatte und er mit seiner Arbeit beginnen konnte.

Er überschlug kurz den Zeitunterschied von sechs Stunden zu seinen Kollegen aus Missouri und kam dann zum Schluss, dass es in St. Louis zwar früh sein musste, er es aber dennoch probieren konnte. Es dauerte nicht lange, bis sich unter der gewählten Nummer jemand meldete.

Während der nächsten halben Stunde unterhielt sich Michi telefonisch mit einem gewissen Detective Icewater vom zuständigen Morddezernat. Icewater, der persönlich im bisher ungelösten Fall ermittelt hatte, zeigte sich sehr interessiert und gesprächig.

Eine Hand am Hörer, die andere am Stift, notierte sich Michi sämtliche wichtigen Informationen. Opfer Jonathan Rich, 48. Zivilstand geschieden. Arbeitete für Holyseed und belegte dort eine Kaderstelle.

Das Opfer wurde am Rand eines Maisfeld gefunden. Die gerichtsmedizinischen Untersuchungen ergaben, dass er mit einem Herbizidcocktail aus dem Hause seines eigenen Arbeitgebers vergiftet worden war.

Zwei der Flaschen hielt er in seinen Händen, eine steckte in seinem offenen Mund.

Weiter ergaben die Untersuchungen, dass dem Opfer noch vor dessen Tod, Gift in die Augen gegossen wurde. Er muss höllische Qualen erlitten haben. Neben der Leiche, an den Mais angelehnt, stand ein Schild worauf mit Sojabohnen sorgfältig ein Satz geklebt worden war:

„Was der Mensch sät, das wird er ernten. Offenbarung 1/1900."

Weder auf dem Schild mit der Sojaschrift noch auf der Leiche hatte der Täter Fingerabdrücke hinterlassen.

„Natürlich legten wir unsere Ermittlungen großräumig an und befragten sämtliche Personen aus dem Umfeld des Opfers. Seine Ex verfügte über ein stichfestes Alibi, ebenso andere Personen, bei denen wir allfällige Interessen am Tod des Opfers hätten vermuten können.

Unsere einzige Spur umfasste eine weibliche Bekanntschaft mit der das Opfer kurz vor seinem Ableben Kontakt gehabt haben muss. Doch leider konnten uns seine Bekannten weder einen Namen noch sonst etwas Brauchbares über die Person sagen."

„Gibt es Telefonaufzeichnungen?", hakte Michi gespannt an diesem Punkt nach.

„Ja. Doch nichts Besonderes, außer dass er mehrmals in den Wochen vor seinem Tod aus verschiedenen Telefonzellen angerufen wurde. Mit wem er da telefoniert hat, ist nicht sicher, wir vermuten aber, es könnte sich dabei um die weibliche Bekanntschaft handeln, zumal wir von dieser keine Spuren auf dem Mobiltelefon finden konnten."

„Das kann kein Zufall sein", dachte Michi, der sich nun sicher war, dass die Frau der Schlüssel zur Lösung war. War sie die

Mörderin? Bis anhin hatte sie sich jedenfalls noch immer nicht gemeldet, was höchst verdächtig war.

Wie Michi im weiteren Verlauf des Gesprächs mit Detective Icewater erfuhr, musste der Mord im engen Zusammenhang mit dem Arbeitgeber des Opfers stehen. Icewater hatte herausgefunden, dass es sich bei der Bibelstelle um das Gründungsdatum von Holyseed handelte, nur an der Zahl eins biss er sich bis anhin die Zähne aus. Michi erlöste ihn von dieser Ungewissheit.

„An die Firma kamen wir nicht wirklich ran. Sie zeigten sich zwar äußerst kooperativ und versicherten uns, sie würden alles dafür tun, um den Täter zur Rechenschaft zu ziehen, doch ich hatte immer das Gefühl, dass sie mehr wussten als sie sagten. Also stellte ich meine eigenen Recherchen an.

Der Großkonzern produziert Saatgut und Herbizide, beides alleine steht also bereits im engen Zusammenhang mit dem Mord. Der Konzern geriet immer wieder in die Kritik. Besonders nach Südamerika liefen sie riesige Mengen an Saatgut und Herbiziden für den Futtermittelanbau von Soja.

Die Bevölkerung vor Ort klagt über Krankheiten und Todesfälle aufgrund der starken Gifte, die die ganze Umwelt verseuchten. Das Problem ist aber, dass der Sojaanbau dort unten zu einem riesigen Wirtschaftszweig geworden ist. Und so lange Soja in die ganze Welt exportiert wird, wird sich an der Monopolstellung von Holyseed nichts ändern.

Glauben Sie mir, meine Recherchen über diese Firma haben meine Weltanschauung und mein Leben verändert. Aber ich schicke Ihnen meine Informationen gerne zu. Machen Sie sich selbst ein Bild."

„Könnte genau dies die Absicht des Täters gewesen sein?", wollte Michi nun wissen.

„Tatsächlich glaube ich, dass der Täter auf diese Missstände aufmerksam machen wollte. Der Bibelvers und das Mordritual deuten stark darauf hin. Ich habe Holyseed gewarnt, doch wie es aussieht, hat er es nicht allein auf diese Firma abgesehen, sondern nahm sich gleich mehrere Großkonzerne vor. Er wird weitermachen, davon bin ich überzeugt. Solange Firmen wie diese an der Macht sind, wird er nicht aufhören."

Nachdem Michi das Gespräch beendet hatte, saß er einige Minuten still da. Was war nur mit dieser Welt los? Menschen, die alles für den Profit taten, und denen es egal war, wie sie dadurch den Planeten zerstörten. Ein Mörder, nein vielleicht eine Mörderin, die sich für Gott hielt und meinte sie könne diese Menschen nach ihrem Willen bestrafen.

Was musste im Kopf der Frau vorgehen, um zu solchen Maßnahmen zu greifen? Michi schaute auf die Uhr und begann zu rechnen. In Indien war es früher Abend. Vielleicht würde er ja noch jemanden erreichen.

Zur gleichen Zeit saßen Kurt und Robert auf Designerstühlen im großen Wohnzimmer der Familie Gerber. Noch bevor sie mit ihrem Dienstwagen das Tor zum Grundstück der Villa erreicht hatten, wurden sie von unzähligen Kameras beobachtet. Per Fernsprecher hatte sich Robert am Tor angemeldet, woraufhin das elektronische Tor aufgegangen war.

Sie waren dem Privatweg gefolgt und hatten das Auto vor dem großen Haus parkiert. An der Tür hieß sie ein Dienstmädchen Willkommen und begleitete sie mit der Frage, was sie denn trinken möchten, in das Wohnzimmer. Hier saßen sie nun also und warteten auf Frau Gerber.

Frau Gerber, eine Frau von Ende vierzig, betrat den Raum, woraufhin sich die beiden Beamten erhoben. Die Frau war schlank, modisch gekleidet und ihr Gesicht wies erstaunlich wenige Falten auf. Ihre Figur schien trotz ihres Alters noch tadellos und Kurt fragte sich unwillkürlich, wie viel sie davon Operationen und Makeup zu verdanken hatte.

Obwohl sie sich Mühe gab, stark zu wirken, sah man deutlich den Kummer und die Sorgen die ihr Gesicht zeichneten. Nachdem sie sich die Hände geschüttelt hatten, ergriff Robert das Wort.

„Frau Gerber. Wir wollen ehrlich mit Ihnen sein. Noch liegt keine Bestätigung seitens der gerichtsmedizinischen Untersuchungen über die Identität des Toten vor, aber sämtliche Umstände sprechen zur Zeit dafür, dass es sich dabei um Ihren Mann handelt."

Der Frau entwich ein bestürzter Schluchzer bevor sie ihren Mund hinter ihren Händen vergrub und jegliche Beherrschung verlor. Nach einigen Minuten, in denen sie hemmungslos geweint und geschrien hatte, reichte ihr Kurt unbeholfen die Box mit Taschentüchern, die auf einem kleinen Beistelltisch stand.

In ihm purzelten die Gedanken. Während er die Frau so vor sich sah, erinnerte er sich zurück an jenen Tag, an dem es geschehen war. Er spürte wie ihn Gefühle von tiefem Schmerz, unendlicher Trauer und Wut gegen sich selbst überkamen und versuchte sie zu unterdrücken. Doch es gelang ihm nicht.

„Entschuldigen Sie, ich habe einen Notfall. Ich muss mal ganz dringend", wandte er sich an die beiden und verließ den Raum. Das Dienstmädchen, das verunsichert vor der Wohnzimmertür mit einem Tablett in der Hand auf einen günstigen Moment zum Reingehen wartete, wies dem Polizisten den Weg zur Toilette.

Kurt kühlte seinen Kopf mit Wasser, doch die Tränen stiegen ihm erbarmungslos in die Augen. Er blickte auf und sah in den Spiegel. Und da war sie. Sie blickte ihn mitleidig, beinahe vorwurfsvoll an. Hinter ihr begannen Flammen aufzusteigen. Erst waren es kleine Funken, dann lodernde Flammen, die mehr und mehr die Konturen eines Wesens annahmen.

Da war sie wieder, die Bestie aus der Hölle. Der Höllenhund öffnete sein riesiges Maul und verschlang die Frau mit einem einzigen Bissen.

„Neeein!", Kurt schrie auf und hämmerte seinen Kopf gegen das Becken. Bevor es um ihn schwarz wurde dachte er noch:

„Ich muss büßen, lebendig in der Hölle, wie es sich für einen Mörder gehört."

„Hallo! Aufmachen. So machen Sie doch auf!", hörte er die besorgte Stimme des Dienstmädchens.

„Herr Schär, alles in Ordnung?" Sie rüttelte an der abgeschlossenen Tür.

„Ja, ja. Alles ok. Ich komme gleich", raffte er sich für eine Antwort zusammen während er aufstand. Er blickte in den Spiegel und erschrak. Seine Stirn war blutverschmiert und schwoll unter Schmerzen an. Der Höllenhund würde es schaffen. Eines Tages würde er seinem Leben ein Ende bereiten, es war nur noch eine Frage der Zeit.

Mit Toilettenpapier tupfte er sich das Blut von der Stirne und öffnete dann die Türe. Davor fuhr ein erschrockenes Dienstmädchen hoch.

„Was ist denn passiert? Geht es Ihnen nicht gut? Brauchen Sie einen Arzt? Sagen Sie doch etwas? Was ist denn los? Nun reden Sie."

„Halb so wild. Haben Sie vielleicht ein Pflaster und etwas Eis? Ich bin unglücklich gestürzt, sonst nichts."

Zehn Minuten später saß Kurt wieder auf dem unbequemen Stuhl im Wohnzimmer. Robert war in der Zwischenzeit kaum weitergekommen, hatte er doch die meiste Zeit von Kurts Abwesenheit dazu genutzt, die Witwe zu trösten. Fragend blickte Robert Kurt an und erkundigte sich irritiert nach dessen Befinden. Der Basler aber erklärte das Ganze als unglücklichen Sturz, der nicht der Rede wert sei.

„Nun", richtete sich Robert an Frau Gerber, „bitte, haben Sie Verständnis dafür, dass wir Ihnen noch ein paar Fragen stellen müssen. Dieses für Sie schwierige Gespräch dient dazu, den Fall möglichst bald aufzuklären, was sicherlich auch in Ihrem Interesse ist. Daher bitte ich Sie, sich Zeit zu nehmen und uns die Fragen wahrheitsgetreu zu beantworten. Geht das in Ordnung?"

Ein kurzes Nicken als Antwort genügte Robert um fortzufahren.

„Frau Gerber, wo und was hat Ihr Mann gearbeitet?"

Frau Gerber schien irritiert von der Frage, sammelte sich dann aber für eine Antwort.

„Roland arbeite für Goodscare. Die Firma kennen Sie ja sicher. Er belegte dort einen hohen Posten im Management. Er arbeitete sehr viel, machte oft Überstunden. Wie genau seine Arbeit aussah, kann ich Ihnen nicht einmal sagen."

Sie schluchzte laut auf und fuhr fort.

„Ich verstehe doch nichts von all diesen Zahlen."

Eine kurze Pause, dann: „Ich weiß nicht einmal, was genau er gearbeitet hat und nun ist er tot!"

Frau Gerber drohte bereits wieder die Fassung zu verlieren, weshalb Kurt gleich eine weitere Frage stellte.

„War er aufgrund seiner Arbeit öfters im Ausland unterwegs?"

„Goodscare ist ein globaler Konzern, natürlich war er regelmäßig auf Geschäftsreisen. Doch mehrheitlich arbeitete er hier in Baar."

„Hatte Ihr Mann Feinde oder gab es Menschen, die ihm seinen Erfolg nicht gönnten?"

Sie überlegte eine Weile und erklärte dann, sie wisse von keinen Feinden. Sie könne sich zwar schon vorstellen, dass einige neidisch auf seinen Job und seinen Erfolg waren, aber diese Eifersucht würde niemals solche Dimensionen annehmen.

„Goodscare hat in den vergangenen Jahren nicht nur ruhmreiche Schlagzeilen gemacht. Gab es nie Leute, die Ihrem Mann Vorwürfe gemacht haben?", klinkte sich Kommissar Zürcher wieder ins Gespräch ein. Als Zuger Polizist war er zumindest ein wenig mit dem Weltkonzern vertraut.

„Da gab es schon immer wieder mal Menschen. Umweltschützer und Menschenrechtler. Alles nur scheinheilige Leute, wenn Sie mich fragen. Stellen sich ins Licht und machen andere unter dem Vorwand der Ethik fertig. Dabei sind sie nur neidisch, weil andere es geschafft haben, eine anständige Karriere haben und erfolgreich sind.

Wäre einer von diesen nur halb so erfolgreich wie mein Mann, würde er auf seine ach so wichtigen ethischen Grundsätze pfeifen und die Natur den Bach runterspülen."

Kurt spürte wie in ihm die Wut hochstieg. Immerhin taten diese Menschen etwas. Er selbst hatte bis gestern Abend gleichgültig in den Tag hineingelebt, doch die Recherchen vom Vorabend würden dies ändern. Er war sich sicher, dass die Firma Goodscare, keinen Deut besser war als die anderen. Und er, Kurt Schär, musste sein Leben ändern. Dies war ihm gestern klargeworden. Nicht des Geldes oder Neides wegen, nein, weil es schlicht und einfach unter aller Sau war.

Wie konnte diese Frau behaupten, dass es nur Neid war, der die Menschen antrieb? Er überlegte noch was er erwidern sollte, als Robert wieder das Wort ergriff.

„War unter all diesen Scheinheiligen kein besonders hartnäckiger dabei? Einer der vielleicht gar bedrohlich wurde?"

Frau Gerber hüllte sich einige Momente in nachdenkliches Schweigen bis sie plötzlich hochfuhr. „Doch, jetzt kommt es mir in den Sinn. Da gab es diesen Mann, der meinen Roland immer wieder belästigte. Mit Mails, Telefonaten, ja teilweise fing er ihn sogar ab.

Wollte wissen wie er mit all der Schuld leben könnte, hielt ihm schreckliche Bilder vor die Nase, so als ob er am Tod und Leid der ganzen Welt Schuld wäre.

Als er mich dann eines Tages im Kaufhaus abfing, platzte meinem Mann der Kragen. Er rief den Mann an und drohte ihm mit rechtlichen Konsequenzen, wenn er nicht sofort von uns abließe.

Ich war mit unseren zwei kleinen Kindern einkaufen und dieser Verrückte zeigte uns ein Bild von einem entstellten Kind. Wer macht denn sowas! Stellen Sie sich das nur vor!"

„Und? hat die Drohung mit der Justiz gewirkt?"

„Ja. Seit dann gab er Ruhe."

Ob der Mann denn sie, ihre Kinder oder ihren Mann jemals bedroht habe, wollte Kurt wissen.

„Nicht direkt. Beim letzten Gespräch meinte er lediglich, er wünsche ihm, dass er seine Schuld erkenne bevor es zu spät sei. Meinen Sie das war eine Drohung?"

„Hm. Haben Sie einen Namen, Adresse oder sonstige Kontaktdaten von ihm?", fuhr Kurt fort ohne näher auf die Frage einzugehen.

„Das weiß ich nicht mehr. Vielleicht hat mein Mann ... Ich meine vielleicht ist auf seinem Computer noch etwas."

„Wir werden seinen Computer mitnehmen, wenn das für Sie in Ordnung ist", stellte Robert Zürcher fest, woraufhin Frau Gerber kurz nickte.

Im weiteren Verlauf des Gespräches klärten die Beamten durch behutsame Fragen familiäre Umstände, den Bekanntenkreis des

Mannes und Frau Gerbers Aufenthaltsort während der Mordnacht auf.

Sie war den ganzen Abend zu Hause gewesen, was das Dienstmädchen, das um 22 Uhr Feierabend machte, bestätigen konnte. Danach hatte die Frau kein Alibi, versicherte aber, dass sie ihre Kinder um keinen Preis der Welt alleine lassen würde.

Kurt und Robert sahen sich nach dem Gespräch in Herrn Gerbers Arbeitszimmer um. In einer Aktentasche fanden sie einen Laptop, ansonsten wirkte der Raum leer und steril. Bevor sie das Haus verließen, informierten sie die in Kummer versunkene Frau über den Laptop, welchen sie mitnehmen würden.

„Hat Ihr Mann keine Agenda oder ein Smartphone?", wollte Kurt vor dem Hinausgehen wissen.

„Doch natürlich, er hat sämtliche geschäftlichen und privaten Termine und Daten auf seinem Smartphone festgehalten. Aber das trug er beim Laufen eigentlich immer bei sich. Sicher hat er es gestern Abend auch ..." Der Satz erstickte in einem Schluchzer.

Zurück in Zürchers Büro warteten nicht nur Michi mit den Informationen aus den Telefonaten, sondern auch erste Berichte aus der Gerichtsmedizin auf die beiden. Den Blutproben zufolge war Bäru, Gerbers Familienhund, offensichtlich betäubt worden. Das am Tatort liegende Stück Schweinefleisch war vergiftet gewesen.

Michi erzählte ausführlich von seinen beiden Telefonaten. Auch in Indien hatte er noch jemanden erreicht, der ihm ausführliche Details zum Fall geben konnte.

Die Frau, die gefesselt vor den köstlichsten Speisen verhungern musste, belegte eine Kaderposition in einer der unzähligen Textilfabriken, die für europäische Markenlabels Kleidung herstellte.

Die leitenden Beamten waren früh zum Schluss gekommen, dass es sich beim Mord um einen Vergeltungsakt handeln musste. Das Verhungern in Reichweite des Essens spielte wohl auf die katastrophalen Bedingungen an, die tausende Mädchen täglich dank des *Sumangali Systems* über sich ergehen lassen mussten.

Aufgrund falscher Versprechungen an Textilfabriken verkauft, schufteten die minderjährigen Mädchen bis zu 12 Stunden täglich für ein lächerliches Gehalt. Die jungen Mädchen bekamen wenig zu essen, wurden geschlagen und oftmals missbraucht. Hunger, Krankheit und Invalidität gehörten zur Tagesordnung.

Unterdessen aber habe man jemand Schuldigen gefunden, ein Vater, dessen Tochter in der Firma des Opfers erst wenige Wochen zuvor gestorben war.

„Mit den Beweisen nahm man es wohl nicht so genau. Sie mussten der Firma einfach bald einen Schuldigen präsentieren und ich vermute, dass sich der Mann da einfach angeboten hatte. Ich habe die zuständige Polizeistelle von unseren Recherchen zu überzeugen versucht, woraufhin man mir versprach, der Sache nochmals nachzugehen. Allerdings zweifle ich daran."

Als Michi mit seinen Erzählungen geendet hatte, wussten die Polizisten von nunmehr vier Morden verteilt auf drei Kontinente, die allesamt dem gleichen Schema entsprachen. Keine der Polizeistellen aber hatte einen anonymen Anruf vom nächsten Ort des Verbrechens aus erhalten. Hier bildete Basel die Ausnahme.

„Könnte es sein, dass uns der Mörder mehr und mehr Anhaltspunkte geben will? Vielleicht spielt er mit uns, ja gibt uns die Chance einzugreifen", schlussfolgerte Kurt.

Im weiteren Verlauf des Nachmittages besprachen die Beamten beider Kantone das weitere Vorgehen. Kurt bat darum Herrn Gerbers Laptop mitzunehmen. Michi würde sich mit dem von

Frau Gerber erhaltenen Passwort auf virtuelle Spurensuche begeben. Mit etwas Glück fand er noch Daten vom Mailverkehr zwischen Gerber und dem aufdringlichen Umweltschützer.

Robert Zürcher würde derweilen breit abgedeckt nach Spuren suchen. Befragungen von Bekannten des Opfers und die Suche nach möglichen Zeugen war Sache der Kantonspolizei Zug. Jemand hatte die große Wanne und das Material in den Wald transportiert, das musste doch sicherlich aufgefallen sein.

Auch die bereits begonnenen gerichtsmedizinischen Untersuchungen fielen in den Aufgabenbereich der Zuger.

„Hat man eigentlich ein Handy beim Opfer gefunden?", fragte Kurt nach, als sie über Möglichkeiten weiterer Spurenfindungen diskutierten.

„Soweit ich informiert bin nicht", lautete Roberts Antwort.

Wahrscheinlich hatte der Mörder das Telefon mitgenommen um Hinweise zu vermeiden.

Robert seinerseits wollte gleich am nächsten Morgen bei Goodscare vorsprechen. Kurt wünschte bei diesem Besuch ebenfalls dabei zu sein. So vereinbarten die zwei sich am kommenden Tag morgens um neun Uhr in Zürchers Büro zu treffen. Beide Polizeistellen wollten sich in der Zwischenzeit ausführlich mit der Firma auseinandersetzten.

„Wie geht es dir, Kurt? Ich meine nach dem was geschah ...", schnitt Michi etwas unbeholfen das heikle Thema an. Schweigen.

„Ich meine, hast du Freunde, die dir zur Seite stehen? Oder holst du dir irgendwo Hilfe?", druckste Michi verunsichert weiter.

Sie saßen im Auto auf dem Rückweg nach Basel und Michi, der sich immer größere Sorgen um seinen Partner machte, nutzte die einstündige Fahrt für das wichtige Gespräch.

„Komm schon klar", murmelte Kurt als er merkte, dass Schweigen keine Lösung war.

„Kurt, ehrlich gesagt mache ich mir etwas Sorgen. Du bist nicht mehr du."

„Natürlich bin ich nicht mehr ich, was glaubst du denn! Dass man so etwas einfach abhakt und sein bisheriges Leben unbeirrt weiterlebt!"

„Genau das tut man eben nicht. Du aber warst nicht einmal eine Woche weg, hast die von Ruben verordneten psychologischen Sitzungen mit solch großem Widerstand über dich ergehen lassen, dass die Psychologin dich nach zwei Sitzungen wieder davon befreite. Du tust so als ginge alles normal weiter."

„Na klar. Das Leben geht weiter. Bald fragt niemand mehr danach. Binnen kurzem ist alles vergessen und in zehn Jahren sagt man, da war doch mal was mit Kurt. Scheiße ist das, richtig Scheiße! Also mach ich auch weiter, so wie es erwartet wird."

„Das stimmt doch nicht, viele boten dir ihre Hilfe an, wollen für dich da sein, aber du willst es nicht. Stattdessen stürzt du dich in die Arbeit. Sag mal, schläfst du überhaupt noch?"

„Ich brauch keine Hilfe, bin groß genug, danke. Und ja Papa, ich schlafe."

Einige Sekunden lang herrschte Stille. Dann fragte Michi, was denn eigentlich mit Kurts Kopf passiert sei.

„Angeschlagen auf dem WC bei Gerbers. Nichts Schlimmes. Du hör mal, sorry wenn ich gerade so schroff war. Ich weiß, du meinst es ja gut. Ich will nun halt einfach nicht mehr darüber sprechen. Ich gehe meinen Weg und weiß was gut für mich ist. Aber alle kommen und meinen mitmischen zu müssen. Das kann ich zurzeit einfach nicht gebrauchen. Ich hoffe du kannst es verstehen, Michi."

Michi blickte kurz zu seinem Kollegen hinüber und nickte still mit dem Kopf.

„Hab's verstanden. Falls du trotzdem mal Hilfe brauchen solltest, ich bin für dich da."

„Danke", brummelte Kurt während Michi in den Belchentunnel, der den Kanton Baselland vom Kanton Solothurn trennte, fuhr.

Es war bereits nach 17 Uhr als die zwei Beamten in Basel ankamen. Michi, der sich mit neuen Medien etwas besser als Kurt auskannte, bot sich an, den Laptop ins Visier zu nehmen. Kurt übergab ihm dankend das Gerät und griff dann nach seinem Telefon. Er musste Stefanie Lang eine Rückmeldung geben.

Nachdem er die Staatsanwältin ausführlich über die neuesten Wendungen im Mordfall informiert, und Stefanie mehrmals betont hatte, wie wichtig es sei, bei diesen Firmen vorsichtig vorzugehen, startete er seinen Computer und öffnete seine Mails.

In seinem Posteingang sah Kurt die erwartete Mail mit den wichtigsten Links und Fakten von Isabelle, die sich am Nachmittag auf Kurts Bitte hin mit Recherchen über Goodscare befasst hatte.

Die Informationen, die sich ihm mit jedem weiteren Link auftaten, entpuppten sich zumindest zu Beginn als weniger schockierend als jene vom Vorabend.

Die 1973 gegründete Firma ist die weltweit größte im Rohstoffhandel tätige Unternehmensgruppe. Das Geschäftsfeld umfasst unter anderem die Produktion, Verarbeitung und den Handel mit Aluminium, Aluminiumoxid, Bauxit, Eisenlegierungen, Nickel, Zink, Kupfer, Blei, Kohle und Öl, sowie verschiedenen Agrarprodukten.

In den folgenden Minuten las sich Kurt interessiert durch die Geschichte des Konzerns und staunte, wie das Unternehmen in den knapp 50 Jahren zu einem Weltriesen aufgestiegen war. Dann folgte er dem nächsten Link der Mail, der ihn direkt zum

Verhaltenskodex der Firma führte. Er überflog das Dokument und blieb bei Punkt 5, unsere Werte, hängen.

„Die Gesundheit und das Wohlbefinden unseres Personals am Arbeitsplatz haben für uns oberste Priorität.

Mit unserem proaktiven Ansatz setzen wir uns das Ziel, die Vermeidung berufsbedingter Erkrankungen und Verletzungen stetig zu optimieren, um unsere Angestellten zu schützen.

Um sowohl höchste Professionalität zu gewährleisten, als auch persönliche Verantwortung und Unternehmertum zu unterstützen, beinhaltet unser Ansatz die Förderung aller Mitarbeitenden. Selbstverständlich sind dabei die Sicherheit und das Wohlergehen unserer Angestellten zentral.

Dies ist für unseren Erfolg, aber auch für die guten Ergebnisse, die wir für unsere Stakeholder anstreben, bedeutend.

In all unseren Anstrebungen branchenführende Ergebnisse zu erzielen, liegt unser Augenmerk immer auf außerordentlichen Leistungen, stetigen Verbesserungen, Qualität und Nachhaltigkeit.

Wir wissen, dass sich unsere Aktivitäten auf unsere Gesellschaft und die Umwelt auswirken können und nehmen daher unsere Leistungen bezüglich Umweltschutz, Menschenrechten und Arbeitsschutz äußerst ernst.“

Das klang doch schon mal gar nicht schlecht, dachte sich Kurt und scrollte weiter im Dokument nach unten. Unter Punkt 10 las er erfreut, welch großen Stellenwert das Unternehmen auf die Einhaltung der Menschenrechte legte und Punkt 12 war sogar der Umwelt gewidmet. Goodscare schien nur das Beste für Mensch und Umwelt zu wollen.

Kurt musste unweigerlich grinsen. Irgendwie klang das alles so makellos schön, zu schön. Seine Lebenserfahrung hatte ihn gelehrt, dass man nicht alles glauben konnte was man las.

„Papier ist geduldig", hätte seine Mutter gesagt.

Die nächsten Links wiesen auf verschiedene Berichte von Journalisten, Hilfsorganisationen und Umweltschützern hin. Binnen weniger Minuten bekam der zuvor sich selbst in höchsten Tönen lobende Konzern gewaltig sein Fett ab.

Korruption, skrupelloses Vorgehen gegen Gewerkschafter, Ausbeutung der Arbeitnehmer, gnadenlose Ausplünderung von Drittweltländern, Umweltverschmutzung im übelsten Maße, ja sogar kriminelle Machenschaften wie Auftragsmorde wurden dem Wirtschaftsgiganten zugeschrieben.

Alles deutete darauf hin, dass beim Großkonzern nur eines zählte: Der dicke Gewinn.

Kurt las von Kohlenminen in Südamerika und über die Armut der umliegenden Dörfer. Einwohner beklagten sich über den Zerfall der Umwelt, Privatisierung von Grund und Boden, zunehmende Krankheiten und das Sterben von Tieren.

In Kolumbien strich Goodscare Jahr für Jahr Millionengewinne ein, während die einheimische Bevölkerung mehr und mehr an der Umweltverschmutzung des in der Luft liegenden Kohlenstaubes litt. Ein starker Rückgang der Ernte, verschmutzte Lungen und eine zunehmende Abnahme der Flora und Fauna wurden für die Gewinne in Kauf genommen. Der Großkonzern selber pflegte die Kritik von sich zu weisen, indem er auf seine sozialen Projekte hinwies.

„Keinen Deut besser als die anderen Schweine", regte sich Kurt auf.

„Und so was sind Schweizer Firmen. Was für eine Schande!"

Kurt hatte schon gar keine Lust mehr sich noch weitere Skandale vor Augen zu führen, da blieb sein Blick an einer weiteren Notiz von Isabelle hängen.

„Die folgenden Artikel könnten im direkten Zusammenhang mit dem Fall stehen, hast du doch von Plastikfischen im Pool des Opfers gesprochen", schrieb Isabelle im Mail.

Nach dem Satz folgten mehrere Links die Kurt nun gespannt öffnete.

Es ging um Kinderarbeit, katastrophale Arbeitsbedingungen, Korruption und verseuchte Flüsse auf dem afrikanischen Kontinent. Besonders der letzte Punkt weckte Kurts Interesse.

Er las, wie der Großkonzern beschuldigt wurde, in der Provinz Katanga in der Demokratischen Republik Kongo, mit Schwefelsäure die Gewässer verseucht zu haben, was das Sterben sämtlicher Fische zur Folge hatte.

Säure? Tote Fische? Ein Opfer, das mit verätzter Haut in einem Pool mit Fischen lag? Die Hinweise waren eindeutig. Alles sah danach aus, als spielte der Mörder genau auf diese Verbrechen an.

Kurt las sich nun durch sämtliche Artikel die über Goodscare in Verbindung mit dem Kongo berichteten. Die demokratische Republik Kongo gehörte zu den rohstoffreichsten Ländern der Welt und dennoch war die Bevölkerung eine der ärmsten dieses Planeten.

Seit europäische Kolonialisten das Land besetzt hatten, wurde das Gebiet im Herzen Afrikas ausgebeutet. Die jüngste Geschichte des Kongo, eines der wohl schönsten Länder überhaupt, zeugt von Leid, Trauer, Tod und Ungerechtigkeit.

Waren es lange Zeit die Belgier gewesen, die das Land ausbeuteten, so waren es nun Großkonzerne, die mit der korrupten Regierung und Rebellengruppen Verträge abschlossen, die es ihnen erlaubten, das Land seiner optimalen Bedingungen zu berauben.

„Goodscare spiele die kongolesische Regierung aus", brachte es ein afrikanischer Rohstoffexperte in einem Interview auf den Punkt.

Kurt ließ erst von seinen Recherchen ab, als Michi ihm aufgeregt von seinem Schreibtisch zurief, dass er was gefunden habe.

Michi hatte mit Hilfe des Passwortes den Laptop hochgefahren und den E-Mail-Account geöffnet. Dort klickte er sich durch zahlreiche Mails der vergangen Jahre, deren Betreff in irgendeiner Form auf Umweltschutz oder Menschenrechte hindeutete. Unter zahlreichen Anfragen von Journalisten, Studenten, Menschenrechtlern und Umweltschützern hatte er reichlich Mühe, die gesuchte Person zu finden.

Erst nach einigen erfolglosen Versuchen, war er auf eine E-Mail gestoßen, die vielversprechend aussah. Ein gewisser Herr Roderer hatte mehrere Mails, deren Inhalte und Sprache von Mal zu Mal aggressiver wurden, an Herrn Gerber verschickt.

„Sieh dir das an. Am Anfang fragt Herr Roderer höflich nach einem Treffen für ein Interview. Als Herr Gerber auf die Mail mehrere Wochen nicht antwortet, hakt der Mann nochmals höflich nach.

Herr Gerber hält es offenbar weiterhin nicht für nötig zu antworten, weshalb Roderers Ton etwas ernster wird. Er nennt Vorwürfe und bittet um eine Stellungnahme.

Nun Herr Gerbers Antwort, dass es sich lediglich um nicht ernstzunehmende Vorwürfe handle, und er sich doch an die Kommunikationsstelle der Firma wenden solle.

Die Antwort kommt prompt. Herr Gerber persönlich sei für die Vorfälle in Verantwortung zu ziehen, da er es war, der die Anordnungen gab.

Die Mail ist gespickt mit Bildern von hart schuftenden Kindern, von todkranken Menschen, von toten Tieren und von

Kriegsschauplätzen mit Kindersoldaten. All das würde nicht enden, solange Firmen wie Goodscare die Dritte Welt ausbeuteten, sind Herr Roderers Worte."

„Das könnte er sein", rief Kurt aufgeregt und blickte seinem Kollegen über die Schulter.

„Gibt's noch weitere Mails? Haben wir mehr als die E-Mail-Adresse?"

„Ja, es folgten nochmals einige von Seiten Roderers, dann ist auf einmal abrupt Schluss. In all seinen Mail hinterließ Roderer seine Telefonnummer."

„Volltreffer! Gute Arbeit Michi", lobte Kurt seinen Kollegen.

„Danke. Wenn du nichts dagegen hast, würde ich mich morgen gerne durch die anderen Mails arbeiten. Ich meine diese, die er ihm Rahmen seiner Arbeit für Goodscare ausgetauscht hat. Vielleicht gibt es hier noch aufschlussreiche Informationen."

„Tu das. Aber morgen musst du zuerst noch die Sitzung unserer Sonderkommission leiten. Frau Lang wird ebenfalls anwesend sein und ich bin ja bei Goodscare zu Gast. Geht das in Ordnung?"

Ob er denn überhaupt eine andere Wahl habe, stellte Michi mit sarkastischem Unterton fest, bevor er mit einem „Nein, klar mache ich", zustimmte.

Kapitel 5

Wer einmal in Afrika war, den zieht der schwarze Kontinent in seinen mysteriösen Bann. Eine unergründliche Anziehungskraft geht von hier aus, die Menschen immer wieder zur Rückkehr bewegt.

Sind es die mit Regenwald bedeckten Bergketten, die weißen Gipfel der 5000er, die endlosen Savannen, die artenreiche Tierwelt, die Traumstrände oder die freundlichen Menschen, die so wenig sie auch besitzen, fröhlich sind?

Afrika kennt tausend Gründe, seine Besucher zu verzaubern.

Sie hatten die Rwenzori Berge in ihrer ganzen Schönheit hinter sich gelassen, den seit Jahren von Unruhe gezeichneten Kongo verlassen und waren ins benachbarte Uganda gelangt.

In stundenlangen Fahrten in kleinen japanischen Minibussen, in die bis zu 18 Menschen gepfercht wurden, waren sie über holprige, sandige Straßen Ruanda entgegen gerumpelt.

Immer wieder hatte der Fahrer gestoppt, einige waren mit ihrer Ware aus-, andere wieder eingestiegen. Für zwei Stunden wurde eine Ziege aufs Dach gebunden, wo sie den an ihren Füßen zusammengeschnürten Hühnern unfreiwillig Gesellschaft leistete. Es war schon erstaunlich was solch ein *Matatu* alles transportieren konnte, wenn es diesbezüglich keine Gesetze gab.

Alle paar Stunden wurde gestoppt und die Leute verließen die Sardinendose, um am Straßenrand ihre Notdurft zu erledigen. Mit Essen und Getränken wurde man von Straßenverkäufern versorgt, die bei jedem Stopp in einem Dorf an die Fenster klopften und ihre Ware feilboten.

Chapati, gekochte Eier, Erdnüsse, Mangos, Bananen, Schokolade, Kekse und Limonade. Das Reisen mit den öffentlichen

Verkehrsmitteln in Ostafrika ist ein Erlebnis, das einem die Kultur und die Menschen näherbringt.

Am Vorabend waren sie in Kigali, der Hauptstadt Ruandas angekommen. Hier planten sie zwei Tage zu bleiben, bevor sie sich auf den Weg in den Volcano National Park, eine der atemberaubendsten Landschaften der Welt machten.

Wenn man, während der Nebel die Hochlandschaft an der Grenze zum Kongo einhüllte und aus dem dichten Regenwald die unterschiedlichsten Laute drangen, die Vulkane bestieg, überkam einen ein Gefühl, das keine Droge der Welt hätte überbieten können.

Oben angelangt bot sich, vorausgesetzt der Nebel war verschwunden, eine fantastische Aussicht auf die Regenwälder Ugandas, Ruandas, des Kongos, Kraterseen und den Kivu See.

Heute aber hatten sie ein anderes, weit unerfreulicheres Ziel. Mit flauem Gefühl im Magen betraten sie die 30 Fahrminuten außerhalb Kigalis gelegene Kirche. Man hatte ihnen gesagt, es würde sich lohnen, diesen Ort zu besuchen, auch wenn das Aufsuchen des alten Gotteshauses einem unter die Haut ginge.

Warf man von außen einen Blick auf das aus roten Backsteinen gemauerte Bauwerk, ahnte man kaum, welch schreckliche Geschichte sein Innerstes barg. Es waren Bilder, die ein Mensch sein Leben lang nicht mehr vergessen würde, Bilder, die an eine der düstersten Zeiten der Menschheit erinnerten.

Im Inneren der Kirche war es still. Anders als sie es sich bisher von Gotteshäusern gewohnt waren, war es nicht die Ehrfurcht vor Gott, die die Menschen hier verstummen ließ, sondern die Ehrfurcht vor dem Tod, die Sprachlosigkeit gegenüber dem, wozu Menschen fähig waren, das Unverständnis wie es dazu hatte kommen können und das Wissen darüber, dass der Mensch in Zukunft wieder so handeln wird.

Die großgewachsene Frau schmiegte sich an ihn, er legte hilflos seinen Arm über ihre Schultern und so stellten sie sich der wohl grausamsten Geschichte aus Afrikas jüngster Zeit.

Es war ein Bild des Grauens, schlimmer als sie es sich in all ihrer Fantasie hätten ausmalen können. Auf den Bänken der Kirche lagen die Kleider tausender Menschen, die hier brutal abgeschlachtet worden waren. Mitten in den Kleidern stand ein Altar.

Die großen Flecken auf dem Altar und den Kleidern wiesen auf Unmengen Blut hin, die hier einst flossen. Tausende Kinder, Frauen und Männer hatten in dieser Kirche ihr Leben gelassen, weil sie dem Tutsi Stamm angehörten oder sich nicht gegen ihn erhoben.

Die Kirche, die die Menschen als letzten Zufluchtsort aufgesucht hatten, um Schutz in der Masse zu finden, wurde zu einem Massengrab. Menschen wurden erschossen, massakriert, vergewaltigt, verstümmelt, gepfählt und zu den abscheulichsten Dingen gezwungen.

In drei Monaten mussten in Ruanda mehr als 800'000 Menschen qualvoll für eine Ideologie ihr Leben lassen. Diese Kirche, heute eine Gedenkstätte, war ein Zeuge des grausamen Genozids von 1994.

Rund um sie waren die Kleider, rund um sie war der greifbare Tod. Der Tod, der durch das brutalste Lebewesen der Welt, den Menschen, gebracht worden war.

Es gab keine Worte, die das was hier geschehen war, auch nur annähernd hätten beschreiben können. Es schossen ihnen Tränen in die Augen, während der Führer mit gebrochenem Englisch Details erzählte. Doch noch wussten sie nicht, was sie im Keller der Kirche und im Untergeschoss neben dem Gebäude erwarten würde. Die bisherige Führung würde an Grausamkeit noch überboten werden.

Zur gleichen Zeit als Kurt in Zug Kommissar Zürchers Büro betrat, traf ein etwas nervöser Michi die letzten Vorbereitungen. Der morgendlichen Teambesprechung würde heute Staatsanwältin Lang beiwohnen, ausgerechnet jetzt, wo Kurt nicht da war.

Gemeinsam hatte Michi mit Kurt und Isabelle alle Erkenntnisse auf verschiedenen Steckwänden dargestellt, so dass der Raum nun seinen Besuchern einen Überblick über alle gewonnen Fakten bot.

Vier Tafeln waren den vier Opfern und den vier im Zusammenhang stehenden Firmen gewidmet. Eine weitere Tafel gab die wenigen Fakten preis, die man bisher über den oder die Täterin erarbeitet hatte, und eine letzte widmete sich der Person Karl Müller.

Kurz nach neun Uhr startete Michi die Besprechung, indem er alle Anwesenden, besonders aber Frau Lang und Herrn Frank willkommen hieß. Der Polizeichef ließ sich die Sitzung natürlich in Gegenwart der Staatsanwältin nicht entgehen.

Nach der Begrüßung kam er gleich auf Kurts Abwesenheit zu sprechen, die er mit einem wichtigen Termin in Zug begründete. Noch während er sprach, fiel sein Blick auf seinen Chef, der grimmig sein Gesicht verzog. Offenbar hatte dieser davon nichts gewusst.

In der folgenden Stunde wurde die Sonderkommission anhand der vorbereiteten Steckwände über den neuesten Stand informiert. Das Team diskutierte die Ergebnisse und Michi ergänzte die von anderen Polizisten eingebrachten Informationen, die diese am Vortag erarbeitet hatten. Viel Neues gab es nicht.

Ruben Frank versprach sich große Unterstützung aus Zug. Die Kollegen dort hätten nun die Möglichkeit, weiteren Hinweisen nachzugehen, aus denen sie vielleicht gemeinsam das Profil des Täters festigen konnten, meinte er.

Es war Staatsanwältin Lang, die gegen Ende der Besprechung in Kürze nochmals die wichtigsten Fakten festhielt.

Alle Opfer waren Angestellte großer Firmen, die in den vergangenen Jahren immer wieder in der Kritik standen. Umweltverschmutzung, grobe Menschenrechtsverstöße, Korruption und viele andere fragwürdige Praktiken wurden laut Kritikern von den Firmen zwecks Gewinnoptimierung in Kauf genommen. Jedes der Opfer hatte eine leitende Position in seiner Firma, konnte also zumindest teilweise in Verantwortung für das fehlbare Verhalten gezogen werden.

Ihr würde sich hier die Frage stellen, ob sich die Opfer untereinander kannten, meinte die Staatsanwältin und bat Michi diesem Punkt nachzugehen.

Weiter wusste man, dass alle Opfer wohlhabend waren, und sich die betroffenen Firmen nur bedingt hilfsbereit zeigten, der Sache nachzugehen. Keine der Firmen aber hatte weitere personelle Verluste zu vermelden.

Der Täter oder die Täterin hatte bereits an mehreren Orten zugeschlagen. An drei von vier Morden fehlte vom Unbekannten jedoch bisher jede konkrete Spur. Nur in Indien hatte man den Schuldigen, einen 42-jährigen Familienvater, dessen Tochter drei Monate zuvor gestorben war, gefasst.

Nichts erweckte allerdings bei den anderen Morden den Eindruck, als würde der Täter nach seinem vierten Mord aufhören.

Laut dem anonymen Anruf, der stark auf einen Mann hinwies, gab es für diesen noch jede Menge weiterer Menschen, die den Tod verdient hatten. Der Täter musste sich mit der Unternehmenspolitik aller Konzerne gut auskennen und offensichtlich war für ihn der Schutz der Erde und das Wohlergehen der Menschheit Grund genug, um zu solch radikalen Methoden zu greifen.

Die gesuchte Person musste zumindest so kräftig sein, um ihre Opfer nach dem Tod in den verschiedensten Postionen platzieren zu können. Auch das Ertränken von Patrik Müller, einem sportlichen Mann, dürfte nicht wenig Kraft gekostet haben.

Ob es sich beim Täter um einen psychisch kranken Menschen handelte, oder ob die Vorgabe Gottes Todesengel oder die Wiedergeburt Gottes im Menschen zu sein, nur reine Inszenierung war, konnte bisher nicht gedeutet werden. Michi hatte diesbezüglich den Auftrag erhalten, sich ein psychologisches Gutachten über den Täter erstellen zu lassen.

Offen war, und genau hier lag ein großes Problem, um welches Geschlecht es sich beim Täter handelte. Sowohl in den USA als auch in Basel hatte eine Frau kurz vor deren Ableben in engem Kontakt zu den Opfern gestanden.

Zufall? Fakt war, dass sich weder die Frau in den USA noch Herr Müllers Bekanntschaft Dina aus Basel bisher gemeldet hatten. Andererseits aber war es eine männliche Stimme gewesen, die sich anonym aus Baar bemerkbar machte.

Nur von einer einzigen Person, die mit dem Mord in engem Zusammenhang stehen konnte, hatten sie mehr als nur einen Namen. Der Vater des Opfers wohnte in Zunzgen, Baselland und hatte den Tatort in Basel noch wenige Stunden vor dem Tod seines Sohnes besucht. Dies verschwieg er der Polizei und seiner Frau. Sein Alibi war nicht wasserdicht, allerdings gab es auch keine handfesten Indizien, die es widerlegten.

Staatsanwältin Lang ordnete daher weitere Untersuchungen im Fall Karl Müller an.

Robert Zürcher und Kurt Schär gingen mit schnellen Schritten auf den weißen Gebäudekomplex zu. Sie passierten den Vorplatz mit dem modernen Brunnen, in dessen Mitte eine große steinerne Kugel aus einem Dreieck ragte, und verschwanden nur wenige Sekunden später im gläsernen Eingangsbereich der Firma.

Das moderne Gebäude strahlte genauso Reichtum aus, wie auch die schick gekleideten Angestellten, die in dessen Inneren umhergingen.

Nachdem sie sich beim Empfang gemeldet hatten, dauerte es nicht einmal eine Minute, bis sie von einer hübschen Sekretärin in ein modern ausgestattetes Besprechungszimmer geführt wurden.

„Herr Green kommt bald. Darf ich den Herrschaften derweilen einen Kaffee oder ein Erfrischungsgetränk anbieten?", fragte die junge Dame, während sie ihre weiße Bluse zurechtzupfte.

„Für mich ein Glas Wasser bitte", bat Robert und Kurt winkte per Fingerzeig ab.

Die Frau machte auf ihren hohen Absätzen kehrt und bot während sie hinausging den beiden Männern einen Blick auf ihre langen Beine und ihren nicht weniger attraktiven Hintern.

„Mit solchem Personal lässt es sich arbeiten", scherzte Robert, während Kurt der Frau keine größere Beachtung schenkte.

Herr Green, Leiter der Kommunikationsabteilung war ein sympathisch aussehender Mann Mitte Vierzig. Er hieß die beiden Polizisten herzlich willkommen und ging dann ohne große Umschweife direkt auf deren Anliegen ein.

Er beantwortete alle Fragen rund um die Firma und wies mehrmals darauf hin, dass Goodscare in den vergangenen Jahren immer wieder ungerechtfertigt kritisiert wurde. Auf Kurts Frage hin, ob die Firma denn ihrem Verhaltenskodex in allen Ländern gerecht würde, reagierte Herr Green mit überraschtem Unverständnis und meinte, dies sei selbstverständlich der Fall.

Wie sich bald herausstellte kannte Herr Green Herrn Gerber kaum, weshalb er den Ermittlern in den persönlichen Fragen rund um das Opfer nicht weiterhelfen konnte. Als die Polizisten begriffen, dass man ihnen jemanden zur Befragung bereitgestellt hatte, der keinen persönlichen Bezug zu Herrn Gerber hatte, reagierten nun sie mit Unverständnis.

Sie bestanden darauf Herrn Gerbers Büro aufzusuchen und mit seinen direkten Kollegen zu sprechen. Da sich die Beamten auch nach einigen Einwänden seitens Herrn Greens nicht davon abbringen ließen, verließ der Leiter der Kommunikationsabteilung schließlich das Zimmer, um einige Anrufe zu tätigen. Dann begleitete er sie zum verlangten Büro.

Weder im Vorzimmer noch in den angrenzenden Büros trafen die beiden Polizisten auf Angestellte. Es schien als seien alle ausgeflogen, was die beiden mehr als merkwürdig fanden.

Gerade baten sie Herrn Green darum einen Blick in Herrn Gerbers Büro werfen zu dürfen, als ein fein geschniegelter Mann Mitte fünfzig zu ihnen trat. Ohne den Besuchern die Hand zu geben, stellte er sich als stellvertretender Geschäftsführer vor und gab den Polizisten unmissverständlich zu verstehen, dass sie hier ohne richterliche Anordnung nichts zu suchen hätten. Zudem sei ihm zu Ohren gekommen, wie die Polizei gestern Herrn Gerbers Laptop beschlagnahmt hätte, was nicht hätte geschehen dürfen.

„Wir hatten die Einwilligung von Frau Gerber", hielt Robert Zürcher entrüstet dem Vorwurf entgegen, woraufhin der Geschniegelte deutlich machte, dass der Laptop Eigentum der Firma sei und Frau Gerber folglich keine Entscheidungsgewalt darüber verfüge.

„Wo befindet sich das Gerät jetzt?", wollte der Stellvertreter wissen und fügte dann sogleich an, dass das Gerät baldmöglichst an einen seiner Mitarbeitenden auszuhändigen sei.

Dann begleitete er die beiden Beamten aus dem Gebäude. Beim Brunnen verabschiedete er sie mit Nachdruck.

„Machen Sie Ihre Arbeit dort, wo sie gebraucht wird. Finden Sie den Schuldigen aber verschwenden Sie Ihre Zeit nicht bei uns. Auf Wiedersehen."

Die beiden ärgerten sich immer noch, als sie ins Auto stiegen und ins nahegelegene Zug zurückfuhren. Dort angelangt rief Kurt einer Eingebung zufolge Michi an.

„Michi, nimm dir den Laptop gleich jetzt vor. Sehr wahrscheinlich müssen wir ihn bald abgeben! Falls da noch wichtige Informationen drauf sind, müssen wir schleunigst handeln", ratterte Kurt los, sobald sich Michi gemeldet hatte.

„Zu spät Kurt. Habe die letzten Minuten in Rubens Büro verbracht. Er ist stinksauer. Irgendwie hat er erfahren, dass du ohne sein Einverständnis bei Goodscare vorgesprochen hast, du kannst dir ja gar nicht vorstellen, was das für Konsequenzen haben wird."

„Und der Laptop?", hakte Kurt, der sich über gar nichts mehr wunderte, nach.

„Musste ich gleich zur Standpauke mitbringen. Er sagte was von Firmeneigentum, das baldmöglichst zurückgegeben werden müsse. Kurt, was ist da schon wieder los?"

„Scheiße, scheiße, scheiße!", entfuhr es dem Basler Kommissar bevor er den Hörer auflegte. Nach kurzem Überlegen entschloss er sich das Unvermeidliche in Angriff zu nehmen und wählte Rubens Nummer.

„Du musst den Laptop nochmals Michi aushändigen, er könnte wichtige Informationen enthalten. Ich kann dir dann alles erklären", startete Kurt gleich das Gespräch.

„Kurt bist das du? Was um alles in der Welt fällt dir eigentlich ein?! Erstens muss ich gar nichts, zweitens habe ich dank dir nun einen weiteren Großkonzern, der Stunk macht am Hals und drittens will ich, dass du sofort deinen Arsch nach Basel bewegst!

Deine Arbeit in Zug ist beendet! Und während du nach Hause fährst, überlege ich mir, ob ich für dich irgendeinen geeigneten Posten auf Streife finde oder dir nochmals eine Chance gebe.

Was denkst du dir nur? Waren meine Vorgaben etwa nicht Klartext genug?"

„Aber der Laptop ist ..."

„Nichts Laptop, du kommst zurück und zwar schnell!"

Michi betrat das Büro der Polizeipsychologin. Gleich nach der Sitzung der Sonderkommission hatte er seinen Besuch bei Dr. Wermelinger telefonisch angekündigt und einen Termin für 11.30 Uhr vereinbart. Sogleich wurde er von der Psychologin willkommen geheißen, und er setzte sich auf den ihm angebotenen Sessel.

„Was genau ist denn Ihr Anliegen?", fragte die Frau und blickte Michi durch ihre großen Brillengläser an.

Ob sie denn anhand der wenigen Informationen, die sie über den Täter verfügten, ein Bild vom Mörder erstellen könne, antwortete Michi mit einer Gegenfrage.

Nun da er Frau Wermelinger gegenübersaß, meinte er auf einmal zu verstehen, weshalb Kurt die Termine bei der Frau Doktor gestrichen hatte.

Ok, Frau Wermelinger war eine durchaus attraktive Frau Ende Dreißig. Ihr naturblondes Haar trug sie offen und sie verstand es, sich mit Stil zu kleiden. Ihre Kleidung war körperbetont geschnitten und wirkte keinesfalls billig. Die schwarze Hornbrille unterstrich das Idealbild, das Michi von Psychologinnen hatte und entlockte ihm ein heiteres Grinsen.

Nein, die Frau mochte durchaus ihre Reize haben und ihr erster Eindruck war alles andere als unsympathisch, aber dennoch.

Da wurde jemand wie Kurt eine Person vorgesetzt, die keine Ahnung von seinem Leben hatte und ihn kaum kannte und der sollte er dann seine innersten Gedanken anvertrauen. Nein, einfach würde dies bestimmt nicht sein.

Michi jedenfalls war froh, nun mit einem Anliegen vorbeizukommen, das nicht seine Person betraf.

„Kommt ganz auf die Art der Informationen an. Nicht immer ist mehr besser. Was können Sie mir denn berichten?", fragte die Frau freundlich, während sie ihre Brille zurechtrückte.

Michi informierte sie über alle Fakten, die im Zusammenhang mit dem Täter standen. Hin und wieder hakte Dr. Wermelinger nach, wenn sie etwas für besonders wichtig hielt. Interessiert und fasziniert zugleich betrachtete sie lange die Fotos der Tatorte.

Per Email hatte Michi am Vorabend von den zuständigen Polizeidienststellen auch die Fotos der ersten beiden Morde erhalten.

Die Psychologin schien von den Bildern gefesselt in eine andere Welt abzutauchen, bis sie nach einigen Minuten des Schweigens zu sprechen begann.

„Der Täter identifiziert sich mit seinen Taten. Es geht ihm in erster Linie nicht einfach nur darum, seine Opfer zu töten, viel wichtiger ist ihm die Art und Weise des Todes. Die Opfer sollen in ihrem Todeskampf erfahren, weshalb sie sterben.

Das Dahinscheiden muss auch eine Weile dauern. Ich glaube es wäre für den Mörder unbefriedigend, wenn das Opfer zu schnell sterben würde."

Michi strich sich mit seinem Finger über die Nase, so wie er es immer tat, wenn er gespannt zuhörte. Eine unangenehme Angewohnheit, die er sich bisher vergebens abzugewöhnen versuchte.

„Heißt das, das Sterben ist für ihn eine Art religiöses Ritual?", fragte er nun die Psychologin.

„Nun ja, ein Ritual definitiv. Welche Rolle die Religion bei seinen Morden einnimmt, darüber bin ich mir nicht ganz sicher. Ich glaube sein Fokus ist nicht der Glaube an eine Gottheit oder der Glaube daran, dass er sich selbst als eine sieht.

Es ist etwas anderes, das diesen Menschen antreibt. Wahrscheinlich hat er sich schon vor langer Zeit der guten Sache verschrieben, die Welt zu retten. Vielleicht führte er jahrelang erfolglos seinen Kampf auf legale Weise und greift nun zu immer radikaleren Mitteln.

Sowohl aus seinen Morden wie auch aus den hinterlassenen Botschaften lese ich, dass der Mörder eine Abneigung gegen den Menschen entwickelt hat. Er könnte sich dafür schämen, selbst dieser Spezies anzugehören. Mit seinen biblischen Zitaten äußert er seinen Wunsch, als höheres Wesen agieren zu können, das sich vom normalen Menschen abhebt."

„Er sieht sich also als etwas Besseres?"

„Ich glaube ja. Er sieht sich als jemand, dem die Legitimation erteilt wurde, andere zu verurteilen. Somit ist er in seinen Augen unschuldig, während seine Opfer jede Menge Schuld auf sich geladen haben."

Die Psychologin hielt einen Moment inne und mehrere Sekunden lang war es still.

„Ist es möglich, dass er wieder zuschlägt?", brach Michi das Schweigen.

„Sie sollten davon ausgehen. Mit sehr großer Wahrscheinlichkeit, ja. Er wird solange weitermachen, bis sich etwas ändert. Und ich denke wir wissen beide: Auf dieser Welt wird sich nichts ändern."

„Können Sie noch Angaben zur Person des Täters geben? Geschlecht? Merkmale?"

„Diese Frage musste ja kommen. Statistisch gesehen ist die Wahrscheinlichkeit, dass Sie es hier mit einem Mann zu tun haben um ein Vielfaches größer. Nur wenige Frauen sind zu solchen Taten fähig, zumindest aus kriminalhistorischer Sichtweise.

Die Schrift auf den Bildern würde ich auch aufgrund ihrer Charaktermerkmale eher einem Mann zuschreiben, allerdings bin ich kein Graphologe.

Ob Mann oder Frau, ich glaube nicht, dass wir nach einem psychisch erkrankten Menschen suchen. Der Täter weiß genau was er tut. Er plant seine Morde lange im Voraus, überlegt sich, bitte verstehen Sie mich nicht falsch, fantasievolle Todesstrafen. Nichts deutet darauf hin, dass er oder sie in einem Wahn handelt. Dafür sind die Verbrechen zu perfekt inszeniert, zu weit im Voraus und im Detail geplant.

Wie Sie erwähnten, hinterlässt er am Tatort bisher keine Spuren, ein klares weiteres Indiz, das meine Theorie stützt."

Michi sah die Psychologin ungläubig an.

„Sie sagen also, jemand macht solche Verbrechen, während er normal im Kopf ist?!"

„Ich fürchte ja. Er tötet bewusst, man könnte ihn vielleicht mit einem Auftragskiller vergleichen."

„Sie sagten, dass der Mörder erst in jüngster Zeit zu radikalen Mitteln greift und früher anders kämpfte. Könnte ein Umweltschützer, der Mitarbeitende von Großkonzernen aufsucht, dabei aufs Äußerste aufdringlich vorgeht und dessen Kinder mit brutalsten Bildern konfrontiert, ein solcher Täter sein?"

„Erzählen Sie bitte etwas mehr", forderte ihn Dr. Wermelinger auf, woraufhin Michi detailliert von der Person, die Herrn Gerber etwa ein Jahr vor dessen Tod mit Mails und Anrufen belästigte, berichtete.

„Bei Ihren Schilderungen erkenne ich durchaus eine Steigerung des Aggressionspotentials des Mannes. Angefangen mit höflichen Mails, geendet mit dem Aufsuchen der Kinder. Wenn der Mann mit legalen Methoden seine Ziele nicht erreichen konnte, wäre es schon denkbar, dass er sich nach neuen Methoden umsieht.

Ich will keineswegs behaupten, hierbei handle es sich um den Täter, aber mein Gefühl sagt mir, dass es nicht schaden kann diesen Mann genauer unter die Lupe zu nehmen."

„Was ist mit Vater Müller? Könnte er in Ihr Schema passen?" Die Psychologin blickte Kurt durch ihre Brillengläser mehrere Sekunden lang nachdenklich an.

„Ich kann es nicht ausschließen, denke aber eher ‚Nein'. Wie Sie mir den Mann und die Reaktionen beschrieben haben, wirkte das auf mich echt. Wenn seine Frau Bescheid gewusst hätte, hätten die zwei Ihnen ein einwandfreies Schauspiel liefern müssen, was immer Risiken birgt. Falls der Vater alleine zuschlug, wäre er mit dem Verschwinden in der Nacht ein großes Risiko eingegangen.

Was wenn seine Frau aufgewacht wäre oder ein Nachbar ihn gesehen hätte?

Wenn wir davon ausgehen, dass es sich bei allen Morden um den gleichen Täter handelt, dann hätte Herr Müller bereits zweimal zuvor zugeschlagen.

Der Mordplatz in Basel ist genauso perfekt inszeniert wie die anderen. Ich zweifle daran, dass ein Vater bei seinem Sohn genauso gefühlstaub hätte vorgehen können wie bei den Opfern zuvor. Aber wie gesagt, garantieren kann ich es Ihnen nicht."

„Ok. Danke. Noch eine letzte Frage. Was könnte die Frau für eine Rolle spielen?"

„Über diese zerbreche ich mir schon die ganze Zeit den Kopf. War es hier dieselbe wie in den USA? Wenn ja, ist sie die Mörderin oder die Komplizin. Letzteres würde bedeuten, wir haben es mit zwei Mördern zu tun, die sich beide der Sache verschrieben haben und dabei keine Skrupel kennen. Eher unwahrscheinlich.

Da halte ich die Frau als alleinige Mörderin als zutreffender. Was aber, wenn es nicht dieselbe Frau war? War es dann Zufall?

Oder hat der Mörder vielleicht eine Frau dafür engagiert für einige Zeit die Freundin zu mimen?

Weshalb aber melden sich dann beide Frauen nach dem Mord nicht mehr? Aus Angst? Oder können sie sich vielleicht gar nicht mehr melden, weil er sie beseitigt hat, nachdem sie ihre Pflicht erfüllt hatten?

Sie sehen, an diesem Punkt stehe ich zurzeit noch an."

„Kein Problem. Ich danke Ihnen für die Zeit, die Sie meinem Anliegen gewidmet haben. Ich denke, dass Ihre Einschätzungen für uns hilfreich sein werden."

„Nichts zu danken. Gehört schließlich zu meinem Job."

Michi erhob sich aus dem schwarzen Ledersessel und wünschte sich leise, ein solch bequemes Möbelstück auch in seinem Büro haben zu dürfen. Dr. Wermelinger stand ebenfalls auf und begleitete ihren Gast zur Tür, wo sie sich per Händedruck verabschiedeten.

Michi hatte die Türe bereits halb geöffnet, als er in seiner Bewegung innehielt und sich nochmals der Psychologin zuwandte.

„Ich habe da noch etwas ..." Er hielt inne und griff sich verlegen an seinen Hinterkopf.

„Es geht um Kurt. Er war ja bei Ihnen. Hatten Sie das Gefühl es gehe ihm gut?"

„Sie sind Kurts Kollege, ich weiß. Wir Psychologen pflegen ein Vertrauensverhältnis zu unseren Klienten. Wir haben uns an eine Schweigepflicht zu halten. Deshalb kann ich Ihnen leider keine Auskunft geben."

„Ok, schon in Ordnung." Michi wandte sich sichtlich enttäuscht ab.

Frau Wermelinger fragte: „Warum sorgen Sie sich um ihn?"

Michi sammelte seine Gedanken bevor er antwortete. Er musste auf der Hut sein, wenn er seinem Kollegen nicht ungewollt Probleme bereiten wollte.

„Es ist nur ... Sie wissen ja, was geschah. Es ist nun beinahe fünf Monate her, er verhält sich so als sei das alles nie geschehen. Schweigt alles tot. Zudem mache ich mir Sorgen, dass er ... nein egal. Spielt keine Rolle."

Auf einmal hatte es Michi sehr eilig aus dem Büro zu kommen. Er verließ das Zimmer und ging den Korridor entlang.

„Herr Rüdi, Sie haben Angst, Ihren Kollegen zu belasten, nicht wahr?"

Die deutlichen Worte der Psychologin ließen ihn stoppen. Wieder drehte er sich um und blickte der Blondine direkt in die Augen.

„Wenn Sie mir etwas erzählen, bleibt das bei mir. Sie erinnern sich, Schweigepflicht."

Sie zwinkerte ihm zu und machte mit ihrem Arm eine einladende Geste, die Michi noch einmal den Weg in ihr Büro gehen ließ.

„Ich glaube er trinkt. Er hat nie getrunken, war immer der Sportsmann. Er hat sich verändert. Ich habe das Gefühl seine Psyche ... Irgendetwas stimmt da nicht. Kann aber nicht wirklich sagen, weshalb. Ich kenne ihn seit Jahren. Sicherlich war er nie der glücklichste Mensch, seit jenem Tag aber ist er völlig anders.

Manchmal, wenn ich alleine mit ihm dienstlich unterwegs bin, habe ich das Gefühl, ein großer dunkler Schatten wache über uns. Eine tiefe Traurigkeit, die auch mich in Besitz nehmen möchte."

„Nicht selten können lebensverändernde Momente ein Leben total aus der Bahn werfen. Depressionen gibt es öfter als Sie denken. Drogen können helfen, sich kurzzeitig vom Schmerz zu erlösen. Langfristig gesehen jedoch, zerstören sie alles. Weshalb vermuten Sie ein Alkoholproblem bei Ihrem Kollegen?"

„Nun, ja. Am Morgen braucht er lange, um auf Touren zu kommen, was früher nie der Fall war. Ich meinte schon mehrmals morgens eine Whiskeyfahne zu riechen und sein Gesicht ist in den vergangenen Monaten angeschwollen.

Überhaupt scheint er sich in jüngster Zeit nur noch notdürftig zu pflegen. Ein Mann wie Kurt, der vor Stärke nur so strotzte. Macht keinen Sport mehr, trifft sich mit keinem seiner Arbeitskollegen auf ein Feierabendbier. Seit diesem neuen Fall stürzt er sich in die Arbeit als gäbe es kein Morgen."

„Das klingt in der Tat nicht gerade gut. Wir sollten aber bedenken, dass seither erst fünf Monate vergangen sind. Diese Wunden verheilen nicht schnell, aber natürlich ist es wichtig, dass seine Freunde ihm einen Rückhalt bieten und er diesen auch benutzt. Haben Sie ihn auf den Alkohol und Ihre Sorgen angesprochen?"

Michi erzählte Dr. Wermerlinger kurz von ihrem Gespräch auf der Autofahrt und erklärte ihr, wie er in den vergangenen Wochen mehrmals versucht hatte, mit Kurt zu sprechen, dieser nun aber endgültig abgeblockt habe.

Mit dem Thema Alkohol hatte er aber seinen Kollegen nie konfrontiert.

Ob es den Grund zu der Annahme gäbe, dass Kurt mit seinem Verhalten andere oder sich selbst ernsthaft gefährde, wollte Frau Wermelinger wissen.

Michi glaubte nicht, dass Kurt andere gefährden könne, hingegen war er sich unsicher, was die Selbstgefährdung anging. Trotz flauem Gefühl im Magen bestätigte er die Frage der Psychologin. Gemeinsam vereinbarten sie, dass Frau Wermelinger Kurt nochmals zu einer Sprechstunde einlade, und dies als gängige Vorgehensweise kommunizieren würde.

Kurt sollte unter keinen Umständen Verdacht schöpfen, dass da jemand anderes dahinter stecken könnte. Dr. Wermelinger empfahl derweilen Michi, Kurt weiterhin gut im Auge zu behalten und ihr besorgniserregende Auffälligkeiten zu melden.

Auch forderte sie ihn auf, den Weg zum Chef nicht zu scheuen, wenn Kurt für den Polizeidienst nicht mehr tragbar wäre.

Genau bei diesem Chef saß Kurt seit zehn Minuten im Büro und ließ eine Moralpredigt über sich ergehen. Kaum hatte er die Dienststelle in Basel betreten, als ihm die Sekretärin ausrichtete, er solle sich umgehend beim Chef melden. Ja und da saß er nun und stellte seine Ohren auf Durchzug.

Die Rede war von unverantwortlichem Handeln, von höheren Instanzen, von Befehlsmissachtung und Eigeninitiative. Nichts Neues also.

Es gäbe, stellte Ruben klar, nun auch keine Zweifel mehr. Der Mörder sei offensichtlich ein Psychopath und somit gelte es, die Schuld nicht bei Großkonzernen zu suchen.

Kurt ließ die Schimpftirade über sich ergehen, nickte mehrmals mit dem Kopf und brummte hin und wieder ein „Verstehe". Er suchte nach keinen Ausreden und Rechtfertigungen. Es war ihm schlicht egal, er wollte einfach raus aus dem Büro und zurück an seinen Fall. Auf der Autofahrt zurück hatte er sich entschlossen, Ruben das zu geben was er wollte. Also entschuldigte er sich für sein fehlbares Verhalten und versprach, dass dies nicht mehr vorkomme, so wie Ruben es erwartete.

Nachdem er vom Chef eine sogenannt letzte Chance erhalten hatte, weihte Kurt diesen wie gefordert in die nächsten Schritte ein.

Eine halbe Stunde danach tauschten sich Kurt und Michi bei einem Kaffee über den Fall aus.

Michi erzählte von der Sitzung mit der Staatsanwältin, deren Aufträge und dem Gespräch mit der Psychologin. Dass Kurt selbst mehr als eine Viertelstunde Thema dieses Gespräches war, verschwieg Michi seinem Kollegen. Kurt seinerseits erzählte vom wenig ertragreichen Besuch bei Goodscare, welcher der Basler Polizei letztendlich den Laptop kostete.

Nun, da alle Informationen ausgetauscht waren, besprachen sie das weitere Vorgehen. Während Michi sich um den zweiten Auftrag der Staatsanwältin kümmern und herausfinden wollte, ob die Opfer sich gekannt hätten, beabsichtige Kurt den Natur-schützer ins Visier zu nehmen.

Kaum zurück im Büro griff Kurt nach seinem Telefon. Er gab die von Michi notierte Nummer ein und wartete mehrere Sekunden bis am anderen Ende der Leitung ein Tuten ertönte.

Nach mehrmaligem Klingeln meldete sich eine tiefe Män-nerstimme.

„Roderer. Guten Tag."

Kurt stellte sich dem Mann vor und kam dann auf sein An-liegen zu sprechen.

„Herr Roderer, liege ich richtig in der Annahme, dass Sie einen Herrn Gerber aus Baar kennen?"

Es entstand eine kurze Denkpause bevor Herr Roderer ant-wortete.

„Kennen ist das falsche Wort. Ich weiß, wer er ist und hatte mehr-mals mit ihm zu tun, aber kennen ... Weshalb fragen Sie eigentlich?"

„Sie hatten mit ihm zu tun?", griff Kurt die Erwähnung auf, ohne die Frage zu beachten.

„Nun, ja. Ist schon einige Zeit her. Hatte aufgrund seiner Ar-beit Kontakt mit ihm, aber mehr möchte ich am Telefon eigent-lich nicht erzählen. Schließlich kann jeder behaupten Kommissar Soundso von der Kriminalpolizei zu sein.

Ich verstehe zwar nicht wirklich weshalb, aber wenn Sie mich sprechen wollen, dann kommen Sie doch bitte bei mir vorbei."

Kurt konnte den Argumenten des Mannes nichts entgegenhalten und so notierte er sich die genannte Adresse und vereinbarte, am nächsten Morgen bei Herrn Roderer in Brugg vorbeizuschauen. Er würde dem aufdringlichen Umweltschützer einen Besuch abstatten und sich sein eigenes Bild von ihm machen.

Kurze Zeit nachdem Michi das Telefonat beendet hatte, klopfte es an seiner Bürotür und Isabelle trat ein. Die junge Polizistin mit den auffallend blauen Augen hatte ihre langen blonden Haare zu einem Pferdeschwanz zusammengebunden und trug ihre Dienstuniform.

Kurt wusste, dass einige der jungen Kollegen durchaus Interesse an der Frau hatten, die eine natürliche Schönheit ausstrahlte und immer zu lächeln schien. Mit ihren 1,80 Metern war sie eine große Frau und hätte wohl aufgrund ihrer Figur problemlos als Model durchgehen können.

Nein, ein Rätsel wieso sie der halben Männerwelt die Köpfe verdrehen konnte, war das freilich nicht.

Kurt bot der Frau einen Stuhl an. Sie setzte sich dankend und begann zu erzählen.

„Mir ist da heute Morgen noch so ein Gedanke durch den Kopf gegangen, als wir den Fall im Besprechungsraum gemeinsam erörterten. Mich ließen die unterdrückten Anrufe auf Müllers Mobiltelefon nicht in Ruhe.

Stan Geißbühler hatte im Verhör einen Namen erwähnt, den Patrick ihm kurz vor seinem Tod genannt hatte. Dina. Ich dachte mir, wenn es sich, wie wir vermuten, bei der Frau um den unbekannten Anrufer handelt, wird sie sich wohl kaum mit ihrem richtigen Namen bei Patrick vorgestellt haben.

Also fragte ich mich, weshalb sie wohl auf Dina kam. Zufall? Der Name schien mir dafür zu selten. Sara, Linda, Isabelle oder Christina wären da sicherlich naheliegender gewesen.

Daher gab ich den Namen einfach mal im Internet ein und suchte nach der Bedeutung. Und nun rate mal, was dabei herauskam?"

„Spann mich nicht auf die Folter, was?"

„Die Richterin, der Name stammt aus dem hebräischen und bedeutet in etwa so viel wie Richterin. Das ist bestimmt kein Zufall. Die Bibelverse, die Entscheidungen über Recht und Unrecht und nun dieser hebräische Name."

„Wir haben es also mit einer Frau zu tun?", stellte Kurt etwas ungläubig fest.

Isabelle zog ihren linken Mundwinkel hoch und antwortete: „Die Chancen, dass die Frau was mit der Sache zu tun hat, sind auf jeden Fall gestiegen, meinst du nicht?"

Kurt, immer noch befremdet von der Vorstellung, dass wirklich eine Frau hinter diesen grausamen Verbrechen stecken könnte, stimmte seiner Kollegin zu.

„Sieht wohl so aus. Eine Frau. Zu dumm, dass sie außer dem Fahrer und dem neugierigen Nachbarn niemand gesehen hat. Deren Aussagen waren nur wenig hilfreich."

Einen Moment war es still, dann fasste sich Kurt vorwurfsvoll an seine Stirn.

„Das Restaurant. Der Limousinenchauffeur hat sie doch von einem Restaurant abgeholt. Wenn die dort gemeinsam gegessen haben, dann muss sie doch jemand gesehen haben.

Wir müssen das Personal vor Ort befragen. Wieso sind wir nicht früher darauf gekommen."

„Weil wir bisher die Frau nicht ernsthaft als Mörderin in Betracht gezogen haben", kommentierte Isabelle Kurts an sich selbst gerichteten Vorwurf.

„Könnte sein, dennoch hätte ich daran denken müssen. Isabelle, du hast wieder gute Arbeit geleistet! Dina. Richterin. Wer hätte das gedacht."

Punkt 19.00 Uhr betraten Kurt und Michi das Cheval Blanc, wohl eines der vornehmsten Restaurants in Basel. Beide kannten das Grand Hotel Les Trois Rois bisher nur von außen.

Das an der Schifflände gelegene Hotel bot einen Luxus, den sich Normalsterbliche wie sie nicht leisten konnten. Die auf der Rückseite gelegenen Zimmer gewährten einen wunderbaren Ausblick über den Rhein, der sich unmittelbar hinter dem Gebäude seinen Weg durch die Stadt bahnte.

Beim Betreten des Hotels wurden sie von einem Pagen freundlich begrüßt und willkommen geheißen. Gleichzeitig aber meinten sie skeptische Blicke zu spüren, die ihre Kleidung von Kopf bis Fuß musterten.

Obwohl das noble Restaurant erst in diesen Minuten seine Türen öffnete, stiegen den beiden Polizisten die leckersten Düfte in die Nase.

Aus der Zeitung wusste Michi zu berichten, dass das Restaurant zu den besten der Schweiz gehörte, was nicht zuletzt dem begnadeten Chefkoch zu verdanken war. Kein Wunder also, dass sich Patrick Müller für sein Silvesterabenddate genau hier niedergelassen hatte.

Ob sie denn reserviert hätten, wurden sie vom höflichen Kellner gefragt. Kurt erklärte kurz sein Anliegen, verzichtete aber darauf in dieser Umgebung seinen Ausweis zu zeigen.

Der Mann verschwand in einem Hinterzimmer, um dort einen Blick auf die Agenda zu werfen. Dann bot er den Herren an, doch in der Bar des Hotels Platz zu nehmen, während er den Kellner von Herrn Müllers Tisch ausfindig machen wollte.

Hohe, goldig gestrichene Räume, lange purpurrote Vorhänge und teure Möbeln zierten die nobelste Bar, die sie je betreten hatten. Am Raumende loderte in einem offenen Kamin ein Feuer und auf goldenen Kerzenständern flackerten Kerzen. Von der Decke warfen Kronleuchter ein angenehmes Licht in den Raum.

Sie gingen über den gepflegten Holzboden auf eines der schwarzen Ledersofas zu und setzten sich.

Eine aufmerksame Bedienung kam, um ihre Bestellung, die selbstverständlich aufs Haus ginge, entgegenzunehmen. Kurt schielte auf die Bar, wo ein Whiskey den anderen an Qualität und Preis übertraf. Zu dumm, dass er im Dienst war. Sie bestellten zwei Mineralwasser und ließen den Prunk auf sich wirken.

Gerade hatten sie ihr Wasser erhalten, als zwei Männer den Raum betraten und direkt auf sie zusteuerten.

„Guten Abend. Mein Name ist Fischer, und dies hier ist mein Kollege Vogel. Sie haben Fragen zu einem unserer Gäste. Wie können wir Ihnen helfen?"

Kurt schilderte den beiden Männern, die wie sich herausstellte, beide am Silvesterabend gearbeitet und sich den Service für den Tisch geteilt hatten, sein Anliegen, ohne aber die Hintergründe preiszugeben.

„Wir würden einfach gerne wissen, ob Sie sich an die Frau erinnern, denn wir sind gerade an einem Fall, in dem sie uns weiterhelfen könnte."

Die beiden Kellner blickten sich kurz an und Kurt meinte ein leichtes Grinsen in ihren Gesichtern gesehen zu haben.

„Nun ja", sprach nun erstmals Herr Vogel, „wir erinnern uns an die beiden. Herr Müller ist regelmäßiger Gast bei uns. Die Frau sahen wir zum ersten Mal, aber sie hinterließ, hm wie soll ich sagen, ja, einen bleibenden Eindruck."

Herr Vogel blickte kurz zu seinem Kollegen hinüber und wieder bemerkte Kurt die Andeutung eines Grinsens in den Gesichtern.

„Verzeihen Sie, aber ist etwas lustig an der Sache?"

Ertappt blickte Vogel verlegen auf den Boden, während Fischer nach einer passenden Erklärung suchte.

„Tut mir leid. Das ist mir jetzt etwas unangenehm und es wäre mir recht, wenn es der Chef nicht erfahren würde. Wir haben uns über die Frau unterhalten, sie wissen schon.

Ein paar Sprüche unter Kollegen geklopft. So ganz unter Männern halt. Machen Sie doch sicherlich auch.

Deswegen haben wir uns beide auch gleich an die Frau erinnert. Ich sage Ihnen, so wie die aussah ... Mann o Mann, wir haben uns um die Bedienung gestritten."

„Das heißt Sie können Sie beschreiben?", fragte Michi beinahe euphorisch.

„Ich glaube, da können wir helfen. Die Frau war ziemlich groß, so vielleicht 175 – 180cm. So genau kann ich das nicht sagen, da sie hohe Schuhe trug. Sie trug ein schwarzes Cocktailkleid, einen goldenen Armreif ...",

„und eine Kette mit einem kleinen Goldkreuz", ergänzte Kollege Vogel, der seinen Blick nun wieder aufrichtete.

„Sie war schlank, hatte aber einen großen Busen und einen Wahnsinns-Knackarsch."

„Schön und gut", unterband Kurt die Schwärmerei der jungen Männer, „können Sie uns auch etwas über das Gesicht sagen. Das dürfte uns mehr helfen als ein Knackfüdli und Körbchengröße Doppel D."

„Schon gut. Sie hatte schulterlanges schwarzes Haar, das sie offen trug. Sie war stilvoll geschminkt. Rote Lippen, schwarzer Lidschatten, einen etwas dunkleren Teint.

Und dann die Augen, ein durchdringendes Blau. Ihre Hautfarbe war weiß, aber mit einem leichten braunen Schimmer. Sie hatte hohe Wangenknochen und für eine Frau eine eher große Nase, was ihre Schönheit aber unterstrich. Es ist definitiv eine Frau, nach der sich Männer auf der Straße umdrehen."

„Wären Sie in der Lage, die Frau so zu beschreiben, damit unsere Zeichner, ein Phantombild erstellen könnten?", wollte Michi von den beiden Herren wissen, die mit einem „Ich glaube schon" antworteten.

„Welche Sprache hat die Frau denn gesprochen?"

„Deutsch. Aber mit einem starken Akzent. Deutsch ist nicht ihre Muttersprache, vermute, sie kommt wohl aus dem Osten. Vielleicht Russland?" Kollege Vogel nickte zustimmend.

Zehn Minuten vor 20.00 Uhr war Kurt auf dem Nachhauseweg. Endlich hatten sie eine heiße Spur. Die dunkelhaarige Frau wurde sowohl im Drei Könige, in der Limousine und im Müllers Treppenhaus gesehen. Morgen früh würde der Phantomzeichner aufgrund der Aussage der beiden Kellner ein Bild der Frau erstellen. Hoffentlich kam dabei etwas Brauchbares heraus.

Ansonsten war da immerhin noch die Hoffnung, dass eine der Videokameras des Hotels das Paar aufgezeichnet hatte. Die entsprechenden Aufnahmen bekamen sie vom Hotel ausgehändigt und ein Polizeibeamter würde sich gleich am nächsten Tag an die Auswertung machen.

Kurt nahm sich vor, für heute Abend mit dem Fall abzuschließen und sich mit anderen Dingen zu beschäftigen. Vielleicht würde ja im Fernseher etwas kommen.

Fußball war ja leider in diesem Monat Mangelware. Die Schweizer Super League machte, wie auch viele andere europäische Ligen und internationale Wettbewerbe, Winterpause.

Bereits jetzt freute sich Kurt auf den Februar. Dann nämlich würde der FC Basel im Championsleague Achtelfinal auf den FC Porto aus Portugal treffen. Die Basler hatten sich in der Gruppenphase gegen Liverpool und Ludogorez Rasgrad durchgesetzt und sich als Gruppenzweiter für die K.O. Runde qualifiziert.

Einzig Real Madrid mussten sie den Vortritt als Gruppenerstem gewähren. Wenn das nicht die Hoffnung auf mehr weckte.

Kapitel 6

Am nächsten Morgen machten sich Kurt und Michi auf den Weg nach Brugg, wo sie sich mit dem Umweltschützer Samuel Roderer treffen wollten.

Beide waren gespannt, mit was für einer Person sie es zu tun haben würden. Natürlich hatten sie im Vorfeld einige Recherchen über den Mann angestellt und sich dank Fotografien und kleinen Videointerviews ein Bild über ihn gemacht. Dennoch war es immer etwas anderes, die Person dann direkt vor sich zu haben.

Samuel Roderer war für Google kein Fremdbegriff. Gab man den Namen in die Suchmaschine ein, erschienen zahlreiche Links zu Zeitungsartikeln von und über ihn. Seine Website beatthesystem.com enthielt verschiedene Rubriken die sich alle den Überthemen Menschenrechte und Umweltschutz zuordnen ließen.

Das wahre Ich der Weltkonzerne, die Wahrheit über den Welthunger, Fleischkonsum – die verschwiegene Realität, Ausbeutung der Dritten Welt, unsere Markenklamotten oder Beutezug durch unsere Weltmeere waren nur einige der Themen, zu denen Samuel Roderer regelmäßig neue Artikel, Statistiken und Diagramme publizierte.

Brugg, eine Schweizer Kleinstadt im Kanton Aargau, die etwas mehr als 10'000 Einwohner zählt, liegt an der Stelle, wo die Flüsse Limmat und Reuss in die Aare münden.

Die kleine Altstadt besitzt Charme und ein paar nette Lokale laden zum Verweilen ein.

Kurt und Michi suchten nach einer Parkmöglichkeit in der Nähe der genannten Adresse und gingen dann die knapp hundert Meter zum Wohnblock. Sie klingelten bei Roderer und als der Summer ertönte, folgten sie der Anweisung der Stimme, die aus der Gegensprechanlage ertönte und stiegen die Treppe hoch in die dritte Etage. Dort öffnete ein Mann anfangs dreißig die Türe.

„Guten Morgen meine Herren", begrüßte Samuel Roderer die beiden Beamten und hielt ihnen seine Hand hin. Dann bat er sie, in die kleine Zweizimmerwohnung einzutreten. In einem Zimmer, das eine Mischung zwischen Wohnzimmer und Büro war, bot er den Herren einen Platz und Getränke an.

Als Gläser und ein Krug mit Leitungswasser, was anderes trinke er nun mal nicht, auf dem Tisch standen, setzte sich Herr Roderer ebenfalls hin und während er einschenkte, eröffnete er das Gespräch.

„Was kann ich für Sie tun meine Herren, wenn Sie extra den Weg von Basel hierher auf sich genommen haben?"

Kurt blickte den Mann mit Bart und Strubbelfrisur an und verglich ihn mit dem Eindruck, den er von ihm im Vorfeld gewonnen hatte.

Herr Roderers linker Arm war vom Handansatz bis unters T-Shirt tätowiert und seine Ohrläppchen waren soweit gedehnt, dass problemlos ein Stift hindurch gepasst hätte. Der Mann machte einen äußerst freundlichen Eindruck und Kurt fiel es schwer, sich diesen Mann als eine aufdringliche Persönlichkeit vorzustellen, die Managern nachstellte.

„Wir haben da einige Fragen zu Herrn Gerber und Ihrem Verhältnis, wenn ich das mal so nennen darf."

„Schießen Sie los", sagte Herr Roderer während er es sich auf seinem Sessel bequem machte und äußerst relaxt wirkte.

„Weshalb haben Sie vor 15 Monaten damit begonnen Herrn Gerber zu kontaktieren?"

„Weil ich mich, wie Sie wahrscheinlich bereits wissen, für die Umwelt und die armen Bevölkerungsgruppen auf der ganzen Welt einsetze. Da Goodscare ein Weltkonzern ist, der Menschenrechte und die Umwelt täglich mit den Füßen tritt, wollte ich Herrn Gerber damit konfrontieren. Liege ich richtig in der Annahme, dass Herr Gerber das Opfer aus Baar ist?"

„Wie kommen Sie darauf?", wollte Michi wissen.

„Nun ja. Ganz blöd bin ich nicht. Das Fernsehen berichtet von einem grausamen Mord in Baar, also dem Ort wo Herr Gerber wohnt und seine Firma ihren Hauptsitz hat. Ein Tag danach meldet sich die Basler Polizei bei mir und fragt mich nach meiner Verbindung zu Herrn Gerber. Wohl kaum ein Zufall.

Wieso also, frage ich mich, fragt die Polizei nicht Herrn Gerber selbst, da sie ohnehin schon im Kanton Zug unterwegs ist.

Als ich Sie beide vorher sah, erkannte ich Sie sofort aus dem Fernsehen. Die zwei Beamten, die am späten Morgen den Tatort betraten und dabei gefilmt wurden. Ich denke es liegt auf der Hand: Der Mord hat was mit Gerber zu tun. Vermute ich richtig, dass Sie mich verdächtigen?"

„Gibt es denn einen Grund dazu?", stellte Kurt die provokante Frage.

„Den gibt es. Schließlich habe ich ihn und seine Familie so lange mit der Wahrheit konfrontiert, bis er mir mit rechtlichen Schritten drohte. Besonders wenn Sie keine andere Spur haben, bietet es sich doch an, bei Leuten wie mir nachzuhaken. Würde ich an Ihrer Stelle nicht anders machen. Also starten Sie Ihr Verhör und stellen Sie mir die unangenehmen Fragen."

„Sie scheint dieses Gespräch und der im Raum liegende Verdacht gegen Ihre Person gar nicht zu beunruhigen", stellte Michi fest.

„Weshalb denn auch? Glauben Sie, dies ist das erste Mal, dass ich es mit der Polizei zu tun habe? Als Umweltaktivist hat man immer wieder das Vergnügen.

Erinnern Sie sich zum Beispiel an das Championsleaguespiel des FC Basel gegen Schalke 04? Meinen Sie die Polizei hat mich mit Samthandschuhen angefasst, als sie mich vom Dach des Stadions holten?"

„Sie waren dabei?!", fragte Kurt erstaunt. Er selbst hatte Tickets für das Spiel gehabt und hatte sich über die Aktion von Greenpeace genervt, während seine Frau die Protestaktion gegen Gazprom super fand.

Das Aufspannen des Banners vom Dach des Stadion während des Spiels hatte große Aufmerksamkeit erregt, zum Unterbruch des Spiels geführt und dem FC Basel eine ordentliche Busse beschert.

Gazprom, Sponsor der UEFA und von Schalke 04 bohrte in der Arktis zum großen Missfallen vieler Umweltschützer nach Öl.

Michi, den der FC Basel nur wenig interessierte, hielt das Gespräch beim Thema. „Wie beurteilen Sie den Mord an Herrn Gerber? Hat er es Ihrer Meinung nach verdient?"

„Herr Gerber hat viele Menschen und noch mehr Lebewesen auf seinem Gewissen. Sie fragen mich, ob ich die Todesstrafe unterstütze?

Hätten wir hier in der Schweiz wie in anderen Ländern die Todesstrafe, würde ein Mensch wie er sicherlich die Spritze verdienen. Natürlich würde ein Herr Gerber aber nie dafür belangt werden, denn Leute wie er sind nie schuldig.

Ich bin aber aus Überzeugung gegen die Todesstrafe. Ich glaube aber, hier wollte jemand ein Zeichen setzen. Wahrscheinlich steht der Mord in Baar in Zusammenhang mit dem in Basel, richtig?

Arbeitete das Opfer auch in einem Großkonzern? Lassen Sie mich raten. Novartis? Roche?"

Kurt und Michi tauschten skeptische Blicke aus. Dieser Mann verstand es Verknüpfungen zu erstellen. Für ihn schien es keine Frage zu sein, dass es hier um Umweltschutz ging und das, obwohl die Medien bis anhin nichts preisgegeben hatten.

„Ok, ich verstehe schon. Antworten dürfen Sie mir nicht. Naja, jedenfalls unterstütze ich jeden der gegen die Mächtigen kämpft. Hier allerdings wurde der falsche Weg gewählt, was ich bedauere. Man sollte sich nicht auf das Niveau dieser Ratten herablassen."

„Laut Frau Gerber wünschten Sie damals ihrem Mann, dass er sich ändern möge, bevor es zu spät sei. Worauf spielten Sie mit dieser Drohung an?"

„Wohl kaum auf einen Mord, wenn Sie das meinen. Irgendeinmal befindet sich jedes Leben an einem Punkt, an dem es kein Zurück mehr gibt. Wissen Sie, wie viele Menschen auf dem Sterbebett Dinge bereuen?

Eine Vielzahl der Menschen. Hätte ich doch weniger gearbeitet. Hätte ich doch mehr Zeit meiner Familie gewidmet. Hätte, hätte, hätte. Ich wünschte Herrn Gerber rechtzeitig umzukehren, bevor er es nicht mehr konnte. Ein Mensch seines Kalibers kann ja wohl kaum beruhigt dem Tod entgegentreten."

„Herr Roderer, kannten Sie einen Patrick Müller aus Basel?"

„Patrick Müller?", der Umweltaktivist kratze sich nachdenklich am Kinn, während er mehrere Sekunden lang überlegte.

„Ich glaube nicht. Müller ist allerdings ein so geläufiger Name, dass ich es nicht beschwören möchte."

„Wo waren Sie am vergangenen Sonntagabend?"

„Zu Hause. Und nein, Zeugen dafür habe ich keine."

„Und am Silvester?"

Herr Roderer grinste bevor er sarkastisch antwortete. „Ah, der Mord in Basel war also auch ich! Vom 30.12. bis am 02.01. war ich gemeinsam mit einer Freundin Schneewandern in den Pyrenäen. Bin ich froh, wenigstens für diese Mordnacht habe ich ein Alibi.

Rufen Sie die Freundin an, ihr Name ist Guadalupe Ramirez, gut möglich jedoch, dass sie zurzeit nicht erreichbar ist, da sie für zwei Wochen nach Chile geflogen ist, um ihre Eltern zu besuchen."

Herr Roderer griff nach seinem Mobiltelefon, ein altes Gerät, das noch mit einen schwarzweiß Display ausgestattet war und wohl nicht mal eine MMS empfangen würde. Er suchte nach der Nummer. Dann kritzelte er Name und Nummer der Freundin auf einen Zettel, den er den Polizisten hinüberreichte.

Im weiteren Verlauf des Gespräches erfuhren die beiden Polizisten, dass Samuel Roderer Sozialpädagoge war und als Jugendarbeiter in einem Jugendtreff im *Fricktal* arbeitete. Gleichzeitig betätigte er sich als freischaffender Umweltpädagoge. Einen großen Teil seiner Freizeit hatte er dem Kampf für die Umwelt und Menschenrechte verschrieben. Unentgeltlich arbeitete er für mehrere Hilfs- und Umweltschutzorganisationen.

Wie er denn dazu gekommen sei, wollte Michi von Herrn Roderer wissen, der den beiden Polizisten durch das Gespräch mehr und mehr sympathisch wurde.

Dieser Mann lebte in schlichten Verhältnissen, weil er sich einer Sache verschrieben hatte, für die er mit seinem ganzen Dasein kämpfte.

„Es gibt nicht einen Moment, in dem ich diese Haltung entwickelte, es war die Häufung vieler Geschehnisse, die mich Schritt für Schritt meine heutige Haltung einnehmen ließen.

Nehmen wir doch gleich mal das Beispiel Goodscare. Ich nehme an, dass Sie sich bereits mit der Firma auseinandergesetzt haben. So schmutzig die Firma auch sein mag, sie schürft beispielsweise nur im Kongo, weil die Nachfrage groß ist.

Gerne mal zeigen wir Menschen hier in Europa mit den Fingern auf eine Firma, auf Politiker oder Staatsoberhäupter und weisen damit die Schuld von uns weg.

Wir empören uns, wenn wir über einen Großkonzern lesen, der die Menschen in der Dritten Welt versklavt. Wohl jeder weiß davon. Doch was tun wir?

Leben weiter, als sei nichts gewesen und kaufen die Produkte genau dieser Firmen. Wir finden es zwar alle scheiße, aber trotzdem machen wir alle mit. Wählen die Politiker, die Machenschaften der Großkonzerne unterstützen. Ist das nicht ein riesiger Widerspruch?

Goodscare schürft im Kongo unter anderem nach Coltan, einem Erz das für Mobiltelefone gebraucht wird. Sie können sich ja denken, welche katastrophalen Bedingungen in diesen Minen herrschen. Für unsere Mobiltelefone rackern sich Menschen, ja auch Kinder täglich ab. Und was machen die Menschen hier in Europa?

Jedes Jahr kaufen sie das neueste Modell, ohne zu hinterfragen, woher das Material kommt und wohin das alte geht!

Ist es dem Menschen einfach nur egal oder ist er einfach dumm? Solange wir unser neuestes Statussymbol haben, ist die Welt für uns in Ordnung, ist uns doch völlig wurst, wer dafür über die Klinge springen muss.

Im Grunde genommen ist jeder Einzelne, der naiv nur konsumiert, genauso schuldig, wie die Herren in Anzügen, die Millionenverträge abschließen, genauso schuldig, wie die Männer in Tarnanzügen, die Kinder rekrutierten und ihre Eltern vergewaltigen und erschießen lassen, um an die wertvollen Rohstoffe zu kommen.

Wir alle sind ein entscheidender Teil eines Rattenschwanzes des Bösen, denn es funktioniert nun mal immer so: Angebot auf Nachfrage.

Mir muss keiner sagen, er würde ja gerne etwas tun, aber er könne nicht, so macht man sich das Leben verdammt einfach. Gott hat uns einen Verstand gegeben, um ihn zu nutzen. Wieso gebrauchen wir ihn nicht?

Jeder kann sich informieren, welche Marken dreckigen Großkonzernen angehören und diese boykottieren. Jeder kann selbst Abstriche machen und auf Neues verzichten.

Sehen Sie mein Mobiltelefon an. Bereits über zehn Jahre alt, und es funktioniert immer noch. Wir Menschen machen es uns viel zu einfach."

Als Herr Roderer seinen Monolog beendet hatte, trat für eine Weile Ruhe ein. Sowohl Michi als auch Kurt saßen still da. Einerseits waren sie aufgebracht über den Mann, der sich offensichtlich für etwas Besseres hielt und sich ihnen gegenüber in Rage redete, andererseits wussten sie nur zu gut, dass auch sie solche Menschen waren.

Hatte Michi nicht erst gerade vor drei Wochen einen neuen Handyvertrag abgeschlossen, der ihm zu einem Spottpreis das neueste Samsung hinterher schleuderte? War Kurt, bevor das mit seiner Frau passierte, nicht stets auf der Suche nach den günstigsten Schnäppchen, ganz nach dem Motto Hauptsache billig?

„Kennen Sie die Firma Holyseed?", brachte Kurt nach einigen Minuten des Schweigens das Gespräch wieder in Gang.

„Natürlich. Genauso schlimm wie die anderen. Aber wieso kommen Sie darauf?"

Es entstand eine kurze Pause bevor Kurt erklärte, dass dies eine reine Interessensfrage sei.

„Holyseed handelt im Grunde genommen auch nur, weil die Nachfrage groß ist. Sojaanbau ist in Südamerika ein bedeutender Wirtschaftszweig geworden. Täglich werden riesige Flächen Regenwald abgeholzt um Sojapflanzen anzubauen. Holyseed liefert Saatgut und Herbizide für diesen Anbau.

Ich frage Sie, weshalb wird Soja in so riesigen Mengen angebaut?"

Die beiden Polizisten schauten sich fragend an.

„Etwa für die zunehmende Anzahl sojafressender Vegetarier und Veganer, über die sich unsere Gesellschaft so gerne aufregt?", fragte der Umweltaktivist nun sarkastisch.

„Der riesige Sojaanbau der Jahr für Jahr größere Dimensionen annimmt wird zu mehr als 80 Prozent von Nutztieren verspeist. Für die „Produktion" von einem Kilogramm Rindfleisch wird die zehnfache Menge an Soja oder Getreide benötigt.

Da die Menschen heute mehr Fleisch fressen, ich sage bewusst fressen, als je zuvor, gibt es keine andere Möglichkeit als den Sojaanbau jährlich zu erweitern.

Das Perverse dabei ist, dass alle Schlachttiere der Welt zusammengenommen eine Futtermenge verbrauchen, die dem Kalorienbedarf von 8,7 Milliarden Menschen entspricht. Gleichzeitig leiden über 900 Millionen Menschen täglich an Hunger und das, obwohl weltweit so viele pflanzliche Nahrungsmittel produziert werden um täglich 10 Milliarden Menschen sättigen zu können.

Solange aber der westliche Durchschnittsmensch nicht bereit ist, ein wenig häufiger auf sein mit Antibiotika verseuchtes Stück Fleisch zu verzichten, wird das Futter lieber den Schlachttieren in Massenviehhaltungen verfüttert.

Unsere Einstellung jeden Tag, ja sogar mehrmals täglich Fleisch essen zu müssen, ist die größte Umweltbelastung überhaupt. Fliegen, Autofahren und qualmende Fabriken richten weniger Schaden an als unsere Ernährungsgewohnheiten. Ich tu Ihnen den Gefallen und spreche erst gar nicht von der Art und Weise wie die Schlachttiere gehalten und geschlachtet werden.

Nehmen Sie bei Interesse mal die Firma Carnivore unter die Lupe.

Vielleicht sehen Sie also, ich als einzelner Mensch habe eine riesige Verantwortung. Ich für meine Person habe mich dazu entschlossen, zu versuchen, diese Verantwortung mehr und mehr wahrzunehmen."

Auf der Heimfahrt diskutierten Kurt und Michi lange über das Gespräch mit Herrn Roderer. Eigentlich wollten sie über den Fall sprechen, aber das Gehörte konnten sie nicht totschweigen.

War Herr Roderer nur ein Umweltfreak, der gerne alles über-spitzt darstellte, oder hatte er Recht mit seiner Schwarzmalerei? Unbequem war es für den Menschen allemal, sich mit solchen Themen auseinanderzusetzen. Michi selbst wusste aus eigener Erfahrung nur zu gut, wie er seinen Freund David immer wieder hochnahm, weil dieser sich seit einigen Monaten vegetarisch ernährte.

Wie oft schon hatte er seinen Freund schon angegriffen, weil er sich über dessen Entscheid ärgerte.

„Wieso trägst du noch deine Lederjacke, wenn du kein Fleisch isst? Warum fährst du noch Auto? Hast du gerade wirklich eine Stechmücke getötet?!"

Die Fragen schossen manchmal nur so aus ihm heraus und immer erhielt er tatkräftige Unterstützung von Kollegen.

Davids Antworten interessierten sie eigentlich nie, denn ohne Zweifel hielt dieser sich mit Sicherheit für etwas Besseres. Ja, vielleicht lag in den Worten, mit denen der Jugendarbeiter sie verabschiedet hatte, doch etwas Wahres.

„Es geht nicht darum, sein Leben zwingend radikal zu ändern. Wichtiger ist es, irgendwo einen Anfang zu machen. Die meisten Menschen reagieren aber sofort gereizt auf einen Menschen, der sich dazu entschlossen hat, einen Schritt auf diesem Wege zu tun.

Sie fragen ihn, weshalb er kein Fleisch bestellt hat und regen sich dann auf, wenn die Person es ihnen erklärt. Sie machen ihm Vorwürfe, inkonsequent zu sein, anstatt seinen Schritt, der so klein dieser auch immer sein mag, zu respektieren.

Einer verzichtet auf alles Tierische, ein anderer auf Fleisch, kauft aber dennoch eine Lederjacke.

Jemand anderes ist es gewohnt, mehrmals täglich Fleisch zu essen, versucht nun aber erst mal, seinen Konsum auf zwei Fleischmahlzeiten wöchentlich zu reduzieren. Einer verzichtet auf ein neues Smartphone, der andere ernährt sich saisonal. Es ist unwichtig, welchen Weg ein Mensch zur Verbesserung der Welt einschlägt, es zählt in erster Linie, dass er überhaupt einen einschlägt.

Denn damit zählt er leider zu einer Minderheit.

Zurück im Büro blinkte das rote Licht des Telefonbeantworters. Kurt drückte die Abspieltaste und erkannte sofort Robert Zürchers Stimme, die ihm mitteilte, dass sie Neuigkeiten über den aktuellen Fall hätten und er sofort zurückrufen solle.

Also wählte er die Rückrufoption und bereits nach dem zweiten Läuten meldete sich der Zuger Kommissar.

Im Folgenden erfuhr Kurt, dass gestern Abend kurz vor 17 Uhr ein Anruf bei der Polizeidienststelle in Zug eingegangen war. Ein nervöser Mann berichtete, dass er am Samstag im Wald spazieren war, als ein Pick-Up den Schotterweg, der nur wenige Meter unterhalb der Teiche durchführte, hochfuhr. Auf der Ladefläche habe das Fahrzeug eine kleine Plastikwanne transportiert.

Der Mann hatte dem Fahrzeug keine besondere Beachtung geschenkt und wusste weder Kennzeichen noch den Namen der Firma. Wenigstens konnte er sich an die auffällig grüne Farbe des Autos, einen Nissan Navara, erinnern. Ein Beamter war gerade dabei, in den Datenbanken der Motorfahrzeugkontrolle nach entsprechenden Modellen zu suchen.

„Das ist das Eine", sagte Robert und fuhr fort, „das andere ist, dass heute Morgen ein Mann den Polizeiposten in Baar aufsuchte. Seit Tagen war er wohl hin- und hergerissen, nun aber hat sein Pflichtgefühl gegen seine Angst gesiegt und er hat sich entschlossen auszusagen."

„Was auszusagen?"

Kurt war hellwach und Roberts langsame Art zu sprechen, spannte ihn auf die Folter.

„Er war der Anrufer aus der Telefonzelle. Dirk Frehner, ein Obdachloser, hat von einer Frau 200 Franken dafür erhalten, dass er den Text wortwörtlich ins Telefon spricht. Er selbst hatte keine Ahnung gehabt, mit wem er da telefonierte. Die Frau persönlich wählte die Nummer.

Begründet hatte sie den sonderbaren Auftrag als Neujahrscherz unter Freunden, mit denen sie eine Wette abgeschlossen hatte. Erst gegen Ende des Telefonates merkte er, mit wem er da telefoniert hatte. Er brachte den Job zu Ende, nahm das Geld und verschwand.

Als er tags darauf in den Zeitungen vom Mord in Basel las, war ihm der Verdacht gekommen, dass er der anonyme Anrufer gewesen sein könnte. Seitdem lebte er in Angst. Mehrmals wollte er bereits zur Polizei, doch er erinnerte sich nur zu gut an die Worte der Frau, die ihn gewarnt hatte, niemandem von diesem Streich zu erzählen. Jetzt aber als auch in Baar jemand umgebracht wurde, musste er sich melden. Die Polizei müsse ihn schließlich schützen.“

„Also wieder die Frau! Kann er sie beschreiben?“, fragte Kurt.

„Nun ja, zumindest etwas. Groß, schlank, langes dunkles Haar. Sie verhüllte sich mit einem grauen Schal, den sie sich bis unter die Nase gezogen hatte. Zudem trug sie eine Sonnenbrille mit großen Gläsern. Vom Gesicht hat er also nichts gesehen.“

„Alle Achtung! Die ist vorsichtig. Aber die Größe und die Haare stimmen mit der Beschreibung überein. Außerdem dürfte mein Kollege in der Zwischenzeit ein Phantombild erstellt haben und mit etwas Glück haben wir sogar eine Videoaufzeichnung. Der Verdacht erhärtet sich, dass wir es mit einer Mörderin zu tun haben.“

Noch während Kurt den Hörer zurücklegte, meldete sich Michi zu Wort. Er hatte ebenfalls telefoniert und nun aber die letzten Sätze seines Kollegen mitgehört.

„Vergiss die Videoaufnahmen Kurt. Die Frau ist zwar von zwei Kameras erfasst worden, hat aber ihr Gesicht beide Male so geschickt abgedreht, dass wir außer den dunklen Haaren nichts Hilfreiches haben."

Kurt entwichen einige Flüche, dann griff er erneut nach seinem Telefonhörer und wählte die Nummer seines Kollegen. Fabian Neumatten gehörte zum alten Eisen der Abteilung. Seit nunmehr drei Jahrzehnten arbeitete er für die Basler Kantonspolizei und erstellte anhand von Zeugenaussagen die Bilder gesuchter Personen, die dann regelmäßig in den Medien publiziert wurden.

Auf seinem Berufsfeld hatte er die ganze Entwicklung mitgemacht. Was einst mit einfacher Handarbeit und Block und Stift begonnen hatte, war mehr und mehr in Arbeit mit dem Computer übergegangen. Ohne diesen lief heute gar nichts mehr.

Der Mann anfangs fünfzig meldete sich nach mehrmaligem Klingeln. Er war keineswegs von Kurts Anruf überrascht.

Er bestätigte, dass die zwei Bediensteten aus dem Grand Hotel da waren und er aufgrund ihrer Aussagen ein Bild erstellt habe. Es hatte sich aber als schwierig erwiesen, da sich die beiden in den entscheidenden Detailfragen nicht einig waren.

So kamen zwei ähnliche, aber dennoch in einigen Merkmalen unterschiedliche Bilder heraus.

„Mach dir selbst ein Bild, habe die beiden Fotos gerade auf unserem internen Server abgelegt, du kannst darauf zugreifen."

Robert Zürcher brachte in der Regel nichts so schnell aus der Fassung. Seit Jahren war er mit Leib und Seele Polizist und im Verlaufe der Zeit hatte er vieles gesehen, was er seiner Frau und seinen beiden Töchtern erst gar nicht erzählte.

Unzählige Male war er auf Gleisen gewesen und hatte die in alle Himmelsrichtungen verstreuten Leichenteile einer Person betrachtet, die es vorzog, für immer diese Welt hinter sich zu lassen. Die sogenannten Personenschäden waren häufiger, als manch einer dachte und er fragte sich oft, was Menschen in einem reichen Land wie der Schweiz zu einem solchen Schritt bewegen konnte.

Wie verzweifelt, wie zerrissen musste ein Mensch sein, wenn er diesen Weg wählte? Jedes dieser Bilder hatte sich in seinen Kopf gebrannt und suchte ihn gelegentlich heim.

Wie froh war er um seine Familie und die guten Freunde, die ihm einen sicheren Rückhalt im Leben gaben.

Er hatte gelernt, mit der Polizeipsychologin über die Bilder, seine Ängste und seine Verfassung zu sprechen und anders als viele seiner Kollegen war er sich nicht zu schön, ihre Dienste in Anspruch zu nehmen.

Auf der Welt gab es bereits genug Polizisten, die der psychischen Belastung nicht mehr standhielten und Zuflucht im Alkohol suchten.

Dieser Kurt Schär zum Beispiel machte alles andere als einen gesunden Eindruck. Er wollte ihm keineswegs etwas unterstellen, aber sein Gefühl sagte ihm, dass etwas den Mann innerlich zerfraß. Zu gut nur erinnerte er sich an das Bild des Basler Kommissars, als dieser von der Toilette ins Wohnzimmer der Gerbers zurückgekommen war. Da waren nicht nur die Wunde und deren Schmerzen ins Gesicht seines Kollegen geschrieben. Nein, es waren Verzweiflung und Angst. Nie und nimmer war das ein Sturz gewesen.

Am Abend hatte er sich übers Internet über seinen Berufskollegen erkundigt. Viel hatte er nicht über den Basler Kommissar erfahren, außer dass er in mehreren Reportagen und Zeitungsberichten als erfolgreicher Ermittler gelobt worden war. Ein Mann also, der erfolgreich war und die Karriereleiter sicherlich noch die eine oder andere Sprosse hochklettern würde.

Jetzt, da er seinen Wagen vor dem Gebäude geparkt hatte, überkam ihn das flaue Gefühl, das er trotz der Allgegenwart des Todes in seinem Job nie hatte besiegen können. Er betrat das Haus mit der großen Eingangshalle und ging die Stufen hinab ins Untergeschoss.

Er klingelte und nur wenig später wurde die schwere Feuerschutztüre von innen geöffnet.

„Ah du bist es, komm rein", sagte eine Frauenstimme und er folgte der Frau ins Innere. Der Raum war mit grellem Neonlicht beleuchtet. Nur ein wenig Tageslicht drang von außen über die schmalen Fenster oben an den Wänden ein. Gemeinsam gingen sie an einigen Tischen vorbei. Die meisten von ihnen waren leer, auf einigen aber lagen leichenblasse Körper.

Am anderen Ende des Raumes betraten sie den kleinen Raum, in dem ein einzelner Tisch stand. Der Anblick war schrecklich. Die Haut des Opfers war verätzt und trotz des riesigen Luftabzugs, der laufend die stinkende Luft absog und frische Luft zuführte, herrschte ein bestialischer Gestank.

Auf dem Tisch lag der tote Herr Gerber, der sich nun Robert in seiner ganzen Nacktheit präsentierte.

„Wir werden nackt und mit nichts geboren und werden nackt und mit nichts sterben", dachte Robert einmal mehr. Egal welchen Reichtum ein Mensch in seinem Leben anhäuft, auf die Reise ins Jenseits kann keiner etwas davon mitnehmen.

„Er hat qualvolle Schmerzen hinnehmen müssen", begann die Gerichtsmedizinerin mit ihren Erklärungen.

„Wie es aussieht, wurde der Mann lebendig in einen Pool mit schwefelsäurehaltigem Wasser gelegt. Die Säure hat seine Haut größtenteils zerfressen. Noch nie habe ich einen Menschen vor mir auf dem Tisch liegen sehen, der solch einen Tod ertragen musste. Die Haut als lebenswichtiges Organ, wurde ihm quasi abgezogen."

„Was ist mit seinem Bein?", fragte Robert während er mit seinem Kopf zum linken Bein des Opfers zeigte.

„Ein Einschuss. Wie es aussieht konnte das Opfer fliehen, wurde dann aber mit einem Schuss ins Bein von seinem Vorhaben abgehalten. Der Schuss war aber nicht tödlich."

„Wer schießt einem Menschen, den er töten möchte, ins Bein, statt ihn mit einem Schuss in den Oberkörper niederzustrecken?", fragte sich Robert und gab sich gleich selbst die Antwort. Jemand der wollte, dass sein Opfer den Tod durchlebte, der vorbestimmt war. Jemand der zudem ausgezeichnet mit einer Waffe umgehen konnte.

„Habt ihr das Geschoss gefunden?"

„Steckte in seinem Bein. Wie die ballistischen Untersuchungen gezeigt haben, war es ein 9mm Geschoss. Aufgrund der Spuren am Geschoss handelt es sich wohl um eine Walther PP 99.

Die Waffe wird von verschiedenen Polizeidiensten in Deutschland, Polen und den Niederlanden verwendet. Solange aber die Schusswaffe nicht gefunden wird, haben wir keine Chance auf eine Spur."

Eine halbe Stunde später saß Robert wieder in seinem Dienstwagen und dachte über die neuesten Erkenntnisse nach. Für ihn gab es keinen Zweifel. Fische aus Kunststoff, die regungslos im mit Schwefelsäure verunreinigten Wasser schwammen, deuteten auf den Kongo hin, wo Goodscare für das Fischsterben in einigen Gewässern beschuldigt wurde. Das Opfer Gerber musste in seinem Todeskampf das gleiche Schicksal wie tausende Fische in Afrika ertragen.

Die Täterin hatte penibel genau darauf geachtet, damit die giftige Substanz das Becken im Wald nicht verließ. Die Umwelt sollte keinen Schaden nehmen. Die ausgebreiteten Folien rund um den Pool waren zwecks Umweltschutz ausgelegt worden, falls doch einige Spritzer des giftigen Gemisches aus dem Becken gelangt wären.

Eines musste Robert der Mörderin lassen. Wer die bisherigen Morde betrachtete, mochte der mysteriösen Brünette mangelnde Empathie, ein fehlendes Gewissen und eine Neigung zu bestialischen Abgründen zuschreiben, aber mit Sicherheit fehlte es ihr nicht an Kreativität.

Sie verstand es, ihre Morde so zu inszenieren, dass jeder Akt des Todes das Ergebnis einer grausamen Geschichte offenbarte.

Robert drehte den Zündschlüssel und fuhr seinem nächsten Ziel entgegen. Während seines Aufenthalts in der Gerichtsmedizin hatte ihm ein Kollege auf seine Mailbox gesprochen. Sie hatten den Pick-Up einem Besitzer zugeordnet. Auch wenn er nicht damit rechnete, an der genannten Adresse der Mörderin zu begegnen, so leichtsinnig konnte diese wohl kaum sein, bevorzugte er es, nicht alleine dort aufzutauchen.

Also stieg beim Hauptquartier sein Kollege ein und gemeinsam fuhren sie los. Ihren Recherchen zufolge, gehörten die einzigen zwei grünen Pick-Up Nissan in der Umgebung einer Gartenbau-Firma in Zug.

Grünenfelder und Söhne war ein kleines Familienunternehmen, die Gärten im ganzen Kanton gestalteten.

Als die beiden Polizisten an der Türe des Privathauses klingelten, öffnete ihnen eine Frau Anfangs Fünfzig die Türe. Robert stellte sich und seinen Kollegen vor und kam sogleich auf sein Anliegen zu sprechen.

„Ist es richtig, dass Ihre Firma zwei grüne Nissan Navara besitzt?"

Frau Grünenfelder bestätigte die Frage und verwies gleich darauf, dass ihr Mann, der die Firma leitete, in wenigen Minuten für die Mittagspause nach Hause kommen würde.

So setzten sich die beiden Zuger Beamten ins Wohnzimmer, während die Hausfrau ihr Gericht fertig kochte. Kurz nach zwölf betrat Herr Grünenfelder das Haus.

„Es tut uns leid, dass wir zu so einer ungünstigen Zeit hier aufkreuzen, aber die Angelegenheit ist dringlich", entschuldigte Robert ihr unerwartetes Auftreten.

„Es geht um deine Firmenautos, Ruedi", fiel Frau Grünenfelder dem Polizisten ins Wort, als würde dieser Satz Klarheit in die Angelegenheit bringen.

„Meine Firmenautos? Was soll mit denen los sein?", fragte Herr Grünenfelder irritiert.

„Herr Grünenfelder, Sie besitzen einen grünen Nissan Navara, ist das korrekt?"

„Ja, aber was ..."

Robert unterbrach den Mann und stellte die nächste entscheidende Frage.

„Waren Sie oder jemand anderer am vergangenen Samstag mit diesem Auto im Wald in Baar unterwegs?"

Einen Moment war es still während Herr Grünenfelder sich zu erinnern versuchte, dann fiel der Groschen.

„Ja, klar! Mein Sohn Andreas hat den Auftrag ausgeführt und ist mit dem Pick-Up nach Baar gefahren. Ja, das muss an dem genannten Tag gewesen sein. Aber weshalb fragen Sie? Nein, warten Sie!"

Dem Mann war auf einmal der Schock ins Gesicht geschrieben.

„Unser Transport hat doch nicht etwa mit dem Mord zu tun?!"

„Von was für einem Transport sprechen Sie?"

„Wir haben vom Forstamt Baar vor einigen Wochen den Auftrag erhalten, eine Plastikwanne in den Wald zu liefern. Das Forstamt kaufte das Produkt und den Transport, wollte aber das

Installieren des Beckens selbst übernehmen. Wir nahmen den Auftrag an und lieferten das Becken zum gewünschten Termin an die genannte Stelle."

„Wer genau hat Ihnen denn den Auftrag erteilt?", hakte Robert beim Gärtner nach.

„Auswendig weiß ich den Namen nicht, das müsste ich nachschauen. Ich weiß aber noch, dass der Auftrag per E-Mail eingetroffen ist. Telefonischen Kontakt hatten wir keinen. Da die Zahlung bereits früh eintraf, gab es für mich keinen Grund dazu."

Robert bat den Gärtner darum, ihm doch bitte die E-Mail zu zeigen. Nur wenige Minuten später wusste er, dass ein gewisser Herr Sutter vom Forstamt Baar die Bestellung in Auftrag gegeben hatte. Gesendet wurde die Nachricht von einer Adresse die forstamtbaar@gmail.com lautete. Herr Grünenfelder druckte die Mail aus, während die Polizisten ihn über die kurzfristigen Folgen informierten. In den kommenden Tagen müsse er auf jeden Fall ansprechbar bleiben, da jemand den Nissan gesehen hatte und die Polizei zurzeit jeder Spur nachging. Details über die wahre Nutzung des Plastikbeckens behielten die Polizisten für sich.

Kaum im Wagen angelangt, machte sich der Kollege mit seinem Smartphone auf die Suche nach dem Forstamt der Gemeinde Baar. Wie es sich wenige Klicks danach herausstellte, arbeitete dort tatsächlich ein Herr S. Sutter, doch die auf der Website angegebene E-Mail-Adresse entsprach nicht derjenigen der Mail.

„Ein Forstamt das auf eine G-Mail-Adresse zurückgreift, hielt ich gleich für merkwürdig. Jede Wette, dass dieser Herr Sutter nie einen solchen Bottich bestellt hat", murmelte der Kollege, währenddessen er die Nummer des Forstamtes wählte.

Obwohl es Mittag war, meldete sich nach mehrmaligem Klingeln ein Mann am anderen Ende der Leitung.

„Herr Sutter? Nein, der ist seit zwei Wochen im Urlaub und kommt erst in vier Tagen wieder zurück", lautete die Antwort des Mannes der sich mit Kink vorgestellt hatte.

Im weiteren Verlauf des kurzen Gesprächs erklärte Herr Kink, dass er erstens nichts von einem solchen Auftrag wisse, zweitens die Mitarbeiter stets ihre eigens dafür errichtete Mailadresse verwendeten und drittens Herr Sutter in der Regel sämtliche Bestellungen an die Sekretärin des Forstamtes zu delegieren pflegte.

Zur gleichen Zeit verließ Kurt gemeinsam mit Isabelle die Dienststelle. Er war nicht sicher weshalb er der jungen Frau zugestimmt hatte, als sie ihn kurz vor Mittag anrief und fragte, ob er Lust habe mit ihr Mittagessen zu gehen.

„Ganz normal unter Kollegen", hatte sie beiläufig erwähnt und Kurt, der es seit Monaten vorzog alleine zu sein, war von der Einladung so überrumpelt gewesen, dass er kurzerhand zugestimmt hatte.

Ok, natürlich war die junge Polizistin eine erfreuliche Begleitung, die sich manch ein Mann gewünscht hätte. Doch Kurt war noch zu sehr aufgewühlt und mit der Bewältigung seines Schocks jeden Tag zu beschäftigt, um sich schon auf etwas Neues einzulassen.

Etwas unbeholfen suchte er nach den richtigen Worten während er neben seiner Kollegin herging.

„Hast du denn einen Vorschlag, wo wir essen könnten?", fragte er Isabelle.

„Falsche Frage Kurt. Vorschläge habe ich jede Menge, die Frage ist, wie offen du bist."

Dieser Satz entlockte Kurt ein Lächeln und er gab ihr zu verstehen, sich darüber keine Sorgen zu machen, zumal er in Sachen Essen wohl der unkomplizierteste Mensch sei.

„Na dann. Ich glaube da habe ich das Richtige für uns", sagte Isabelle mit einem amüsierten Lächeln und schritt zielstrebig voran.

Die Markthalle in Basel gab es schon seit mehr als 80 Jahren. Wo sich früher reges Marktleben abspielte, wurde in den vergangenen Jahren viel Geld investiert. Das alte Gebäude mit der riesigen Achterkuppel lag direkt neben dem Bahnhof, ging aber im Gegensatz zu anderen Gebäuden in Basel eher etwas unter. Vor einigen Jahren wurde dann beschlossen, das Konzept der Halle zu ändern und nach der totalen Renovation hatten sich einige Fachgeschäfte eingemietet.

Niedrige Besucherzahlen zwangen nach wenigen Jahren die Investoren zu erneutem Umdenken und so lockte die Halle heute ihre Besucherinnen und Besucher mit neuen Mitteln.

Kurt konnte seine Besuche in der Halle an einer Hand abzählen. Wenige Male war er im Sportgeschäft im Untergeschoss gewesen um Material fürs Klettern zu kaufen und einmal hatte er an einem Samstagabend einen Anlass besucht.

Damals kämpfte der bekannteste Boxer aus Basel, ein fast zwei Meter großer Mann mit einem Schlag fast so hart wie einst Mike Tyson, gegen einen Boxer aus Polen. Bis heute bleibt das Basler Talent mit albanischen Wurzeln ungeschlagen und wartet geduldig auf seinen großen Kampf.

Kurt selbst hatte auch einige Jahre im kleinen Boxkeller des Boxclub Basel unter der alten Turnhalle bei der Basler Kaserne trainiert, war aber nie über das Training hinausgegangen.

Nun, da ihn Isabelle zum unteren Eingang der Markthalle führte, fragte er sich, was sie hier wohl wollte. Als beim Betreten des Gebäudes sein Blick auf den Eingang des Bergsportgeschäftes fiel, merkte er, wie sich seine Nackenhaare aufstellten. Er spürte wie sein Hals trocken wurde und es machte den Anschein, als würde ihm jemand die Luft abdrücken. In diesem Moment öffnete sich die elektronische Schiebetüre des Geschäftes und ein junges Paar trat mit einer großen Einkaufstüte aus dem Laden. Die zwei Personen kamen auf Kurt zu und grüßten ihn freundlich.

Jetzt, wo sie auf gleicher Höhe waren, erkannte Kurt, wen er hier vor sich hatte. Kalter Angstschweiß lief ihm aus allen Poren, als er dem Höllenhund und ihr ins Gesicht sah. Kurt blieb wie angewurzelt stehen, doch in diesem Moment sprang ihn aus der Tüte ein kleines Wesen an. Sein Kopf war im Vergleich zum kleinen Körper riesig, die Stirn schien nach vorne herauszuquellen und die Augen fehlten. Mit gekrümmtem Körper hielt sich das kleine Etwas an Kurt fest und begann hysterisch zu schreien.

„Nein weg! Geh weg!", schrie Kurt während er versuchte das Ding abzuschütteln.

„Kurt! Kurt! Was ist los?", drang eine Stimme zu ihm durch. Es war Isabelle, die ihren Augen nicht zu trauen glaubte. Ihr Vorgesetzter war nach dem Betreten des Gebäudes geistesabwesend stehen geblieben. Als ihnen ein freundlich grüßendes Paar entgegenkommen war, begann Kurt unerwartet zu schreien und zu fuchteln. Mit seinem Fuß trat er nach der Tasche der total verstörten Frau, während er wie von Sinnen an seiner Jacke zupfte.

„Kurt. Es ist nichts. Alles ist gut!", nahm er Isabelles Stimme wahr. Verstört blickte er seine Kollegin an, sah ihr entsetztes Gesicht und begann sich umzusehen. Am Boden lag eine zerrissene Papiertasche, daneben eine teure Outdoorjacke. Sein Blick wanderte zu dem Gesicht der dazugehörenden Frau und zu dem Mann. Einen Moment war es still, dann stammelte Kurt eine Entschuldigung.

„Es tut mir sehr leid. So was ist mir noch nie passiert. Ich hoffe ich habe Sie nicht verletzt?"

„Nein, es war nur der Schreck. Wieso ...“

„Warten Sie, ich hole Ihnen eine neue Tasche."

Bevor jemand etwas einwenden konnte, verschwand Kurt im Sportgeschäft und kam wenig später mit einer Papiertüte heraus.

„Es ist mir wahnsinnig unangenehm", entschuldigte er sich abermals und drückte der Frau eine Geschenkkarte des Fachgeschäftes in die Hand.

„Eine Art Wiedergutmachung, ok?", sagte er und gab durch seine Körpersprache deutlich zu verstehen, dass er hier wegwollte. Er verabschiedete sich und während er mit der Rolltreppe hochfuhr, hörte er Isabelle sagen: „Keine Ahnung, was das gerade war. Sowas ist ihm noch nie passiert, es tut mir leid."

Wie sehr sich auch Kurt in diesem Augenblick gewünscht hätte, allein zu sein, wusste er, dass er Isabelle nach diesem Vorfall nicht einfach abwimmeln konnte. Also wartete er oben an der Rolltreppe bis seine Kollegin ihn eingeholt hatte.

„Alles in Ordnung Kurt?", fragte sie besorgt, woraufhin er ihr dies mehrfach versicherte.

„Hast du das schon mal gehabt? Ich meine, was war das überhaupt?"

„Nein. Das erste Mal. Weiß es selbst nicht. Es war wie ein kurzer Traum. Aber nun ist es wieder gut. Wo kann man hier was essen?"

Überrascht von Kurts abruptem Themenwechsel zeigte Isabelle mit ihren Händen durch die Halle. Mitten unter der großen Kuppel standen viele kleine Stände, von denen die unterschiedlichsten Düfte ausströmten.

Biologische, vegane, thailändische, afrikanische, indische Küche und einige weitere Angebote sorgten dafür, dass zu der Mittagszeit in dieser Halle niemand hungern musste. Hier gab es für jeden Geschmack etwas.

„Schau dich um. Hier kannst du nehmen, was immer dein Magen begehrt. Essen können wir an einem der Tische."

Kurts Augen wanderten zwischen den Imbissständen umher, bis er sich auf einen Stand fixierte.

„Ich weiß, was ich nehme", klärte er seine Kollegin auf und nickte mit dem Kopf in Richtung eines Standes.

„Äthiopisch? Finde ich super. Auch einer meiner Favoriten."

Wenige Minuten später saßen sie sich an einem kleinen Tisch gegenüber. Beide hatten einen Teller mit einem Injera, einem Fladenbrot, vor sich. Auf dem Fladen lag eine Auswahl verschiedener Speisen. Isabelle hatte sich für das vegetarische Menu entschieden. Spinat, Linsengerichte, Kartoffeln, Salat und Schafskäse waren auf ihr Injera geschöpft worden. Kurts Menu unterschied sich nur durch eine Zutat.

Er hatte sich nach einigem Überlegen für das Rindfleisch entschieden.

Während er vor der Theke stand, erinnerte er sich an das Gespräch mit Umweltaktivist Roderer. Trotz einleuchtender Argumente wollte er jedoch heute nicht auf Fleisch verzichten. Es roch einfach zu gut.

Begeistert von dem, was sie vor sich hatten, wünschten sie sich einen guten Appetit und langten dann zu. Gegessen wurde mit den Händen. Mit den Fingern riss man ein Stück Injera ab und fasste damit die darauf liegenden Zutaten. Die Speisen schmeckten köstlich.

„Willst du vom Fleisch probieren, schmeckt super!", fragte Kurt, nachdem er mehrmals davon gekostet hatte, doch Isabelle lehnte dankend ab.

Die Teller waren beide leergegessen und vor ihnen stand eine aus Ton gefertigte Kaffeekanne. Mit der Jabana wurde in Äthiopien, Eritrea und im Sudan Kaffee gekocht. Gemeinsam tranken sie nun vom starken Kaffee, der vorzüglich schmeckte.

„Warst du schon einmal in Afrika oder woher kommt deine Begeisterung für diese Küche?", wollte Isabelle von Kurt wissen.

„Bin früher viel gereist. Während andere Jahr für Jahr nach Asien gingen und davon schwärmten, war es bei mir stets der schwarze Kontinent, der mich faszinierte. Ich war in Ostafrika und Westafrika."

Interessiert hörte Isabelle Kurt zu und stellte weitere Fragen. Es war die Frage, mit wem er denn gereist sei, die Kurts Redefluss stoppte.

Stattdessen lenkte Kurt das Gespräch auf Isabelles Reisen. Die junge Polizistin war zu ihrem Bedauern noch nie außerhalb Europas gewesen, wollte aber unbedingt in einigen Jahren eine Weltreise machen. Zuerst jedoch musste sie noch ein paar Jahre arbeiten und dafür sparen. Das Gespräch plätscherte vor sich hin und so bemerkten die beiden nicht wie die Zeit verging.

Kurt schenkte gerade Kaffee nach, als Isabelle vorsichtig den Vorfall von vorhin anschnitt. Behutsam fragte sie nach, was gewesen sei, doch Kurt blockte sofort ab. Isabelle ließ nicht locker und gab ihm zu verstehen, dass er sie etwas beunruhige. Er winkte ihre Bedenken ab, bat seine Kollegin aber, niemanden von dem Vorfall zu erzählen.

„Wenn du dir endlich einen Tag frei nimmst! Du bist schließlich keine Maschine", lautete ihre Bedingung, der Kurt nach einigem Wenn und Aber halbwegs zustimmte. Morgen würde er sich mindestens den Nachmittag frei nehmen.

Sie kamen erst kurz vor 15 Uhr wieder zurück in die Dienststelle. Entgegen seiner Erwartungen genoss Kurt die gemeinsame Mittagspause mit Isabelle sehr. Bis vor diesem Fall hatte er die junge Polizistin, die noch keine dreißig Jahre alt war, kaum gekannt.

Sie hatte erst wenige Monate zuvor zur Kriminalpolizei gewechselt und aufgrund vieler positiver Rückmeldungen ins Ermittlungsteam gestoßen. Bald stellte sich heraus, dass es, nicht wie Kurt befürchtet hatte, ihr Aussehen war, das ihr die positiven Empfehlungen eingebracht hatte, sondern dass bei der Frau wirkliche Fähigkeiten vorhanden waren.

Kurt war sich nicht sicher, ob seine Leidensgeschichte schon bis zu ihr vorgedrungen war. Seine Kollegen waren bekannt für ihr lockeres Mundwerk, doch falls Isabelle es erfahren hatte, so tat sie ihm wenigstens den Gefallen und sprach ihn nicht darauf an. Er schätzte es, wieder einmal mit jemanden zusammen zu sein, der nicht aus Mitleid und mit hunderten Ratschlägen und guten Worten auf ihn einsprach. Isabelle gab ihm immerhin für einige Minuten das Gefühl von Leben.

Bevor sich ihre Wege im Gebäude trennten, bedankte sich Kurt fürs Gespräch und sagte etwas, das seit Monaten niemand mehr von ihm hörte:

„Lass uns das wieder einmal tun. Mich würde es freuen."

„Es wird einige Zeit dauern", sagte der Mann mit der großen Nickelbrille auf der Nase und kratze sich an der hohen Stirn. Seine Haare waren zerzaust und mit Sicherheit hätte so ziemlich jeder, der ihn sah, ihm im Stillen einen Termin beim Frisör nahegelegt.

André Siegenthaler war ein Mann, der in seiner eigenen Welt lebte. Frauen, Sport und gewöhnliche Hobbys gehörten definitiv nicht zu seinem Alltag. Anders als die meisten Menschen legte er keinen Wert auf sein äußeres Erscheinungsbild, oder es erweckte zumindest diesen Anschein.

Seine meisten Freunde waren über die ganze Welt zerstreut und den Austausch mit ihnen pflegte er über neue Medien. Und genau diese neuen Medien waren es, mit denen sich André auskannte.

Bereits während seiner Schulzeit hatte er sich mehr und mehr von seinen Kollegen zurückgezogen. Während die Jungs auf dem Fußballplatz gegen Bälle kickten, bevorzugte er virtuell auf seinem Computer die Championsleague zu gewinnen. Und als ein paar Jahre später die gleichen Jungs sich an einsame Orte zurückzogen, um mit etwas zu stark geschminkten Mädchen herumzuknutschen, Alkohol zu trinken und ihre ersten Zigaretten zu paffen, bastelte André an seinem Computer herum, programmierte und experimentierte digital was das Zeug hielt.

Es verstand sich von selbst, dass er eine Lehre als Informatiker machte und weder für ihn noch für sein Umfeld war es eine Überraschung, als er als Jahrgangsbester abschloss.

Drei Jahre nach seinem Abschluss hatte er eine offene Stelle entdeckt, die ihn sofort reizte. Er bewarb sich, wurde zum Gespräch eingeladen und unterschrieb wenige Wochen später den neuen Arbeitsvertrag.

Da saß er nun in seinem Büro, das er sich mit seinem Arbeitskollegen teilte und erklärte seinem Gegenüber, dass er sich den Auftrag ansehen werde. Mit Sicherheit würde er für Robert Zürcher herausfinden können, von wo die E-Mail abgeschickt worden war. Das wäre doch gelacht wenn nicht.

Aber es brauchte halt alles seine Zeit und genau das war das Problem. Zeit hatten Polizisten in der Regel nicht und Geduld noch weniger.

André liebte seinen Job bei der Polizei, aber hin und wieder fragte er sich, wie sich gewisse Beamte wohl seine Arbeit vorstellten. Kamen in seinem Büro vorbei, legten einen Auftrag auf den Tisch und hatten das Gefühl, ein paar Minuten später die Antwort zu erhalten.

„Wie lange brauchst du denn?", fragte Robert Zürcher nach.

„Kann ich dir noch nicht sagen. Ich setze mich gleich dran und gebe dir später Bescheid, ob ich schon was hab, ok?"

Der Zuger Kommissar bedankte sich und verließ zuversichtlich das Büro des IT-Spezialisten. Derweilen machte sich André vor seinen Bildschirmen an die Arbeit.

Der erste Schritt war ein reines Kinderspiel. Mit gewissen Vorbehalten hatte Herr Grünenfelder der Polizei die Zugangsdaten zu seinem Mail-Account offengelegt und dort loggte sich der Nerd nun ein. Schnell fand er die betreffende E-Mail und las diese aufmerksam durch.

Dann streckte er sich mehrere Sekunden herzhaft, dehnte seine Hände ineinander verschränkt von sich weg und knackste einmal mit seinen Fingern. Er freute sich auf das, was nun kommen würde. Er entsicherte sein Smartphone, wählte die Stoppuhrfunktion und drückte Start.

„Mal schauen wie lang ich heute brauche", murmelte er vor sich hin und begann mit der Arbeit.

Kurz vor 17.00Uhr erhielt Kurt einen Anruf aus Zug. Gespannt hörte er Robert Zürcher zu, was die Zuger Kantonspolizei in den vergangenen Stunden herausgefunden hatte. Durch die Zeugenaussagen war es ihnen zwar möglich gewesen die Person auszumachen, die das Becken in den Wald transportiert hatte, Herr Grünenfelder Senior und Junior aber hatten ein wasserdichtes Alibi.

Die Mörderin hatte weise vorausschauend den Auftrag an eine Firma weitergeben, die sich wohl nicht in ihren kühnsten Fantasien hätte vorstellen können, dass sie einen wesentlichen Teil des Mordwerkzeug an den Tatort lieferte. Geschickt war die Täterin somit dem Risiko von Spaziergängern gesehen zu werden, ausgewichen.

Falls sich in der Mordnacht noch andere Personen im Wald aufgehalten hätten, hätten diese entweder nichts gesehen, nichts von den Zeugenaufrufen mitbekommen oder sie meldeten sich aus einem anderen Grund nicht bei der Polizei.

Nach wie vor wurden Zeugenaufrufe gesendet, aber die beiden Kommissare machten sich nach nunmehr zwei Tagen keine Hoffnungen mehr, damit weiterzukommen.

Dann war da noch die Sache mit der Schwefelsäure. Zwei Zuger Beamte waren auf diese Spur angesetzt. Vielleicht ließe sich der Erwerb von derartigen Mengen dieser Flüssigkeit ausfindig machen. Das Problem aber war, dass die Substanz in der Schweiz und in Europa in kleinen Mengen legal gekauft werden konnte. Allerdings musste der Käufer seine Identität hinterlassen. Und genau dies war der kleine Funken Hoffnung, auf den Robert setzte.

Die heißeste Spur aber hatte sich vor knapp einer halben Stunde ergeben. André Siegenthaler war es innert kürzester Zeit gelungen, herauszufinden, wann und wo der Mail-Account erstellt und die Mail abgeschickt worden war. Zwar bediente sich der Absender eines Addons, das die IP-Adresse eines anderen Landes verwendete, aber dies war für André nur ein kleiner Umweg auf seinem Siegeszug gewesen, der ihm keine größere Mühe bereitete.

Die Spur führte ihn zu einer IP-Adresse die aus der Schweiz stammte, genauer aus einem Internetcafé in Zürich. Robert persönlich wollte der Spur gleich nach dem Ende des Telefonats nachgehen.

Es war ein ruhiger Flecken, nur ein Katzensprung vom imposanten Dom entfernt, den man bereits von weiter Entfernung im Birseckgebiet sehen konnte. Im Sommer spendeten die Bäume zwischen den alten Gemäuern reichlich Schatten, aber dennoch traf man auf diesem Platz nur Personen an, denen etwas Unerfreuliches gemeinsam war. Jetzt im Winter waren die Bäume kahl und der Ort wirkte genauso trostlos, wie er eben für viele Menschen auch wirklich war. Der Himmel war mit grauen Wolken verhangen und es regnete, als Kurt den Weg im Friedhof entlang schritt.

Kurz nach dem Telefonat mit Robert hatte er Feierabend gemacht. Im „Sutterbegg" hatte er sich mit einem Kaffee und einer Fastenwähe versorgt und danach im Blumenladen nebenan ein Blumenstrauß gekauft. Mit wenigen Bissen war die Fastenwähe verschlungen und so schritt er nun mit dem Kaffee in der einen und den Blumen in der anderen Hand durch den Friedhof. Er beachtete den Regen nicht, der erbarmungslos auf ihn niederprasselte, sondern ging schweren Schrittes auf eines der neueren Gräber zu.

Der Grabstein fehlte noch und so verriet zurzeit lediglich ein schlichtes Holzkreuz, wer hier ruhte. Kurt nahm die verwelkten Blumen aus der Vase, schüttete das abgestandene Wasser aus und füllte neues ein. Dann packte er den winterlichen Blumenstrauß aus und setzte ihn behutsam in die Vase. Natürlich würden die Blumen bei dieser Kälte nicht lange halten, aber darum ging es ja nicht.

Er kniete auf die feuchte Erde nieder und starrte minutenlang ins Leere. Er wollte etwas sagen, doch es kamen keine Laute über seine Lippen. Er spürte, wie die große Traurigkeit nach ihm griff und er hätte am liebsten laut losgebrüllt vor lauter Hilflosigkeit, doch stattdessen kniete er einfach nur da und weinte trockene Tränen.

Er versuchte sich an all die schönen Momente zurückzuerinnern. Damals als sie sich kennengelernt hatten, ihre ersten Ferien, ihre erste gemeinsame Wohnung. Erschrocken stellte er fest, dass einige Erinnerungen lückenhaft waren. Kein halbes Jahr war es her und er begann bereits die Vergangenheit zu vergessen!

Kurt schrie laut auf. Der Schrei verhallte auf dem menschenleeren Friedhof. Er wollte die Vergangenheit nicht vergessen. Sie war alles, was er noch hatte! Er wollte nur noch dort sein, in der Zeit, als die Welt noch heil war. Der Schmerz war unerträglich und drohte ihn zu zerreißen. Der abgebrühte Kommissar begann auf der feuchten Erde kniend wie ein kleines Kind zu wimmern. Hemmungslos ließ er seiner Trauer freien Lauf und weinte bittere, jetzt nasse Tränen.

Die Minuten verstrichen und die kalte Nässe kroch unter seine Kleider, doch Kurt blieb knien. Erst nach mehr als einer Stunde, er hatte nicht bemerkt, wie sehr er fror, stand er auf und blickte ein letztes Mal zurück zum Grab.

Die Nacht tauchte den Friedhof in Dunkelheit. Kurt folgte dem Weg in Richtung Ausgang als er knapp vor sich ein Geräusch hörte. Ein Käuzchen flatterte nahe am Weg auf einen Ast. Trotz Dunkelheit konnte er den Vogel erkennen.

Sie hatte Vögel geliebt. Gemeinsam hatten sie in ihrem Garten mehrere Brutkästen aufgehängt und den Winter hindurch die Vögel mit Futter versorgt. Diesen Winter waren die Futterhäuschen leer geblieben, er hatte einfach keine Kraft dafür, das Futter zu besorgen und es auszustreuen.

Er wandte seinen Blick ab und ging weiter. Nach wenigen Schritten hörte er ein lautes, flatterndes Geräusch aus der Richtung des Vogels kommen. Er drehte sich um und sah den Steinkauz direkt auf sich zufliegen. Der Vogel riss seinen Schnabel auf, der auf einmal gigantisch groß war. Die Augen des Tieres funkelten wie Feuer der Hölle als aus dem Schnabel eine dunkle Rauchwolke quoll, die Kurt einhüllte. Durch den Rauch sah er eine weiße Gestalt hinter einem der Grabsteine hervorkommen. Es war eine Frau, die langsam auf ihn zu schwebte. Der plötzlich aufziehende Wind trug ihre geflüsterten Worte bis zu seinen Ohren.

„Leben und Tod, so schmal die Grenze, so unterschiedlich das Sein. Du allein bist Schuld an meinem Leiden Kurt, vergiss das nie. Du hast mich umgebracht!"

Zuhause griff Kurt gleich zur angebrochenen Flasche vom Silvesterabend. Seit jenem verdammten Tag im September war er nie mehr so lange trocken geblieben wie in den vergangenen Tagen. Aber die Begegnungen von heute zwangen ihn geradezu zu diesem Schritt. Er setzte sich aufs Sofa, schaltete seine Stereoanlage ein und ließ sich, während er die Flasche Jameson an seine Lippen setzte, von trauriger Musik berieseln. Gierig sog er den Whiskey in sich hinein und mit Wohlwollen bemerkte er das warme Kribbeln im Hals, als die Flüssigkeit sich ihren Weg in den Magen bahnte.

Er stand auf, ging ins Badezimmer und ließ sich ein warmes Bad ein. Als er zehn Minuten später mit der Flasche in der Hand im Wasser lag, spürte er wie sein durchgefrorener Körper brannte. Er genoss den Schmerz, denn er ließ ihn sich fühlen.

Seine Haut war aufgeweicht und das Wasser hatte seine angenehme Wärme bereits verloren, als Kurt die Flasche geleert hatte. Wie einfach wäre es hier und jetzt seinem Schicksal ein Ende zu bereiten. Die Flasche einmal über den Badewannenrand geschlagen, hätte er genügend scharfe Scherben, mit denen er mühelos seine Adern aufschlitzen könnte.

Einmal lange in der Badewanne untergetaucht und sein Leiden wäre Geschichte. Sein Blick fiel auf den Fön, der eingesteckt auf dem Badeschrank lag. Wahrscheinlich die einfachste und bequemste Möglichkeit. Er setzte sich in der Wanne auf, streckte sich und griff nach dem Haartrockner. Mit einem beruhigenden Summen ging das Gerät an. Kurt blies sich die warme Luft ins Gesicht, während er im alkoholisierten Zustand seine Gedanken nochmals sammelte.

„Nun einfach fallen lassen und das alles hat ein Ende", sagte er sich.

Doch da überwältigte ihn Verantwortungsgefühl für seinen aktuellen Fall. Er musste doch wenigstens herausfinden, wer die mysteriöse Frau war, die Menschen so grausam umbrachte. Was trieb sie an? Diese Gedanken packten ihn bei seinem Ehrgeiz als

Polizist. Er schaltete den Haartrockner aus und legte ihn zurück an seinen Platz. Heute würde er sich nochmals aufraffen.

Zürich ist ein teures Pflaster. Die Limmat, die mitten durch die Stadt fließt und der Zürichsee tragen mit Sicherheit ihren Teil dazu bei. Die Stadt zieht Besucher aus der ganzen Welt an, aber auch viele Schweizer aus den umliegenden Städten nehmen fürs Shoppen oder für ein ausschweifendes Nachtleben den Weg hierhin gerne auf sich.

Die vom Fußball geprägte Rivalität zwischen Zürich und Basel, hielt nicht einmal die Basler davon ab, sich gelegentlich ins Zürcher Nachtleben zu stürzen. Würde man einen Basler fragen, welche Stadt denn die schönere sei, wäre die Antwort auf jeden Fall ‚Basel‘. Andererseits aber würde jeder Zürcher die Lorbeeren seiner Stadt zusprechen, da ging es selbstverständlich auch ein wenig ums Prinzip.

Robert Zürcher stand alledem gleichgültig gegenüber. Das Einzige was ihn mit der Stadt verband war sein Nachname, ansonsten blieb er dem Kanton Zug treu. Heute Abend aber gab es für ihn einen stichhaltigen Grund, den Weg nach Zürich auf sich zu nehmen. Gemeinsam mit seinem Kollegen fuhr er in den nahegelegenen Nachbarkanton. Ihr Ziel war der Kreis vier.

Von außen sah das Internetcafé heruntergekommen aus. Eine Leuchtschrift in Pink, die halbwegs defekt war, verriet den vorübergehenden Passanten, dass man hier ins Internet gehen, drucken, scannen und kopieren konnte. Auf einem Poster, dem mehrere Ecken fehlten, waren die Tarife sichtbar angeschrieben. Am Schaufenster klebten jede Menge verschiedener Sticker. „FCZ, Atomkraft? Nein Danke!" und viele andere verunstalteten die Glasscheibe. Ja sogar ein Sticker des FC Basel hatte jemand an die Scheibe geklebt. Der kleine Laden bediente sich so ziemlich aller Klischees, die zu einem zwielichtigen Shop gehörten.

Während Robert die Türe aufstieß, fragte er sich, ob ein solches Café überhaupt noch Umsatz erwirtschaftete, in einem Land, wo so ziemlich jeder über Internet verfügt. Der Laden war bis auf zwei Personen leer. Ein dunkelhäutiger Mann saß an einem der Bildschirme für die Kunden, ein anderer stand auf sein Smartphone starrend hinter einer Theke.

Im Raum stank es nach abgestandener Luft und Robert war sich sicher, dass hier gelegentlich entgegen dem Gesetz geraucht wurde. Zwei Reihen mit insgesamt acht Computern nahmen einen Großteil des Platzes ein. Neben der Theke standen ein Kopierer und ein Laminiergerät.

Der Mann an der Theke blickte kurz auf und murmelte etwas Unverständliches, als die beiden Herren das Geschäft betraten, widmete dann aber sofort wieder seine ganze Aufmerksamkeit seinem Mobiltelefon.

„Guten Abend. Wir hätten da ein paar Fragen an Sie", startete Robert das Gespräch. Der Mann Mitte dreißig blickte fragend hoch und seine Mimik verriet, dass er am liebsten einfach in Ruhe gelassen werden wollte.

„Was?", fragte er in einem genervten Ton, den Robert, wäre er Kunde gewesen, gleich dazu veranlasst hätte, das Lokal auf der Stelle wieder zu verlassen. Die zwei Polizisten zeigten ihren Ausweis, was die Neugierde des Mannes zu wecken schien. In Kürze erklärte Kurt die Hintergründe ihres Erscheinens, ohne aber die Morde zu erwähnen.

Ob er denn Buch führe, wer wann da gewesen sei, wollte der Kommissar wissen, befürchtete aber die Antwort schon zu kennen.

„Nein", war dann auch die Auskunft des Mannes, der sich als Herr Manku und Inhaber des Lokals vorgestellt hatte.

„An der Decke sehe ich mehrere Kameras, zeichnen Sie Ihre Kunden auf?"

„Ja, ein Schild am Eingang weist darauf hin. Die Aufnahmen löschen sich aber nach zwei Wochen von selbst.

„*Vrdammi*", entfuhr es Robert. Der Account und der Auftrag waren anfangs Dezember erstellt worden. Somit blieb nur noch zu hoffen, dass Herr Manku etwas gesehen hatte.

„Sind Sie immer da oder arbeiten hier auch andere?", lautete die nächste Frage.

„Ich und ein Angestellter, wieso fragen Sie?"

„Wer war am 5. Dezember abends um 20.00 Uhr am Arbeiten?"

„Sie sind vielleicht gut. Weiß ich doch nicht", antwortete der Mann dessen Motivation für ein Gespräch unterdessen wieder auf dem Nullpunkt war.

„Dann schauen Sie halt mal nach, oder muss ich mit einem Durchsuchungsbefehl hier aufkreuzen? Wäre sicherlich interessant dieses Geschäft mal ein wenig unter die Lupe zu nehmen."

Roberts Drohung zeigte Wirkung. Der Mann zog unter der Theke ein Notizbuch hervor und begann darin zu blättern. Einige Sekunden lang raschelten die Seiten, dann erklärte der Mann, er selbst habe an besagtem Donnerstag gearbeitet.

„Können Sie sich an irgendeinen Besucher erinnern, den sie hier zuvor noch nie gesehen haben? Vielleicht jemanden der Ihnen auffiel?"

„Ne, kommt mir niemand in den Sinn."

„Kommen Sie. Überlegen Sie nochmals. So viele Leute gehen hier doch wohl nicht ein und aus."

„Sie müssen das ja wissen", antwortete Herr Manku gereizt.

„Nur weil jetzt nicht viel läuft, muss das nicht immer so sein. Außerdem schauen hier immer wieder neue Personen für ein- oder zweimal rein."

Robert bemerkte, dass er so keinen Erfolg haben würde und entschloss sich etwas nachzuhelfen. Wortlos legte er die beiden Phantomzeichnungen der Verdächtigen auf den Tisch. Der Mann hinter der Theke betrachtete das Bild und blickte den Kommissar fragend an.

„Haben Sie diese Frau oder eine, die den Zeichnungen ähneln könnte, hier einmal gesehen? Eine attraktive dunkelhaarige Frau. Wenn sie da war, muss sie Ihnen aufgefallen sein."

Die Worte des Polizisten brachten Herr Manku zum Nachdenken. Er nahm sich einige Sekunden Zeit bis er antwortete.

„Sie war hier. Keine Ahnung, ob das an jenem Donnerstag war oder ein anderes Mal. Aber ich erinnere mich. Diese Frau vergisst man nicht so schnell."

Robert spürte ein Kribbeln. „Können Sie sie beschreiben?"

„Hm. Das ist lange her. Denke die Zeichnung könnte schon stimmen, aber so genau kann ich das nicht sagen. Weiß noch, dass sie eine Sonnenbrille getragen hat. Und das hier im dunklen Raum. Das kam mir merkwürdig vor."

Robert konnte seine Enttäuschung nicht verbergen. Wieder war die Polizei der Frau auf die Schliche gekommen und erneut hatten sie keine genaueren Anhaltspunkte. Herr Manku konnte weder sagen, woher die Frau gekommen, noch wohin sie gegangen war. Kein Auto, kein Hinweis, nichts. Zwar konnte der Besitzer den Polizisten noch genau den Computer zeigen wo die Frau gesessen hatte, aber die Chance hier einen Fingerabdruck zu erwischen war gleich Null. Zu viele Fingerabdrücke dürften auf der Tastatur sein. Der Besuch im Internetcafé diente im Grunde lediglich dazu, einen weiteren Zeugen zu haben, der die dubiose Frau gesehen hatte.

Unterdessen gab es keinen Zweifel mehr daran. Die junge hübsche Frau, die von allen Zeugen auf ca. 30 Jahre geschätzt wurde, war die Mörderin.

Kapitel 7

Die Phantombilder der Verdächtigen waren groß an die Pinnwand gesteckt und dazu alle bisher bekannten Details zur Mörderin. Unterdessen verfügte die Basler Polizei über genügend Wissen, um sämtliche bisherigen Verdächtigen erstmals auszuklammern. Alle Spuren deuteten auf die dunkelhaarige Frau hin.

Herr Müller Senior und Umweltschützer Roderer, über letzteren hatte die Freundin telefonisch aus Chile bestätigt, mit ihm unterwegs gewesen zu sein, hängten zwar nach wie vor an einer Pinnwand, doch der Fokus lag nun ganz klar auf der Frau, die in Müllers Treppenhaus, im Grand Hotel Les Trois Rois, der Limousine, einer Telefonzelle in Baar und im Internetcafé in Zürich gesehen worden war.

Wer war diese Frau? Was trieb sie dazu, so brutal gegen ihre Opfer vorzugehen? Woher kam sie und was waren ihre weiteren Ziele? Glaubte man der Polizeipsychologin, würde sie nicht aufhören zu morden, bis sie ihr utopisches Ziel erreicht hatte.

Die Basler Polizei stand vor einem Rätsel. Robert Zürcher gab während der Teambesprechung die Erkenntnisse der Zuger Kantonspolizei weiter und alle lauschten interessiert. Staatsanwältin Lang und Ruben Frank waren ebenfalls anwesend, doch auch sie konnten ihren Kollegen nichts vorwerfen. Wie es aussah, hatten sie alle ihre Arbeit gemacht. Oder hatten sie ein entscheidendes Detail übersehen?

Kurt, der die Sitzung leitete, übernahm nach dem Zuger Kommissar das Wort. „Wir haben das Phantombild herausgegeben und nach der Frau wird seit gestern international gefahndet. Die Bilder werden in sämtlichen Flughäfen und Bahnhöfen in der Schweiz aufgehängt und die Sicherheitsdienste vor Ort dazu befragt.

Auch in den USA und in Indien, aber ebenso in Botswana und im Kongo wurden die zuständigen Behörden informiert. Hiervon aber sollten wir uns nicht zu viel versprechen. Alles, was wir aktuell tun können, ist einerseits auf Hinweise der Bevölkerung zu hoffen und anderseits weiteren Spuren nachzugehen. Ruben, dürfen wir den Großkonzernen Phantombilder zukommen lassen?"

Viele der Polizisten drehten sich nun zu ihrem Vorgesetzten um, der nicht mit dieser Frage gerechnet hatte. Dadurch, dass Kurt ihn öffentlich darauf angesprochen hatte, suchte er einen Moment lang nach den richtigen Worten.

„Denke dagegen spricht nichts, solange ihr äußerst diskret vorgeht. Äußerst diskret, versteht ihr? Kurt und Michi ihr tragt die Verantwortung dafür."

Kurt nickte und bedankte sich, bevor er fortfuhr. „Die Zuger sind, wie wir gerade gehört haben, noch immer dabei, den Kaufspuren der Schwefelsäure nachzugehen. Robert, wie sieht es mit der Einzahlung aus? Seid ihr dieser Spur nachgegangen? Es müsste doch herauszufinden sein, wo und wie der Betrag für den Pool einbezahlt wurde?"

Robert Zürcher wandte sich an seinen Basler Kollegen. „Ein Kollege ist dran. Die Einzahlung wurde nicht übers Internet verbucht. Wenn die Einzahlung an einem Schalter getätigt wurde, wird sich der oder die Schalterangestellte wohl kaum an die Person erinnern, bei all den Leuten die täglich dort erscheinen."

„Trotzdem. Wir müssen zurzeit allen Spuren nachgehen. Vielleicht hat eine Kamera sie irgendwo eingefangen", machte Kurt klar.

Den weiteren Verlauf des Morgens verbrachten Kurt, Michi und Isabelle damit, die Großkonzerne, die bisher ein Opfer zu beklagen hatten, zu kontaktieren und ihnen die Phantombilder zu mailen. Wieder war es die junge Polizistin, die mit einer Idee für Aufmerksamkeit sorgte.

„Vielleicht sollten wir uns mal Gedanken machen, welche Firmen als nächste Opfer in Frage kämen. Die Täterin hat zweimal nacheinander in der Schweiz zugeschlagen, nachdem sie zuerst je einmal in anderen Ländern gemordet hatte. Könnte es vielleicht sein, dass sie der Schweiz einen besonderen Stellenwert zuordnet, ja sich mit diesem Land identifiziert? Vielleicht, weil sie selber Schweizerin ist?

Lasst uns doch mal recherchieren, welche anderen Schweizer Großkonzerne zur Zielscheibe der Frau werden könnten, ok?"

Michi stimmte seiner Kollegin zu, Kurt fand den Vorschlag auch sinnvoll, hatte jedoch seine Bedenken. Großkonzerne gab es in der Schweiz genug und alle dürften irgendwo ihre Leichen im Keller haben.

„Denkt an Konzerne, die wirklich mit der Schweiz in Verbindung gebracht werden. Die auch im Zusammenhang mit der Umwelt auf Kritik stoßen."

Kurz nach 12 Uhr verließ Kurt das Büro. Er hatte ein schlechtes Gewissen, denn während er sich frei nahm, würden sich Isabelle und Michi um die Firmen kümmern. Mehrmals hatte er nachgefragt, ob er nicht bleiben solle, aber Isabelle und Michi hatten ihm immer wieder geantwortet, sie kämen gut alleine zurecht und er solle sich mal einen Nachmittag erholen. In Anbetracht dessen, dass die Weiterarbeit am Fall ohnehin gerade ins Stocken geraten war, hatte Kurt schließlich seine Winterjacke übergestreift und sich von seinen Kollegen verabschiedet.

Zu Hause angekommen, meldete sich der Hunger. Kurt öffnete den Kühlschrank, doch dieser war leer. Im Tiefkühler fand er noch eine letzte Tiefkühllasagne. Er nahm die Schachtel heraus, schaltete den Ofen ein und öffnete die Kartonpackung. Dabei fiel sein Blick auf die Marke.

Sie hatten immer wieder Intus Produkte gekauft, wieso also stutzte er jetzt beim Anblick dieses Produktes? Nach einigen Sekunden fiel der Groschen. Auch Intus war ein Birdsnest Produkt. Der Großkonzern mischte wirklich überall mit.

Er schob die Lasagne in den immer noch kalten Ofen, stellte den Timer auf 40 Minuten und legte sich auf seine Couch. Einen Moment wollte er die Beine hochlegen.

Er schloss seine Augen und lag minutenlang einfach nur da. Er genoss die Ruhe, die ihn in diesem Moment umgab und tauchte in einen Augenblick absoluten Friedens ein. Es waren Erinnerungen an frühere Zeiten, schöne Augenblicke aus seiner Kindheit.

Er glaubte den Duft des Waldes zu riechen, wie er mit seinem Vater und seinen Brüdern durch die *Reinacher Heide* spazierte. Er hörte seine Mutter Geschichten erzählen, während er sich, in die warme Bettdecke gehüllt, an sie schmiegte und der Regen auf das Dachfenster prasselte. Er roch den *Guetzliduft* und sah sich zusammen mit seiner Mutter und den Geschwistern, Teig mit den Weihnachtsförmchen ausstechen und die Mailänderli mit Schokoglasur bemalen.

Kurt spürte die Aufregung, als er mit leuchtenden Augen am Heilig Abend das Wohnzimmer mit den leuchtenden Kerzen auf dem Weihnachtsbaum betrat. An der Seite stand die Krippe mit den Tieren, den Hirten, Maria und Josef und dem kleinen Jesus Kind. Weiter hinten stand der „Käuferliladen", der prall gefüllt mit Leckereien und Spielsachen war. Die ganze Familie sang Weihnachtslieder, bevor eine spannende Weihnachtsgeschichte – von der Mutter erzählt – folgte.

Er fühlte den kalten Schnee an seinen Kleidern, während er in Reinach den Waldweg hinunter schlittelte und roch den Duft der warmen Mahlzeit, mit der die Mutter zu Hause auf sie wartete.

Er glaubte den frisch gemähten Rasen des Fußballplatzes beim Primarschulhaus Surbaum zu riechen, auf dem er Nachmittage lang mit Klassenkameraden gekickt hatte. Er hörte das Blöcken der Schafe, die direkt unter dem Schlafzimmerfenster in ihrem Ferienhaus im Jura auf der Weide grasten, hörte den Familienhund zu den Glocken der Kirche jaulen.

Sah sich mit seinem jüngeren Bruder an einem warmen Sommerabend auf dem Garagendach in Reinach sitzen, während die Luft nach frischem Feuer roch. In wenigen Minuten würde ihr Vater das Fleisch auf den Grill legen. Die Glocken der nahgelegenen Kirche begannen zu läuten und es herrschte vollkommener Friede und Glück.

Für einige Momente tauchte Kurt ab in die Welt der Vergangenheit, in eine Welt grenzenlosen Glücks. Für einmal waren die düsteren Wolken dem Glück gewichen. Sein Atem wurde ruhiger und dann schlief er so glücklich wie schon lange nicht mehr ein.

Die Lasagne war noch nicht ganz fertig, als der Wecker des Backofens ihn aus dem erholsamen Schlaf riss. Eine halbe Stunde Mittagsschlaf hatte Kurt mehr Erholung gebracht als all die Nächte zuvor. Beschwipst vom erlebten Glück, griff er nach einem Teller, nahm das letzte frische Besteck aus der Schublade und deckte den Tisch.

Er nutzte die wenigen Minuten, welche die Lasagne noch beanspruchte und begann aufzuräumen. Er entfernte den Müll vom Tisch und räumte das dreckige Geschirr in die Spülmaschine.

Dann nahm er das Essen aus dem Ofen und setzte sich an den Tisch. Hungrig stürzte er sich auf die Lasagne und während er aß bedauerte er, dass er keinen Salat dazu hatte.

Als sie noch lebte, hatten sie beide viel Gemüse gegessen. Sie achtete auf gesunde Ernährung und verstand es aus Gemüse die schmackhaftesten Gerichte zu kreieren. Seit ihrem Tod ernährte sich Kurt mehrheitlich von Junkfood, wenn er denn überhaupt was aß. Nein, jetzt musste sich etwas ändern.

Nach dem Essen räumte er eine geschlagene Stunde lang auf, setzte Spül- und Waschmaschine in Gang und saugte die Wohnung. Dann verließ er das Haus und ging den kurzen Fußweg durchs Dorf in Richtung Migros.

Als er bei der Bibliothek vorbeikam, musste er kurz grinsen. Das Haus mit der Bibliothek stand noch immer. Der Kleiderladen, der sich unten eingemietet hatte, war unterdessen umgezogen. So auch sein Kollege, der die oberste Wohnung mehrere Jahre bewohnt hatte.

Die Lage war perfekt für ihn gewesen, doch irgendwann hatte er die dauernde Ungewissheit satt, sich immer fragen zu müssen, wann das Haus nun abgerissen würde. Also packte der Kollege die Gelegenheit beim Schopf, als er eine schöne rustikale Wohnung mitten im Dorfkern angeboten bekam. Kurt ging am Kiosk vorbei und betrat den Eingang des unterirdischen Migros-Ladens.

Mit zwei vollen Einkaufstüten trat Kurt eine knappe halbe Stunde später den Heimweg an. Er hatte sich mit reichlich Gemüse, Obst und anderen Lebensmitteln eingedeckt.

Die Glücksmomente von vorhin gaben ihm neue Energie und Motivation, die er so nicht mehr gekannt hatte. Wieder ging er an der Bibliothek vorbei und entschied spontan einzutreten. Seit Monaten war er nicht mehr hier gewesen und er hoffte, dass die Frau an der Theke ihn nicht auf seine Frau ansprechen würde.

Gemeinsam waren sie dazumal oft hier ein- und ausgegangen. Er hatte keine Ahnung wie viele Hörbücher sie hier in all den Jahren ausgeliehen hatten, aber es mussten unzählige sein.

Wie sie es geliebt hatten, an einem regnerischen Tag oder beim Einschlafen im Bett zu liegen und einen spannenden Kriminalroman zu hören. Besonders er bevorzugte es, die Bücher zu hören, statt sie zu lesen. Er hörte während des Badens, beim Putzen der Wohnung, im Auto und und und ...

Nun stand er vor dem Regal und blickte sich nach einem ansprechenden Titel um. Unterdessen kannte er viele Autoren und teilweise musste er die Kurzbeschreibung lesen, um herauszufinden, ob er das Buch bereits kannte.

Er entschied sich für zwei Hörbücher von einem unbekannten deutschen Schriftsteller und ging mit ihnen zur Theke, wo ihn die freundliche Frau mit Namen begrüßte.

Lange nicht gesehen, wie es ihm denn gehe, wurde er von der Frau, die seine Leidensgeschichte nicht kannte, gefragt.

Kurt antwortete mit einer Floskel und fragte zurück. Währenddessen zog die Bibliothekarin seine Karte über den Scanner und erfasste die beiden Hörbücher im System.

Kurt verließ die Bibliothek, bog in die Ermitagestraße ein und stand nun unmittelbar vor dem Coop. Einen kurzen Moment lang überlegte er sich, ob er hineingehen sollte. Seine letzte Flasche Whiskey war seit gestern Abend leer und seines Wissens besaß er auch sonst keinen Tropfen Alkohol mehr zu Hause. Er besann sich an den gestrigen Abend zurück und traf den Entschluss weiterzugehen.

Er passierte die Kreuzung und sein Weg führte ihn am kleinen Spielwarenladen vorbei, der für Kleinkinder eine niedliche Auswahl an Kleidung und Spielwaren anbot. Unweigerlich blickte er in das Schaufenster und betrachtete die ausgestellten Plüschtiere. Ein trauriger Seufzer entwich ihm bevor er sich schnell abwandte und weiterging.

Nachdem er alle Sachen verstaut hatte, setzte Kurt eine weitere Wäsche auf und begann damit, die aufgeräumte Wohnung zu putzen. Nach 30 Minuten war ihm die Lust aber soweit vergangen, dass er sich dazu entschloss, für heute Schluss zu machen.

Sein Blick fiel aus dem Fenster in Richtung Schloss Birseck, das über der Ermitage thronte. Trotz kalter Temperaturen übte der Wald auf einmal eine Anziehungskraft auf den Witwer aus, der sich kurz entschlossen seine Wanderschuhe schnürte und die Jacke überstreifte. Der Himmel war grau verhangen und den Morgen hindurch hatte es geregnet, nun aber war es trocken.

Kurt verließ seine Wohnung, schritt mit großen Schritten durch seinen Garten, um der Straße Richtung Dorfausgang zu folgen. Er ging am Bauernhof zu seiner Linken vorbei und hielt Ausschau nach den Gänsen auf der Wiese zu seiner Rechten.

Beim Bachrechen, wo der Dorfbach unter dem Dorf verschwand, bog er auf den Waldweg ein, der geradewegs in die Ermitage führte. Der Kommissar ging an der Schleife, einem Häuschen direkt am Bach, vorbei und erreichte kurz danach den steinernen Torbogen, hinter dem sich die drei Weiher dehnten.

Einige Minuten lang verweilte er am zweiten Weiher, betrat den Steg und hielt Ausschau nach Enten. Eine dünne Eisschicht bedeckte einen Großteil des Wassers. Darunter konnte Kurt die Schatten der Fische erkennen, die unbeirrt vom Eis ihren Weg schwammen.

Dann ging er weiter, ließ den dritten Teich und das Pulverhüsli der Bürgergemeinde Arlesheim hinter sich, und spazierte den Weg hoch zum Schießstand. Bis anhin hatte er sich nicht überlegt, wohin ihn der Spaziergang führen sollte, nun aber, als der Wald trotz seiner kahlen Bäume seine ganze Energie wachrief, setzte sich Kurt das Ziel Schönmatt.

Er folgte dem Weg immer höher den Hügel hinauf, bis ihm in einer Kurve ein Ausblick über das ganze Tal gewährt wurde. Unter ihm lag die Ermitage, dann die Gemeinden Arlesheim,

Reinach, Münchenstein, Aesch und Pfeffingen. Weit in der Ferne konnte er Therwil, die Ruine Landskron und das dahinterliegende Frankreich erkennen.

Er hatte ganz vergessen, wie schön es hier oben doch war. Eine Weile lang saß er auf der Bank, ließ sich den Wind um die Ohren streichen und genoss die Ruhe.

Später nahm er die letzten Meter in Angriff, die ihn bis zum Bauernhof Schönmatt führten. Das Restaurant hatte den Winter hindurch geschlossen, der kleine Hofladen aber verkaufte Produkte.

Äpfel, Süßmost, Honig, Marmelade und eine Menge Fleischwaren konnte man hier kaufen. Immer wieder hatten sie hier früher eingekauft, wenn sie wieder einmal auf der Schönmatt waren. Kurt bedauerte, Äpfel in der Migros gekauft zu haben, griff dafür nach einem Glas Honig und bezahlte es bei der Bauersfrau.

Er folgte der Straße über die Schönmatt und sein Blick fiel auf die kahlen Kirschbäume und die leeren Weiden, die hier oben mit einer dünnen Schicht Schnee bedeckt waren. In wenigen Monaten würden die Kirschbäume weiß blühen, die Tiere auf den Weiden sein und die Bienen summen. Hier oben, nicht weit entfernt von der Stadt Basel, herrschte eine friedliche Idylle.

Kurt bog auf einen Feldweg ein, den sie früher öfters genommen hatten und folgte diesem, bis er mitten auf der Wiese endete. Einige Meter stiefelte er durch das schneebedeckte Gras und erreichte den Waldrand.

Er fragte sich, wie viele Menschen den kleinen Trampelpfad hier kannten, der über eine schmale Felskuppe hinab ins Tal führte. Für ihn war das hier der schönste Fleck überhaupt, denn anders als in der im Sommer stets stark begangenen Ermitage, hatte man hier seine Ruhe.

Mehrere Minuten lang setzte er sich auf den Felsen und blickte übers Tal. Er erinnerte sich daran, wie oft sie hier gemeinsam gesessen hatten, an die wenigen Male, die sie hier picknickten. Wie sehr hatten sie die Schönmatt und ihre Umgebung geliebt.

Im Frühling zogen sie durch die mit jungem Grün überzogenen Wälder und sammelten tütenweise Bärlauch. In wenigen Monaten war es wieder soweit und die Luft würde vielerorts nach Bärlauch duften. Wenn sie doch gewusst hätten, dass es vergangenes Jahr das letzte Mal gewesen war, als sie gemeinsam welchen gesammelt hatten. Hätten sie den Augenblick vielleicht intensiver genossen? Doch wer hätte dies damals ahnen können?

Mit Honig, Olivenöl, Parmesan, Nüssen und Kernen hatten sie zu Hause eine große Menge des Bärlauchs zu Pesto verarbeitet, mit dem sie monatelang ihre Mahlzeiten verfeinerten. Der Vorrat war nun aber seit Monaten aufgebraucht. Kurt zweifelte daran, dass er sich dieses Jahr alleine in die Wälder aufmachen würde, um das Wildgemüse zu sammeln.

Er fühlte, wie sich über ihm die dunklen Wolken zusammenzogen, die er nur zu gut kannte, und die tiefe Traurigkeit wieder ihre Klauen nach ihm auszustrecken begann. Aus diesem Grund beschloss er, aufzustehen und weiterzugehen.

Er folgte dem nun steil abfallenden Trampelpfad hinunter zur Wiese. Da begann es zu schneien. Erst waren es einzelne kleine Flocken, doch nach wenigen Minuten waren es unzählige große. Die dunklen Wolken zogen sich zurück und Kurt wurde wieder von Glücksgefühlen durchströmt. Wie schön Schnee doch war.

Als er am Rand der Wiese vor dem Schießstand vorbei ging, blickte er in den Himmel, öffnete seinen Mund und ließ die Flocken in sein Gesicht fallen. Ein leises Lächeln war ihm darauf geschrieben.

So erholt war Kurt schon lange nicht mehr gewesen. Als der Wecker um 6.30 Uhr läutete, fühlte er sich zum ersten Mal seit Monaten nicht ausgelaugt. Der freie Nachmittag hatte ihm gutgetan. Das Abtauchen in seine Kindheit und der Spaziergang auf die Schönmatt, der überraschenderweise mit Schnee geendet hatte, war Balsam für seine Seele gewesen.

Er brühte sich Kaffee auf, aß seit Wochen wieder Mal reichlich Frühstück, während er aus dem Fenster auf das mit Schnee bedeckte Dorf und den weißen Wald blickte. Es musste einen Großteil der Nacht weitergeschneit haben, denn soweit sein Auge reichte, war alles weiß.

Nach einer warmen Dusche öffnete er seine Haustür und wollte das Haus verlassen, als sein Blick auf die Treppenstufe davor fiel. Dort lag, fein verschnürt und an ihn adressiert, ein Paket.

„Sicher wieder jemand, der meint, mich trösten zu müssen", dachte er sich und griff leicht verärgert danach. Er würde das Paket in seine Wohnung legen und am Abend öffnen, wenn überhaupt. Er brauchte doch nicht ständig diese Aufmerksamkeiten. Erst die Anrufe und die SMS, dann die Briefe und nun noch Pakete.

Wieso hatten nur alle das Gefühl, dass er Hilfe brauche und ausgerechnet sie ihm diese Hilfe geben konnten? Was bildeten sie sich überhaupt ein? Als könnten sie ihm in seiner Situation helfen. Das war schon beinahe frech, ja überheblich.

Verärgert über denjenigen, der es geschafft hatte, seinen guten Start in den Tag zu vermiesen, ging er zurück in seine Wohnung und legte das Paket in den Flur. Dann stutze er.

Weshalb war das Paket überhaupt schon da? Es war noch nicht mal acht Uhr, noch nie war der Postbote so früh dagewesen und überhaupt, seit wann legte die Post Pakete kommentarlos vor seine Türe, ohne vorher zu läuten? Seine Blicke wanderten zurück auf das Paket.

Frankiert war es nicht, also hatte es nicht die Post vorbeigebracht. Nochmals betrachtete er die Anschrift mit der Adresse, dieses Mal etwas genauer. Kommissar Kurt Schär persönlich, Leitender Ermittler des ‚Gottes Rächerin-Falles‘, 4144 Arlesheim.

Kurt hielt den Atem an. Niemand, den er kannte, würde ein Paket so adressieren. Gottes Rächerin, so wurde die Frau, deren Phantombilder im ganzen Land gesendet wurden von der Presse genannt. Er ahnte bereits Schlimmes, als er in die Küche lief und nach Einweghandschuhen suchte. Seine Frau hatte doch im Gegensatz zu ihm immer welche benutzt. Er öffnete die Schranktüre unter dem Spülbecken und begann zwischen Putzmitteln, ungebrauchten Abfallsäcken, Insektiziden, Putzlappen und anderen Haushaltsdingen zu wühlen.

Als er die Packung mit den Handschuhen endlich gefunden hatte, streifte er sich zwei weiße Gummihandschuhe über und ging zurück in den Flur. Behutsam durchtrennte er mit einem Messer das Klebeband und öffnete das Paket. Darin war eine kleine Plastikbox, so wie sie zum Aufbewahren von Lebensmitteln verwendet wurde. Daneben steckte eine schmale Box aus Plastik, die sich beim Herausziehen als DVD-Hülle entpuppte. Kurt betrachtete die Hülle, die er behutsam in seinen Händen hielt.

Angewidert verzog er seine Mundwinkel als er das Bild auf der Vorderseite genauer erkannte. Eine an einem Haken hängende Kuh, der von einem Mann in weißen Kleidern die Hinterbeine abgetrennt wurden. Über dem Bild prangte in blutroter Schrift der Titel: „Lust auf Fleisch von glücklichen Tieren? Die Grillsaison startet bald wieder!"

Kurt drehte die DVD um. Auf weißem Hintergrund stand mit derselben roten Schrift ein Kurzbeschrieb.

„Jährlich werden alleine in der Schweiz rund 70 Millionen Tiere geschlachtet. Die wenigsten von ihnen haben in ihrem kurzen Leben nur die geringste Chance auf etwas Würde. Sie werden als Objekte gesehen, deren Tod niemand stört. Dieser Film zeigt Ihnen deutlich wie eine solche Schlachtung in der Schweiz und in Europa handgehabt wird. Essen Sie gerne und viel Fleisch? Dann ist dieser Film für Sie ein Muss."

Kurt war sich inzwischen sicher, dass der Film von der Mörderin stammen musste. Er öffnete die Hülle und las den Satz, mit dem die DVD beschriftet war: „Töten von Schweinen ist nicht strafbar."

Was sollte das bedeuten? Der Kommissar wollte gerade in das Wohnzimmer gehen und den DVD-Player einschalten, als er an die zweite Box im Paket dachte. Darauf achtend, keine Fingerabdrücke zu zerstören, nahm er die Box in die Hand und öffnete den Deckel. In der Box lag ein mariniertes Stück gegrilltes Fleisch.

„Was ...", Kurt verstummte, während er den beängstigenden Gedanken zu Ende dachte.

„Bitte, lass es Tierfleisch sein, bitte!"

Es musste Tierfleisch sein, so krank konnte nicht mal die Psychomörderin sein. Er stellte die Box hin und wandte seinen Blick ab. Er musste die DVD anschauen, nur das würde Klarheit schaffen.

Der Film begann mit einer Szene aus einem Schlachthof. Die Kamera schwenkte zu einem sehr schmalen Gang, in dem ein Schwein dem nächsten hinterher gestoßen wurde. Im Hintergrund hörte man schmerzerfüllte panische Schreie und das Gequieke anderer Schweine, auf die die Kamera den Blick zum jetzigen Zeitpunkt noch verwehrte.

Die Kamera folgte dem aus Metallstangen gefertigten Gang, der den Tieren keine Möglichkeit zum Ausweichen bot. Wie die Schweine mehr und mehr dem Ende des Ganges entgegengetrieben wurden, näherte sich diesen nun auch die Kamera. Dort hielt eine Metallschranke das vorderste Tier vom Weitergehen ab. Stattdessen bot sich dem Schwein hier gewissermaßen in der Poleposition die Möglichkeit, sich die vor ihm abspielenden Szenarien zu Gemüte zu führen und zu betrachten.

Die Kamera löste sich vom panisch fiependen Tier, das in Todesangst vergebens versuchte, sich einen Rückweg raus aus dem Horrorkabinett zu bahnen. Unzählige Artgenossen, die hinter ihm ihren Schicksalen entgegengetrieben wurden, versperrten den Weg. Natürlich fiepte das Tier unterdessen nun voller Panik und sprang an Ort und Stelle hin und her, doch der einzige Weg, der sich ihm auftat, war nach vorne.

Was blieb der Kreatur also anderes übrig, als sich, genau wie dies die Kamera im Film nun auch tat, sich den Todeskampf seines Vorgängers in seiner ganzen Länge anzusehen.

Dieser begann mit einem mehrere Sekunden dauernden Elektroschlag, welcher dem zuvor noch von Panik gezeichneten Tier verabreicht wurde. War das Genick erst einmal mit Strom durchflutet, öffnete sich nun ein Seitentor, welches das bewusstlose Tier zur Seite fallen ließ.

Dort wurde sogleich eine Fußschelle um sein linkes Bein befestigt, an welcher das Tier nun in die Höhe gezogen wurde. Zum an einem Bein in der Luft baumelnden Tier, kam ein Mann im weißer Schürze, der sein Messer mit ganzer Kraft in das noch lebenden Tier hineinstach.

Dieses begann sich nun vor Schmerz heftig zu bewegen, schwankte in der Luft hin und her, wobei es mit seinem Vorgänger, der ebenfalls noch lebend in der Luft hing, kollidierte. Sein nicht festgebundenes Hinterbein schlug verzweifelt immer wieder aus.

Während das Tier immer noch im langen Todeskampf in der Luft hängend qualvolle Schmerzen erlitt, war nun das Schwein in der Poleposition an der Reihe. Erst der Elektroschock, dann das Aufhängen, gefolgt vom qualvollen, zappelnden Tod am Haken in der Luft.

Die Kamera schwenkte kurz herum, wobei der Blick auf ein junges Kalb fiel, das in der gleichen Halle auf sein Schicksal wartete und mit panisch aufgerissenen Augen das Bild des Grauens betrachtete.

Kurt schauderte es. Natürlich kannte er solche Schlachtszenen, aber in der Zwischenzeit hatte er sie erfolgreich verdrängt. Schließlich genoss er mehrmals wöchentlich ein Stück Fleisch und täglich ließ er es sich als Aufschnitt im Sandwich, als Salatbeilage oder als Snack für Zwischendurch schmecken.

Herr und Frau Schweizer verspeisten ja schließlich pro Person mehr als 1 Kilogramm Fleisch in der Woche und Kurt selbst stand dem in nichts nach.

Da passte es natürlich nicht, sich über die Art und Weise, wie das viele Fleisch zu den Konsumenten kam, Gedanken zu machen. Schön verpackt und ohne die geringste Ähnlichkeit zu dem, was es einmal war, ließ es sich bequem im Supermarkt holen und solche Schlachtfilme und die Frage wie das Tier gehalten wurde, vergessen.

Nun aber sah er sich mit der Realität von neuem konfrontiert. Ja es war schon krank, wie das Produkt Schwein hier am Fließband abgeschlachtet wurde. Mit einem würdigen Tod, falls es sowas überhaupt gab, hatte das rein gar nichts zu tun. Bioschwein hin oder her.

Kurt, der unterdessen den Pausenknopf betätigt hatte, besann sich an den Tag zurück, wie er als Soldat vor einer kleinen Metzgerei im Wallis Wache schob. Als Sicherungssoldat der Infanterie hatte er sowohl die Rekrutenschule als auch seine WKs mehrheitlich in den Schweizer Bergen verbracht.

An diesem kalten Tag im Januar verließen sie ihr Basislager auf dem Simplon für eine mehrtätige Übung im Raum Brig und Aigle. Dort im Tal zwischen den Bergen, bekamen sie den Auftrag, eine Zivilschutzanlage zu bewachen.

Natürlich war es ein schwachsinniger Auftrag einer chaotisch geplanten Übung, aber er und seine Kameraden waren froh, hier im Tal weniger Schnee als auf dem Pass und wenigstens einen Auftrag zu haben.

In diesem Verein gab und gibt es unzählige ökonomisch und ökologisch hirnrissige Praktiken und daher fanden sie sich jeweils damit ab, das Beste aus der aktuellen Situation zu machen.

An jenem Tag jedenfalls war er in Kampfmontur dagestanden; vor der kleinen Metzgerei hatte er Wache geschoben. Es war gegen Mittag, als ein Bauer mit einem Kalb am Strick die Straße hochkam und es in Richtung der Metzgerei zerrte. Das Kälbchen musste wohl bemerkt haben, dass etwas nicht in Ordnung war und so kostete es den Bauern einige Kraft, das Tier voranzutreiben.

Bei der Metzgerei, einem kleinen Hofbetrieb, schloss der Bauer die Türen auf und verschwand mit dem Kalb im Inneren. Nur wenige Sekunden danach hörten Kurt und sein Kollege einen Schuss, das Tier hatte das Diesseits verlassen. Später, als der Bauer seine Metzgerei wieder verließ, schenkte er den Soldaten ein paar Würste. Auch wenn diese wohl nicht vom Fleisch des erwähnten Kalbes kamen, war es Kurt in diesem Moment überhaupt nicht nach Wurst zumute. Denn anders als Menschen, die im Supermarkt nach dem anonymen Stück Fleisch greifen, hatte er dem lebenden Tier in die furchterfüllten Augen gesehen.

Kurt hatte sich an diesem Tag gefragt, wieso sich Schweizer darüber entsetzten, dass in Asien Hunde und Katzen geschlachtet wurden, während sie selbst täglich Lamm und Kalb in sich hineinstopften?

Wo bitte lag denn der Unterschied zwischen Tier und Tier? Womit hatte ein Schweizer Schwein als intelligentes Lebewesen den Tod mehr verdient als eine chinesische Katze? Fühlten und lebten die Schweine und Kälber nicht genauso?

Kurt gab sich einen Ruck und riss sich von seinen Gedanken los. Um all dies ging es nun doch gar nicht. Er musste den Film weitersehen, ob er wollte oder nicht. Also griff er erneut nach der Fernbedienung und drückte die Playtaste.

Die Szene auf dem Schlachthof dauerte noch eine weitere Minute, bevor sie abrupt unterbrochen, und von einem schwarzen Bild abgelöst wurde.

Erleichtert dachte Kurt bereits, der Film sei zu Ende, als langsam von der Seite eine rote Schrift eingeblendet wurde. Er erkannte sofort, dass es sich um den gleichen Text handelte, wie der auf der Rückseite der Hülle. Danach folgte der Satz, der die DVD zierte. Dem Satz folgten nun aber weitere Sätze.

„Das Töten von Schweinen ist in unserer Welt nicht strafbar. Im Gegenteil, tausende von Menschen geben deren Tod täglich in Auftrag, indem sie im Warenhaus nach ihrem mit Antibiotika gesättigten „Frischfleisch" greifen. Betrachten Sie im Folgenden noch einmal die in Europa gängige Art einer Schweinschlachtung. Anmerkung des Produzenten: Liebe Schweine, vergebt mir, dass ich euren Namen missbrauche. Die in diesem Film geschlachtete Spezies hat es nicht verdient, Schwein genannt zu werden."

Kurt traute seinen Augen nicht. Was würde auf diesen Text hin folgen? Der Filmemacher meinte doch nicht etwa mit anderer Spezies einen Menschen oder gar mehrere? Lange Zeit für diese furchtbaren Gedanken blieben dem Kommissar nicht, denn der schwarze Bildschirm wurde von einer weiteren Filmsequenz abgelöst.

Anders als die Szene davor wurde dieses Szenario nun verbal kommentiert. Eine verzerrte Stimme begann zu sprechen, während die Kamera auf einen kleinen Käfig zoomte, indem dicht aneinandergedrängt drei nackte Menschen saßen.

„Darf ich vorstellen. Viehzucht. Hier haben wir es mit einer ganz abscheulichen Rasse, auch Mensch genannt, zu tun. Dem Menschen, der grausamsten Spezies unseres Planeten. Kein Tier ist so naiv und zerstört über Jahre hinweg seinen eigenen Lebensraum oder begeht Genozid, der Mensch tut es.

Egoistisch veranlagt ist der Mensch immer auf seinen persönlichen Vorteil aus und scheut für das Verfolgen seiner Bedürfnisse vor nichts zurück. Ja selbst das Wohl seiner eigenen Nachkommen kümmert ihn einen Dreck. Der Mensch lebt im Hier und Jetzt und kümmert sich nicht gern darum, wie sein Lebensraum in zwanzig Jahren aussehen könnte.

Während die Computerstimme eine kurze Pause einlegte, blieb die Kamera auf die drei Menschen im Käfig gerichtet. Kurt erkannte zwei Männer und eine Frau. Einer der beiden Männer musste bereits alt sein.

„Doch konzentrieren wir uns doch an dieser Stelle auf die drei Personen hier, anstelle Sie mit den Taten dieser Rasse zu langweilen. Darf ich vorstellen. Vater Mensch. Ehefrau Mensch. Ehemann Mensch. In diesem Käfig hier eingesperrt seit etwa zwölf Stunden. Zum Vergleich, ein Schlachtschwein verbringt sein ganzes Leben in solch artgerechten Gehegen."

Die Kamera schwenkte nun vom Käfig weg und gab den Blick auf eine Handschelle frei, die an einer dicken Eisenkette befestigt von der Decke herunterbaumelte. Wieder ertönte die künstliche Stimme.

„Scharfsinnig wie Sie sind, können Sie sich ja denken, mit welcher Art Mensch wir es hier zu tun haben. Schlachthofbesitzer und Familie. Was der Mensch sät, das wird er ernten. Offenbarung 5-7, 1957. Nun aber genug der Worte, die Zeit im Schlachthof ist bekanntlich knapp, also an die Arbeit." Schnitt.

Kurt hatte schon viel Schreckliches gesehen, aber die folgenden Minuten übertrafen seine schlimmsten Vorstellungen. Er spürte wie in ihm Übelkeit hochkam und rannte auf die Toilette, aber es war bereits zu spät. Er erbrach sich noch auf dem Weg zum Badezimmer, während der grausame Film, in dem die Menschen nacheinander grausam ermordet wurden, erbarmungslos weiterlief.

Kigoma ist eine Stadt im Westen von Tansania, die am Ufer des Lake Tanganjika, dem zweitgrößten See Afrikas, liegt. Die Stadt lebt vorwiegend von der Fischerei und ist das Ende der wunderschönen Zugstrecke, die von Daressalam quer durchs Land bis an den See führt.

Die Gegend rum um Kigoma ist traumhaft. Malerische Strände laden zum Verweilen am Süßwassersee ein und fährt man mit dem Boot ins nahe gelegene Gombe, bietet sich einem im dortigen Nationalpark die einmalige Chance Schimpansen in bergiger Landschaft aus nächster Nähe zu beobachten. Jedem, der Tansania bereist, sei eine Reise in diese Gegend ans Herz gelegt.

Sie hatten das hügelige, von Regenwald bedeckte Ruanda verlassen und sich durch das kleine Land Burundi nach Tansania durchgeschlagen. Seit zwei Tagen waren sie nun in Kigoma, wo sie etwas außerhalb in einer einfachen Lodge direkt am See übernachteten.

Heute würde ihre Reise mit einem speziellen Verkehrsmittel weitergehen. Die MV Liemba war ein altes deutsches Kriegsschiff, welches, nachdem es 1913 in Deutschland erbaut, in Kisten zerlegt auf dem Lake Tanganjika wieder zusammengeschraubt worden war. Im Laufe seiner über hundertjährigen Geschichte hatte das Schiff als Fracht-, Kriegs-, Flüchtlings- und Passagierschiff gedient. Heute fährt es rund zwei Mal im Monat von Kigoma nach Mpulungu in Sambia.

Die Strecke folgt der Landesgrenze zwischen der Demokratischen Republik Kongo und Tansania dem See entlang, bis an dessen in Sambia gelegenes Ende. Am oberen Abschnitt grenzt der See an Burundi, doch das Schiff verkehrt aktuell nur zwischen Sambia und Tansania.

Die Fahrten dienen vielen Menschen dazu, die an den Ufern des Sees gelegenen Dörfer zu erreichen, die oftmals verkehrstechnisch nicht erschlossen sind. Gleichzeitig werden die verschiedensten Waren für die Dörfer auf dem Schiff transportiert.

Sie hatten ihre Reise dem Schiffsfahrplan angepasst, auch wenn sich dieser unter Umständen um einen Tag verschieben konnte. Dennoch fanden sie sich nun früh am kleinen Hafen der Stadt ein, wo das alte Schiff in einigen Stunden ablegen sollte. Bereits warteten zahlreiche Menschen am Hafen, vollbepackt mit den unterschiedlichsten Gütern. Auf Empfehlung des Reiseführers Lonley Planet hin, hatten sie ihr Ticket bereits Wochen im Voraus reserviert und so mussten sie es nun nur noch bezahlen.

Sie genossen das Privileg eine Kabine der 2. Klasse ergattert zu haben, hatten aber keine Vorstellung inwieweit sich die 2. Klasse dieses Schiffes mit den europäischen Standards vergleichen ließ.

Gemeinsam mit vielen Afrikanern und einer Handvoll anderer Wazungu, so wurden Hellhäutige von den Afrikaner genannt, warteten sie mehrere Stunden unter einem einfachen Unterstand am Hafen. Nur wenige Touristen begaben sich auf die abenteuerliche Reise, die eine eindrückliche Gelegenheit bildete, ein wenig afrikanischen Lebens und Kultur unverfälscht zu erleben.

Erbarmungslos brannte die Sonne auf den kleinen Hafen, wo sich mit jeder Stunde mehr und mehr Menschen einfanden. Auf einer großen Waage wurden die mitgebrachten Waren gewogen und ein Transportpreis ausgehandelt, bevor sie vor dem Steg abgelegt wurden. Immer mehr Transportgüter türmten sich am Hafen auf, so dass sich die beiden Reisenden langsam fragten, wo wohl die ganzen Waren untergebracht werden sollten.

Matratzen, hunderte Plastikeimer, unzählige Ananasse und andere Früchte, frische Fische, riesige Säcke mit Reis, Bohnen, Salz und weitere Güter. Ein Motorrad, das auch mit dem Schiff transportiert werden sollte, wurde mit einem Kran aufs Schiff geladen.

Es herrschte reges Treiben bis endlich eine Stunde nach der geplanten Abfahrtszeit die Passagiere die MV Liemba betreten durften. An Bord angekommen, wartete man nochmals ein paar Stunden, während die ganzen verbleibenden Güter an Bord geschafft wurden, bis das Schiff von Kigoma ablegte.

Die 2. Klasse-Kabinen befanden sich im ersten Untergeschoss des Schiffes. Das Paar teilte sich eine Viererkabine mit zwei afrikanischen Frauen mit zwei kleinen Kindern, die wie sie später erfuhren aus Sambia kamen. Die Kabine war klein, eng und keineswegs vergleichbar mit der 2. Klasse in Europa. Zwischen den vier Wänden türmte sich das Gepäck der sechs Reisenden, wobei die beiden Rucksäcke des Paares am wenigsten Platz in Anspruch nahmen. Lange hielt es sie erst einmal nicht in dieser Kabine und so begaben sie sich hinauf aufs Deck, das unterdessen voll mit Waren und Menschen beladen war.

Während sie dem schmalen Gang am Außendeck folgten, kamen sie an der offenen Kombüse vorbei und dem Paar bot sich ein Blick auf das Treiben der Köche. Gekocht wurde mit einfachsten Mitteln, aber bereits jetzt drangen köstliche Gerüche in ihre Nasen.

Nicht weit von der Küche entfernt befand sich die Toilette der ersten Klasse. Da sie nach der ganzen Warterei ohnehin mal mussten, war der Zeitpunkt ideal. Als er das Herren WC betrat, musste er schmunzeln. Was hier mit erster Klasse angeschrieben war, war ein rostiger Raum, in dem ihm schwüle Luft entgegenschlug. Die Luftfeuchtigkeit betrug gefühlte 95 Prozent und der Standard entsprach höchstens einer alten öffentlichen Toilette in Europa.

Er traf seine Freundin auf dem Mitteldeck, wo im überdachten Außenbereich einige Bänke montiert waren, auf denen viele Menschen saßen. Sie suchten sich einen freien Platz und blickten über die Reling auf die vorbeiziehenden Sandstrände und die dahinter liegenden tropischen, hügeligen Wälder. Noch war die Dämmerung nicht hereingebrochen und man hatte freien Blick auf Tansania und den Kongo.

Nach wenigen Stunden nahm das Schiff Kurs auf die Küste, blieb aber mehrere hundert Meter davor stehen. Von einem kleinen Dorf kamen zwei kleine Ruderboote angefahren, die mit Seilen am Schiff anlegten. Von der Reling aus bot sich den zwei Reisenden ein Blick auf ein Spektakel, das sie so noch nie gesehen hatten.

Aus dem kleinen Boot, das bedrohlich schwankte, kletterten Menschen an Bord. Andere verließen das Schiff, um hier an Land zu gehen. Waren wurden ausgetauscht. Die Ruderboote aus dem Fischerdorf lieferten Fische, während die unterschiedlichsten Waren vom Schiff auf die Boote verladen wurden. Lautes Geschrei und Gefuchtel begleitete das Geschehen und ein junger Mann, ließ sich im Scherz auf eine kleine Showeinlage ein, als er die Wazungu sah, die das Treiben beobachteten.

Nach etwa zwanzig Minuten war der Spuk vorbei und die beiden Ruderboote fuhren zurück zum kleinen Dorf, wo sie jubelnd erwartet wurden.

Als das Abendessen zubereitet war, fanden sich zahlreiche Menschen im kleinen Speisesaal des Schiffes ein. Obwohl nur ein kleiner Teil der Passagiere im Restaurant aß, war der Saal voll und es herrschte reges Treiben.

Bezahlt werden musste das Essen gleich zu Beginn. Was für europäische Touristen durchaus ein attraktiver Preis war, konnten sich die meisten Passagiere auf dem Schiff nicht leisten. Der frische Fisch zusammen mit Reis, Bohnen und Kartoffeln schmeckte vorzüglich und die Stimmung im Restaurant war glänzend. Noch während die Menschen aßen, brach die Dämmerung herein.

Mit Tusker, einem ostafrikanischen Bier, stieß das Paar mit neuen Bekanntschaften an. Sie kamen mit einem Geschäftsmann aus Sambia ins Gespräch, der ihnen erklärte, wie er mit jeder Fahrt auf dem Seeweg Güter von Tansania nach Sambia und zurück transportierte. Als er erfuhr, dass sie das Ziel Mpulungu hatten und von dort aus quer durch Sambia zu reisen planten, begann er von seinem Heimatland zu schwärmen.

Er erzählte vom Fortschritt, dem tiefen christlichen Glauben, von vielen Landessprachen und von freundlichen Menschen. Für ihn gab es keinen Zweifel. Sambia würde den beiden Reisenden in jeglicher Hinsicht gefallen.

Es war Nacht als sie das Deck betraten. Hier bot sich ihnen nun aber ein Anblick, mit dem sie nicht gerechnet hatten. Überall waren Decken ausgelegt, auf denen sich Menschen zum Schlafen hingelegt hatten.

Obwohl der Fahrtwind übers Deck strich, versuchten diese Menschen zu ein wenig Schlaf zu bekommen. Diese Drittklasspassagiere konnten sich keine Kabine leisten und zogen es vor, hier auf dem kalten Deck zu schlafen, anstelle in der dritten Klasse, die sich im zweiten Unterdeck, direkt neben dem Maschinenraum befand. Zwei Tage später würden sie verstehen, weshalb diese Reisende das kalte Deck den anderen Räumlichkeiten bevorzugten.

Die Nacht war unruhig und an Schlaf war nicht zu denken. Mehrmals wurden sie vom Geschrei der beiden Kinder geweckt. Wenigstens störte sie das Schwanken des Schiffes nicht, denn seekrank zu sein, hätte ihnen die Fahrt wohl ziemlich vermiest.

Einmal wachten sie auf, weil das Schiff wieder gestoppt hatte und weitere Dorfbewohner mit Ruderbooten am Schiff anlegten. Die Menschen in den Dörfern wussten nicht genau, wann die MV Liemba sie erreichen würde und so mussten sie flexibel sein, egal ob es nun Tag oder Nacht war.

Der nächste Tag bot ihnen weitere tolle Ausblicke auf die beiden Länder, interessante Gespräche und weitere Stopps bei Fischerdörfern. Gemeinsam mit anderen Reisenden spielten sie Karten und genossen die Fahrt über den nie zu enden scheinenden Tanganjika See.

Am Nachmittag des zweiten Tages legte die Liemba zum ersten Mal seit sie Kigoma verlassen hatte, wieder an einem Hafen an. In Kasanga verließen viele Menschen das Schiff und der Steuermann erklärte ihnen, dass sie heute nicht mehr weiterfahren würden. Die letzte Station Mpulungu in Sambia durfte in der Nacht nicht angefahren werden, weshalb das Schiff bis in die frühen Morgenstunden hier am Hafen liegen würde.

Der Steuermann, ein sehr freundlicher und gesprächiger Mann, lud sie beide zusammen mit einem weiteren Touristen ein, ein nahegelegenes Dorf zu besuchen. Gemeinsam gingen sie die wenigen Kilometer in das kleine Dorf, wo sie sich mit Limonaden und warmen Bieren versorgten und auf dem staubigen Dorfplatz die Abendsonne genossen.

Sie sprachen über Afrika, über Kriege, Ausbeutung und Korruption. Der Steuermann war traurig über die Lage seines Landes. Er war ein intelligenter Mann, der sich mit Politik auseinandersetzte, und der auf viele politische Entscheidungen seiner Landsleute mit Unverständnis reagierte.

Es war bereits dunkel als sie zurück an Bord gingen. Der Steuermann bot an, ihnen die Stellen des Schiffes zu zeigen, die sie noch nicht gesehen hatten. Sie folgten ihm hinunter in die dritte Klasse, wo es von unzähligen Kakerlaken wimmelte. Die Tiere waren bis zu zehn Zentimeter groß und wuselten überall herum. Sie fielen von der Decke, krochen an den Wänden und an den Böden. Hier zwischen tausenden Kriechtieren und dem Motorenlärm verbrachten also die meisten Passagiere ihre Reise.

Voller Stolz zeigte der Steuermann ihnen den Maschinenraum, die Kommandobrücke und die Lagerräume. Er erzählte ihnen die Geschichte des Schiffes, lobte die deutsche Qualität, der sie es zu verdanken hatten, dass das Schiff immer noch fuhr, und informierte sie darüber, wie sich die Fahrtrouten des Schiffes im Laufe der Zeit änderten.

Einst fuhren sie noch rüber in den Kongo. Er selbst war an Bord, als Rebellen das Schiff beschossen und so hielt das Schiff aktuell seinen Kurs auf der Seeseite von Tansania.

Als früh am Morgen die Motoren des alten Schiffes ihren Betrieb aufnahmen, verließen sie ihre Kabine und stiegen nach oben an Deck. Gemeinsam gingen sie ans hintere Ende des Schiffes. Ein frischer Wind wehte ihnen ins Gesicht während sie ihre Blicke über den See gleiten ließen. Links neben ihnen der geheimnisvolle Kongo, auf der rechten Seite das Ende Tansanias. Minutenlang standen sie einfach nur still da und genossen den Anblick.

Die Teile Afrikas, die sie gesehen hatten, waren traumhaft schön, da waren sie sich einig. Sie hatten viel erlebt, viel gesehen und wertvolle Begegnungen gemacht. Doch so schön ihre Erlebnisse und dieser Kontinent auch waren, die Reise wühlte sie auf.

Armut, Leid, Ausbeutung, Korruption, Krieg und der verantwortungslose Umgang mit Mutter Natur, machten ihnen stark zu schaffen. Sie waren sich sicher, dass dies alles nicht sein müsste. Sie wussten es beide. Ihr Leben, ihre Einstellungen und ihre Präferenzen hatten sich mit diesem Urlaub um 180 Grad gedreht.

Er strich seiner bildhübschen Freundin durch ihr langes Haar und blickte ihr stumm in die blauen Augen. „Wir werden unser Leben ändern müssen und den Kampf in Angriff nehmen", sagte er nach einer Weile mit besinnlicher Stimme. „Ich weiß", lautete ihre knappe Antwort. Dann küsste sie den tätowierten Mann mit den gedehnten Ohrläppchen auf den Mund.

Kapitel 8

In Kurts Nachbarschaft war Unruhe ausgebrochen. Polizisten gingen von Tür zu Tür und suchten nach Zeugen. Hatte jemand den mysteriösen Paketboten gesehen? Spuren im Schnee waren jedenfalls keine zu sehen gewesen, als Kurt das Paket ins Haus genommen hatte.

Kurt saß auf seiner Couch. Neben ihm Michi und die Polizeipsychologin, die beide versuchten dem Kommissar so gut wie nur irgendwie möglich zur Seite zu stehen.

Spurensicherer hatten das Paket und die DVD genauestens unter die Lupe genommen und waren nun dabei, alles einzupacken. Keiner hatte sich getraut in Kurts Gegenwart die DVD nochmals abzuspielen. So schrecklich der Film auch war, die Polizisten würden ihn anschauen müssen, um ihn einerseits auf seine Echtheit zu überprüfen und um andererseits nach Hinweisen zu suchen.

„Wir haben uns die ganze Zeit geirrt", fing Kurt nach einer Weile an zu erzählen.

„Es ist nicht nur die Frau, es sind zwei Mörder, die als Team arbeiten. Der Film zeigt deutlich, dass jemand die Kamera führt, während der andere ..." Kurt schluckte und stellte dann die Frage, die ihn seit Minuten drückte:

„Wie konnten wir nur so blind sein?"

Einige Minuten lang schwiegen sie alle bis Dr. Wermelinger zu sprechen begann.

„Wie es aussieht, hatten sie bis anhin immer darauf geachtet, dass nur die Frau in unser Blickfeld geriet. Wieso also verbergen sie dies nun ganz deutlich nicht mehr?

Sie hätten die Kamera ja schließlich einfach starr auf die Szene gerichtet lassen können. Ich glaube, die beiden wollten uns einen weiteren Hinweis geben. Erst der Telefonanruf aus Baar und nun dieser Film."

„Wieso aber bekamen wir keinen Hinweis nach dem Mord in Baar?", fragte Michi.

Wieder war es einen Moment lang still.

„Vielleicht bekamen wir einen und haben ihn nicht erkannt", murmelte Kurt.

„Wir müssen so schnell wie möglich rausfinden, woher die Opfer stammen."

Einen kurzen Augenblick schien sich Kurt zu besinnen, dann stand er fluchend auf und rannte aus seiner Wohnung der Spurensicherung hinterher.

„Wir brauchen die DVD, jetzt!", rief er dem Beamten zu, der gerade ins Auto steigen wollte.

Fünf Minuten später saßen Kurt und Michi vor dem Fernseher. Die Psychologin hatte den Raum verlassen. Sie wollte sich den Film nicht antun.

„Die Stimme nennt die Bibelstelle mit einer Gründungszahl. Diese brauchen wir, dann wissen wir, wo wir suchen müssen", hatte Kurt den beiden erklärt, als er mit der DVD zurück in die Wohnung gekommen war.

Mit flauem Gefühl startete Kurt abermals den Film. Er spulte die Schlachthofszenen mit den Schweinen vor, drückte dann Play und die Stimme ertönte:

"... Sie sich ja denken, mit welcher Art Mensch wir es hier zu tun haben. Schlachthofbesitzer und Familie. Was der Mensch sät, das wird er ernten. Offenbarung 5-7, 1957."

Sofort stoppte Kurt die Aufnahme, denn das, was nun folgen würde, wollte er sich nicht noch einmal zumuten. Offenbarung

5-7 stand für die Opfer 5,6 und 7. Doch für welche Firma stand die Zahl 1957?

Kurt startete seinen Laptop und wenige Augenblicke später suchten er und Michi nach einem Schweizer Fleischbetreib mit der Gründungszahl 1957. Falls die Schweiz nichts hergab, konnten sie immer noch anfangen in anderen Ländern nach Schlachthöfen zu suchen. Doch bereits der zweite Link, der Google auf ihre Anfrage ausspukte, gab ihnen den Namen der Firma preis. Während sie auf den Verweis klickten, stockte den beiden Beamten der Atem. Denn den Namen kannten sie beide sehr wohl. Erst vor zwei Tagen hatte sie ein radikaler Umweltschützer auf den Großkonzern Carnivore hingewiesen.

War es Zufall gewesen? Oder hatte Samuel Roderer absichtlich in ihrem Gespräch auf den Fleischbetrieb hingewiesen? War dies der Hinweis auf den nächsten Mord gewesen? Das würde dann bedeuten, dass Samuel Roderer in die Morde verstrickt war.

Eine halbe Stunde später hatten die beiden Ermittler noch von Kurts Wohnung aus die dringlichsten Schritte eingeleitet. Michi beauftragte die Zürcher Stadtpolizei bei Carnivore vorbeizuschauen und sich nach abwesenden Mitarbeitern zu erkundigen. Währenddessen hatte Kurt mehrmals erfolglos versucht, Samuel Roderer telefonisch zu erreichen.

Kurz vor neun Uhr klingelten daher zwei Polizisten der Aargauer Kantonspolizei an Herrn Roderers Wohnungstüre in Brugg. Hinter der Türe blieb es auch nach mehrmaligem Läuten still und die Beamten waren sich sicher, dass wenn der Umweltschützer noch schlafen würde, dieser nun ganz bestimmt wach wäre.

Da sie weder Anweisungen, noch die Berechtigung dazu hatten, in die Wohnung einzudringen, zogen sie nach zehn Minuten unverrichteter Dinge wieder ab.

Gleichzeitig berief Kurt eine Sitzung im Besprechungssaal der Sonderkommission ein. Eine Gruppe von drei Beamten und Michi erklärten sich bereit, die DVD nach Hinweisen zu untersuchen. Kurt seinerseits würde als Ansprechpartner die Koordination übernehmen und die Stricke zusammenhalten. Er würde sämtliche Informationen, die hoffentlich bald eintreffen würden, bündeln und die neuen Schritte daraus herleiten.

An einem einzigen Tag waren drei Morde geschehen! Es war allerhöchste Zeit die Schlinge um die Mörder zuzuziehen. Wenn Samuel Roderer der Mörder war, mussten schleunigst Beweise her. Ohne handfeste Indizien aber würden sie nie und nimmer einen richterlichen Durchsuchungsbefehl erhalten.

Kurt saß ungeduldig in seinem Büro und überlegte fieberhaft, welche Schritte er unternehmen könnte, als zwei seiner Kollegen das Büro betraten.

„Wir haben gestern Nachmittag eine Gemeinsamkeit bei den beiden Schweizer Opfern herausgefunden. Patrick Müller hat im August vergangenen Jahres an einem Weiterbildungsseminar in den USA teilgenommen. Leiten und Führen von globalen Konzernen. Ebenfalls in Boston am gleichen Seminar war zu dieser Zeit auch Ruedi Gerber. Die beiden mussten sich also gekannt haben!

Zufall? Wir versuchten das Institut, welches das Seminar anbot, telefonisch zu erreichen. Leider erfolglos. Also informierten wir Detective Icewater von St. Louis und baten ihn, uns eine Teilnehmerliste zu beschaffen. Und wie es aussieht, hat er sich unsere Bitte zu Herzen genommen und vom Seminar die Informationen erhalten. Vor wenigen Minuten traf eine Mail von ihm ein, im Anhang die Liste der Seminarteilnehmer."

Der Polizist legte eine dramatische Pause ein, die Kurt zu einem ungeduldigen „Und was?" hinreißen ließ.

„Patrick Müller (Switzerland), Ruedi Gerber (Switzerland), John Lawrence (USA), Vanu Malaika (India). Alle unsere Opfer waren an diesem Seminar. Ich denke hier haben wir unsere Gemeinsamkeit!"

Die Stimme des Beamten überschlug sich beinahe vor Aufregung und der Stolz stand ihm ins Gesicht geschrieben, als Kurt die beiden Polizisten für ihre Arbeit begeistert lobte. Das hier war eine ganz neue heiße Spur! Die Opfer hatten sich gekannt und es war gut möglich, dass auch der Mörder sie kannte. Ja vielleicht hatte er sogar selbst am Seminar teilgenommen.

Kurt überflog die Liste mit den 30 Personen, die den Kurs besucht hatten. Hinter den Namen standen die jeweilige Staatsangehörigkeit, die Adresse und der Arbeitgeber. Er ging die Spalte durch, die über die Nationalität Auskunft gab und innert Sekunden fielen ihm zwei weitere Schweizer auf.

Ein Michel Meier aus Bern und ein Kilian von der Mühle aus Zürich. Sofort stach dem Kommissar Kilian von der Mühles Arbeitgeber in die Augen. In der entsprechenden Spalte hinter seinem Namen stand Carnivore–Beef Industry.

Schlag auf Schlag setzten sich die Bausteine des Falles in den nächsten Stunden zusammen. Weil Carnivore keine Mitarbeitenden unabgemeldet vermisste, war die Zürcher Polizei gerade dabei die aktuellen Urlaubnehmer und Krankmeldungen der Firma Carnivore schweizweit zu überprüfen, als Kurt sich telefonisch meldete.

„Habt ihr Informationen über einen Herrn von der Mühle?", wollte er vom Beamten am Telefon wissen.

Dieser sah sich die Liste auf seinem Schreibtisch an und nach einer Weile sagte er:

„Steht hier. Hat zwei Wochen Urlaub. Fängt am Montag wieder an mit Arbeiten."

„Bingo!", rief Kurt in den Hörer. Der Polizist am anderen Ende der Leitung zuckte zusammen.

„Wie, was?", fragte der verblüffte Mann und Kurt erklärte ihm, dass sie mit großer Wahrscheinlichkeit das Opfer der DVD gefunden hatten.

Unmittelbar nach dem Telefonat rückten zwei Polizeiwagen der Zürcher Kantonspolizei aus, um der Wohnadresse von Kilian von der Mühle einen Besuch abzustatten.

Nachdem Kurt das Aufsuchen von Kilian von der Mühle an die Zürcher Kollegen delegiert hatte, nahm er sich den zweiten Schweizer auf der Liste vor. Sehr wahrscheinlich war er der letzte Überlebende und daher galt es ihn so schnell wie nur möglich ausfindig zu machen. Michael Meier, ein Name wie es ihn zu hunderten in der Schweiz gab. Doch Kurt hatte eine Adresse und den Namen des Arbeitgebers.

Plötzlich wurde Kurt ein weiterer Gedanke bewusst. War vielleicht Michael Meier der Mörder? Wenn dieser auch Teilnehmer des Seminars war, dann musste er auch auf der Liste stehen.

Eifrig gab Kurt die Adresse bei Google ein und jetzt erst stutzte er. Er hatte sich, nachdem er das Wort Carnivore gelesen hatte, so fest auf Herrn von der Mühle konzentriert, dass er der Adresse von Herrn Meier keine größere Beachtung geschenkt hatte.

Herr Meier wohnte in Zug. Jetzt fiel sein Blick auf die Firma, der er beim Überfliegen keine Beachtung geschenkt hatte. Jetzt aber hatte er auf einmal das Gefühl von dieser Firma im Zuge der Ermittlungen bereits gehört zu haben. Vorwurfsvoll schlug er sich gegen die Stirn. Na klar, wie konnte er das übersehen!

Hastig verließ er sein Büro, eilte durch den Gang und betrat das Besprechungszimmer der Sonderkommission. Schnellen

Schrittes ging er auf die Tafel der Firma Grünenfelder zu. Volltreffer! Die Adresse des Zuger Gartenbauunternehmens stimmte mit dieser von Herrn Michael Meier überein.

Minute für Minute schauten sich die fünf Polizisten den Film genauestens an. Die Szenen aus dem Schlachthof hatten sie zwar für einige Sekunden verstummen lassen und einigen Kommentare wie „Schrecklich!" und „Schon krass, wie mit diesen Tieren umgegangen wird" abgerungen, aber auch für sie war das nichts Neues. Jeder von ihnen hatte bereits solche Bilder gesehen, sei es im Fernsehen, im Internet oder einer Zeitschrift von militanten Tierschützern.

Nein, dieser erste Teil des Filmes würde wohl kaum Hinweise liefern, da waren sich die Polizisten schnell einig. Die Chancen waren groß, dass der Regisseur sich einfach an Videoaufnahmen aus dem Netz bedient hatte und sich nicht selbst die Mühe bereitete, diese Filme zu drehen.

Ein Polizist erklärte sich dazu bereit, diesem ersten Teil des Films nachzugehen, während Michi und die anderen beiden den noch grausameren Teil der DVD in Augenschein nehmen wollten.

Die kommenden zwanzig Minuten sahen die drei Männer mit Abstand das Schlimmste, was ihnen je vor Augen gekommen war. Sie alle hatten schon den einen oder anderen abgedroschenen Horrorfilm gesehen, doch die Bilder vor ihnen waren real!

Einer der Polizisten tat es Kurt gleich und verließ den Raum, um sich auf der Toilette zu übergeben. Michi und ein weiterer kämpften trotz Unwohlsein dagegen an. Jemand musste ja schließlich diese Arbeit machen.

Stück für Stück gingen sie das Video auf der Suche nach Details durch. In der Zwischenzeit hatte Michi von Kurt erfahren, dass sie sich vorerst nicht auf die Identifizierung der Opfer konzentrieren sollten, zumal sie mit großer Wahrscheinlichkeit zumindest einen der drei bereits ausfindig gemacht hatten. Also verschwendeten sie keine Zeit damit, den Gesichtern der Opfer weitere Beachtung zu schenken, sondern konzentrierten sich auf Infrastruktur und andere Hinweise.

Wände und Boden des Raumes waren weiß gekachelt. In der Mitte des Bodens war ein Abflussgitter. Von der Decke baumelten im Abstand von etwa einem Meter viele Haken, die an einer großen Eisenstange befestigt waren. An genau dieser Eisenstange war auch die Kette festgemacht, an denen die Menschen aufgehängt wurden. Unter den Haken stand ein breiter Tisch aus Stahl. Die paar wenigen Fenster, die der Raum hatte, waren klein und weit oben an den Wänden platziert. Von außen drang nur Dunkelheit herein, allem Anschein nach war der Film in der Nacht gedreht worden.

Die beiden Beamten waren sich einig. Dieser Raum musste eine Metzgerei sein. Eine Metzgerei, die wohl nicht mehr in Betrieb war. Die Infrastruktur sah alt und heruntergekommen aus und die Kacheln an den Wänden waren teilweise zerbrochen.

„Stopp! Halt an!", rief der Kollege auf einmal Michi zu, der sofort den Pausenknopf drückte.

„Siehst du das hier an der Wand? Das stand vorher noch nicht da!"

Sie waren bei der zweiten Mordszene angelangt. Michis Kollege hatte seinen Platz verlassen und stand nun direkt vor dem riesigen Bildschirm. Mit seinen Fingern deutet er an einen braunen Schriftzug an der Wand. Michi zoomte das Bild näher heran, so dass sie die Schrift erkennen konnten. „Virunga."

„Was bedeutet das?", fragte Michi seinen Kollegen, der seinerseits unwissend mit den Schultern zuckte.

Zur gleichen Zeit hielten zwei Polizeiwagen vor dem am Zürichsee gelegenen Gelände. Kunstvoll geschmiedete Gittertüren versperrten ihnen den Zutritt zum riesigen Garten. Ein Beamter klingelte am Tor und wenig später ertönte eine Stimme durch die Funksprechanlage. Wenige Worte genügten, um den Mann am anderen Ende der Leitung zum Öffnen des Tores zu bewegen.

Die beiden Autos fuhren auf der gepflasterten Straße bis vors Haus. Eine Villa die vor Luxus nur so strotzte.

Ein Mann trat aus dem Haus den Beamten entgegen.

„Guten Tag. Wie kann ich Ihnen helfen?", fragte der junge Mann, der kaum älter als zwanzig Jahre alt sein konnte.

„Sind Sie Herr Kilian von der Mühle?"

Der Mann lächelte. „Nicht ganz. Kilian ist mein Vater. Weshalb fragen Sie?"

„Ist Ihr Vater zu Hause?"

Auf diese Frage hin erklärte Herr von der Mühle Junior den Polizisten, dass seine Eltern für ein paar Tage in den Urlaub gefahren waren. Erst nachdem die Polizisten dem Sohn die Dringlichkeit der Lage verdeutlicht hatten, erfuhren sie von ihm, wie spontan seine Eltern Großvater besuchen wollten.

Vor vier Tagen hatte dieser seine Eltern angerufen und sie darum gebeten bei ihm vorbeizuschauen. Am Abend dann hatte Kilian seinem Sohn am Telefon mitgeteilt, er und seine Frau würden ein paar Tage beim Großvater verbringen, da es ihm gerade nicht so gut gehe.

„Habt ihr denn seither nochmals miteinander telefoniert?", wollte ein anderer Polizist nun wissen.

„Nein. Wissen Sie, ich genieße es, auch mal ein bisschen hier allein zu sein."

„Verstehe ich. Würden Sie uns dennoch den Gefallen tun und Ihre Eltern kurz anrufen. Es ist dringend!"

„Wenn's denn sein muss."

Widerwillig nahm der junge Mann sein Mobiltelefon aus der Hosentasche und wählte eine Nummer. Nach einer halben Minute legte er auf.

„Nimmt nicht ab. Probiere es mal bei meiner Mutter."

Wieder wählte er eine Nummer und hob sich das Telefon an das Ohr, doch auch die Mutter nahm den Anruf nicht entgegen. Dasselbe galt auch fürs Festnetztelefon des Großvaters.

Die Polizisten wechselten wortlos Blicke, bevor sie sich nach dem Wohnort des Großvaters erkundigten. Dieser wohnte in Waldkirch, einem kleinen Dorf im Kanton St. Gallen. Auf Bitte des Polizisten hin, verschwand der junge Mann im Haus und trat wenig später mit der genauen Adresse seines Opas wieder nach draußen.

„Muss ich mir Sorgen machen?", wollte er wissen, als die Polizisten das Grundstück verließen.

„Versuchen Sie einfach weiterhin, Ihre Eltern zu erreichen und sagen Sie ihnen, sie sollen sich bei uns melden."

Der Polizist händigte dem Sohn eine Visitenkarte aus und verabschiedete sich mit der Floskel: „Nur keine Sorge, wir werden sie schon bald erreichen."

„Nein. Er versprach mir hoch und heilig, dass er keinen Michael Meier als Angestellten habe und dies auch nie hatte. Und erst recht schicke er seine Mitarbeiter nicht an teure Auslandsseminare für globale Unternehmen. Schließlich seien sie ein Familienbetrieb. Also entweder er lüge oder der Mörder hätte sich bewusst seiner Adresse bedient."

Robert Zürcher hatte mit Herrn Grünenfelder gesprochen und war nun gerade dabei Kurt Schär Auskunft über das Gespräch zu geben.

„Er hat bewusst eine weitere Spur gelegt. Er wusste schon damals, dass er das Gartenbauunternehmen beauftragen würde, an seinem Spiel mitzuwirken. Mit Sicherheit hatte er Goodscare von Beginn weg auf seiner Todesliste, Herrn Gerber hat es dann erwischt, weil er am Seminar teilgenommen hat", vermutete Kurt.

„Danke für deine Mithilfe."

Kurt beendete das Telefonat und wählte die Nummer des Detective aus St. Louis. Icewater meldete sich nach wenigen Sekunden.

„Von welcher Liste sprechen Sie?", fragte der Detective irritiert, nachdem Kurt ihn um die Nummer des Seminarleiters gebeten hatte.

„Die Liste, die Sie uns heute Morgen per E-Mail haben zukommen lassen!", antwortete Kurt erregt.

„Ich habe Ihnen keine Liste zukommen lassen, bei uns ist es sechs Uhr morgens, ich bin gerade erst aufgestanden! Ja Ihr Kollege hat mich gestern darum gebeten, aber ich habe bisher leider noch niemanden von der Universität erreicht."

„Von wo zur Hölle kommt denn diese Teilnehmerliste her?!", brüllte Kurt nun beinahe ins Telefon bevor er dem perplexen Detective die Zusammenhänge erklärte.

Zehn Minuten später legte der Kommissar verwirrt den Hörer auf. Icewater stritt vehement ab, die Liste gemailt zu haben, geschweige denn diese zu besitzen. Er versprach aber, die Universität nochmals anzurufen, um den Kursleiter ausfindig zu machen.

Kurt verließ sein Büro und suchte den Kollegen, der ihm die Liste gebracht hatte, auf. Dieser zeigte Kurt die E-Mail und leitete sie ihm dann sogleich weiter. Zurück in seinem Büro verglich Kurt die Mailadresse mit jener, die er von Detective Icewater hatte. Es war eine andere.

Das kleine Haus am Dorfrand stand direkt neben einer großen Wiese, die nun schneebedeckt war. Der Dorfpolizist von Waldkirch, ein älterer Mann mit grauen Haaren, der seit Jahren im Dorf für Ruhe und Ordnung sorgte, parkte sein Auto auf der Straße vor dem Haus. Seit mehr als dreißig Jahren war Hans Polizist in der Gemeinde und wirklich Aufregendes hatte er selten erlebt.

Da gab es ab und an mal einen Einbruch, doch in der Regel rückte er dafür aus, um einer alten Frau ein Kätzchen vom Baum zu holen, einen Falschparker zu büßen oder Streitereien zwischen Nachbarn zu schlichten. Der Auftrag, der nun von der Kantonspolizei an ihn weitergereicht wurde, war da schon etwas Außergewöhnliches.

Er betrat das Grundstück und stapfte durch den verschneiten Weg aufs Haus zu. Ein wenig merkwürdig war es schon, dass der Weg zugeschneit war. Hier hatte sich jedenfalls niemand die Mühe gemacht, Schnee zu schippen. Er stieg die wenigen Stufen zur Haustüre hoch und wollte gerade klingeln, als sein Blick auf die Türe fiel. Diese war nur angelehnt. Und das bei diesen kalten Temperaturen!

„Hallo, ist jemand zu Hause?", rief er in das Haus hinein. Es blieb stumm. Er drückte die Klingel, doch auch jetzt meldete sich niemand.

Vorsichtig schob er die Türe etwas weiter auf und rief nochmals in die dunkle Wohnung. Dann entschloss er sich, das Haus zu betreten. Irgendetwas stimmte hier nicht, niemand würde sein Haus im Winter offenstehen lassen und überhaupt, wenn jemand das Haus erst kürzlich verlassen hätte, müssten ja Spuren im Schnee zu sehen sein.

Er kam sich vor wie in einem Kriminalfilm, als er langsam den dunklen Flur betrat. Er fühlte wie eine Gänsehaut über seinen Rücken kroch und in diesem Moment wünschte er sich, eine Waffe zu haben.

„Sei kein Feigling", sagte er sich und schritt noch einmal laut rufend voran. Rechts stand eine Tür offen, die dahinterliegende Küche war leer. Ein kurzer Blick verriet ihm, dass der Tisch nicht abgedeckt worden war.

Er ging weiter auf die nächste Türe zu. Diese war geschlossen. Langsam fasste er an die Klinke, drückte sie hinunter und öffnete die Türe. Er blickte in ein Schlafzimmer. Auch dieses war leer.

Noch einmal fasste er Mut und ging auf den offenen Raum am Ende des Ganges zu. Es musste das Wohnzimmer sein. Er betrat den Raum und blickte sich um. Doch auch hier war niemand. Ein leises Geräusch ließ ihn stillstehen. Sofort versuchte er, die Richtung zu bestimmen. Da spürte er etwas an seinem Bein. Erschrocken zuckte er zusammen und trat einen Schritt zur Seite. Die Katze, die um sein Bein gestrichen war, miaute leise.

Erst jetzt sah er den leeren Futternapf und den mit einer Decke ausgelegten Korb, der in einer Ecke des Wohnzimmers stand. Die Katze miaute nochmals und tigerte nun um den leeren Fressnapf herum.

„Du hast Hunger", stellte Hans laut fest und fragte sich, wer sein Haustier wohl hungernd bei offener Haustüre zu Hause ließ. Irgendetwas stimmte hier ganz und gar nicht, da war er sich nun hundertprozentig sicher.

Es war Samuel Roderer, es musste Samuel Roderer sein, da war sich Kurt nun ganz sicher. Gerade eben hatte er mit Professor Dr. Steel aus Boston telefoniert, dessen Nummer er einige Minuten zuvor von Detective Icewater erhalten hatte.

Der Polizeibeamte aus St. Louis hatte endlich jemanden an der Universität erreicht und war mit Professor Steel verbunden worden. In Kürze hatte er ihm sein Anliegen geschildert und von ihm das OK erhalten, seine Nummer an die Schweizer Polizei für Nachfragen weitergeben zu dürfen.

Professor Steel konnte sich noch an den Kurs vom vergangenen August erinnern, hatte aber Schwierigkeiten bekundet, als es darum ging, Auskunft über die Teilnehmer zu geben.

„Es geht vor allem um einen. Einen Schweizer Namens Meier", hatte Kurt dem Professor erklärt.

„Können Sie sich vielleicht an ihn erinnern?"

Der Professor hatte überlegt und auf einmal enthusiastisch geantwortet. „Natürlich! Und ob ich mich erinnere, einen Teilnehmer wie ihn vergisst man nicht."

Was er denn damit meine, hatte Kurt gefragt, woraufhin der Professor losplapperte:

„Stellen Sie sich vor. Ein Kurs voller geschniegelter Frauen und Männern in Anzug und Geschäftsmode und dann ein Mann, der komplett aus der Reihe tanzt. Dieser Meier trug nicht nur Stoffhosen, Shirt und Sneakers, sondern auch lange Haare. Und erst seine Ohren! Seine Ohren waren gedehnt und sein Oberarm tätowiert. Glauben Sie mir, den vergisst man nicht!"

„Und Bart? Hatte der Mann auch einen Bart?", fragte Kurt daraufhin, doch diese Frage wurde vom Amerikaner verneint. Dennoch war für Kurt nach diesem Gespräch alles klar. Die Ähnlichkeit mit Herrn Roderer war frappant.

„Biowahrheit.de", platzte der Polizist in den Raum hinein, wo Michi gerade in der Suchmaschine den Begriff Virunga eingab.

„Wie? Was?", fragte er irritiert und blickte seinen Kollegen verständnislos an.

„Die Schlachtungsvideos. Exakt die Gleichen habe ich im Internet auf einer Seite namens biowahrheit.de gefunden. Wenn die Seite nicht vom Mörder höchstpersönlich ist, wird er die Filme also kaum selbst gedreht haben."

„Ok, das könnte hilfreich sein. Hast du den Macher der Seite bereits kontaktiert?"

„Leider war es bisher nicht möglich, die haben ganz spezielle Telefonsprechzeiten und sind nur abends erreichbar. Aber wie sieht es bei euch aus? Hat sich was ergeben?"

Der Polizist blickte auf den Zoom mit der Schrift und sah dann fragend seinen Kollegen an.

„Schon mal etwas von Virunga gehört?", wollte Michi von ihm wissen.

Das Internet spuckte die Antwort nur wenige Sekunden danach aus.

„Ein Nationalpark im Kongo. Schon wieder der Kongo! Was will der Mörder uns damit sagen?"

Michi blickte ratlos seine Kollegen an. Wurde dieser Film etwa im Kongo gedreht? Wohl kaum. Wieso also stand der Name eines afrikanischen Nationalparks an der Wand einer Metzgerei, in der soeben Menschen abgeschlachtet wurden. Was wollten die Mörder nun mit diesem Schriftzug bezwecken?

Michi spulte nochmals ein wenig zurück und der Raum erschien wieder im Bild.

„Was hängt dort an der Türe?", fragte der Polizist, der mit dem ersten Teil der DVD beschäftigt gewesen war und diesen Filmausschnitt noch nicht gesehen hatte.

Michi stoppte den Film und zoomte die Türe heran. Dort hing ein Wimpel auf dessen Mitte der Buchstabe e in Form eines Puck abgebildet war. Er leuchtete in den Farben Blau, Weiss und Rot. Über dem ‚E' waren die Buchstaben SCRJ sichtbar. Auf beiden Seiten neben dem ‚E' hafteten Flügel.

„Leute, wisst ihr, was das ist?", fragte der Polizist in die Runde, nur um dann gleich selbst die Antwort zu geben.

„Das ist ein alter Wimpel des Eishockey Clubs aus Rapperswil Jona. Der Club hat seit einiger Zeit ein neues Logo, aber ich bin mir ganz sicher."

Rapperswil im Kanton St. Gallen. Wie groß war wohl die Chance, dass jemand der nicht im Einzugsgebiet der Stadt wohnte den Eishockeyclub unterstützte? Klein, da waren sich alle einig. Dieser Wimpel war die beste Spur, die sie bisher entdeckt hatten und er grenzte die Suche auf die Kantone St. Gallen und Zürich ein.

„Sucht nach Informationen über alte Metzgereien in der Umgebung von Rapperswil, die nicht mehr in Betrieb sind. Keine Ahnung, ob sich was finden lässt, aber es ist zurzeit unsere einzige Chance. Wenn ihr welche findet, achtet auch darauf, ob sie abgelegen sind. Die Mörder werden darauf geachtet haben, nicht aufzufallen."

Michis Befehle an seine Kollegen waren deutlich. Er selbst verließ den Raum, um mit der St. Galler Kantonspolizei zu telefonieren. Vielleicht konnten die Ostschweizer Kollegen weiterhelfen. Er erklärte dem Beamten am anderen Ende der Leitung den Ernst der Lage und dieser versprach, dass die St. Galler ihrerseits Recherchen aufnehmen würden.

„Endlich", jauchzte Kurt als er das Telefonat mit dem Untersuchungsrichter beendet hatte. Seine Argumente und Überredungskünste hatten den Richter dazu bewogen, den Durchsuchungsbefehl für Samuel Roderers Wohnung zu unterzeichnen.

Sofort wählte der Kommissar die Nummer der Aargauer Kollegen und informierte sie über den Stand der Dinge. So schnell wie nur möglich sollte die Polizei die Wohnung des Verdächtigen stürmen.

Dreißig Minuten später verteilte sich lautlos eine Einheit von zwölf Polizisten um den Wohnblock in Brugg. Der Leiter des Kommandos rechnete zwar nicht damit, Samuel Roderer in seiner Wohnung anzutreffen, dennoch war höchste Vorsicht geboten. Ein Mann wie Roderer, wenn er denn der gesuchte Mörder war, war unberechenbar und zu allem fähig. Hielt er sich in der Wohnung auf, musste man damit rechnen, dass er sich zur Wehr setzen würde. Außerdem ging man ja unterdessen von zwei Personen aus, die für die Morde verantwortlich waren. Schlimmstenfalls also würden die Polizisten von Roderer und der mysteriösen Unbekannten erwartet werden.

Das Gelände rund um den Block war abgesperrt, als die Beamten den Befehl erhielten das Gebäude zu betreten. Ein Polizist klingelte mehrmals an der Glocke, doch wie schon eine Stunde zuvor kam keine Antwort. Der Beamte klingelte bei einer anderen Wohnung und als der Summer ertönte, drang eine Vorhut von vier Mann auf leisen Sohlen ins Treppenhaus vor.

Im ersten Stock trat eine ältere Frau auf den Flur, die vom Anblick der Polizisten überrumpelt gerade losschreien wollte. Einer der Beamten ging auf die Frau zu und gab ihr mit dem vor die Lippen gehaltenen Zeigefinger zu verstehen, still zu sein.

Während die anderen drei Beamten das Treppenhaus weiter hochstiegen, blieb einer der Polizisten bei der Frau.

Roderer wohnte ganz oben im dreistöckigen Gebäude. Vorsichtig, immer an der Wand entlang laufend, arbeiteten sich die Männer hoch. Die Konstruktion des Treppenhauses kam den Polizisten entgegen. In der Mitte war kein Schacht, was den Polizisten den Weg nach oben erleichterte. Falls Roderer oben mit einer Schusswaffe auf die Beamten wartete, konnte er weder durch einen offenen Schacht hinunter schießen, noch die Polizisten sehen.

Vor der letzten Treppenwende zwischen dem zweiten und dritten Stockwerk, schielte ein Beamter behutsam um die Ecke. Er erspähte die Türe der Wohnung. Sie war geschlossen. Nachdem er mit seinen Blicken das ganze obere Ende des Treppenhauses abgesucht hatte, gab er mit einem Zeichen seinen Kollegen zu verstehen, dass die Luft vorerst rein sei.

Das Treppenhaus endete zwar hier oben, doch an der Decke befand sich eine geschlossene Falltür, die in den Estrich führen musste. Der befehlshabende Polizist, ein durchtrainierter Mann mit Ziegenbart anfangs vierzig, dessen Oberarme so muskulös waren, dass sich die Uniform darüber spannte, drückte auf die Klingel neben der Türe. Alle Polizisten nutzen nach wie vor die Deckung der Wand. So stand keiner unmittelbar vor der Türe.

„Hier ist die Polizei! Wenn Sie da sind, Herr Roderer, öffnen Sie die Türe!"

Keine Antwort. Der Mann mit der tiefen Stimme wiederholte seine Aufforderung, hängte nun aber einen weiteren Satz an.

„Wir haben einen Durchsuchungsbefehl. Wenn Sie uns nicht aufmachen, werden wir die Wohnung betreten!"

Wieder keine Antwort.

Der Polizist überlegte kurz und gab dann per Funk die Anweisung, zwei weitere Beamte hochzuschicken. Die zusätzlichen Beamten sicherten mit ihren Schusswaffen die Falltür zum Estrich ab, für den Fall, dass Roderer von dort einen Hinterhalt plante.

Was nun folgte, war der gefährlichste Teil der Mission. Die Polizisten mussten die Türe eintreten und für einen kurzen Moment ihre Deckung aufgeben.

Mit einem Satz sprang das Muskelpaket nach vorne und trat mit dem Kampfstiefel gegen die Türe, die sich mit einem Krachen öffnete. Einen Bruchteil einer Sekunde später hechtete der Polizist auf die rechte Seite des Türrahmens, so dass sie nun geschützt von der Mauer von beiden Seiten durch die Türe spähen konnten. Schritt für Schritt drangen die Beamten in die Wohnung ein.

„Raum 1 sauber", meldete der leitende Polizist durch den Funk, während die anderen Beamten den kurzen Flur durcharbeiteten.

„Küche sauber", folgte wenige Augenblicke ein weiterer Funkspruch.

Blieb also nur noch das Wohnzimmer. Dieser Raum war der unübersichtlichste. Im einen Teil des Zimmers stand die Couch mit dem Salontisch, auf der anderen Seite ein Schreibtisch. Neben dem Schreibtisch stand ein großer Schrank, dessen Türen einen Spalt weit geöffnet waren. Gerade so viel, dass es kaum auffiel. Der Esstisch im hinteren Teil des Raumes war mit einem großen Tischtuch bezogen, das auf allen Seiten weit herunterhing.

Vorsichtig drangen die drei Polizisten ins Wohnzimmer vor. Das Muskelpaket ortete sofort die zwei Gefahrenpunkte. Den Tisch und den Schrank. Wenn sich dort jemand versteckte, konnte er die Polizisten sehen, ohne selbst gesehen zu werden. Dem bisher fehlerlos agierenden Befehlshaber geschah in diesem Augenblick sein erster und letzter Fehler der Mission.

Per Handzeichen gab er seinen Kollegen zu verstehen ihre Waffen bereitzuhalten, während er sich auf den Boden legte um von der Ferne unter den Tisch blicken zu können. Dort war niemand. Blieb also nur noch der Schrank vor ihnen. Das zumindest dachte er. Den weißen Wandschrank, der links neben ihnen einen Teil der Wand bildete, übersah er.

Der mutige Polizist schlich der Wand entlang in Richtung Schrank, während ihm seine Kollegen mit gezogenen Waffen den Weg freihielten. Alle konzentrierten sich ganz auf die eine Richtung und so bemerkte niemand den Wandschrank links hinter ihnen.

Der Ziegenbart kam neben dem Schrank an und hielt seinen Körper hinter der Außenwand des Möbels geschützt, während er mit seinen Finger lautlos von drei hinunter zählte. Bei null streckte er seine Hand zum Türknopf aus und riss die Schranktüre auf. Die Kollegen hatten nun freien Blick in den Schrank, während der Bullige zurück in die Deckung hechtete. Der Schrank war leer.

„Raum 2 sauber", sprach der Bullige ins Funkgerät kurz bevor sein Blick auf den Wandschrank fiel.

„Shit", entfuhr es ihm, doch er wusste, dass es bereits zu spät war. Er hatte ein entscheidendes Versteck übersehen und dadurch seine Kollegen und sich in höchste Gefahr gebracht. Eilig rannte er auf den Wandschrank zu, riss die Türe auf und starrte ungläubig in den Schrank.

„Neeein!", schrie der entsetzte Beamte aus, als sein Blick auf den abgetrennten Kopf fiel. Es war der Kopf eines dunkelhäutigen Mannes, dessen verätztes Gesicht von Narben übersät war.

Sieben Metzgereien hatten sie ausfindig gemacht, die in den vergangenen Jahren ihren Betrieb aufgegeben hatten und nicht direkt in einem belebten Quartier standen. Sieben Metzgereien, die allesamt in der Region Rapperswil lagen. Drei wurden weiterverkauft oder vom Immobilienbesitzer umfunktioniert. Blieben also noch vier übrig.

Eine dieser Vier war Mitten in Rapperswil gelegen, in einer belebten Gegend. Diese Metzgerei war als Tatort also eher unwahrscheinlich. Daher konzentrierten sich die Ermittlungen auf die drei verbleibenden.

Während seiner Recherchen stach der Zeitungsbericht einer lokalen Zeitung Michis Kollege ins Auge. Traditionsreiche Familienmetzgerei hat ausgeschlachtet, lautete die Schlagzeile des Artikels, der vor sechs Monaten erschienen war.

„Eschenbach. Mehr als neunzig Jahre stand Familie Graser für qualitative Schweizer Fleischprodukte. Die 1921 von Hans Graser gegründete Metzgerei in Eschenbach war seit jeher in den Händen der Familie geblieben und durchlebte drei Generationen. Seit der Jahrtausendwende hatte der kleine Familienbetrieb mit den tiefen Preisen der Konkurrenz zu kämpfen und in den vergangen Jahren schrieb die Metzgerei vermehrt rote Zahlen.

Diese Woche gab Walter Graser, der in der vierten Generation den Betrieb vor zehn Jahren übernommen hatte, bekannt, dass die Metzgerei auf Ende des Jahres ihren Betrieb einstellen wird. Die treuen Kunden erhalten in den Weihnachtstagen die letzte Gelegenheit, eine Graser Bratwurst und andere Graser Produkte zu erwerben.

Walter Graser erklärt wehmütig die Gründe, die ihn zum schweren Schritt bewogen haben:

„Es ist schwer, die Person sein zu müssen, die scheiterte. Drei Generationen haben von diesem Geschäft gelebt und nun bin ich es, der den Betrieb aufgeben muss. Natürlich suche ich nach Erklärungen und meinen Fehlern, doch ich bin mir sicher, dass die Fehler in erster Linie nicht bei mir liegen."

Es seien Großkonzerne wie Bonneviande und Carnivore, die kleine Metzgereien, wie die seine in die Knie zwingen. Heute ginge es den meisten Konsumenten in erster Linie um den Preis. Woher das Fleisch komme, welche Qualität es habe und wie die Tiere gehalten werden, sei den meisten egal, ist sich Graser sicher.

„Sich lieber täglich Billigfleisch reinstopfen, statt halt mal auf Fleisch zu verzichten und sich dafür ein gutes Stück zu kaufen, denken sich die Menschen. Unserer Familie war der Umgang mit den Tieren stets wichtig. Auch wenn wir sie zuletzt umbrachten, wollten wir ihnen wenigstens ein Leben und einen Tod mit Würde geben.

Als Metzger, der selbst schlachtet, betrachte ich Fleisch nicht einfach als fertiges Produkt, sondern ich sehe auch das lebende und leidende Tier dahinter. Viele Menschen scheinen, wenn sie im Supermarkt nach einem Filet greifen, vergessen zu haben, dass das Produkt einmal gelebt hat."

Beim Polizist überschlugen sich die Gedanken. Hatten sich die Mörder diese Metzgerei ausgesucht? Der Artikel verlieh immerhin Grasers Kritik an den Großkonzernen eine Stimme. War die Metzgerei für Roderer und seine Komplizin nicht geradezu prädestiniert?

Ein Mord in der Metzgerei würde die Kritik an den Großkonzernen und ihren fragwürdigen Schlachtungsmethoden wieder neu entfachen.

Michi stimmte seinem Kollegen zu und gab wenig später ihre Recherchen an die St. Galler Kantonspolizei weiter. Diese hatte unterdessen weitere zwei mögliche Metzgereien ausfindig gemacht und versprach, sich nun um die Angelegenheit zu kümmern. Michi erklärte ihnen die Theorie über die Metzgerei Graser und der Beamte am Telefon versprach, der Sache nachzugehen. Wenn die Räumlichkeiten der ehemaligen Metzgerei Graser für den Mord missbraucht worden waren, würde man es in spätestens einer Stunde wissen.

Der abgetrennte Kopf eines entstellten Afrikaners! Erst nach einigen Augenblicken, begriff der geschulte Verstand des Muskelpakets, dass da etwas nicht stimmte. Da war kein Gestank, kein Blut. Wie er jetzt erleichtert bemerkte, musste es sich beim Kopf um eine Gipsbüste handeln, der die Maske eines grausam entstellten Afrikaners übergestreift worden war.

Roderers Wohnung war leer. Allem Anschein nach, war der Vogel ausgeflogen. Der Kleiderschrank war größtenteils leergeräumt, der Laptop, sämtliche Ausweise, Unterlagen und Papiere waren weg. Nichts deutete darauf hin, dass Samuel Roderer fluchtartig die Wohnung verlassen hatte. Nein, vielmehr machte die Wohnung einen sauberen aufgeräumten Eindruck. Allem Anschein nach hatte der Umweltschützer sein Verschwinden seit längerem geplant und war in aller Seelenruhe hinausspaziert.

Beamte der Spurensicherung machten sich daran, Fingerabdrücke zu nehmen, die skurrile Maske zu untersuchen und nach Hinweisen zu suchen. Stunden würden sie noch in der Wohnung verbringen, doch außer Fingerabdrücken von mehreren Personen, von denen eine Samuel Roderer war, würden sie nichts finden. Kein Tatwerkzeug, keine auf die Morde hinweisenden Dokumente, nichts.

Wo war eigentlich Isabelle, fragte sich Kurt nachdem seine Kollegin ihr Telefon im Büro nicht abnahm. Erst jetzt fiel ihm auf, dass er die junge Frau heute noch gar nicht gesehen hatte. Und das obwohl es bereits 15 Uhr war. Zur Notfallbesprechung der Sonderkommission war sie nicht erschienen.

Er verließ sein Büro und ging den langen Flur entlang in Richtung Großraumbüro, in welchem Isabelle ihren Arbeitsplatz hatte.

„Sie hat sich heute Morgen krank gemeldet, wohl die Grippe erwischt", erklärte der Polizist, der ihr am Schreibtisch gegenübersaß.

„Wird wohl in den nächsten Tagen kaum arbeiten kommen, klang nicht gerade gut", fuhr der Mann sogleich fort.

Kurt bedankte sich für die Auskunft und ging enttäuscht zurück in sein Büro. War es, weil er die schlaue Beamtin jetzt gebraucht hätte, oder gab es da noch einen anderen Grund, weshalb er ihre Abwesenheit bedauerte? Ja, er hatte das Essen mit ihr genossen und gehofft, es bald wiederholen zu können.

Während er zurückging fragte er sich, ob ihm an der Frau vielleicht doch etwas lag. Schnell aber verdrängte er diesen Gedanken wieder. Der Tod seiner Frau war schließlich erst wenige Monate her.

Zurück im Büro blinkte der Anrufbeantworter. Kurt hörte die Nachricht ab. Es war ein Kollege aus der IT-Abteilung.

„Wir konnten die E-Mail ohne größere Probleme zurückverfolgen", sagte die aufgezeichnete Stimme des PC Cracks.

„Die Mail wurde aus England abgesandt. Den genauen Standpunkt ausfindig zu machen, dürfte aber noch eine Weile in Anspruch nehmen."

England. Wieso England? War die Mail ein neuer Hinweis von Roderer und der unbekannten Schönheit? Kurt war sich sicher, England musste die neue Spur sein, die ihm Roderer persönlich mit der E-Mail zukommen ließ. Roderer selbst hatte ihm die Liste geschickt, weil er ihn auf seine Fährte locken wollte. Es war nicht der Ermittlungsarbeit der Beamten zu verdanken, sondern allein der Gnade des Killers, der die Spuren so legte, damit Kurt ihm auf den Fersen blieb.

Doch was wollte Roderer damit bezwecken? Was hatte der Mann davon, einen Polizisten auf seinen Fersen zu haben? Wie die Antworten auf diese Fragen auch sein mochten, Kurt wusste, dass er herausfinden musste, was Roderer auf der Insel plante. Und er musste schnell handeln, wenn er eine weitere Tat verhindern wollte.

15.41 Uhr. Zwei Polizeiautos der Kantonspolizei St. Gallen fuhren ins nahe bei Rapperswil gelegene Eschenbach ein. Sie hielten vor der Anlieferungsrampe der stillgelegten Metzgerei Graser. Während der einstige Verkaufsladen mitten im Dorf lag, befand sich die Metzgerei selbst am Dorfausgang.

Herr Graser, ein Mann Mitte vierzig, wartete bereits vor dem Gebäude, dessen Fassade schon seit Jahren einen neuen Anstrich benötigte. Obwohl ihn die innere Unruhe fast zerriss, hatte er sich an die Vorgaben der Polizisten gehalten und das Gebäude nicht betreten.

Zwei der vier Beamten gingen nun auf ihn zu, um wie am Telefon abgemacht, die Schlüssel entgegenzunehmen. Auch nun verrieten ihm die Beamten nicht mehr, als dass möglicherweise in der Metzgerei ein Verbrechen verübt worden war.

Die vier Polizisten ließen sich nun vom Besitzer der Metzgerei zu deren Eingangstüre führen. Gerade wollte einer die Türe aufschließen, als ihm Kratzspuren an der Türe auffielen. Da hatte sich eindeutig jemand am Schloss zu schaffen gemacht. Der Polizist steckte den Schlüssel ins Schloss, woraufhin sich die Türe bereits bewegte. Sie war nur angelehnt. Vorsichtig schob er die Türe auf, während sein Kollege bereits die Waffe zückte. Die anderen beiden Polizisten traten zusammen mit Herrn Graser einige Schritte zurück.

Der Polizist ohne Waffe leuchtete mit seiner Taschenlampe auf das Schloss. Dieses war definitiv aufgebrochen. Gleich neben dem Eingang fand er einen Lichtschalter, den er sogleich betätigte. Mit einem Flackern sprang die Deckenbeleuchtung an und die Neonröhren beleuchteten einen schmalen Gang an dessen Ende eine Eisentüre war. Langsam gingen die beiden Polizisten auf die Türe zu, hinter der sich der Schlachtraum befinden musste.

Als sie behutsam die Türe öffneten, schlug ihnen ein bestialischer Gestank entgegen. Reflexartig hielten sich die zwei Männer Nase und Mund mit der Jacke zu. Der Raum war dunkel. Nur die aus dem Gang scheinenden Lampen warfen ein wenig Licht in den Raum. Im matten Lichtstrahl erkannten die Polizisten die dunklen Umrisse eines Menschen, der sich bewegungslos im hinteren Teil des Raumes aufhielt. Einer der Beamten fand neben der Tür einen weiteren Schalter. Als er ihn umlegte und die Deckenbeleuchtung leise summend anging, bot sich ihnen der Blick auf einen Tatort, wie sie ihn bisher nur aus Horrorfilmen kannten.

Der Raum war rot, voll von Blut. Es klebte an den Wänden, auf den Tischen, am Boden. Von der Decke baumelten an Fußschellen befestigt drei leblose, menschliche Körper.

Der Anblick aus der Ferne genügte den Polizisten, um sich bestürzt umzudrehen, den Gang entlang zu hasten und draußen gierig nach frischer Luft zu schnappen.

„Was ist los?", fragte einer der Kollegen, doch es dauerte eine ganze Weile, bis die beiden sich so weit gefasst hatten, dass sie die Frage beantworten konnten.

In den Abendstunden ergriff großer Trubel und Unruhe das kleine Dorf im Kanton St. Gallen. Journalisten sämtlicher großen Landeszeitungen und Fernsehsender überfielen das Dorf wie ein Schwarm wilder Bienen und nutzen jede Gelegenheit zur Informationsbeschaffung. Die Kriminalpolizei hatte das Gebiet rund um die Metzgerei abgesperrt und ließ niemanden in die Nähe.

So mischten sich die Reporter unter die Menge der Schaulustigen, die über die Absperrung gafften und interviewten die Dorfbewohner. Noch ahnte niemand etwas von dem Dreifachmord, der sich im stillgelegten Schlachthof abgespielt hatte, aber die Journalisten konnten eins und eins zusammenzählen und so machten bereits Schlagzeilen wie „Schlachtet Gottes Rächerin weiteres Opfer in Familienmetzgerei ab?" oder „Gottes Rächerin übernimmt alte Familienmetzgerei" die Runde.

Am Tatort selbst bot sich der Spurensicherung ein grauenvoller Anblick. Während sich die Beamten durch den gefliesten Raum arbeiteten, entdeckten sie nebst dem vielen Blut und den fürchterlich zugerichteten Leichen ein Blatt, worauf mit krakeliger Schrift geschrieben war:

„Fresst euch satt am Fleisch von Königen und Generälen! Fresst das Fleisch der Mächtigen!"

An einer der Wände prangte in großen Buchstaben das Wort Virunga. Die Schrift war in einer braunen Farbe geschrieben, die immer noch feucht war. Ein Mitarbeiter der Spurensicherung wollte eine Probe von der Farbe nehmen, erkannte dann aber sogleich, dass es sich bei der vermeintlichen Farbe um Erdöl handelte.

Als Kurt an diesem ereignisvollen Tag spät abends in seiner Wohnung ankam, dachte er keineswegs an Schlaf. Die Schlinge um den Fall hatte sich heute auf Kosten dreier weiterer Menschenleben zugezogen. Der Mörder besaß nun einen Namen. Wider ihre Vermutungen wussten sie nun, dass es zwei Menschen waren, die gemeinsam die Morde planten und umsetzten.

Während die Identität der Frau nach wie vor unbekannt war, wusste man seit dem heutigen Nachmittag über den Mann Bescheid, der im Verdacht stand, die Morde begangen zu haben.

Kurt hatte dem verdächtigen Umweltschützer höchstpersönlich in dessen Wohnung gegenübergesessen.

Die Argumente des Mannes hatten ihn zum Nachdenken gebracht und ihm einige Denkanstöße in punkto Nachhaltigkeit und Ethik gegeben. Er hatte den Mann für seinen Ehrgeiz, den er für seine Überzeugungen an den Tag legte, bewundert. Wie konnte er sich nur so sehr in der Person des sympathischen jungen Mannes täuschen?

Roderers Arbeitgeber wusste nichts über die Abwesenheit seines Angestellten. Dieser war heute unentschuldigt nicht zur Arbeit erschienen, was bisher noch nie vorgekommen war. Die Jugendarbeiterin, die seit Jahren mit Roderer zusammenarbeitete, zeigte sich bestürzt über den Polizeibesuch. Mehrmals versuchte sie, den Polizisten zu entlocken, welches Verbrechens er denn beschuldigt wurde, doch die zwei Beamten verrieten kein Wort. Die Frau beschrieb ihren Kollegen als gute Seele, die keiner Fliege etwas zu leide tun konnte. Anscheinend hatte auch sie sich in Roderer getäuscht.

Kurt setzte sich in sein ungewohnt sauberes Wohnzimmer und überlegte seine nächsten Schritte. Da war einerseits das mit

Öl geschriebene Wort Virunga, andererseits eine Mail aus London, welche auf die entscheidende Spur geführt hatte. Außerdem gab es noch die makabere Botschaft mit den zwei Sätzen. Die Opfer waren inzwischen identifiziert. Es handelte sich in der Tat um Kilian Wenger, seine Ehefrau und seinen Vater.

Wo sollte er nur mit seinen Recherchen ansetzten? Kurt entschied sich erst einmal, seinen leiblichen Bedürfnissen nachzukommen. Er ging in die Küche und öffnete den vollen Kühlschrank. Einige Sekunden ließ er seine Blicke über das reichhaltige Angebot wandern, das ihm der Kühlschrank bot. Jede Menge frisches Gemüse, Obst und eine Schachtel mit Eiern.

Er entschied sich, nicht viel Zeit für ein aufwändiges Gericht zu opfern und griff nach einer Packung roter Linsen. Seit dem Tod seiner Frau hatte er nie mehr Linsen gekocht. Jetzt schien die Gelegenheit passend.

Er wusch die Linsen in lauwarmem Wasser bevor er sie kurz mit etwas Öl in der Pfanne andünstete und sie danach mit Brühe ablöschte. Während die Linsen zu kochen begannen, nahm er fünf Karotten, ein paar Kartoffeln und ein Stück Ingwer aus dem Kühlschrank und schnitt alles in Scheiben.

Als die Brühe heiß war, würzte er die Linsen mit reichlich Curry, Kreuzkümmel, Jeera und dem Masala-Gewürz, welches er dosenweise von seiner letzten Reise aus Ostafrika mitgebracht hatten. Während die Linsen mit den Kartoffeln auf niedriger Stufe köchelten, gab er den Ingwer, eine Dose gehackter Tomaten und einen großen Schuss Kokosnussmilch dazu, bevor er die geschnitten Karotten daruntermischte. Er mochte es, wenn die Karotten noch knackig waren. Deshalb mischte er sie lieber spät als zu früh unter.

Das Gericht köchelte vor sich hin, während Kurt sich an seinen Laptop setzte und ihn einschaltete. Virunga musste er nicht nachschlagen. Im Unterschied zu seinen Kollegen war ihm

Virunga ein Begriff. Er selbst war mehrmals in Ostafrika gewesen und hatte sich mit den dortigen Ländern auseinandergesetzt.

Was allerdings das mit Öl geschriebene Wort für einen Zusammenhang mit einer Metzgerei in St. Gallen hatte, war ihm schleierhaft. Und weshalb wurde Öl als Farbe verwendet?

Auf einmal durchzuckte ihn ein Gedanke. Na klar, hatte er da nicht letztes Jahr etwas von Ölbohrungen im Nationalpark gelesen? Fieberhaft versuchte er sich zu erinnern. Doch, da gab es doch die eine Firma, die im Park nach Öl bohren wollte. Wurde es dann aber nicht …?

Endlich war der Laptop bereit. Er öffnete den Browser und gab auf Google die Worte Virunga und Ölbohrungen ein.

Bald fand er, was er suchte. Roderer hatte ihnen den Hinweis auf sein nächstes Opfer gegeben. Es war ein britischer Ölkonzern, der immer wieder mit Ölbohrungen im Virunga-Nationalpark in Verbindung gebracht wurde.

Ölbohrungen an einem der schönsten Plätze der Erde, wo nebst einer riesigen Artenvielfalt auch die letzten Berggorillas der Welt lebten. Die vom Aussterben bedrohten Tiere waren lediglich in Ruanda, Uganda und dem Kongo zu finden und ihre letzten Lebensräume wurden nun wegen der Bodenschätze bedroht.

2014 hatten Umweltschützer auf der ganzen Welt durch eine weltweite Petition erreicht, dass der Konzern von seinem Vorhaben abließ und öffentlich erklärte, keine Bohrungen vorzunehmen.

Kurt las sich interessiert durch mehrere Artikel, die den Erfolg für den Erhalt der Umwelt lobten und begann sich zu fragen, weshalb Roderer es auf eine Firma absah, die ihr Projekt zum Schutze der Umwelt aufs Eis gelegt hatte. Verfügte Roderer über andere Informationen? Informationen, die der Öffentlichkeit vielleicht nicht bekannt waren?

Erst jetzt dachte Kurt an seine Linsen, die er in seinem Eifer vergessen hatte. Er eilte in die Küche und nahm gerade noch rechtzeitig den Topf vom Herd. Der leckere Duft von Curry lag in der Luft, als Kurt sich mehrere Schöpflöffel des Linsengerichts in eine Suppenschüssel schöpfte.

Unwillkürlich musste er an alte Zeiten zurückdenken. Dengu na Chapati hatte er in Ostafrika mehrmals wöchentlich gegessen. Ein kenianisches Linsengericht, das mit einem Fladenbrot gegessen wurde. Einfache Kost, aber eine der leckersten Speisen überhaupt. So lecker seine Linsengerichte auch sein mochten, sie konnten es nicht mit Dengu aufnehmen und kein Fladenbrot auf der Welt schmeckte so lecker, wie ein afrikanisches Chapati. Nichts desto trotz freute er sich jetzt auf den Teller Linsen, den er auf dem Tisch gleich neben seinem Laptop abstellte.

Kurt ließ sich genüsslich seine Linsen schmecken und klickte sich unterdessen im Internet durch verschiedene Artikel. Auf mehreren Seiten las er von dem Erfolg, den Umweltschützer in punkto Virunga erreicht hatten. Dann aber stieß er auf neuere Berichte über die kongolesische Regierung, aus denen zu entnehmen war, dass diese durchaus in Erwägung zog, das Ölvorkommen aus dem Virungagebiet abzubauen.

Wie es aussah, war der Erfolg der Umweltschützer nur begrenzt, denn bereits drohte die Gier nach Reichtum erneut die letzten Berggorillas, von denen es unterdessen nur noch weniger als 1000 Stück gab, auszurotten.

Der Kommissar war sich nun sicher. Roderer verfügte über Informationen, die den britischen Konzern mit Ölbohrungen in Verbindung brachten. Nur weil die Firma öffentlich vor einem halben Jahr bekanntgegeben hatte, auf die Bohrungen zu verzichten, musste sie sich ja schließlich nicht bis in alle Ewigkeit daran halten.

Kurt loggte sich in seinen E-Mail-Account ein, suchte nach der E-Mail mit der Seminarteilnehmerliste und öffnete das pdf-

Dokument. Aufmerksam fahndete er unter den 30 Teilnehmern nach der Firma.

Bingo! Teilnehmer 21, ein gewisser Boas Westfield war Angestellter dieser Firma. Dank der Liste hatte Kurt nun nicht nur den Namen des möglichen nächsten Opfers, sondern auch dessen Adresse. Er überlegte gerade was nun zu tun war, als ihm ein entscheidender Gedanke kam.

Roderer musste wissen, dass sie ihm mit der Liste und der am Tatort hinterlassenen Botschaft auf die Schliche kamen. Die Polizei würde bald wissen, wer sein nächstes Opfer war. Das musste Roderer bewusst sein. Dies bedeutete, dass Roderer entweder bereits zugeschlagen hatte, oder aber die Polizisten absichtlich auf eine falsche Fährte lockte. Oder wollte der Mörder der Polizei eine Falle stellen?

Was sollte Kurt tun? Es war bereits kurz vor Mitternacht und auch in England war es zu spät, um irgendwelche Privatpersonen zu belästigen. Dennoch wählte Kurt nach einigem Hin und Her die Nummer auf der Liste.

Er ließ das Telefon mehrere Minuten läuten, bevor er resigniert auflegte. Er musste diesen Boas Westfield warnen, das war klar. Also schrieb er in einfachen englischen Sätzen eine E-Mail an dessen Adresse, die sich glücklicherweise ebenfalls der Liste entnehmen ließ.

Zufrieden war der Kommissar dennoch nicht. Wer konnte schon wissen, wann dieser Westfield seine E-Mails checken würde. Es musste doch noch einen anderen Weg geben.

Er könnte die englische Polizei persönlich informieren. Allerdings hatte ihm Ruben Frank klar und deutlich zu verstehen gegeben, dass er keinesfalls ohne seine Einwilligung weitere Firmen oder Dienststellen kontaktieren durfte.

Was also sollte er tun? Sich ein zweites Mal über den Befehl hinwegsetzten und seine Karriere dafür aufs Spiel setzten? Oder seinen Chef in dessen heiliger Freizeit belästigen?

Es ging um ein Menschenleben, das war doch schließlich wichtiger als seine Zukunft ... oder etwa nicht? Andererseits aber hatte dieser Boas sicherlich genug auf dem Kerbholz und war wahrscheinlich kurz davor, ein riesiges Naturschutzgebiet in Ostafrika zu zerstören, war da sein Tod nicht tragbar?

Kurt erschrak über diesen Gedanken. Wie konnte er nur so denken?! Er, der immer gegen die Todesstrafe war, er, der jedem Menschen eine zweite und dritte Chance gegeben hatte. Nein, er, Kurt Schär würde etwas tun und auf einmal wusste er auch was.

Kurz nach halb sechs Uhr morgens checkte Kurt im Euroairport Basel ein. In Arlesheim Dorf war er in das erste Tram in Richtung Stadt gestiegen und hatte beim Bahnhof SBB in Basel in den Bus Nummer 50 zum Flughafen gewechselt.

Um ein Uhr in der früh hatte er sich noch einen Platz in einem Flug nach London ergattert, der um 6.55 Uhr in Basel abfliegen würde. Wenn alles wie geplant lief, würde er auf der Insel gelandet sein, bevor sich die Sonderkommission in Basel für die Besprechung traf.

Da er kein Gepäck aufgab, fiel das mühsame Warten vor dem Schalter weg und er konnte direkt die Sicherheitskontrolle passieren. Seine Dienstwaffe musste er natürlich zu Hause lassen.

Im Sicherheitsbereich angekommen, bestellte er sich an einer Bar einen Kaffee und griff nach einem Schokoladencroissant aus dem Korb. Noch hatte er eine gute halbe Stunde Zeit bis zum Boarding.

Er entschloss sich, Michi über sein Vorhaben zu informieren und wählte seine Nummer. Sogleich meldete sich die Mailbox seines Kollegen. Er war wohl noch am Schlafen. Also klärte Kurt seinen Kollegen per Anrufbeantworter über seine jüngsten Ermittlungen auf. Erst ganz am Ende erwähnte er, dass er unterwegs nach London sei. Hoffentlich sei es noch nicht zu spät.

„Ich melde mich, sobald ich Neuigkeiten habe", beendete Kurt seine Nachricht und legte auf.

Er war hundemüde. Wahrscheinlich wäre es besser gewesen, auf die zwei Stunden Schlaf, die er sich noch gegönnt hatte, zu verzichten, denn das Aufstehen war der Horror gewesen. Jetzt hoffte er, im Flugzeug noch ein paar Minuten ausruhen zu können, bevor er sich auf die Spuren des Killerpaares machte.

Er nahm sein Smartphone zur Hand und stellte erfreut fest, dass er trotz seiner Nähe zu Frankreich noch Schweizer Netz hatte. Kurt öffnete sein kleines Notizbuch und suchte nach der letzten Seite mit Notizen. Dort standen die zwei Sätze, die er nun in die Suchmaschine eintippte.

„Fresst euch satt am Fleisch von Königen und Generälen! Fresst das Fleisch der Mächtigen!"

Wie er bereits erahnt hatte, waren die Sätze aus der Bibel. Bereits der erste Link verwies auf die Bibelstelle und Kurt öffnete die Seite.

Auf seinem Bild erschien das 19. Kapitel der Offenbarung des Johannes. Dieses Mal stand der Vers tatsächlich in der Offenbarung, genauer im 18. Vers des 19. Kapitels.

„Siegesjubel im Himmel", lautet die Überschrift des Kapitels und Kurt ahnte bereits, weshalb Roderer diese Bibelstelle gewählt hatte.

Er las das ganze Kapitel, in dem das Ende der Herrschaft Satans eingeläutet wurde. Gott als Richter verurteilte diejenigen, die die Erde ins Verderben gestürzt hatten. Die Schuldigen gingen zu Grunde, während die Gerechten feierten. Kurt verstand nicht alles, was er las, aber eines war sicher: Roderer spielte mit diesem Kapitel auf das Ende der Menschen an, an deren Händen Blut klebte. Menschen, die für ihren Erfolg andere opferten. Menschen, die Konzerne gründeten, die es ihnen ermöglichten die Erde zu zerstören und schwächere Individuen auszubeuten.

Roderer läutete mit diesem Kapitel das Ende seines Schlachtzuges für die Gerechtigkeit ein. Und er wollte das Ende nicht alleine feiern. Kurt persönlich sollte daran teilnehmen. Bestimmt war der letzte freie Platz im Flugzeug kein Zufall gewesen. Wie die Dame auf der Hotline der Fluggesellschaft dem Kommissar mitteilte, hatte nur wenige Stunden vor seinem Anruf eine Person ihren Flug storniert.

Kurt konnte sich zwar nicht erklären, wie Roderer im Voraus wissen konnte, zu welchem Zeitpunkt der Kommissar sein Ticket buchen würde, aber er war sich sicher, dass der Umweltschützer seine Finger im Spiel hatte.

Die Durchsage fürs Boarding riss ihn aus seinen Gedanken. Flug 7625 nach London Gatwick. Das war sein Flug. Er kippte den letzten Schluck Kaffee hinunter, zahlte den überteuerten Preis und ging aufs Gate zu.

Als er wenig später im Flugzeug saß und die Stewardessen die Sicherheitsinstruktionen erläuterten, schloss Kurt seine Augen und dachte an das, was nun kommen würde. In London würde er ein Taxi nehmen und zur Adresse fahren, die er auswendig gelernt hatte. Eine knappe Stunde würde die Fahrtzeit dauern. Er würde rechtzeitig kommen, denn Roderer erwartete ihn.

Das Flugzeug rollte auf die Startbahn und die Motoren wurden lauter. Dann schoss die Maschine pfeilschnell über die geteerte Strecke dem Ende der Piste zu. Kurt kaute auf seinem Kaugummi und fühlte, wie das Flugzeug abhob. Nun gab es kein Zurück mehr. Die Airbus A319 stieg hinauf in den französischen Luftraum und unter ihnen bot sich klare Sicht auf den Rhein. Das Flugzeug gewann weiterhin an Höhe und nach einigen Minuten erklang das Signal, das den Passagieren erlaubte, ihre Sitzgurte abzuschnallen.

Kurts Gedanken wanderten weg vom Fall. Der Gedanke an London weckte Erinnerungen, die beinahe zwanzig Jahre zurücklagen. Er war zwanzig Jahre alt, als er für einen Sprachaufenthalt von mehreren Monaten nach London ging.

In Muswell Hill, einem noblen Stadtviertel, hatte er als Aupair in einer Familie gearbeitet, während er eine Sprachschule bei Golders Green besuchte.

In London lernte er Sprachschülerinnen und Sprachschüler aus ganz Europa kennen, mit denen er Freundschaften schloss. Die Stadt gefiel ihm und gemeinsam schlenderten sie durch viele Viertel und genossen die Vielfalt der Biere in den Pubs.

In Muswell Hill, nur wenige hundert Meter von seiner Gastfamilie entfernt, gab es eine alte Kirche, die in ein Pub umfunktioniert worden war. Wie hatte er es geliebt in dieser einmaligen Kulisse ein kühles Cider zu genießen, während eine Band Livemusik spielte.

Besonders aber gefiel ihm Camden Town. Ein alternativer Stadtteil im Norden Londons mit einer großen Kulturvielfalt. An den einfachen Buden wurde Streetfood aller Art verkauft und auf einem riesigen Markt boten die Händler ihre Waren feil. Und erst die Abende in Camden. Da gab es nicht nur Clubs, sondern auch jede Menge Pubs und Bars.

Ein alter Pferdestall wurde in eine Bar umfunktioniert. Die einzelnen Pferdeboxen boten genug Platz für einen kleinen Tisch und ein paar Sessel. Nein, an Kreativität fehlte es Camdon Town wahrlich nicht.

Kurts Gedanken wanderten durch die Monate, die er in England verbracht hatte. Es war eine tolle Zeit gewesen. Nach seinem Wehrdienst das erste Mal, dass er ganz von zu Hause weg war. Während er in den Erinnerungen schwelgte, überfiel ihn der lang ersehnte Schlaf. Er träumte von alten Zeiten, von Zeiten, in denen die dunklen Wolken eine Seltenheit waren.

Erst als das Flugzeug zu einer unsanften Landung auf der Insel ansetzte, wachte der Basler Kommissar wieder auf. Nun, da er wieder bei vollem Bewusstsein war, ging auf einmal alles so unglaublich lange.

Die Airbus rollte gemächlich dem Terminal entgegen und die Stewardessen baten die Passagiere per Lautsprecher, sitzen zu bleiben. Auf seinen bisherigen Flügen hatte sich Kurt über all die Passagiere genervt, die kaum war das Anschnallzeichen verschwunden, aufstanden und Richtung Ausgang drängten. Dieser wurde erfahrungsgemäß erst einige Minuten danach geöffnet, weshalb Kurt die plötzliche Eile nie verstand. Erst recht lächerlich fand er es, wenn vor dem Flugzeug offensichtlich ein Bus wartete, der ohnehin erst abfahren würde, wenn auch die letzten Passagiere eingestiegen waren.

Jetzt aber war Kurt fest entschlossen sich einen Weg zur Türe zu bahnen, sobald das Zeichen erlöschen würde. Als das erwartete Signal endlich erklang, schnallte er sich eilig ab und ging zielstrebig auf den Ausgang zu, wo er vor der verschlossenen Türe noch warten musste.

Mit einigen Geräuschen öffnete sich die Türe und Kurt hastete als dritter Passagier aus der Maschine. Was wohl die anderen beiden zur Eile drängte, fragte sich Kurt während er hinter den beiden Männern in Richtung Ausgang eilte.

Der Londoner Flughafen war groß und keineswegs mit dem in Basel vergleichbar. Zum Glück war alles gut ausgeschildert und so fand Kurt ohne Mühe zum Ausgang.

Beim Kiosk vor dem Ausgang legte er trotz Zeitknappheit eine kurze Pause ein. Einen Coffee to go, soviel Zeit musste sein. Er bezahlte mit einer Fünf-Pfund Note, wartete aber nicht auf das Wechselgeld sondern hetzte hinaus zum Taxistand.

Er bestieg eines der schwarzen Londoner Taxis und nannte dem Chauffeur seine Adresse.

„Das wird eine knappe Stunden dauern", meinte der Chauffeur, ein Mann Mitte vierzig.

„Wenn Sie es in 40 Minuten schaffen, gebe ich Ihnen den doppelten Preis", war Kurts knappe Antwort, mit der er dem Chauffeur seine Eile zu verstehen gab.

Der Mann startete den Motor und der Basler Polizist fuhr der Stadt entgegen.

„Er nimmt nicht ab. Sein Mobiltelefon ist immer noch ausgeschaltet", sagte Michi mehr zu sich selbst, als zu den Kollegen, die sich langsam im Besprechungszimmer der Sonderkommission einfanden. Michi wusste, dass Kurt unterdessen in London gelandet sein musste und er fragte sich, weshalb der sein Telefon nicht einschaltete. Hatte der Kommissar es in der Hektik vergessen oder war etwas dazwischen gekommen?

Michi konnte die Entscheidung seines Partners nicht verstehen. Wenigstens ihn hätte Kurt doch in der Nacht anrufen und um Rat fragen müssen. Stattdessen begab er sich auf eigene Faust in ein fremdes Land um ein Mörderpaar zu stellen. Ja, wahrscheinlich hatte er nicht einmal eine Waffe dabei! Was hatte sich Kurt nur dabei gedacht?

Es war kurz vor halb neun und Michi graute es nur schon vor dem Gedanken, in wenigen Minuten Ruben Frank erklären zu müssen, weshalb Kurt nicht anwesend war. Sein Chef würde den Entscheid von Kurt wohl kaum gutheißen, selbst wenn dieser darauf verzichtet hatte, andere Behörden einzuschalten. Ein Schweizer Polizist auf englischem Boden, das konnte doch nur Schwierigkeiten geben.

Richmond war ein idyllischer Vorort der Großstadt, der an den Ufern der Themse lag. Kurt war während seines Sprachaufenthaltes nie in diese Gegend gekommen, doch obwohl er sonst interessiert die vorbeiziehende Landschaft betrachtete, war er nun mit seinen Gedanken woanders.

War es vielleicht doch ein Fehler gewesen, so Hals über Kopf nach England aufzubrechen? Wie stellte er sich das eigentlich vor, falls Roderer und seine Komplizin tatsächlich bereits dort waren?

Wollte er da einfach ohne Waffe hineinspazieren und „Nehmt sofort eure Hände über den Kopf und ergebt euch!", rufen?

„Das erste Mal hier?", fragte der Taxifahrer bemüht darum, ein Gespräch mit seinem Kunden zu beginnen.

„Nein", lautet die knappe Antwort des Polizisten.

„Was treibt Sie in die Stadt?", versuchte der Mann es nun mit einer offenen Fragestellung, doch Kurt schaffte es auch diese Frage mit nur einem Wort zu beantworten.

„Berufliches."

Der Taxifahrer blickte kurz von der Straße weg und schaute seinen Mitfahrer an, bevor er sich entschloss, auf weitere Fragen zu verzichten. Allem Anschein nach war der Mann nicht gerade auf Smalltalk aus.

Vor dem Taxi schaltete eine Ampel gerade auf Rot. Der Fahrer drückte aufs Gas, vielleicht würde er sich mit diesem wortkargen Kunden wenigstens ein wenig Taschengeld verdienen.

Nach 43 Minuten Fahrtzeit setzte der Fahrer seinen Blinker und bog in eine ruhige Seitenstraße ein. Nach wenigen Metern hielt er vor einem schönen Anwesen und gab Kurt zu verstehen, dass sie ihren Zielort erreicht hatten.

Kurt griff nach seinem Portemonnaie und bezahlte dem überglücklichen Mann den doppelten Tarif. Dieser verabschiedete sich dankend und fuhr davon.

So stand Kurt nun alleine auf der ruhigen Wohnstraße in einem teuer wirkenden Wohnviertel und überlegte, was zu tun war. Er ging auf das Gartentor zu, an dem ein Schild vor zwei bissigen Hunden warnte. Kurt entschied sich zu klingeln und wollte gerade seinen Finger ansetzten, als er das einen Spalt breit offene Tor bemerkte. Ging jemand der bissige Hunde im Garten hatte so leichtfertig mit seiner Gartentüre um?

Langsam schob er das Tor auf und betrat das Grundstück. Mit seinen Blicken suchte er jede Ecke des Gartens ab. Dieser war, Gott sei Dank, einfach zu überblicken. Der sorgfältig gepflegte englische Rasen zog sich über das ganze Grundstück und wurde nur von einigen geschmacklosen Kunststatuen, die auf dem ganzen Areal verteilt waren, versehen.

Kurt näherte sich auf dem gepflasterten Weg dem Haus und stieg die wenigen Marmorstufen hoch, die zur Eingangstüre des Hauses führten. Wieder überlegte er, ob er klingeln sollte, doch ein Gefühl sagte ihm, damit zu warten. Er versuchte es mit einem Blick durch das Glas der Haustüre, nur um dann feststellen zu müssen, dass ihm dahinter ein Seidenvorhang die Sicht versperrte.

Die Tür war verschlossen. Also entschied er sich, ums Haus zu schleichen. Vielleicht würde er durch ein Fenster etwas erspähen können. Er stieg die Stufen hinab und ging auf leisen Sohlen der Hausmauer entlang. Beim ersten Fenster, vor dem er stehen blieb, war der Rollladen heruntergelassen, also rückte er zum nächsten vor.

Hier hatte er mehr Glück. Vorsichtig schob er seinen Kopf an die untere Fensterecke und lugte hindurch. Weiße Gardinen mit einem transparenten Muster erschwerten seinen Blick, aber dennoch konnte er das dahinterliegende Zimmer erkennen. Es war ein riesiger Raum mit einem dunklen Holzboden. An der Innenwand erblickte Kurt einen offenen Kamin, in dem ein Feuer brannte. Rund um den Kamin war der Boden gekachelt. Das Zimmer war stilvoll eingerichtet und erinnerte Kurt sogleich an das Hotel Drei Könige.

Kurt wollte gerade seinen Blick vom menschenleeren Wohnzimmer abwenden, als die Türe sich öffnete und ein Mann eintrat.

Der Mann trug in beiden Händen zwei Kanister, die beide gut zehn Liter fassen mussten. Die hagere Person schien unter dem Gewicht zu leiden, doch bevor sich Kurt fragen konnte, weshalb der Mann die beiden schweren Kanister in das Wohnzimmer schleppte, erkannte er den Grund. Zwei Meter hinter dem Mann erschien eine weitere Person in Kurts Blickfeld.

Vollbart, verstrubbeltes Haar und tätowierte Arme. Kurt erkannte Samuel Roderer, der eine Schusswaffe auf den hageren Mann richtete. Der Kommissar duckte sich blitzschnell und versteckte sich unter dem Fenster.

Hatte Roderer ihn gesehen? In der Regel sah man von innen besser nach außen als umgekehrt. Andrerseits aber war Roderer auf sein neustes Opfer fokussiert. Die Chance war also klein, dass er einen Blick in Richtung Fenster geworfen hatte.

Kurt schlich vom Fenster weg um die Hausecke herum und kauerte sich an die Wand. Was sollte er nun tun? Roderer war hier, kein Zweifel! Jetzt war es an der Zeit die Polizei zu rufen. Aber wie lange würde es dauern, bis diese hier war? Kurt überlegte nicht lange und fasste seinen Entschluss. Er würde eingreifen. Hier und jetzt.

In Deckung der Hauswand schlich er sich unter zwei weiteren Fenstern vorbei, riskierte aber keinen weiteren Blick hinein. Dann erreichte er eine aus Naturstein gefertigte Terrasse. Nebst einem steinernen Pizzaofen und einem Grill stand ein Tisch aus Massivholz. Keine Frage, diesem Herrn Westfield fehlte es an nichts.

Kurts Blicke wanderten über die Terrasse hinweg auf die Terrassentüre. Stand diese wirklich offen? Wieder zögerte der Kommissar. Was, wenn dies eine Falle war?

Suchend schaute er sich nach irgendetwas um, das er als Waffe hätte verwenden können. Neben dem Pizzaoffen hing an einer Halterung ein Scheuerhaken. Der musste für seine Zwecke genügen. Mit einem Scheuerhaken gegen eine Schusswaffe, wenn das nicht gute Karten sind, dachte Kurt sarkastisch und ging mit leisen Schritten auf die Türe zu.

Er war ruhig, ruhiger als er es eigentlich hätte sein sollen. Erst jetzt bemerkte er, dass er keinerlei Angst verspürte. Ihm war es egal, wie das hier enden würde. In diesem Augenblick gestand Kurt sich nach Monaten ein, wie egal es ihm war, wenn der Tod ihn heimsuchte. Er würde bei ihr sein. Oder? Aber was, wenn sie ihn verstieß? Was war, wenn sie ihm allein die Schuld gab? Er war es doch, der sie umgebracht hatte!

Kurt setzte den ersten Fuß über die Schwelle, dann den zweiten. Erfreut nahm er die Beschaffenheit des Bodens, dieser war aus massiven Steinfliesen, zur Kenntnis. Die Chance, dass ein solcher Boden knarrte, war äußerst gering.

Er stand im Haus. Im gleichen Haus, in dem der Mörder war, den die Polizei dreier Kontinente seit Monaten suchte. Jetzt war der Augenblick gekommen ihm gegenüberzutreten.

In seinem Kopf ging Kurt den Umriss des Hauses durch. Er befand sich in einem großen Zimmer mit einem Tisch, wahrscheinlich ein Speisezimmer. Direkt nebenan musste das Wohnzimmer sein. Doch da war keine Türe, die die beiden Räume verband. Dafür fiel Kurts Blick auf das Cheminée. Das gleiche hatte er zuvor im Wohnzimmer erkannt. Sicherlich war es in beiden Räumen gebaut worden und nutzte denselben Kaminschacht. Genau auf der anderen Seite also musste der andere Kamin stehen. Das bedeute folglich, dass er das Speisezimmer durch die Tür auf der anderen Seite des Raumes verlassen musste, um dann rechts abzubiegen und die erste Tür rechts zu nehmen.

Leise schlich er durch den Speisesaal auf dessen einzige Türe zu. Behutsam öffnete er die Holztür, von der er kein Knarren zu hören hoffte. Sein Wunsch wurde erhört und so gelang er beinahe geräuschlos in den dahinterliegenden Gang. Drei Meter vor ihm erkannte er auf der rechten Seite die Tür, die ins Wohnzimmer führen musste. Sie stand offen.

Aufs Äußerste darauf bedacht, ja keine Geräusche zu verursachen, ging der Kommissar auf die offene Türe zu. Von innen hörte er Roderers Stimme.

„Und nun leg dich auf den Bauch und streck deine Arme nach hinten", lautete die Anweisung des Mörders.

Kurt riskierte einen Blick durch die Türe und sah, wie sich Roderer über den am Boden liegenden Mann beugte und ihm mit Kabelbindern Arme und Füße zusammenband. Beide drehten Kurt den Rücken zu und konnten ihn unmöglich sehen. Der Moment schien günstig, um sich von hinten an Roderer anzuschleichen.

Doch was war mit der Frau? Wenn sie im Haus war, und davon musste Kurt ausgehen, dann würde sie ihm vielleicht auflauern. Dieser Gedanke ließ ihn sich unwillkürlich panisch umdrehen. Doch hinter ihm war es weiterhin ruhig. Sowohl der Gang vor, als auch der hinter ihm war menschenleer.

Kurt wog die Risiken ab und entschied sich dann zum Handeln. Fest umschlossen hielt er den Scheuerhaken in beiden Händen und hob ihn empor, um mit voller Wucht zuschlagen zu können. Es waren allerhöchstens drei Meter, die zwischen ihm und Roderer lagen. Es musste einfach reichen.

Skeptisch beäugte er den edlen Holzboden. Wie groß war die Wahrscheinlichkeit eines Geräusches? Kurt nahm seinen ganzen Mut zusammen und trat in das Wohnzimmer. Ein Schritt, dann ein zweiter, der Boden gab kein Geräusch von sich. Ein dritter Schritt und der Boden spielte immer noch mit. Nur noch zwei Meter.

„Wieso sind Sie so darauf bedacht keinen Lärm zu machen, Herr Schär? Treten Sie nur hinzu. Keine Angst, Sie stören nicht!", hörte Kurt wie aus dem Nichts Roderers Stimme.

Der Mörder, der Kurt nach wie vor den Rücken zuwandte, sprach mit einer solch ruhigen Stimme, die Kurt zu verstehen gab, dass ihn seine Anwesenheit alles andere als überraschte.

Von der plötzlichen Wendung total überrumpelt, blieb Kurt wie angewurzelt stehen, während sich Roderer gemächlich zu ihm umdrehte. In seiner Hand hielt er locker seine Pistole, die er nun langsam hob.

„Herr Schär. Bitte seien Sie so gut und legen Sie Ihre brachiale Waffe beiseite. Sonst erhalte ich noch fast den Eindruck Sie wollten mir an den Kragen."

Kurt folgte der Bitte, die durch die auf ihn gerichtete Waffe einem Befehl gleichkam. Er legte den Scheuerhaken neben sich auf den Boden.

„Kicken Sie ihn doch mit dem Fuß etwas weiter weg. Ja, ich weiß, das könnte den schönen Boden zerkratzen, aber ich denke Herr Westfield hat nichts dagegen einzuwenden, oder?"

Roderers Kopf drehte sich kurz dem unter ihm liegenden gefesselten Mann zu, der das Schweizerdeutsch überaschenderweise anscheinend bestens verstand und sogleich ein ‚Nein' stammelte. Der Kommissar folgte der Aufforderung und stieß mit seinem rechten Fuß die Waffe von sich.

So stand er nun dem Mörder, der sieben Menschenleben auf dem Gewissen hatte, völlig wehrlos gegenüber.

„Herr Schär. Darf ich Kurt zu Ihnen sagen? Ich habe es nicht so mit dem Sie. Ich bin Samuel."

Kurt nickte stumm, was blieb ihm denn schon anderes übrig.

„Kurt. Bitte nimm doch auf dem Sessel dort Platz."

Roderer deutete mit der Waffe in Richtung eines Ledersessels, der bei der Couch stand. Der Kommissar ging die wenigen Schritte und setzte sich zaghaft auf das Polstermöbel. Der Umweltschützer seinerseits stand auf und setzte sich auf die danebenstehende Couch.

„Kurt, ich mache dir einen Vorschlag. Du hast den ganzen Weg hierhin auf dich genommen, um hier meinem letzten Akt beizuwohnen. Es ist der Akt, mit dem eigentlich alles überhaupt begann. Weshalb erkläre ich dir gleich.

Erst aber sollst du wissen, dass ich dir das hoch anrechne und dir diesen Aufwand auch entlohnen werde. Sag mir, was hältst du davon, wenn ich dir in aller Ruhe erzähle, warum wir beide heute auf diesen bequemen Sesseln sitzen, während neben uns ein Mann liegt, der vor sich einen Zuber mit feinstem Erdöl stehen hat?"

Erst jetzt fiel Kurt der Wäschezuber auf, der einen Meter neben dem Opfer stand und randvoll mit einer braunen Flüssigkeit gefüllt war.

„Du stellst all deine Fragen und dann, ja dann darfst du entscheiden, was mit dem Herrn da passieren soll. Meine Absicht ist es, ihn in diesem Zuber mit Öl zu ertränken, wenn du aber nach unserem Gespräch einen anderen Vorschlag hast, wie immer er auch lauten mag, wird er angenommen.

Na, sag, klingt das nicht nach einem fairen Vorschlag, der dich für deine Strapazen, die du in den vergangenen Wochen hattest, entlohnt?"

Roderer blickte den Kommissar gespannt an, der sich für seine Antwort Zeit ließ.

Was will dieser Kerl denn nur?, fragte sich Kurt. Hatte der Mann nun vollkommen den Verstand verloren oder wieso machte er ein solches Angebot? Schließlich spielten alle Karten allein für Roderer.

„Klingt gut", sagte Kurt schließlich.

Was auch immer Roderer mit diesem Angebot bezwecken wollte, vielleicht würde es Kurt ein paar Minuten verschaffen.

„Sehr gut. Als Zeichen meines Vertrauens lege ich nun meine Pistole auf den Tisch. Ich hasse Waffen, ja ich hasse Gewalt. Mag sein, dass du nun lachst und mich für einen Spinner hältst, aber so ist es wirklich.

Waffen sind ein Konstrukt unserer dummen Spezies, um uns selbst Leid zuzufügen und unsere eigene Ausrottung etwas voranzutreiben. Ich bin froh, wenn ich das Ding loswerde."

Roderer legte die Pistole vor sich auf den kleinen Salontisch, der zwischen den beiden Polstermöbeln stand. Die Walter 99 war nun in Kurts Reichweite.

„Für dich auch einen Drink, Kurt? Habe uns extra von der Hausbar einen der besten Whiskeys geborgt. Glaube unsereins wird sich ein solches Glas nie leisten können."

Roderer griff nach einer schwarzen Flasche, die Kurt noch nie gesehen hatte.

„Highland Park Odin. Für eine solche Flasche lässt du wohl eine halbe Mille liegen. Du wärst dumm, wenn du dir das entgehen lässt, wo du doch Whiskey so magst."

Roderer zwinkerte Kurt zu und füllte die zwei bereitgestellten Gläser. Ein Glas reichte er Kurt, das andere hob er an.

„Cheers! Auf dass unser Gespräch uns weiterbringe!"

Nach etwas Zögern hob Kurt zaghaft ebenfalls sein Glas in die Höhe und es kam ihm sogar ein schwaches „Cheers" über die Lippen.

Roderer schwenkte bedächtig sein mit senffarbenem Whiskey gefülltes Glas, während in Kurts Kopf die Gedanken nur so ratterten.

Was sollte er tun? Mit dem Spinner genüsslich den Drink genießen, Konversation führen und darauf vertrauen, dass er am Ende tatsächlich die Entscheidungsgewalt hatte? Wenn Roderer dies in der Tat plante, musste er sich seiner Sache ja ziemlich sicher sein. Welche Argumente würde er wohl vorbringen die seine geplante Tat rechtfertigten?

Kurt war sich sicher: Egal, was der Mensch, der vor ihm auf dem Boden lag, auch angestellt haben mochte oder noch plante anzustellen, es würde ihn nicht von seiner Entscheidung ihm das Leben zu schenken, abhalten.

Oder sollte er blitzschnell nach der Waffe greifen, um die Situation unter seine Kontrolle zu bringen? Doch war das vielleicht das, was Roderer von ihm erwartete? Vielleicht war die Waffe nicht geladen und die unbekannte Frau würde bewaffnet den Raum betreten, sobald die Pistole in seinem Besitz war.

Die Situation war ihm aufs Äußerste unangenehm und Kurt wurde das Gefühl nicht los, dass egal wie er sich entscheiden würde, es die falsche Entscheidung wäre. So entschied er sich vorläufig Roderer das Zepter nicht aus der Hand zu nehmen. Er setzte das Glas an seine Lippen und roch am edlen Getränk, das er heute wahrscheinlich das erste und letzte Mal trinken würde.

In seiner Nase entfalteten sich ein dezenter Rauch und der Geruch nach herb-trockenen Holzaromen. Kurt glaubte Malz, Seetang und kühle Strandluft zu riechen, die dem edlen Tropfen durchaus ein Zeichen von Individualität verliehen.

Ehrfürchtig nahm er einen ersten Schluck. Im Mund schmeckte der Whiskey mit auffallend maritimem Charakter nach salzigem, dezentem Rauch. Eine kraftvolle Wärme überkam Kurt, als er spürte wie der Schluck durch seine Speiseröhre glitt. Im Nachgang meinte er Karamell zusammen mit einem Hauch Kirschen, gefolgt von dem Duft nach Vanille zu schmecken. Wahrlich sein bisher bester Tropfen.

„Warst du auf all deinen Afrikareisen mal in der Demokratischen Republik Kongo?", startete Roderer plötzlich das Gespräch.

„Nein, leider nie, ist ja bekanntlich nicht so sicher dort. Aber wieso weißt du von meinen Reisen?"

„Ich weiß einiges, doch das tut nun nichts zur Sache. Die Frage ist doch vielmehr, weshalb es im Kongo so gefährlich ist. Wieso es in diesem wunderschönen Land, dem Herzen Afrikas, so viel Leid, Gewalt und Krieg gibt."

Roderer hielt einen Moment inne und wartete auf eine Reaktion von Kurt. Als diese ausblieb, sprach er weiter.

„Geld. Die Antwort ist Geld. Der Kongo ist gemessen an seinen Bodenschätzen eines der reichsten Länder der Erde. Seit Jahrhunderten wird das Land ausgebeutet. Sklaven wurden zu tausenden nach Amerika verschifft.

Belgier fassten in dem seit Jahrtausenden von Pygmäen belebten Land Fuß und begannen es auszubeuten. Die Unterdrückung der Einheimischen verhalf den weißen Herren zu Reichtum.

Heute sind es Großkonzerne, die ohne Skrupel den Staat ausbeuten und das Ganze gegen aussen noch als Wohltätigkeit verkaufen. Ekelhaft! Es sind einzelne Personengruppen, die vom Reichtum des Landes profitieren wollen.

Personen in einem korrupten Regierungssystem. Andere versuchen es, indem sie sich Rebellengruppen anschließen. Doch alle haben letztes Endes das eine gemeinsame Ziel: Reichtum!"

Wieder entstand eine Pause. Dieses Mal jedoch ergriff Kurt das Wort.

„Samuel, du liegst sicherlich richtig mit deiner Annahme. Aber wieso gerade der Kongo? Dieses Land ist schließlich nicht das einzige, das von der westlichen Welt ausgebeutet wird."

„Richtig, berechtigte Frage. Vor einigen Jahren habe ich mir ein Jahr Auszeit genommen, um Afrika zu bereisen. Während andere in dieser Zeit die ganze Welt bereisen, war es für mich stets Afrika gewesen, das mich mit seiner Stimme rief. Gerade du, Kurt, wirst das verstehen. Also bin ich gereist. Nach drei Wochen Touristenhotspots, hatte ich die Schnauze voll. Ich wollte das wahre Afrika sehen. Es war dieser Entschluss, der mein Leben verändern sollte."

„Inwiefern?", fragte Kurt, der sich unterdessen auf das Gespräch ganz eingelassen hatte.

„Wendest du dich ab von den touristischen Plätzen, lernst du Afrika kennen, wie Afrika ist. Du kommst mit Menschen und der Kultur in Berührung, siehst Dinge, die du nicht einfach wegstecken kannst. Aber das weißt du ja selbst.

Nach sieben Monaten entschied ich mich, das Land zu bereisen, welches mich am meisten faszinierte. Allen Warnungen des EDA, meiner Freunde und Familie zum Trotz, überquerte ich bei Goma die Grenze von Ruanda in die Demokratische Republik Kongo.

Es waren drei Dinge, die mich riefen: Der geheimnisvolle Regenwald, die atemberaubende Schönheit der Natur und die darin lebende Tierwelt. Von allen dreien konnte ich nicht genug bekommen. Eine Welt, wie sie seit Jahrtausenden existierte, einige der wenigen noch existierenden unberührten Flecken der Erde.

Zwei Wochen bereiste ich den Nordosten des Landes, bevor ich mich für einige Tage im Virunga niederließ. Hier hatte ich das Glück, eine Begegnung machen zu dürfen mit Wesen, die weniger intelligent als wir Menschen sein mögen, jedoch im Unterschied zu uns nie ihren eigenen Untergang selbst in die Hand nehmen würden: Berggorillas."

„Du hast sie gesehen!", antwortete Kurt ungläubig, bevor er seinem Gegenüber erzählte, dass er in Ruanda das Glück leider nicht gehabt habe.

„Ja, ich habe die stolzen Tiere gesehen! Doch wenige Tage danach habe ich auch die Kehrseite der Medaille gesehen. Waldrodungen, Wilderei, Menschen, die keinerlei Rückgrat besitzen.

Virunga, ein Paradies auf Erden, wird von profitgeilen Geiern heimgesucht, denen jedes Mittel Recht ist, um an Geld zu kommen. Ob dafür ein paar Tierarten mehr aussterben hin oder her.

Es waren die Gorillas im Kongo, die mir den Anstoß gaben, die Mahnmale in Ruanda, die mich bestärkten und all die Erlebnisse auf dem schwarzen Kontinent, die mich entscheiden ließen. Für mich war es Zeit mein Leben zu ändern."

„Du hast angefangen für unseren Planeten zu kämpfen", brachte Kurt Roderers Entscheidung auf den Punkt.

„Genau. Wieso knallen einheimische Menschen Nashörner, Elefanten und andere Tiere ab? Doch nur weil ihnen reiche Personen Geld dafür bezahlen. Wer kann es einem armen Afrikaner verübeln, dass er Wege einschlägt, die es ihm ermöglichen seine Familie durchzubringen? Ich jedenfalls nicht! Ich verüble es den Menschen, die sich selbst scheuen, die Drecksarbeit zu machen. Die meinen ihren Schwanz hochzukriegen, indem sie Nashornpulver fressen, die stolz darauf sind, Teile von toten Tieren in ihrer Wohnung ausgestellt zu haben.

Also habe ich angefangen mich für die Umwelt und die armen Menschen einzusetzen. Habe Demonstrationen organisiert, habe Fundraising in die Wege geleitet, habe Zeitungsberichte und Leserbriefe geschrieben. Ich habe Bücher gelesen, um die ganze Tragweite des Problems fassen zu können und habe begonnen, mein Leben zu ändern.

Kaufte fairtrade Produkte vom Food bis zur Kleidung, begann mehr und mehr auf meine Lieblingsspeisen, Fleisch und Fisch zu verzichten. Hörte auf, mir ständig neue Klamotten und Produkte zu kaufen. Brachte meine defekten Elektrogeräte lieber zur Reparatur, selbst wenn mich der Verkäufer als Idioten abstempelte, weil es mich mehr kostete als ein neues Gerät.

Doch ich habe meinen Kampf verloren. Weil der Mensch sich einen Deut darum schert."

Roderer blickte frustriert auf und sah Kurt direkt in die Augen. Danach kippte er das Glas in einem großen Schluck hinunter.

„Kennst du Psalm 14? Nein? Dann hör mal zu."

Der Umweltschützer griff in seine Hosentasche und in seiner Hand kam ein kleines grünes Buch zum Vorschein.

„Eine Gideonbibel. Sie lag irgendwo in einem Hotel auf dem Nachttisch und ich habe angefangen darin zu lesen. Ich bin kein sehr gläubiger Mensch, aber je mehr ich in diesem Buch las, desto klarer wurde mir, dass die Bibel mehr verstand, als die meisten Menschen."

Roderer blätterte bis er die Stelle fand, nach der er gesucht hatte.

„Der Herr schaut vom Himmel auf die Menschenkinder, dass er sehe, ob jemand so verständig sei und nach Gott frage, aber sie sind alle abgewichen und allesamt verdorben; keiner ist, der Gutes tut, auch nicht einer!"

Roderer legte eine kurze Pause ein und fuhr dann fort.

„Das steht in Psalm 14. Die Bibel bestätigte mir nur das, was ich in den vergangenen Jahren mehr und mehr erlebte. Man kann über das Buch sagen, was man will, aber Weisheiten hat es! Der Mensch ist ein grauenhaftes Wesen. Da ist nichts Gutes im Menschen. Als ich mir endlich diese Erkenntnis eingestand, war es Zeit für einen neuen Plan."

„Du hast angefangen zu morden", stellte Kurt trocken fest.

„Ich habe mich lediglich der gleichen Mittel bedient, derer sich die Menschen, die ich tötete auch bedient haben."

„Ich habe nie jemanden getötet!! Nie! Ich bin unschuldig!", mischte sich da auf einmal Westfield mit flehender Stimme ins Gespräch ein.

„Ach ja? Schweig und lass mich ausreden", zischte Roderer hasserfüllt den Gefesselten an.

„Aber weshalb mordest du?", wollte Kurt nach einem kurzen Moment der Stille wissen. „Du sagst es sind alle Menschen schlecht. Denkst du da reicht es, einzelne auszuschalten?"

„Natürlich nicht. Erinnerst du dich an den ersten Anruf? Es gibt tausende Müllers. Durch meine Todesstrafen hoffe ich, die

Menschen wachrütteln zu können! Weil ich die Hoffnung nicht einfach aufgeben kann. Daher kämpfe ich! Vielleicht erkennen die Menschen so, dass der Zeiger der Uhr bereits auf fünf vor zwölf steht. Ich klammere mich an einem Strohhalm fest, in der utopischen Hoffnung, die Menschen mögen vielleicht doch nicht nur schlecht sein."

„Du erhoffst dir also Publicity."

„Nicht für meine Person, sondern zum Wohle der Welt. Ab heute Abend weiß die Presse auf der ganzen Welt Bescheid. Der Zusammenhang der Morde wird zu diskutieren geben und Politiker und Weltkonzerne müssen sich unangenehmen Fragen stellen. Vielleicht schreibt sogar jemand mal ein Buch über meine Geschichte, ich würde mich darüber freuen."

Sekundenlang war es still im Raum, dann stellte Kurt die Frage, die schon lange in ihm brannte.

„Du redest immer nur von dir? Hast du das alles alleine gemacht? Deine Afrikareise? Dein Lebenswandel? Die Morde?"

„Natürlich, oder denkst du, ein Mensch wie ich findet einfach so mir nichts dir nichts einen Seelenverwandten, der genauso denkt wie ich? Ich war schon immer ein Einzelgänger."

„Was ist dann mit der Frau, die in unseren Ermittlungen immer wieder auftauchte?"

„Die Frage musste ja kommen. Die kenne ich nicht. Habe sie auf dem Strich in Zürich angesprochen. Während so viele Menschen so erbärmlich sind und für Sex bezahlen, habe ich ihr weit mehr Geld angeboten, wenn sie mir etwas behilflich ist. Sie hat in der Schweiz ein paar Aufträge ausgeführt, ohne zu wissen, worauf sie sich genau einlässt. Sie hatte keine Ahnung von den Morden. Sie war eine Hilfe und dafür habe ich sie fürstlich entlohnt.

Und versuch mich erst gar nicht nach ihrem Namen zu fragen. Erstens weiß ich ihn nicht und zweitens würde ich ihn auch nicht verraten, selbst wenn ich ihn wüsste. Die arme Frau musste viel durchmachen. Sie hat sich ein neues Leben mehr als verdient."

„In den USA war aber auch eine unbekannte Frau im Spiel", gab sich Kurt mit der Antwort nicht zufrieden.

„Kurt, jetzt enttäuscht du mich. Auch in den USA gibt es Sexarbeiterinnen, die ausgebeutet werden."

„Du willst mir also weismachen, dass du dich verschiedener Frauen bedient hast, die alle keine Ahnung hatten, wem sie bei was halfen?

Und was ist mit dem Film? Hat dieser etwa auch eine Frau gedreht, ohne zu wissen, was da wirklich läuft?"

„Glaube es oder nicht, mir ist das egal. Ich allein bin für alle Morde und den Film verantwortlich. Nun aber lass uns zu deiner Entscheidung kommen. Hier vor uns liegt schließlich immer noch ein potentielles Opfer, das gespannt auf dein Urteil wartet. Bist du bereit die Geschichte des Mannes zu hören?"

Kurt nickte stumm und blickte den am Boden liegenden Mann an, dessen vor Furcht weit aufgerissene Augen ihn anstarrten. Der Mann hatte dem ganzen Gespräch der Männer gelauscht und wusste wie sehr seine einzige Hoffnung auf Leben von Kurt abhing.

„Nun dann", setzte Roderer zum Ende seiner Rede an, „werde ich dir erzählen wieso wir drei uns hier versammelt haben. Virunga war der Beginn meines Kampfes und Virunga wird das Ende sein.

Letztes Jahr meinte ich noch durch den Einsatz tausender Umweltaktivisten Virunga gerettet zu haben, doch ein paar Monate später wurde ich eines Besseren belehrt.

Der Mann hier vor uns heißt, wie du sicherlich bereits weißt, Boas Westfield. Sein Vater ist Brite, seine Mutter Schweizerin. Nahezu seine ganze Kindheit verbrachte er in der Schweiz, wurde unsere Werte und Normen gelehrt und hat an unseren Universitäten studiert. Heute besetzt er einen hohen Posten in einer britischen Ölfirma, die vor kurzem noch verlautbaren ließ, auf Ölbohrungen im Nationalpark zu verzichten.

Seit Monaten aber steckt Westfield in Vertragsverhandlungen mit der kongolesischen Regierung. In wenigen Tagen wird dieser Mann hier einen Vertrag unterzeichnen, der eine riesige Bedrohung für den Virunga-Nationalpark und die dort lebende Artenvielfalt bedeutet. Auch für die Berggorillas. Fängt der Großkonzern erst an, richtig nach Öl zu bohren, ist der Nationalpark verloren.

Kurt, es ist kein Zufall, dass du es bist, der heute hier ist. Ich kenne deine Vorliebe für Afrika und ich weiß auch um deine jüngste schreckliche Vergangenheit.

Hier und jetzt biete ich dir die Möglichkeit, eine gute Tat zu tun, die dich keinesfalls die Vergangenheit vergessen lässt, aber dir helfen könnte, vorwärts zu blicken. Wenn du einverstanden bist, werde ich mich um Westfield kümmern. Natürlich wird nach seinem Tod jemand anderes in seine Fußstapfen treten, aber diese Verzögerung verschafft den Virunga-Schützern Zeit und der Mord wird das Unrecht neu thematisieren.

Schenkst du aber Westfield das Leben, entscheidest du dich gegen Virunga, denn dann wird nichts mehr die Vertragsunterzeichnung aufhalten."

Wieder legte Roderer eine Pause ein, bevor er fortfuhr.

„Kurt, du kannst jetzt aufstehen und das Haus verlassen. Niemand wird je erfahren, dass du heute eine Entscheidung gefällt hast. Du wirst in zehn Minuten reinkommen und mich festnehmen. Doch leider war es für Westfield zu spät. Du wirst dennoch ein Held sein, weil du mich zur Strecke gebracht hast. Ein Held der in seinem Inneren damit leben muss, ein Todesurteil gefällt zu haben.

Oder aber du greifst jetzt zur Pistole und verhinderst meine letzte Tat, bist ein gefeierter Held, der aber damit leben muss, zur Ausrottung einer Spezies und einem Naturerbe beigetragen zu haben. Die Entscheidung liegt bei dir."

Mit diesen Worten schob Roderer die Waffe in Kurts Richtung, bevor er sich auf Kurts Reaktion wartend, ein weiteres Glas Whiskey einschenkte.

„Warum stellst du mich vor diese Wahl? Warum hast du ihn nicht einfach getötet und bist abgehauen?", fragte Kurt ohne zur Waffe zu greifen.

„Damit du empfindest, was ich vor jedem verdammten Mord durchgemacht habe. Als ich sagte, ich verabscheue Waffen und Gewalt, meinte ich das ernst. Glaubst du, mir hat das Spaß bereitet, die Menschen umzubringen? Ich musste die Konsequenzen abwägen und bin zu der Entscheidung gekommen, dass durch die Opferung des einen Menschenlebens tausende andere Leben gerettet werden konnten.

Heute Abend werde ich von den Medien zerrissen werden. Die Menschen werden sich auf mich stürzen und mich als gefühlloses Monster verurteilen. Weil die Menschen nun mal eine dumme widersprüchliche Spezies sind.

Sie geben täglich ihr Einverständnis zum Töten und arbeiten an ihrer eigenen Vernichtung, zeigen aber gleichzeitig mit ihren Fingern auf sogenannte Verbrecher wie mich. Wenigstens du sollst verstehen, welch innerlicher Kampf hinter meinen Morden steckt.

Wen tötet man, um anderen Leben zu schenken, wem schenkt man Leben, um andere morden zu lassen? Schau Kurt, ich habe keine Lust wegzurennen. Mein Kampf wird hier mit Virunga enden. Du entscheidest nun wie."

Einige Minuten saßen beide Männer stumm da. Kurt überlegte hin und her. Glaubte er Roderers Aussagen, musste Kurt, egal wie er sich entschied, ab heute mit dem Tod von Geschöpfen dieses Planeten klarkommen. War es dieser eine Mensch wert, für ihn das Leben ganzer Arten aufs Spiel zu setzen? Waren es die bedrohten Tierarten und Wunderwerke der Natur wert, einen Menschen dafür zu opfern? Wurde die Umwelt ohnehin nicht früher oder später zerstört?

Mehr und mehr gelang es dem Kommissar sich in sein Gegenüber reinzuversetzen. Sie hatten sich die ganze Zeit geirrt. Dieser Mensch war nicht gefühllos. Dieser Mensch hat einen Kampf ausgetragen, aus Überzeugung der Menschheit und der Umwelt damit einen Gefallen zu tun.

Doch was sollte er nun tun? Er war Polizist. Seine Aufgabe war es, für Gerechtigkeit zu sorgen. Und Gerechtigkeit hieß, nun dieses Menschenleben zu retten. Wer aber setzte sich für die Gerechtigkeit des Planeten und ausgebeuteter Ethnien ein? Wo bitte war Gerechtigkeit bei den Großkonzernen zu sehen, mit denen er in jüngster Zeit zu tun hatte?

Kurt trank den letzten Schluck Whiskey und erhob sich langsam. Er ignorierte die auf dem Tisch liegende Waffe und verließ mit langsamen Schritten den Raum. In dieser Welt hier gab es keine Gerechtigkeit.

Hinter sich hörte er wie Roderer sich ebenfalls erhob und auf den gefesselten Mann zuging. Er hörte wie der Mann panisch zu schreien begann, als Roderer sich über ihn beugte, um ihn kurz danach im Öl zu ertränken.

„Bitteeee! Nein! Ich verspreche, ich werde sämtliche Verhandlungen abbrechen. Wir werden nicht nach Öl bohren! Virunga wird nicht angefasst, ich selbst werde mich dafür einsetzten, das verspreche ich! Neeiin, bittee n..."

Die Worte verstummten als Roderer das Gesicht des Mannes in die Wanne mit Öl tauchte.

Ruben Frank war außer sich vor Wut.

„Was um alles in der Welt denkt sich der Idiot eigentlich?",
schrie er Michi an, nachdem dieser ihm von Kurts Ausflug nach
England erzählt hatte.

„Und wieso erfahre ich erst jetzt davon! Du hättest mich gleich
anrufen müssen, als du davon erfuhrst, dann hätten wir ihn
wenigstens noch am London Airport abfangen können, bevor er
irgendwelchen Schaden anrichtet. Saubande! Ihr beiden werdet
erst einmal vom Dienst suspendiert und glaubt ja nicht, dass ihr
danach noch Teil dieser Einheit sein werdet!"

Ruben Frank verließ nur wenige Minuten nach halb neun laut
zeternd das Sitzungszimmer der Sonderkommission. Er würde
sofort ein paar Anrufe nach England machen, erklärte er den
Polizisten.

„Hoffentlich lässt sich Schlimmeres vermeiden!"

Seine ganze Sorge galt offensichtlich dem Ruf der Basler Polizei. Er schien sich weder um Westfield, noch um seinen besten
Kommissar zu sorgen.

Zehn Minuten später sprach Ruben mit bestem Schulenglisch
am Telefon auf einen englischen Polizisten ein. Nachdem er
einige Male weiterverbunden worden war, sprach er mit einem
Beamten, der nach Rubens Erläuterungen versprach, sofort einen
Streifenwagen an Westfields Adresse zu schicken.

Nur eine Sekunde nachdem Westfield verstummt war, eilte Kurt
wieder ins Zimmer. Er riss den verblüfften Roderer zur Seite und
zog den Kopf des Mannes aus der Wanne. Westfield hustete und
spuckte Öl, doch er lebte.

Roderer machte keine Anstalten aufzustehen oder sich zur
Wehr zur setzten, als Kurt auf den Tisch zuging und nach der
Waffe griff. Mit traurigem Gesicht blickte er den Kommissar an
und Kurt meinte Mitleid zu erkennen.

Kurt ging auf Westfield zu und ließ sich von ihm hoch und heilig versprechen, das Virunga-Projekt zu verhindern. Dann griff er nach seinem Mobiltelefon, schaltete es ein und alarmierte die Polizei. Diese läutete jedoch überraschenderweise nur wenige Sekunden später an der Türe. „Sind Sie Herr Westfield?", wurde er von einem der Beamten auf Englisch begrüßt, als Kurt die Haustür öffnete. Erst nach einigen Erklärungen verstand Kurt, dass die Polizisten nicht wegen seines Anrufes, sondern aufgrund eines Befehls aus der Zentrale vorbeischauten.

Als zwanzig Minuten später Roderer abgeführt wurde, richtete er sich mit ein paar letzten Worten an Kurt.

„Ich habe mich in dir getäuscht, Kurt. Wie es aussieht, dienst auch du dem System, das unsere Erde gegen die Wand fahren wird. Der Mensch sät was er erntet, vergiss das nie!"

Kapitel 10

„Ist Isabelle noch immer krank?", wollte Michi von Kurt wissen, als sie am Mittwoch dem 14. Januar gemeinsam durch die Steinenvorstadt schlenderten.

Vier Tage waren seit dem Tag vergangen, als Kurt den Mörder gestellt und ein weiteres Todesopfer verhindert hatte. Noch am gleichen Abend war Kurt mit dem Flugzeug zurück nach Basel geflogen. Am Euroairport wurde er von zahlreichen Reportern empfangen. Kurt hatte sie alle ignoriert und war ohne Umwege direkt auf Michi zugelaufen, der ihm angeboten hatte, ihn nach Hause zu bringen.

„Ja, sie ist noch für weitere fünf Tage krankgeschrieben. Was genau sie hat, weiß ich allerdings nicht. Muss sie wohl schlimm erwischt haben."

Obwohl Kurt sich Mühe gab, möglichst sachlich zu klingen, konnte Michi die Sorge in seiner Stimme hören.

Die beiden Beamten waren unterdessen bei ihrem Ziel angelangt. Sie betraten das italienische Spiga Ristorante, eine Mischung zwischen Fastfoodkette und Restaurant. An der Theke bestellten sie ihr Essen. Beide entschieden sich für eine Pizza und Salat. Danach suchten sie sich einen Sitzplatz im Untergeschoss.

„Roderer redet noch immer nicht", sagte Michi nachdenklich während er seine Pizza schnitt.

„Das wird er auch nie. Er streitet nach wie vor ab, mit einer Frau zusammengearbeitet zu haben. Und wir können ihm nichts anderes beweisen. Keine Familie, keine Freunde, niemand, der weiterhelfen könnte."

Michi biss in ein Stück Pizza, kaute kurz und meinte dann:

„Zu dumm, dass es keinerlei Beweise gibt. Sein Mobiltelefon ist verschwunden, ebenso sein Computer. Es gibt weder Fotoalben, Liebesbriefe noch sonstige Hinweise auf eine Frau in seinem Leben. Auch die Freundin in Chile existiert nicht. Irgendwie muss es ihm gelungen sein, jemanden für die Falschaussage zu bezahlen. Nach wie vor bleibt uns nur noch dieses Phantombild, das uns kein Stück weiterbringt. Der Kerl hat alles genauestens geplant."

„Wie es aussieht, müssen wir uns damit abfinden nie die volle Klarheit in den Fall gebracht zu haben. Roderer dürfte ohnehin sehr lange hinter Gitter wandern, da spielt es für ihn keine Rolle, ob er noch eine Aussage macht oder nicht."

Einige Minuten lang kauten die beiden Beamten auf ihren Pizzen und dem Salat und gingen stumm ihren Gedanken nach.

„Er ist jedenfalls eine Berühmtheit geworden, so wie du auch", unterbrach Michi nach einer Weile das Schweigen.

Kurt war tatsächlich zum Helden gekürt worden. Seine Tat hatte einen Tag nach dem verhinderten Mord die Titelseiten sämtlicher nationaler und internationaler Medien dominiert.

Kurt, der Held, der sich nicht fürchtete, ohne Waffe in ein fremdes Land zu gehen, um dort den Mörder zu stellen. Kurt Schär, der Polizist, der für die Verbrechensbekämpfung keinen Aufwand scheute. Für die Medien war es ein gefundenes Fressen, das sie auch noch vier Tage danach nach Belieben ausschmückten.

Vielleicht war es am Ende tatsächlich den Lobeshymnen auf den Basler Kommissar zu verdanken, dass Ruben Frank sich bei ihm und Michi entschuldigte und das Wort Suspendierung so plötzlich vom Tisch war, wie es gefallen war.

„Mag sein. Schön wäre es, wenn sein wahres Ziel durch diese Publicity erreicht werden könnte. Doch so wie es aussieht, legen die Medien den Stellenwert ganz anders, oder wie oft hast du in den vergangen Tagen kritische Artikel über Großkonzerne und Umweltzerstörung gelesen?"

Michis Schweigen war eine klare Zustimmung zu Kurts Befürchtungen. Nein, ändern würde sich durch Roderers Kampf nichts, gar nichts.

„Er kämpfte für eine gute Sache, aber er hat den falschen Weg gewählt", meinte Michi nach einer Weile, „Gewalt mit Gewalt zu vergelten, führt zu keiner befriedigenden Lösung."

Kopfnickend stimmte Kurt seinem Kollegen zu, bevor er leise vor sich hin murmelte: „Er hat die Kernbotschaft des Neuen Testamentes ignoriert. Liebe deinen Nächsten wie dich selbst. Wer weiß, wenn sich mehr Menschen daran ausrichten würden, vielleicht ..." Kurt brach den Satz gedankenverloren ab. Wieder war es einen Moment lang still, dann fragte Michi:

„Was ist eigentlich mit diesem Westfield? Macht dir seine Aussage Schwierigkeiten?"

„Ich denke nicht. Sowohl die englischen Behörden als auch die unseren sind zuversichtlich, dass ich im Falle einer Anklage nicht belangt werden kann. Ich habe ihm das Leben gerettet. Es ist schließlich nicht mein Fehler, wenn er glaubte, ich wollte ihn anfangs seinem Schicksal überlassen."

Michi blickte Kurt nachdenklich an. „Wolltest du das wirklich nicht?"

Kurt hielt dem Blick eine Weile stand und sagte dann:

„Ich bin Polizist. Ich weiß, was ich zu tun habe."

„Britischer Ölkonzern schließt Mega-Deal mit DR Kongo ab", lautete rund zwei Wochen später die Schlagzeile auf dem Titelblatt der Gratiszeitung 20 Minuten.

Kurt, der gerade in Arlesheim Dorf ins Tram eingestiegen war, um nach einer Woche Urlaub wieder seine Arbeit aufzunehmen, glaubte seinen Augen nicht zu trauen, als sie die Schlagzeile erfassten. Sogleich begann er den Artikel zu lesen.

„Gestern Mittag gab die kongolesische Regierung bekannt,

dass die Vertragsverhandlungen den Abbau des Erdölvorkommens im Virunga-Nationalpark betreffend, mit einem englischen Großkonzern erfolgreich abgeschlossen wurden. Der Konzern erhielt die Bewilligung im nahe an Uganda und Ruanda gelegenen Nationalpark Virunga Erdöl abzubauen.

Das geplante Projekt stößt weltweit auf große Kritik und viele Umweltschützer reagieren mit empörtem Unverständnis und Frust. Noch vor einem halben Jahr glaubten sie, den Kampf um den Nationalpark, dem Zuhause von den vom Aussterben bedrohten Berggorillas, gewonnen zu haben, als der Ölkonzern öffentlich erklärte, von seinem geplanten Vorhaben abzulassen.

Die Vertragsunterzeichnungen dürften im Zusammenhang mit der jüngst aufgedeckten Mordserie stehen, in der S. R. einen Mordanschlag auf einen der Mitarbeitenden des Großkonzerns plante. Bad News für die Tierwelt und den auf sein Urteil wartenden Umweltaktivisten."

Kurt stockte der Atem. Konnte das wirklich wahr sein? Nein, er musste träumen. Er hoffte jeden Augenblick aus einem Albtraum aufzuwachen, doch es geschah nicht.

Eilig stand er auf und drückte auf den Knopf neben der Tür. Das Tram hielt an und die Tür öffnete sich. Kurt eilte hinaus, blickte sich kurz um und stellte fest, dass er erst eine Station weit gefahren war. Von hier aus könnte er problemlos zu Fuß zurück in seine Wohnung gehen.

Er ließ die Station ‚im Lee' hinter sich und lief mit schnellen Schritten die Baslerstraße hinauf, zurück ins Dorf. Er eilte am Eckhaus, das seit einiger Zeit renoviert wurde, vorbei und bog auf die Ermitagestraße ein.

In Kürze sollte in dem zentral gelegenen Haus, das jahrelang heruntergekommen dagestanden war, eine Bio Holzofenbäckerei entstehen. Er rannte an der Modeva und dem Kinderladen vorbei auf sein Haus zu.

Dort angekommen fuhr er seinen Laptop hoch und öffnete den Browser. Es dauerte nicht lange, bis er im Internet die gesuchte Telefonnummer ausfindig gemacht hatte und die Nummer in sein Telefon eingab. In Englisch erklärte er der Dame am anderen Ende der Leitung, mit wem er verbunden werden wollte. Es erklang Musik in seinem Hörer, bis sich eine andere Frauenstimme meldete.

„Bitte verbinden Sie mich mit Boas Westfield. Ich bin ein Bekannter und es handelt sich um einen Notfall. Sagen Sie ihm, Kurt Schär von der Basler Polizei möchte ihn sprechen."

Die Dame am anderen Ende der Leitung wollte Kurt vertrösten, merkte aber, dass dieser nicht lockerlassen würde, bis er mit ihrem Chef gesprochen hatte.

„Einen Augenblick bitte", sagte sie daher nach einigem Hin und Her und Kurt wartete eine Minute, die ihm wie Stunden vorkam.

„Herr Schär. Bedaure aber Herr Westfield kennt niemanden mit diesem Namen und sieht daher keinen Grund Ihren Anruf entgegenzunehmen. Aber vielleicht kann ich Ihnen ..."

Kurt schleuderte sein Mobiltelefon gegen die Wand, bevor er resigniert auf sein Sofa sank. Alles leere Worte, es waren alles leere Versprechungen gewesen! Samuel Roderer hatte Recht gehabt. Boas Westfield war ein profitgeiler Geldgeier, der sich nun daran machte, die Ernte im Kongo einzufahren.

Die Nachricht aus den Medien und das ernüchternde Telefonat hatten den Kommissar so sehr aus den Socken gehauen, dass er nur noch eine Lösung kannte:

Im nahegelegenen Coop packte er mehrere Flaschen Whiskey in seinen Korb und ging zur Kasse. Der Verkäufer, ein freundlicher Mann indischer Abstammung, freute sich über Kurts Besuch, zog jedoch etwas besorgt die vier Flaschen mit hochprozentigem Alkohol über den Laser.

Als Kurt noch mit seiner Frau hier einkaufen gegangen war, hatten sie oft mit dem Verkäufer nette Worte ausgetauscht. Sie hatten den aufgestellten Mann mit der Brille gemocht, denn freundliche Verkäufer wie er waren eine Seltenheit geworden. Nun aber hatte Kurt keine Lust auf ein Gespräch und so bezahlte er den angegebenen Betrag und verabschiedete sich.

Zuhause ließ er sich auf die Couch fallen und öffnete die erste Flasche. Es war ihm egal, dass es noch nicht einmal neun Uhr morgens war. Der Alkohol würde ihm helfen sein Versagen zu vergessen. Ja, er hatte versagt und das gleich mehrmals. Zuerst hatte er seine Frau in den Tod geschickt und nun war er für den Untergang eines ganzen Naturreservates mitverantwortlich. Kurt Schär, der gefeierte Held war ein totaler Versager.

Er nahm einen großzügigen Schluck aus der Flasche, dann einen zweiten und einen dritten. Er spürte wie die wohlvertraute Wärme ihn durchströmte und schloss seine Augen.

Es ging nicht lange, da zogen sich die dunklen Wolken über ihm zusammen. Ein grell leuchtender Blitz durchzuckte die Dunkelheit und im kurzen Lichtschein erkannte er seine Frau, wie sie mit vorwurfsvollem Blick dastand und ihn anstarrte. Kurt öffnete seine Augen und griff noch einmal zur Flasche. Er setzte sie an und spülte den Whiskey wie Wasser hinunter. Die wohltuende Wärme war verschwunden, nun brannte die Flüssigkeit wie Feuer.

Das Feuer der Hölle, dachte Kurt und stellte die nun nur noch zu zwei Dritteln gefüllte Flasche auf den Tisch. Da spürte er den ersten schwachen Tropfen, der auf ihn niederfiel. Dann ein weiterer und noch einer. Bald prasselte der Regen in Strömen auf ihn nieder. Über ihm war der Himmel pechschwarz.

Kurt saß auf seiner Couch in seinem Wohnzimmer, doch das Dach und die Wände waren verschwunden. Über ihm entlud sich ein gewaltiger Sturm. Wieder zuckte ein Blitz durch den Himmel und wieder sah er seine Frau dastehen. Neben ihr ging ein weißgekleidetes kleines Mädchen mit blondem Haar. Beide schauten ihn mit ihren strafenden und zugleich mitleidigen Blicken an, während auf ihren weißen Kleidern mehr und mehr rote Flecken auftauchten.

Als die Blicke seiner Frau auf das blutverschmierte Mädchen wanderten, begann sie entsetzt zu schreien. Erst jetzt bemerkte sie, dass auch ihr Kleid in Blut getränkt war.

Kurt sah wie Nebelschwaden die beiden Personen umhüllten, bis sie schließlich im dichten Nebel verschwanden.

Dafür sprang nun laut lachend der Höllenhund hinter der Couch hervor, fletschte seine Zähne und grinste Kurt aus nächster Nähe an.

Kurt wollte schreien, doch er spürte wie ihm etwas in den Mund geschoben wurde. Panisch riss er seine Augen auf und sein Blick fiel auf ein etwa zwölfjähriges indisches Mädchen, das ihm mit seiner kleinen blutverschmierten Hand ein genähtes T-Shirt in den Mund stopfte.

„Jeder bekommt, was er verdient", flüsterte ihm die Kindersklavin ins Ohr.

Während Kurt panisch versuchte sich vom Knebel zu befreien, spürte er auf einmal etwas Klebriges auf seiner Haut. Er blickte an sich hinunter. Seine Haut und Kleidung waren voller brauner Flecken. Der Kommissar brauchte einige Sekunden bis er bemerkte, dass es kein Wasser mehr war, das aus den dunklen Wolken regnete. Es regnete Öl!

Jetzt erschienen aus dem Nebel Gestalten mit entstellten Gesichtern. Narben zierten die Körper der Frauen, Männer und Kinder, die nun mit Sprühgeräten bewaffnet auf ihn zugingen.

Wie auf Kommando griffen sie nach ihren Spritzen und sprühten eine streng riechende Flüssigkeit in Richtung des Kommissars.

„Ein Mensch sät, was er erntet", flüsterten die Zombies im Chor und Kurt spürte wie seine Haut zu jucken und brennen begann.

Endlich gelang es ihm sich vom Knebel zu befreien. Die Näherin war verschwunden, doch ohne den Fetzen Stoff im Mund spürte er, wie ihn auf einmal ein wahnsinniger Durst überkam. Es fühlte sich an, als habe er seit Tagen nichts mehr getrunken. Sein Mund war trocken, ja Kurt lechzte geradezu nach Wasser.

Er blickte sich um. Sein Sofa stand in einer trockenen Einöde, kein Wasser weit und breit. Er mühte sich auf und ging vom Polstermöbel weg.

Auf einmal aber sah er vor sich saftig grünes Gras. Der fruchtbare Boden war nur wenige Quadratmeter breit, aber Kurt erkannte sofort das frische Wasser, das sprudelnd aus der Quelle floss. Gierig und mit letzter Kraft schleppte er sich in Richtung der Quelle. Gerade wollte er seinen Kopf ins frische Wasser stecken, als er zurückgehalten wurde. Männer in Uniformen hielten ihn fest und er musste mit ansehen, wie in wenigen Sekunden die Quelle abgezäunt und ein Gebäude darauf gebaut wurde.

Genauso plötzlich stand da auch ein Kiosk, hinter dessen Theke ihm eine Afrikanerin Wasser anbot.

„Poor Life, nur 1 Dollar", sagte die Frau lächelnd und Kurt tastete seine Hosentaschen nach Geld ab. Doch er hatte keines.

„Kein Geld, kein Wasser", meinte die Verkäuferin und hängte dann in einem Nebensatz an, „jeder bekommt, was er verdient."

Ausgetrocknet und unter Höllenqualen schleppte sich Kurt weiter, irgendwo musste es doch noch Wasser geben! Doch egal wohin ihn sein Weg führte, da waren alle Quellen umzäunt. Er spürte wie die Kräfte ihn mehr und mehr verließen und er sehnte sich nach Schatten und einem kühlen Platz. Doch die Sonne brannte erbarmungslos auf ihn nieder und raubte ihm den letzten Hauch Verstand.

Erschöpft fiel er zu Boden und blieb regungslos liegen. Er wollte nur noch sterben. Da spürte er, wie er von starken Armen hochgerissen wurde. Er öffnete seine Augen und blickte in das schwarze, fellige Gesicht eines Menschenaffen. Der Gorilla öffnete sein Maul und brüllte Kurt aus nächster Nähe an. Dann schwang er seine Beute auf seinen starken Rücken und lief mit Kurt davon.

Sie liefen durch gerodete Wälder an unzähligen Bohrtürmen vorbei bergaufwärts. Kurt sah ölverschmierte Flüsse, an deren Oberflächen tote Fische und verendete Vögel trieben. Als sie endlich den Waldrand erreichten, begann der Gorilla zu brüllen. Erst nachdem Kurts Blick auf die leblosen pelzigen Körper fiel erkannte er, dass das Tier vor Trauer schrie. Seine ganze Sippe lag tot am Boden. Kurt blickte sich um und merkte erst jetzt, wohin ihn der Affe getragen hatte. Er befand sich im Virunga-Nationalpark.

„Nicht jeder erntet was er sät, denn diese Affen haben dieses Schicksal nicht verdient", dachte Kurt während ihn der Gorilla rücksichtslos auf den Boden warf.

Der Affe beugte sich über seine Beute und wieder öffnete er sein riesiges Maul. Das Gesicht verzerrte sich und nahm neue Formen an. Der Speichel des Höllenhundes tropfte in Kurts Gesicht, während sich die Bestie mit weit aufgerissenem Maul über ihn beugte. Die Augen der Ausgeburt der Hölle funkelten vor Gier, als Kurt spürte, wie die scharfen Klauen in sein Fleisch eindrangen. Endlich würde er sterben, endlich würden die Qualen vorbei sein.

Doch da irrte sich der Kommissar. Genauso plötzlich wie die dunklen Wolken und die Gestalten aufgetaucht waren, verschwanden diese und Kurt saß wieder auf seinem Sofa in seiner Wohnung. Schweißgebadet blickte er um sich und sein Blick fiel auf die Wanduhr. Es war 9.15 Uhr. Keine Viertelstunde war vergangen.

Diese furchtbaren Träume, dachte er, schraubte den Deckel der Flasche auf und nahm einen großen Schluck.

Dienstag, 03. Februar. Kurts Kopfschmerzen waren unerträglich. Als der Wecker ihn aus seinem Schlaf riss, begriff er erst nicht, dass es bereits Dienstag war. Erst nachdem er sich zu erinnern versuchte, weshalb sein Schädel so dröhnte, dämmerte es ihm langsam: Er hatte sich gestern unentschuldigt einen weiteren Tag frei genommen. Stück für Stück setzte er den Ablauf des Vortages zusammen. Erst die Zeitung, dann der Anruf und danach der Gang in den Coop. Was danach folgte, war ein Höllentrip, der alles bisherige überbot.

Dreimal war er in psychotische Zustände verfallen. Zwischenzeitlich war es ihm nicht mehr gelungen, die Realität vom Traum zu unterscheiden. Erst am späten Nachmittag muss er in einen Schlaf gesunken sein, aus dem er nun erwachte.

Kurt fühlte sich elend und daran waren nicht nur seine Kopfschmerzen schuld. Noch während er auf seiner Couch lag, verlangte der neu angebrochene Tag ihm eine Entscheidung ab. Sollte er in seinem Kummer liegen bleiben und weiterschlafen, oder sollte er sich aufraffen und den Weg ins Büro in Angriff nehmen.

Alles in ihm sagte „Kurt bleib liegen, das Leben ist es nicht wert aufzustehen". Doch Kurt trotzte diesen Gedanken und gab sich einen Ruck. Nein, er würde sich jetzt nicht fertigmachen lassen. Er würde aufstehen und seine Arbeit machen, wie es von einem anständigen Bürger erwartet wurde. Außerdem drückte seine Blase.

Nach der Toilette mühte sich Kurt in die Küche, wo er als erstes die Kaffeemaschine einschaltete. Während der Vollautomat die Bohnen mahlte, presste sich Kurt eine Zitrone aus. Vielleicht würde der Zitronensaft, den er mit Wasser verdünnte, helfen, den Alkohol aus seinem Körper auszuspülen. Mit dem bitteren Glas Zitronenwasser schluckte er zwei Kopfschmerztabletten und überlegte was er frühstücken sollte.

Er aß nie gerne Frühstück nach einer alkoholischen Eskapade, doch seine Erfahrung hatte ihn gelehrt, dass ein wenig Essen einen verkaterten Morgen verbessern konnte.

Also nahm er zwei Eier, Milch und eine Paprika aus dem Kühlschrank und bereitete sich daraus ein Rührei. Als die Pfanne heiß genug war, goss er einen Tropfen Öl hinein und wartete bis er heiß wurde. Dann gab er das flüssige Rührei bei und briet es solange, bis es eine festere Konsistenz annahm.

Als Kurt später in Richtung Tram ging, machte er einen kleinen Abstecher zum Bäcker, wo er sich mit einem Sandwich und einem weiteren Kaffee eindeckte. Trotz des Essverbots setzte er sich ins Tram und ließ sich sein zweites Frühstück schmecken.

Eine ältere Frau strafte ihn mit einem solch bösen Blick, dass Kurt auf der Stelle tot umgefallen wäre, wenn denn Blicke töten könnten. Unbeirrt aß Kurt weiter und blätterte in seiner Gratiszeitung. Egal wo er schaute, das Thema Virunga war Schnee von gestern und wurde nirgends mehr erwähnt.

War es nicht oft so? Dinge eroberten die Schlagzeilen und wenige Wochen danach waren sie beim Großteil der Menschen wieder in Vergessenheit geraten.

Kurt machte sich nichts vor. Auch seine Heldentat, er selbst verabscheute dieses Wort, würde in Kürze vergessen sein und Ruben Lang wäre zu ihm so, wie er es immer gewesen war.

Das Leben ist doch einfach nur Dreck, dachte er. Man müht sich ab, nur um am Ende ohne etwas dazustehen.

Kaum ist man fähig zu sprechen und zu gehen, warten heute bereits die ersten Frühförderprogramme auf die Kinder. Sie werden in den Musikunterricht gesteckt, besuchen Sprachförderstunden, gehörten im Minimum *einem* Sportverein an und gelten schon beinahe als abnorm, wenn sie vor Antritt der Primarschule nicht lesen und zählen konnten.

Ist man dann erst mal in der Schule, fängt der richtige Stress erst an. Es zählen nur noch die Leistungen, und alles wird unter die Lupe genommen. Das Kind wird von A bis Z analysiert und die Weichen für die Leistungsgesellschaft früh gestellt. Kurt fragte sich oft, ob Kinder in der heutigen Zeit noch Zeit hätten, Kinder zu sein?

Er selbst war ein verspieltes Kind gewesen. Keineswegs dumm, einfach noch etwas zu sehr Kind, um gleich von 0 auf Hundert zu starten. So hatte er eine Einführungsklasse besucht, was er auch jetzt noch, dreißig Jahre später, als den einzig richtigen Weg für ihn erachtete. Keine Ahnung, wie er die Schule bewältigt hätte, wäre er von Anfang an in das Regelsystem gepresst worden.

Als Kurt davon hörte, wie geplant wurde Einführungsklassen abzuschaffen, reagierte er mit Unverständnis. Er war davon überzeugt, dass dadurch solchen Kindern, wie er eines war, ihre Chance auf einen positiven Schulstart genommen wurde.

War man dann erst mal in der Pubertät, kamen ohnehin jede Menge Probleme.

„Was willst du werden?", werden dann die gerademal dreizehnjährigen Teenies gefragt und subtil auf den Arbeitsmarkt vorbereitet. Wehe man weiß mit 16 noch nicht, welchen Weg man einschlagen möchte, da muss man bereits aufpassen, nicht als Sozialfall abgestempelt zu werden.

Ist dann die Lehre und die Wehrpflicht erst mal zu Ende, lebt man tagein und tagaus vor sich hin.

Einmal wöchentlich wäscht man seine Kleider, legt die trockene Wäsche zusammen, nur um das ganze sieben Tage später erneut zu tun. Man geht einkaufen, kocht, isst, wäscht verschmutztes Geschirr und geht wieder einkaufen. Jeder Tag gleicht dem anderen und je älter man wird, desto schneller fliegt die Zeit davon.

Wenn man Glück hat, findet man jemanden, der diesen Trott mit einem teilt, und wenn man richtig Schwein hat, dann hält die Beziehung sogar stand und ein oder zwei Kinder bringen eine willkommene Abwechslung.

Hat man Pech, ist sie auf einmal weg, das Kind liegt eines Morgens tot im Bett oder wird vom Tram erfasst. Nein, Garantie auf Glück gibt es keine.

Während die einen vom einen Hoch ins andere wechseln, gibt es Menschen, die nie aus ihrem Tief sehen. So ist das Leben.

Kurt hatte sich immer Kinder gewünscht, doch der Fall Roderer hatte ihn mehr und mehr zum Nachdenken gebracht. Konnte man diese Welt seinem eigenen Kind wirklich noch zumuten?

Wollte man seinem Kind tatsächlich einen Planeten überlassen, dessen Ende in sichtbare Nähe rückte?

Ist man nicht einfach nur naiv und bequem, wenn man darauf vertraut, dass der Mensch schon eine Lösung findet um mit diesen Zukunftsproblemen fertig zu werden?

Aber ist es nicht genau diese Einstellung, die es den Menschen ermöglicht, sorglos im Hier und Jetzt zu leben und ja nichts an sich ändern zu müssen?

Der Kommissar versuchte die Gedanken abzustreifen. Er hatte sich vorgenommen seiner Arbeitspflicht nachzukommen, da halfen solche Gedankengänge nicht weiter. Vielleicht würde er heute Isabelle wiedersehen, dachte sich Kurt, um auf andere Gedanken zu kommen.

Während des ganzen Morgens mühte sich Kurt mit alten Akten ab. Natürlich hatte Michi wissen wollen, wo er denn gestern gesteckt habe, doch Kurt gelang es, eine plausible Ausrede zu finden.

Kurz vor elf Uhr fasste sich Kurt ein Herz und suchte Isabelle an ihrem Schreibtisch auf. Die junge Polizistin war in ihren Computer vertieft, als der Kommissar neben ihr auftauchte.

„Na wieder gesund?", fragte er als Begrüßung und er merkte, wie er innerlich sogar etwas angespannt war.

Fast wie ein Schuljunge, der sich das erste Mal dazu überwand seinen Schwarm anzusprechen.

„Hallo Kurt. Danke, geht schon wieder. Krank war ich eigentlich nur anfangs, da hatte ich eine schwere Grippe. Zur gleichen Zeit aber habe ich einen Menschen verloren, der mir sehr nahestand. Das hat mich total aus der Bahn geworfen. Nun aber wird es wieder."

„Oh, das tut mir leid", stammelte Kurt etwas unbeholfen.

Wohl niemand in der ganzen Abteilung konnte Isabelles Schmerz besser verstehen als Kurt, und dennoch suchte er nach den richtigen Worten.

„Willst du darüber reden, ich meine ... Ja, wenn du willst, können wir ja in der Mittagspause zusammen ..."

„Vielen Dank Kurt, das ist lieb. Ich brauche aber noch etwas Zeit für mich, denke, das verstehst du."

Natürlich verstand er es, ihm selbst gingen ja all die besorgten, mitfühlenden Menschen auf die Nerven. Zu blöd, dass er sich nun selbst so tapsig verhalten hatte. Kurt nickte und verabschiedete sich von seiner Kollegin.

Eine weitere Stunde rackerte sich Kurt lustlos mit den Akten ab.

„Lust auf Essen?", fragte ihn eine Stimme vom Schreibtisch gegenüber.

Kurt blickte auf, um seinem Kollegen zu antworten. Doch da saß nicht Michi. Am Schreibtisch saß eine Gestalt, die Michis Kleider trug, aber der Kopf war der eines Gorillas.

„Lust auf Essen?", wiederholte der Gorilla noch einmal und öffnete sein riesiges Maul. Kurt spürte wie ihm der Schweiß über die Stirn lief.

„Neein!", sagte er mit lauter Stimme.

„Kurt, alles klar? War ja nur eine Frage."

Michi, von Kurts Reaktion überrascht, schaute seinen Kollegen fragend an. Der Gorilla war verschwunden und Kurt blickte in das Gesicht seines Kollegen.

„Sorry, ich meine ‚ja'. Lass uns was essen gehen."

16.37 Uhr. Kurt saß im Tram Richtung Dornach. Mit etwas Glück hatte er sich im Feierabendverkehr einen Sitzplatz ergattert. Die Tram war voll mit Menschen. Die meisten blickten mit finsteren und müden Mienen auf ihre Mobiltelefone und hörten Musik. Gerade ließen sie die Tramstation Münchensteinerstraße hinter sich und fuhren auf den MParc zu. Kurt erinnerte sich nur zu gut, wie die ehemalige Station Wolfsgottesacker vor vielen Jahren nach der Migros umbenannt wurde.

Er selbst war anfangs zwanzig gewesen, als das Einkaufszentrum der Migros seine Türe geöffnet hatte. George Koumantarakis hatte am Eröffnungstag des MParcs Autogramme verteilt, einen Tag nachdem er den FC Basel mit einem Hattrick zum Sieg geschossen hatte.

Auf der anderen Seite der Haltestelle lag heute neben dem Eingang zum Friedhof ein ehemaliges Lagerhaus, das zu einem Club mit Bar umfunktioniert worden war. Besonders in den warmen Sommermonaten lockte der Hinterhof zahlreiche Besucher auf seine weitläufige Dachterrasse. Die Bar bot Cocktails an und das karibische Flair lud zum Verweilen ein.

Vergangenen Sommer waren sie einige Male dagewesen. Diesen Sommer würde er die Bar meiden.

Etwas wehmütig blickte er aus dem Fenster in Richtung des Clubs. Er wusste, dass diese Zeiten für immer vorbei waren. Alles was ihm noch blieb, waren die Erinnerungen und diese würden mehr und mehr verblassen.

Als würde das Wetter seine Stimmung wahrnehmen, begann es draußen zu regnen. Erst fielen nur einzelne Tropfen auf die Fensterscheiben der Tram, und zogen im Fahrtwind Spuren über die Scheibe. Als das Verkehrsmittel aber zwei Minuten später Basel hinter sich ließ und Münchenstein erreichte, regnete es bereits stark. Weitere drei Tramstationen später, prasselten dicke Regentropfen an die Fenster, die sich wenige Sekunden später sogar in Hagelkörner verwandelten. Binnen weniger Minuten hatte sich der Himmel in eine schwarze Wolkendecke verwandelt.

Fasziniert betrachtete Kurt das Schauspiel der Natur. Während der Fahrt zogen die Häuser zügig an ihm vorbei. Als sie an einer weiteren Station stehen blieben, fiel Kurts Blick auf die dort wartenden Personen. Seine Frau stach aus der Menge heraus. Traurig hielt sie ihm das blonde Mädchen, das Kurt zögernd zuwinkte, zur Scheibe hin.

Dann öffnete das Kind seinen Mund und hauchte warme Luft an das kühle Glas, das augenblicklich beschlug. Mit seinen kleinen tapsigen Fingern, begann das Kind das Fenster zu bemalen.

Die anfangs willkürlich gemalten Striche, setzten sich bald zu einem Bild zusammen. Ein simples Strichmännchen stand am Boden und blickte in die Höhe, wo ein weiteres Strichmännchen in der Luft schwebte. Ein kleiner Pfeil deutete darauf hin, dass der Flug steil bergab führte.

Als Kurt erkannte, was das blonde Mädchen da gezeichnet hatte, spürte er wie Panik und Schuldgefühle in ihm hochkrochen. So, als ob es noch nicht genug wäre, legte seine Frau nun auch ihre Finger an die Scheibe und begann zu schreiben. Es war nur ein Wort, doch dieses Wort traf den Kommissar mitten ins Herz.

„Schuld".

Kurt wollte aufstehen, weg vom Fenster, doch seine Beine gehorchten ihm nicht und so blieb er sitzen und starrte weiterhin das Bild mit dem Wort an. Dann endlich fuhr die Tram an. Die Frau und das Kind blickten ihn noch einmal traurig an, ehe sie aus seiner Sicht verschwanden.

„Ist der Platz noch frei?", hörte er eine leise Stimme fragen.

„Ja", antwortete Kurt ohne zu zögern, während er seinen Kopf zu der Person umdrehte.

Ein kleines Mädchen mit hellbrauner Haut und schwarzem Haar setzte sich neben ihn. Kaum hatte das Mädchen Platz genommen, nahm es aus seiner Tasche Faden, Nadel und ein Stück Stoff hervor und begann zu nähen.

Kurt starrte das Mädchen entgeistert an. Es war bis auf die Knochen abgemagert. Leise begann es eine Melodie zu summen. Kurt erkannte sie sofort. Er selbst hatte dieses Lied in der Schule gelernt und natürlich wusste er um dessen Hintergrund. Nachdem es anfangs nur leise gesummt hatte, begann die kleine Inderin nun zu singen.

„When Israel was in Egypt's Land, Let my people go.

Opressed so hard they could not stand,

Let my people go."

Als die erste Strophe zu Ende war, hörte Kurt einen ganzen Chor voller Kinderstimmen, die auf Englisch mit starkem indischem Akzent in den Refrain einsetzten.

„Go down, Moses,
Way down in Egypt's Land.
Tell ol' Pharoah,
Let my people go."

Erst jetzt löste Kurt seine Aufmerksamkeit vom Mädchen und sah sich im Tram um. Da saßen auf einmal auf jedem Sitz indische Mädchen mit Faden und Nadel. Gemeinsam sangen sie das Lied, das einst afrikanische Sklaven in Nordamerika gesungen hatten.

„Nein. Das wollte ich nicht! Nein, es tut mir leid!", schrie Kurt, doch seine Schreie gingen in den tausenden Mädchenstimmen unter.

„Let my people go", klang es immer wieder in Kurts Ohren. Eines nach der anderen stand auf und ging singend auf Kurt zu.

Sie kamen von hinten, kamen von vorne und kreisten ihn ein. Nur noch die Fensterscheibe blieb Kurt als Ausweg. Er wandte seinen Kopf von den Mädchen ab und hielt sich mit beiden Händen die Ohren zu. Er konnte und wollte den Gesang nicht mehr hören.

Hilfesuchend schaute er aus dem Fenster, doch was er dort sah, war schlimmer. Überall loderten Flammen. Sie züngelten um die Fenster. Feuer soweit sein Auge reichte! In den Flammen wanden sich unter Höllenqualen die Körper tausender afrikanischer Menschen.

Maji, maji!", riefen ihm die geschunden Körper zu, doch Kurt hatte kein Wasser, das er ihnen hätte geben können.

Plötzlich spürte er wie jemand an seinen Schultern rüttelte. Er sah sich Auge in Auge mit einem riesigen Berggorilla, welcher ihn mit funkelnden Augen anstarrte.

„Wachen Sie auf", sprach der Affe mit sanfter Stimme. Kurt öffnete seine Augen und blickte in das Gesicht einer besorgten älteren Dame.

„Sie haben wohl schlecht geträumt", meinte sie und erklärte ihm, dass er im Schlaf gesprochen habe.

„Wirklich gut klang es nicht gerade, da dachte ich, ich erlöse sie aus ihrem Leiden", sagte die Frau mit einem leichten Lächeln auf den Lippen.

Alkohol, Sport, Fernsehen, Besuche am Grab, Flucht in die Arbeit und Spaziergänge in der Natur. Egal was sich Kurt in den nächsten Tagen vornahm, es gelang ihm nicht, den Geistern zu entfliehen.

Mal war es der Höllenhund, der in der Höhle der Ermitage auf ihn wartete, mal das indische Mädchen, das in einer Fernsehserie erschien, ein anderes Mal seine Frau, die sich vor seinen Augen aus der Erde des Grabes freibuddelte um ihn mit vorwurfsvollen Blicken zu strafen. Nicht einmal mehr vor dem Alkohol machten die Dämonen Stopp.

Der Kommissar war physisch und psychisch am Ende. Und er wusste, dass es keinen Ausweg mehr gab. Er selbst hatte sich durch seine willentlichen Entscheidungen in diese Lage gebracht.

„Was ein Mensch sät, das wird er ernten", wusste Kurt und so würde er sich bis an sein Lebensende diesem Urteil stellen müssen. Kein Seelenklempner auf der ganzen Welt, mochte er noch so gut sein, konnte ihm helfen. Er hatte sein Ein und Alles getötet, er hatte tausende Menschen und noch mehr Tiere auf seinem Gewissen. Mit dieser Schuld würde er leben müssen, Psychohygiene hin oder her.

Es war ein sonniger Sonntagmorgen anfangs März, als Kurt nach einer weiteren durchzechten Nacht aufstand und seinen Entschluss fällte. Etwas musste sich ändern, so konnte es nicht weitergehen.

Er zog sich an, verließ das Haus und ging die wenigen Meter durchs Dorf zum Bäcker. Dieser hatte wie gewohnt auch heute geöffnet. Er bestellte sich eine *Schale* und ein *Osterküchli* und trat nach draußen. Ach wie sehr seine Frau diese Süßspeise gemocht hatte.

Es waren nur wenige Meter bis zu seinem Auto. Behutsam stellte er den Kaffeebecher in die Halterung und legte die Papiertüte mit der Süßigkeit auf den Beifahrersitz. Er drehte den Zündschlüssel und fuhr los.

Sein Weg führte ihn die Ermitagestraße entlang aus dem Dorf hinaus. Kurt fuhr unter der kleinen Brücke durch und nahm die scharfe Rechtskurve. Er folgte der Straße bergaufwärts. Der Kommissar passierte das Schloss und verschwand wenige Meter danach im Wald.

Die 20 Prozent Steigung schaffte sein Auto mühelos und so fuhr er an schönen Wiesen vorbei, der Schönmatt entgegen. Dort angekommen, nahm er die Straße Richtung *Gempen*. Abwechselnd folgten Wald und Wiesen, bis er den Gempenturm erreichte.

Kurt kramte in seinem Portemonnaie nach einer Münze, die ihn das Betreten des Turmes kosten würde. Besonnen stieg er die fünf Etagen empor, bis er die oberste Plattform erreichte. Ein kühler Wind strich um seine Ohren, dafür aber war die Aussicht wunderbar. Er setzte sich auf den kühlen Boden, nahm einen Schluck vom Kaffee und biss in sein Osterküchli. Sein Blick schweifte über die vor ihm liegenden Täler. Das Panorama hier oben war atemberaubend.

Unter der Schartenfluh erstreckte sich das Birseck. Im Vordergrund dehnten sich die ins Tal abfallenden Wälder und Wiesen, die Kurt in so manchen Wintern hinunter geschlittelt war. In den vergangenen Jahren aber war ihm dieser Spaß vergönnt geblieben, da Schnee im Baselbiet immer seltener wurde. Die Winter waren teilweise so warm, dass die Bäume schon früh im neuen Jahr ihre Knospen trugen.

Unter sich sah er die Ruine Dorneck, dahinter Dornach und Arlesheim. Sein Blick wanderte weiter über Aesch nach Pfeffingen, wo er an der alten Ruine einen Moment stehen blieb. Rundherum erstreckten sich Wälder und Hügel. Er sah die Landkron und das dahinterliegende Frankreich.

Seine Augen wanderten dem Horizont entlang in Richtung Basel. Der große Gebäudekomplex, das Spital auf dem Bruderholz stach genauso aus der Landschaft heraus, wie der Basler Rocheturm. Dies hier war Kurts Heimat.

Lange stand er da, blickte in die Ferne und genoss das Hier und Jetzt. So fühlte es sich an zu leben. Seine Gedanken waren frei, sein Körper rein. Das war Leben! Ja, auf einmal wusste er es sicher. Seine Entscheidung würde die richtige sein.

Er kletterte die steilen Stufen hinunter und atmete mit tiefen Atemzügen die frische Luft ein. Beim Turmausgang passierte er das Drehkreuz und ging mit langsamen Schritten auf die felsige Fluh zu.

Kapitel 11

Michi parkierte sein Auto auf einem der noch wenigen freien Parkplätzen. Betrübt blickte er durch die Windschutzscheibe. Draußen regnete es in Strömen. Er fingerte unter seinem Sitz nach seinem Schirm und blickte die Frau auf dem Beifahrersitz an.

„Bist du soweit? Wollen wir gehen?", fragte er Isabelle, die stumm nickte. Die beiden öffneten die Autotüren, spannten ihre Schirme auf und traten ins Freie. Unangenehm kühle Luft schlug ihnen entgegen, als sie den Parkplatz verließen und dem Weg zur Kapelle folgten, deren Glocken bereits läuteten.

Ruben Frank und andere bekannte Gesichter aus dem Polizeikorps waren bereits da. Die Kollegen schüttelten sich gegenseitig die Hände. Michi erkannte Dr. Wermelinger, die in einen dunklen Mantel gehüllt über den Friedhof eilte.

Ein Streichquartett stimmte eine traurige Melodie an, und die Versammelten betraten die Kapelle und nahmen Platz.

Vorne lag der hölzerne Sarg, neben ihm drei Blumenkränze. Michi und Isabelle taten es ihren Kollegen gleich und setzten sich in die hinteren Reihen.

Ganz vorne saßen eine ältere Frau und zwei Paare mittleren Alters. Sie alle blickten mit nassen Augen ins Leere und versuchten zu verstehen, weshalb sie hier waren. Doch so sehr sich die Leute in der nun vollen Kapelle auch tröstende Worte zusprachen, niemand konnte begreifen, was geschehen war.

Der Pfarrer stimmte ein Trauerlied an und bald sang ein Großteil der Anwesenden mit. Hin und wieder zerriss ein herzzerreißender Schluchzer den Gesang. Menschen hielten sich die Hände und legten sich tröstend die Arme auf die Schultern.

„Wir sind hier versammelt um Abschied von Kurt Schär zu nehmen", begann der Pfarrer nach dem Musikstück seine Rede.

Der Pfarrer sprach über das Leben, den Tod und das Leben danach. Er erzählte von Hoffnung und Wiedervereinigung. Er forderte die Versammelten zum Gebet auf und gemeinsam nahmen sie Abschied.

Kurts Bruder Simon trat nach vorne und las den Lebenslauf seines früh verstorbenen älteren Bruders vor. Mit nur 38 Jahren hatte Kurt Abschied genommen. Simon erklärte die tragischen Ereignisse, die Kurt in den Tod getrieben hatten und manch einer, der in der Kapelle stand, konnte Kurts Entscheid seinem Leben ein Ende zu setzen ein Stück weit besser verstehen.

„Kurt hat an diesem schrecklichen Tag im September letzten Jahres nicht nur seine Frau verloren, sondern auch seine noch ungeborene Tochter. Amanda war im vierten Monat schwanger gewesen. Bis zuletzt gab sich Kurt die Schuld an ihrem Tod. Vergebens haben wir versucht ihn vom Gegenteil zu überzeugen", erklärte der Bruder unter Tränen.

Es regnete immer noch, als die Trauernden ums Grab standen und der Sarg in die Erde gelassen wurde. Blumen wurden auf den Sarg geworfen und einer nach dem anderen nahm Abschied vom Basler Kommissar.

Michi, der zwei Tage zuvor Kurts Abschiedsbrief gelesen hatte, machte sich große Vorwürfe. Er hätte doch für seinen Partner da sein müssen. Natürlich hatte er sich Sorgen um ihn gemacht, aber er hatte ja keine Ahnung von dem, was sich wirklich in Kurts Kopf abspielte.

In seinem Abschiedsbrief sprach der Kommissar von dunklen Wolken, die sein Leben von Beginn weg überschatteten, von einer tiefen Traurigkeit die seine Seele ergriff und von bösen Geistern die ihn heimsuchten.

Kurt bekannte sich mitschuldig am Tod seiner Frau, seiner Tochter und Millionen Menschen und Tieren auf der Erde.

„Ich habe mich für die Vernichtung der Welt entschieden und mit diesen Folgen muss ich leben. Betet, dass mich die Geister und Dämonen im Jenseits in Ruhe lassen mögen, auch wenn ich dieses Schicksal verdiene. Was ein Mensch sät, muss er nun mal ernten. Der Höllenhund wartet schon lange mit lechzender Zunge auf mich. Es ist Zeit ihm gegenüberzutreten", waren Kurts letzte Worte gewesen.

Noch immer war Michi fassungslos über diese Botschaft. Hätte er doch nur ahnen können, was sich in Kurts Kopf abspielte. Doch hatte es nicht genug Zeichen gegeben? Der Sturz im Badezimmer, die Alkoholfahnen, das Abblocken jeglicher Gespräche, die Flucht in die Arbeit ...

Sein Kollege Kurt hatte sich am selben Felsen in den Tod gestürzt, an dem er im Vorjahr unter schrecklichen Umständen seine Familie verloren hatte.

Es war ein warmer Septembernachmittag gewesen, als Kurt und Amanda wie so oft, an den Felsen unterhalb des Gempenturms ihrem Hobby frönten. Kurt hatte Bedenken um ihre ungeborene Tochter geäußert, aber seine Frau versicherte ihm, dass sie noch durchaus fit genug sei, um der Sportart nachzugehen.

Sie kletterten bereits mehr als eine Stunde. Kurt hatte im Vorstieg den höchsten Punkt erklommen und das Seil durch die fest im Fels verankerte Vorrichtung gezogen, was ihnen ermöglichte die späteren Routen mit der wesentlich ungefährlicheren Toprope-Technik zu bestreiten.

Beide waren bereits einige Male am Seil gehangen und hatten sich immer wieder mit den Karabinern neu eingehängt. Sie waren erfahrene Kletterer und dennoch geschah es.

Wie ein Wiesel erklomm Amanda die Wand und als Kurt ihren Ruf „Zu" bestätigte, setzte sie sich wie schon tausende Male zuvor in vollem Vertrauen ins Seil.

Ein Schrei, und Kurt sah wie seine Frau ihm entgegenfiel! Sie schlug neben ihm auf dem Boden auf.

Unter Schock ging Kurt auf sie zu, er begriff nicht was geschehen war. Ihre Augen drehten sich und in ihrem Blick las Kurt das pure Entsetzen.

Als die Rega den Unfallort erreichte, erklärte der Arzt Kurts Frau für tot.

Weder das noch in der Luft hängende Seil, noch der daran hängende Karabiner oder die Vorrichtung im Fels hatten ihren Dienst versagt. Wie sich später herausstellte, hatte sich Amanda in einem Moment der Unachtsamkeit in die falsche Schlaufe im Klettergurt eingehängt. Ein dummer Fehler, der Kurt beim gegenseitigen Partnercheck hätte auffallen müssen. Doch wie so oft war es die Routine, die alltägliche Handlungen wie diese zu unterschätzen begann. Ein Moment der Unachtsamkeit hatte genügt um das Familienglück der Schärs für immer zu zerstören.

„Ich hätte mehr für ihn da sein müssen", wandte sich Michi weinend an Isabelle, die ihrerseits gegen erneute Tränen ankämpfte. Sie nahm den Polizisten tröstend in die Arme.

„Wer konnte das denn ahnen. Wir alle hätten anders gehandelt, dich trifft keine Schuld."

Eine Weile war es still, dann meinte Michi.

„Dieser Fall ... . Ich bin davon überzeugt, dass er es war, der Kurt den Rest gab. Dieser Ölvertrag im Kongo hat ihn fertig gemacht, da bin ich ganz sicher!"

„Das glaube ich auch. Vielleicht wäre Kurt heute noch unter uns, wenn er sich dort in England für Samuel entschieden hätte."

„Das glaubst du?!" Michi schaute seine Kollegin verwundert an. „Dieser Psychopath hat Gleiches mit Gleichem vergolten.

Einen Kreuzung mit abscheulicher Gewalt und Rache. Das kann doch keine Lösung sein!"

„Vielleicht hat Roderer ja Recht und die Menschheit begreift es nicht anders ...", argumentierte die Polizistin.

„Nein! Das glaube ich nicht. Roderer ließ sich durch seine Taten auf das gleiche Niveau hinunter wie die Menschen, die er so sehr verachtete. Er ging genauso radikal vor wie sie! Wenn Kurt nicht eingegriffen hätte, hätte er denselben Weg eingeschlagen."

Isabelle ließ das Gehörte einen kurzen Moment lang auf sich wirken bevor sie nachdenklich antwortete.

„Du glaubst wirklich, dass es friedliche Wege gibt, die Welt zu ändern? Wie bitte sehen die dann aus?"

„Es gibt sie. Was lehrt mich Kurts letzter Fall? Menschen, welche Tiere schlachten, auf genau die gleiche Art umbringen? Geht gar nicht. Der Großmetzger muss zuerst *Flexitarier* werden, bevor er eine Einsicht hat. Wie lange das dauert, das können wir uns ausrechnen. Solange bis er nicht mehr genug Geld verdient, weil alle seine Kunden bewusster Fleisch konsumieren. Es geht um die Einsicht, merkst du?"

Es entstand eine kurze Pause, dann fuhr Michi leise fort: „Ich dachte Kurt habe das begriffen, als ich mit ihm darüber gesprochen habe. Anscheinend aber war er psychisch derart am Ende, dass ... "

Isabelle unterdrückte ihre Tränen.

„Glaubst du, es gibt Hoffnung?", fragte sie nach einigen Sekunden des Schweigens mit zuversichtlichem Unterton, „dann wäre vielleicht doch nicht alles umsonst gewesen."

Tränen schossen nun der Frau ins Gesicht, woraufhin sie ihre Augen mit einer Sonnenbrille bedeckte. Ihren Arm um Michi gelegt, ging sie mit ihm den Weg zum Auto. Trotz der traurigen Umstände sah die große Frau bemerkenswert aus. Mit ihren langen Beinen und den langen blonden Haaren glich sie mehr einem Model als einer Polizistin.

„Dann wäre das alles vielleicht doch nicht umsonst gewesen", flüsterte sie noch einmal leise vor sich hin, während sie in Michis Auto stieg.

Seit Tagen irrte er rastlos durch die Gegend. So hart er auch einst im Nehmen war, nun war er erschöpft und kurz vor seinem Ende. Er spürte, dass er, wenn er nicht bald Wasser finden würde, qualvoll verendete.

Er sehnte sich nach den Zeiten in denen durch die Flüsse und Seen noch trinkbares Wasser floss, nach den Zeiten in denen er und seine Familie sich in die kühlen Wälder zurückziehen konnten, um dort in Frieden zu leben.

Noch immer verstand er nicht, was eigentlich genau geschehen war. Er wusste nur, dass es nie mehr so sein würde wie damals. Alles was ihm etwas bedeutet hatte, hatten sie ihm genommen.

Er sehnte sich nach seinen Geschwistern und nach seiner Frau. Sie alle wurden eines Tages von ihm gerissen, ohne dass er sich dagegen hätte wehren können. Die fremden Menschen waren gekommen und hatten seine Sippe gnadenlos umgebracht, ja geradezu hingerichtet. Seine Frau war schwanger gewesen, das wussten sie auch ohne einen Test. In den vergangenen sechs Monaten war sie immer dicker geworden, bald wäre es soweit gewesen.

Ihm war es als einzigem gelungen ins Unterholz zu entkommen. Er hatte die Schüsse gehört, hatte gesehen, wie die Kugeln in den Bäumen zu seiner Linken einschlugen, doch das Schlimmste waren die Schmerzensschreie seiner Familie gewesen, die hinter ihm her hallten.

Und die Schreie hallten noch jetzt, eine Woche später in seinen Ohren. Nun plagten ihn nicht nur Durst sondern auch die Schuldgefühle. Wie ein Feigling hatte er sich zurückgezogen, hatte seine Familie in der Not einfach alleingelassen. Doch was hätte er denn schon tun können? Sie waren mit Waffen gekommen, denen er nichts entgegenzusetzen hatte.

Eigentlich hätten er und die anderen es wissen oder zumindest ahnen müssen, was sie in naher Zukunft erwartete, hatte sich ihr Schicksal doch in den vergangenen Jahren mehr und mehr abgezeichnet.

Immer mehr Menschen waren in ihre Gebiete vorgedrungen, hatten angefangen die Wälder zu roden und Hütten auf den neu gewonnen Plätzen zu bauen. Es waren nicht die Hütten, die die Pygmäen hier schon seit Jahrtausenden erstellten. Die Pygmäen rodeten zwar auch Wald, doch die Flächen waren im Vergleich zu diesen hier winzig klein. Außerdem, und hier lag ein weiterer wesentlicher Unterschied, zogen die Pygmäen nach einiger Zeit weiter und die Natur eroberte die kleinen gerodeten Lichtungen wieder zurück.

Hier war alles anders, das hatten sie gleich bemerkt. Mit riesigen Maschinen, die sie zuvor noch nie gesehen hatten, waren sie vorgefahren. In wenigen Stunden hatten sie mehr Bäume gefällt, als es ein ganzer Pygmäenstamm in einem Monat gekonnt hätte. Nahezu bei allem, was diese Menschen taten, veranstalteten sie einen riesigen Krach, der das Zwitschern der Vögel und die Schreie der Affen im Dschungel verstummen ließ.

Und sie? Sie hatten sich zurückgezogen, immer weiter in die bergigen Wälder hinein. Suchten Schutz im Dschungel, hatten geglaubt die Berge seien sicher. Dabei war es nur eine Frage der Zeit, jetzt wusste er es besser. Doch es war zu spät.

Sie waren mit großen merkwürdigen Dingern aufgetaucht, die sich bewegen konnten. Darauf hatten sie Material, das sie für die Häuser brauchten. Und für die Türme, natürlich für die Türme! Diese bauten sie unterdessen überall. Wofür die gut sein sollten, wusste er nicht. Aber er wusste, wie mit dem Entstehen der Türme das Wasser zunehmend ungenießbarer wurde. Viele Tiere und auch er hatten Bauchschmerzen bekommen, nicht wenige waren sogar gestorben!

Mit den Häusern und Türmen und den ihm nicht bekannten Pflanzen, die sie auf den gerodeten Flächen anpflanzten, war mehr Unruhe in den Dschungel gekommen. Sie fällten nicht nur unzählige Bäume, nein, Menschen drangen auch in den Wald vor, um die dort lebenden Tiere zu töten.

Natürlich war ihm aufgefallen, dass er immer weniger seiner Verwandten im Wald begegnete. Früher hatten sie sich gemieden, jeder hatte schließlich sein Gebiet, aber nun spürte er ganz deutlich: Hier gab es niemanden mehr, den er hätte meiden können.

Er hatte es den anderen nicht gesagt, wollte sie nicht beunruhigen. Nun hatten die Menschen seit einigen Tagen auch seine Familie auf dem Gewissen. Die lautlosen Jäger hatten sich angeschlichen und aus dem Hinterhalt zugeschlagen.

War es möglich, dass er der letzte Überlebende überhaupt war?

Er spürte Verzweiflung und eine tiefe Traurigkeit. Wieso machten die Menschen das? Was hatten sie denn nur davon, ihnen den sowieso schon kleinen Lebensraum zu nehmen? Was machten sie mit den Kadavern all der Tiere, die sie töteten? Mit seinem Unverständnis wuchs auch seine Wut auf den Menschen. Diese Kreatur war durchtrieben, bösartig und dumm zugleich.

Der Gorilla schleppte sich weiter durch den Dschungel, bis er endlich das Plätschern eines Baches hörte.

„Endlich", dachte er und folgte dem Geräusch der Hoffnung, bis er den Bach erreicht hatte. Die Freude verflog, als er das Öl sah, dass auch dieses Wasser verschmutzt hatte. Seine letzte Chance auf Leben war weg!

Hätte der Gorilla über den Waldrand seiner erbärmlichen Virungawälder blicken und einen Blick auf seinen Kontinent erhaschen können, hätte er seinen Tod wohl gerne akzeptiert.

Nur noch wenige Großtiere streiften durch die ausgetrockneten Gebiete der Masai Mara und des Serengeti. In den anderen Nationalparks sah es nicht besser aus. Die wenigen Tieren, die der jährlich zunehmenden Trockenheit trotzen konnten, fielen Wilderern zum Opfer.

Viele Gebiete des einst so fruchtbaren Okavango-Deltas waren vertrocknet, weil in Angola und Namibia für Landwirtschaftsprojekte von Großkonzernen ein Großteil des Wassers aus den Flüssen gepumpt wurde. Für die wenigen noch lebenden Tieren der einst stolzen Tierwelt ist der Tod nur noch eine Frage der Zeit.

Nun saß er weinend vor dem verschmutzen Bach und überlegte, welchen Tod er bevorzugen sollte. Vergiftung? Verhungern? Er ahnte ja nicht, dass ihm die Entscheidung abgenommen werden würde.

Noch während er überlegte, pfiff eine Kugel durch die Luft und versetzte ihn in Schlaf.

Die drei Männer, die sich seinem bewusstlosen Körper näherten, wussten nur wenig mehr als der Gorilla selbst.

Sie wussten um den Rückgang der Löwen, das Aussterben der Nashörner und Elefanten, sie wussten genau, dass dies vor ihnen einer der letzten Berggorillas im Virunga sein musste. Er würde ihnen auf dem Schwarzmarkt eine schöne Stange Geld einbringen. Ja vielleicht hatten die einfachen Männer sogar schon von den Problemen des Okavangos und vom Klimawandel gehört, aber diese Probleme betrafen sie nicht.

Zuhause warteten drei hungrige Familien, dies war alles, was zählte. Wer wollte es ihnen verübeln?

Der Mann aber, der ihnen eine Stange Geld für den Gorilla bot, wusste mehr. Er sah über den Tellerrand Afrikas hinaus.

Er wusste, dass der Regenwald im Amazonas um 55% geschrumpft war. Er wusste, dass es in Malaysia und Indonesien, wo man Jahr für Jahr auf Kosten der Palmölproduktion den Regenwald opferte, keineswegs besser aussah.

Der Mann wusste um die riesigen Naturgebiete, die weltweit der Viehzucht zum Opfer gefallen waren. Er wusste um die wegen der Fleischproduktion mit Methan verseuchten Gebiete, Bäche, Flüsse und Seen. Er wusste um all die ausgestorben Tierarten in den Weltmeeren, um die wenigen Fische, die dort noch lebten. Ja er wusste auch um die Giftstoffe, die überall waren. Um das Plastik, das Flüsse, Seen, Meere und deren Bewohner zerstörte. Er wusste um die millionen hungernden Kinder, um Sklaven und um Kriege. Er wusste ganz genau wie dreckig es dem Planet Erde jetzt im Jahr 2030 ging, aber es war ihm egal. Denn er hatte einen Gorilla aus den Virungas, der ihm bald viel Geld einbringen würde. Es war Zeit die Ernte einzufahren.

Begriffserklärungen

Wazungu ist ein Wort aus der Sprache Swahili, die in vielen Gebieten Ostafrikas gesprochen wird. Mzungu (sing.) wird als Bezeichnung für hellhäutige Menschen verwendet, Wazungu ist die Mehrzahl.

Die *St. Alban Fähre* ist eines von vier kleinen Booten, die in Basel den Rhein überqueren. Angetrieben durch Wasserkraft und an einem Stahlseil befestigt, befördern sie Passagiere zwischen den beiden Ufern. Sie sind ein Kulturerbe der Stadt.

Fährimaa wird der „Kapitän" der Fähre genannt. Es ist ein Ausdruck im Basler Dialekt.

Fünfliber ist eine Münze, die dem Wert von fünf Schweizer Franken entspricht.

Der *Schänzlitunnel* ist ein Autobahntunnel der die A18 mit der A3 verbindet.

Als *Fressbalken* wird im Volksmund die Autobahnraststätte wenige Kilometer vor Basel genannt.

Dritte Säule wird eine steuerlich begünstigte private Altersvorsorge in der Schweiz genannt. Im Gegensatz zu den ersten beiden Säulen beruht die dritte Säule auf dem Prinzip der Freiwilligkeit.

Asante sana bedeutet Vielen Dank auf Swahili.

Sumangali ist ein in Indien praktiziertes Prinzip der Kinderarbeit. Eltern schließen für ihre minderjährigen Töchter mit Textilfirmen Verträge ab, die die Mädchen jahrelang unter katastrophalen Bedingungen an die Fabriken binden. Ein Großteil der Bezahlung erfolgt erst nach Jahren. Das System ist verboten.

Matatus werden in gewissen Regionen Ostafrikas die Kleinbusse genannt, die oftmals schwer überladen Menschen und Waren befördern. Meist sind es asiatische Fabrikate.

Das *Chapati* ist ein Fladenbrot, das in Ostafrika Bestandteil vieler Mahlzeiten ist.

Das *Fricktal* ist eine in der Nordwestschweiz gelegene Region im Kanton Aargau.

Vrdammi ist ein Fluchwort im Schweizer Dialekt.

Die *Reinacher Heide* ist ein Naturschutzgebiet in der Agglomeration Basel. Es liegt auf der reinacher Seite der Birs, einem Fluss, der in Basel in den Rhein mündet.

Guetzliduft ist ein Wort im Basler Dialekt. Guetzli sind Kekse, die hauptsächlich zur Weihnachtszeit gebacken werden.

Zug bedeutet im Zusammenhang mit der Armee eine Abteilung einer Kompanie. Ein Zug besteht etwa aus 30 bis 40 Soldaten und deren Offiziere. Mehrere Züge bilden zusammen eine Kompanie.

Maji ist Swahili und bedeutet Wasser.

Schale ist ein schweizer Ausdruck für Milchkaffee.

Osterküechli sind ein schweizer Gebäck, das während der Osterzeit verkauft wird. In der Regel bestehen die rundgeformten, kleinen Kuchen aus Reis oder Gries.

Der *Gempen* ist der Hausberg in der Nähe von Basel.

Flexitarier sind Menschen, die selten und nur ausgewähltes Fleisch essen. Sie lassen Fleischkonsum zu, stellen diesen aber nicht in den Mittelpunkt.

Danksagung

Besonders bedanken möchte ich mich bei Kristina, Elias und Fritz Frey.

Kristina, du hast mich von Anfang bis Ende unterstützt und mir immer wieder Ansporn gegeben am Werk zu bleiben und an die Realisierung meines Buchprojektes zu glauben.

Elias, du hast keinen Aufwand gescheut um mein Manuskript genauestens unter die Lupe zu nehmen, es konstruktiv zu kritisieren und wertvolle Optimierungsvorschläge zu geben.

Herr Frey, Sie haben mir als Erstautor das Vertrauen geschenkt und mir die großartige Chance gegeben mein Buch im IL-Verlag zu veröffentlichen. Durch Ihre Erfahrung ist es gelungen, das Buch weiterzuentwickeln und zu vollenden. Ich danke Ihnen und allen Mitarbeitenden vom IL-Verlag herzlichst für Ihre tolle Unterstützung.

Ein großer Dank auch an Claudia, Nadja, Priscilla, Björn und Jonas. Vielen Dank dafür, dass ihr euch Zeit genommen habt für Korrekturen und ehrliche Rückmeldungen. Ihr habt einen wesentlichen Teil zur Verwirklichung dieses Buches beigetragen.